KB110277

노인이 살아야
나라가 산다

노인이 살아야 나라가 산다

발행일 2016년 8월 5일

지은이 이 웅 석
펴낸이 손 형 국
펴낸곳 (주)북랩
편집인 선일영
편집 김향인, 권유선, 김예지, 김송이
디자인 이현수, 신혜림, 윤미리내
제작 박기성, 황동현, 구성우
마케팅 김회란, 박진관, 오선아
출판등록 2004. 12. 1(제2012-000051호)
주소 서울시 금천구 가산디지털 1로 168, 우림라이온스밸리 B동 B113, 114호
홈페이지 www.book.co.kr
전화번호 (02)2026-5777
팩스 (02)2026-5747

ISBN 979-11-5987-143-6 03810(종이책) 979-11-5987-144-3 05810(전자책)

이 도서의 국립중앙도서관 출판예정도서목록(CIP)은 서지정보유통지원시스템 홈페이지(http://seoji.nl.go.kr)와 국가자료공동목록시스템(http://www.nl.go.kr/kolisnet)에서 이용하실 수 있습니다.
(CIP제어번호 : CIP2016018569)

노인이 살아야 나라가 산다

돌솔 이응석 지음

노인 천만 시대, 그들은 무엇을 고민하고
어떤 선택을 해야 하는가?

|프롤로그|

162만 명, 휴·폐지를 주워서 하루하루 살아가는 노인의 숫자다. 이들의 하루 수입은 5천 원 정도다. 물론 공치는 날도 있다. 441만 명, 기초연금을 받아 생활하는 숫자다. OECD 국가 중에서 노인 빈곤율 1위, 노인 자살 1위 국가라는 불명예를 안고 있다. 예외가 존재하지만 약 70%의 노인이 기초연금을 받아 생활한다. '나라가 효자', 동아일보(2015.5.15.)에 난 기사제목이다. 기초연금과 국민연금으로 받는 금액 34만3천 원이 자식들이 주는 돈 18만 4천 원보다 두 배 가까이 많은 데서 나온 얘기다. 노인 범죄 9%로 급증 추세, 노인들의 묻지마식 강간 폭력 살인 등 범죄 양상이 날로 흉포화하고 있다. 등산객이 줄어드는 등 민심이 흉흉하다.

복지 차원에서 효자노릇 하는 국가에 대한 고마움은 분명 있다. 그러나 가난 구제는 나라도 할 수 없다는 속담을 잘 살펴봐야 한다. 포퓰리즘에 의한 정치인들의 복지 공약(空約)도 잘 들여다보아야 한다. 기초연금으로 소요되는 자금은 월 8,820억 원이다. 그런데 이 숫자는 베이비붐 세대 715만 명이 절정을 맞는 10년 후엔 현재와 같은 셈법으로 계산하면 기초연금 대상자는 700만 명(65세 이상 노인 인구 1천만 명)에 이르며 금액으로는 월 1조4천억 원, 연간 16조 8천억 원이 소요된다. 더 나아가 2060년엔 국민연금과 건강보험료의 기금 고갈의 우려가 전문가들 입에서 계속 흘러나온다. 이는 곧 국가재정의 건전성 문제를 가져온다는 가상시나리오가 아닌 미래의 현실로 닥쳐오고 있다.

이 현상을 수수방관만 하기에는 그리 한가하지도 녹록지도 않다. 이쯤에서 생각을 조금 바꿔보면 어떨까. 필자의 경험과 몸일지를 쓰며 관찰한 바에 의하면, 인체의 각 장기의 내용연수는 기껏해야 50~70년 정도다. 물론 인체도 차와 마찬가지로 몸 주인의 사용습관에 따라 많은 차이가 존재하는 것 또한 사실이다. 그러나 이것은 반세기 전쯤 평균수명 60세일 때와 잘 맞아 떨어지는 내용연수다. 지금은 의료기술의 발달과 철저한 개인 관리로 평균수명 81세가 되었다. 내용연수와 20~30년 격차가 생긴다. 누구나 50살쯤 되면 각 장기의 노화를 경험한다. 눈, 코, 귀, 이를 비롯하여 뇌나 배 속의 장기들도 통증은 물론 치료할 일과 교체 사유가 계속 발생하여 병원에 들락거리는 등 많은 의료비가 들어간다.

천부(天賦)의 각 장기의 수명과 인위적으로 늘린 수명의 20년 이상의 간극은 당분간은 좁혀지기 어려워 보인다. 이 간극을 어떻게 할 것인가를 심도 있게 연구하고 개발하여 대처해야 한다. 그렇지 않을 경우이 불균형은 상당 기간 존재할 수밖에 없다. 이 간극은 모든 행·불행의 출발점이다. 노인이 겪는 3대 문제점은 가난, 질병, 외로움이다. 여기에 하나 더 추가한다면 노인 성 문제다. 10년 후면 걸어 다니는 사람 5명 중 한 명은 노인이다. 이 본질적인 문제가 해결되지 않고는 복지국가 행복국가 운운은 공허하다.

당나귀 한 마리 잡아 귀 빼고 다리 빼면 뭐가 남겠는가. 당장에 해결할 수 없는 문제라면 이렇게 대처해 보자. 가난과 질병에 허덕이면서 장수가 무슨 의미가 있는가. 장수에 목을 맬 게 아니라 건강한 젊은 시절에 주어진 시간을 알토란같이 사용하는 법을 이행하자는 것이다. 이를테면 이렇다.

첫째, 하루 8시간 잠을 잘 경우 우리는 잠으로 27년을 보낸다. 이 수면 시간을 2시간 줄이자는 것이다. 그러면 6년의 세월이 보너스로 주어진다. 줄이는 대신 수면의 질을 높이면 수면부족은 일어나지 않는다.

둘째, 평균수명과 건강수명의 차이가 14년이다. 이 격차를 줄이지 않으면 행복은 멀어질 수밖에 없다. 말하자면 아프면서 90살을 살기보다는 아프지 않고 76살을 사는 게 낫다는 얘기다.

셋째, 담배를 피우면 8년의 수명이 단축되며 각종 질병의 직·간접적인 원인이 된다.

앞의 예를 전제로 계산해 보자. 이 경우에 건강한 사람은 평균수명 81세에서 잠자는 시간 21년을 뺀 60년이 눈뜨고 건강하게 활동하는 시간이지만 건강하지 못한 사람의 경우는 32(81-27-14-8)년만이 건강하게 활동하는 시간이 된다. 이 엄청난 차이를 시시로 느끼며 생활해야 한다. 많은 사람들이 죽음 직전에 가서야 며칠을 더 살려고 발버둥친다. 많은 돈을 들여 목숨을 구걸하고 매달리는 것은 보기에도 딱하다. 아름다운 마무리를 위해서 그런 궁상은 떨지 말아야 한다. 아무것도 할 수 없는 쇠잔한 상태에서 며칠 더 연명한들 그게 무슨 의미가 있는가.

영국 시인 알프레드 하우스먼은 '기상나팔'이란 시에서 "청년이여 일어나게, 여행이 끝나면 잠잘 시간이 충분하다네"라고 읊었다.

기운이 펄펄 넘치는 시기에 행복을 구가하며 많이 보고 듣고 활동하며 즐겁게 생활해야 한다. 낮이 밤이 되듯 우리의 죽음 또한 그러하니 자연스럽게 받아들이고 아름다운 마무리를 위하여 멋진 마침표를 찍어야 한다. 그런데 왜 그리도 반죽음인 잠을 많이 자는가. 얼핏 보면 비슷한 삶을 산 것처럼 보이지만 내용을 들여다보면 엄청난 차이다. 81세에 똑같이 죽음을 맞았지만 전자는 행복한 삶을 60년 사는데 비해 후자는 건강하게 눈 뜨고 생활한 시간이 고작 32년밖에 되지 않는다. 이미 낡고 쇠잔해진 몸에 많은 돈을 들여 며칠 더 살려고 발버둥치면서 팔팔한 젊은 시절의 49년을 이렇게 허망하게 소비해도 된다는 말인가.

위의 방법은 필자가 늘 주장하는 '짧게 살면서 오래 사는 법'(본문 참조)이다. 이토록 좋은 방법을 알면서도 행하지 않는 것인지 몰라서 못하는 것인지 안타깝고 아리송하다. 그래서 이 책에서는 그런 내용을 집중적으로 다뤘다.

1부에서는 몸만들기, 마음 만들기, 자신의 우주 만들기, 자신의 미래 만들기를 주제로 작가의 직장 퇴직 후 20여 년의 경험과 그간 노인 관련서를 출간한 경험을 바탕으로 정제에 정제를 거쳐 행복하고 의미 있는 노후를 위해 은퇴자들에게 꼭 필요한 요목만 추렸다. 이 책이 노인 관련서로는 마지막이라는 심정으로 고혈을 짜내 쓴 것이라는 점을 자신 있게 밝힌다.

2부에서는 중요한 이슈 중의 하나인 국민연금과 건강보험 기금 고갈에 대한 우려를 불식시킬 수 있는 해결책을 제시했다. 지금까지 어떤 정책에서나 관련 연구소에서도 언급되지 않았던 문제의 해법을 실었다. 왜 이 제도를 실시해야 되는지 이 제도가 실시되면 어떤 효과가 있고 어떤 점이 유리한지 구체적인 사례를 들어 자세히 담았다. 기금 고갈의 우려를 불식시킴은 물론 국가의 재정 건전성에도 크게 이바지할 것으로 기대되며 복지모델 국가로서 세계의 부러움을 살 것으로 기대한다.

부록 '필자의 아포리즘 목록'에서는 필자가 일 년의 반 이상을 길 위에서 보내면서 자아와 세계와의 끊임없는 대화를 통해 언어의 사리를 채굴해 힘든 조탁 과정을 거쳐 누에고치에서 실을 뽑듯 한 올 한 올 뽑아 올리는 기쁨을 맛보았다. 200여 개 중에서 옥돌만 107개를 골라 실었다.

이 책의 제1장 중 '인체는 어떻게 늙을까'의 내용은 필자가 교육을 받았던 '노인 성 인권교육 전문가 1기 양성과정' 교재(여성가족부와 한국노인종합복지관협회 공동발행)에서 일부 추렸음을 밝힌다.

|추천사|

천만노인의 시대를 앞두고 참으로 시의 적절한 시기에 출간된 책이라 반갑다. 우리나라 노인의 특징은 첫째는 빈곤, 둘째 질병, 셋째는 외로움, 넷째 자살 등이다. OECD 34개국 중 빈곤과 자살 1위의 불명예를 안고 있다. 가난 구제는 나라도 못한다는 속담은 맞다. 복지의 늪에 빠져 허우적대는 국가를 우리는 수도 없이 보아 왔다. 잘못된 포퓰리즘으로 국가 살림이 바닥이 난다면 그야말로 큰일이다.

우리나라는 세계의 그 유례를 찾아볼 수 없을 만큼 빠른 속도로 초고령시대를 향해 나아가고 있다. 그러다 보니 개인이나 국가나 준비할 시간이 없어 모두 우왕좌왕하며 어쩔 줄 모르고 쩔쩔맨다. 이러한 시기에 노인 관련서 '노인이 살아야 나라가 산다'라는 이 책은 참으로 절묘한 시기에 노인의 가려운 곳, 아픈 곳, 원하는 곳을 정확히 꿰뚫어 파헤쳤다. 몸만들기, 마음 만들기, 자신의 우주 만들기, 자신의 미래 만들기 등으로 주제별로 분류하고 구체적인 사례들로 재미있고 유익하게 마음에 쏙 와 닿는 유려한 문장으로 펼쳐 나갔다.

특히 제2부 '나라가 산다'에서는 2060년 국민연금, 건강보험료 기금 고갈에 대한 우려를 해소시킬 수 있는 해결책을 제시해 놓았다는 점에서 센세이션을 불러일으킬 만하다. 작가 한 개인이 이런 엄청난 발상과 대책을 제시할 수 있음에 놀라움과 고마움을 동시에 느낀다.

이 책은 앞으로 노인이 될 젊은이는 물론 인생 후반부를 맞이한 모든 노인에게 전신갑주가 될 것이며, 더운 낮에는 구름기둥으로 그늘을 만들고 밤에는 불기둥으로 추위를 막아줄 것으로 기대된다. 노인들의 건강하고 행복한 인생 후반부 삶을 살아가는 데 충실한 안내자 역할을 할 것이다. 이 책을 자신 있게 추천한다.

명성교회 김삼환 목사

김삼환.

| 들어가는 말 |

죽고 싶다고 죽는 것도 아니요 살고 싶다고 장수가 그냥 주어지는 것도 아니다. 100만 원짜리 오토바이를 운전하려 해도 원동기 면허가 있어야 한다. 몇십만 원짜리 스마트 폰을 구입하면 깨알 같은 사용설명서를 고시 공부하듯 훑는다. 그런데 정작 우리 몸의 신비에 대해선 백지 상태다.

우리 몸은 얼마짜리쯤 될까? 결론부터 말하면 28조 원짜리다. 함부로 다루어서는 안 되는 이유다. 기상청에서 사용하고 있는 슈퍼컴퓨터 '해온' 한 대의 가격은 40억 원이다. 우리의 뇌는 그 슈퍼컴퓨터의 7,000배의 성능을 가지고 있다고 과학자들은 이야기한다. 우리의 몸에 대해 공부를 하지 않으면 강아지에게 자동차운전을 맡긴 꼴이 된다. 우리의 몸이 어떻게 서로 유기적으로 연결되어 있는지 상호관련성을 알고 늘 최적의 상태가 되도록 노력해야 한다. 물론 상황에 따라서 어긋날 수도 있다. 그러나 어긋난 사실조차도 모른다면 기능은 시간이 흐름에 따라 떨어질 수밖에 없다.

한날한시에 출고한 새 차일 경우엔 성능 차이를 느끼지 못한다. 문제는 5년, 10년이 지났을 경우다. 잘 관리된 차와 그렇지 않은 차량은 확연한 차이를 드러낸다. 일반택시의 차령이 3년 6개월인 반면 개인택시의 차령이 8년인 경우가 그것을 단적으로 증명한다. 우리의 몸도 똑같다. 누구나 젊을 때는 활기차고 힘이 펄펄 넘쳐흐른다. 유비무환, 사후약방문 같은 어휘가 존재하는 이유와도 통한다.

그러나 현실을 돌아보면 건강과 공부와는 담을 쌓고 주(酒)와 색(色)과 희락에만 골몰하고 있다. 주변엔 온통 주식(酒食)형제만 넘쳐난다. 전철엔 스마트 폰 묵념형제들로 꽉 차 있다. 어쩌다 책 읽는 사람을 보면 희귀동물 같다. 어쨌든 인간은 이제 1세기를 사는 존재가 되었다. 마음먹기에 따라서는 무엇이든 이룰 수 있다. 그렇다고 시간만 많다고 저절로 이루어지는 건 아니다. 시간의 지배자가 되어야 한다. 부지런한 사람이 가장 많은 시간을 소유한다. 시간을 잘 관리하면 내 시간이 되지만 방치하면 손가락 사이로 모래 알갱이처럼 빠져나간다.

나는 자타가 인정하는 도보 여행가며 도보여행의 국내 고수다. 지금도 1주 10만 보쯤 걷는다. 나의 걷기는 이제 내 삶의 중심을 이루고 있으며 철학적 통찰의 근간을 이루고 있다. 10년 후면 노인 1,000만 명의 초고령사회를 맞는다. 걸어 다니는 다섯 명 중 한 명은 노인인 셈이다. 노인이 행복하지 않다면 복지국가 운운은 공허한 말장난으로 끝나기 쉽다. 퇴직 후 20여 년의 경험과 여행 35년, 마라톤 10년, 걷기의 생활화 13년의 생생한 체험들로 건져 올린 보물 같은 삶의 철학들, 그리고 행복의 원천들이 이곳에 낱낱이 공개된다.

나는 자신 있게 인생 후반부 행복한 삶의 요체를 두 가지로 압축, 정리한다. 첫째는 걷기요 둘째는 공부다. 이것에 대하여 아무리 다른 것을 덧댄다 하더라도 군더더기요 곁치레일 뿐이다. 건강이 뒷받침되지 않는 계획, 야망, 꿈은 구름 잡는 소리다. 이 세상 가장 미련한 사람은 돈을 벌기 위하여 건강을 해치는 자라 했다. '재보만고건실무용(財寶滿庫健失無用)', 다시 말해 '재물과 보물이 창고에 가득해도 건강을 잃으면 아무 쓸모가 없다'는 얘기다. 이렇게 간단한 이론을 모르는 사람은 없다. 문제는 작심삼일의 의지박약이요, 꾸준함의 결핍이 모든 실패의 씨앗이 된다. 그리고 훗날 후회로 무릎을 친다.

필자가 40여 년 전부터 운동을 쭉 해 온 것은 미래를 내다보는 무슨 혜안이 있어서가 아니다. 단지 겁이 많아 병원에 가는 게 두려워 운동을 시작했을 뿐이다. 그러다 장수시대와 맞물려 빛을 발하게 되었다. 나는 모든 사람에게 "3080고지를 점령하라"고 주문한다. 말하자면 30대의 체력을 80대까지 60년간을 유지하라는 주문이다. 물론 공허하게 들릴 수 있겠지만 노력과 관리가 따르면 불가능하지 않다는 확신이 있다. 몇몇 예를 들어본다.

최근에도 활발하게 활동하고 있는 연세대 명예 철학교수인 김형석 씨는 금년 97세다. 꼿꼿한 자세로 요즘도 한 달 40회의 강연을 한다. 하루 40매의 원고를 쓴다. 지난해 『나는 아직도 누군가를 사랑하고 싶다』는 책도 출간했다. 놀라울 뿐이다. 96세에 사망한 경영학의 대가 피터 드러커 교수도 93세에 『넥스트 소사이어티』를 펴냈다. 103세에 사망한 방지일 목사도 사망 6개월 전까지 설교를 했다. 그의 좌우명은 '닳아 없어질망정 녹슬지 않는다'다. 99세에 시인으로 등단한 일본의 시바타 도요 할머니도 103세까지 시인으로 활동하다 사망하였다. 2012년 한국방송통신대학교 영문과에 90세로 입학한 전 서울대 교수 출신인 정한택 옹도 43년 방송통신대 최고령자 입학 기록을 갈아 치우며 화제가 되었다. 이런 사실들은 신기루도 꿈도 아니다. 누구나 노력을 하면 도달할 수 있는 고지다.

나는 이번 책에서 인생 후반부 삶을 이끌어 나갈 노마지지(老馬之智)의 지혜로 어떻게 하면 정연한 이론과 맛깔스런 문장, 서정성 넘치는 문체로 담아낼 수 있을까를 두고 고민하였다.

난 꿈을 꾸며 살아간다. 꽃과 나비와 함께 산다. 길 위에서 바람과 구름과 함께한다. 손자 손녀와 늘 함께한다. 성동예술인 맵 멤버, 마을기업 회원들과 함께한다. 동아리에서 젊은이들과 함께한다. 툭하면 대학가를 어슬렁거린다. 주 3회 이상 가는 성수도서관엔 늘 젊은이로 꽉 차 있다. 산에선 삼림욕을 하고 산에 가지 않을 땐 청춘욕을 하는 셈이다. 주 2회 정도는 자전거 길을 걷고 주 1회 이상 자연이 공연하는 오페라, 연극, 음악회를 감상한다. 인간은 나이 들어 늙는 게 아니라 꿈이 사라질 때 늙는다. 이 글을 읽는 모든 이들이 지구와 이별하는 순간까지 꿈을 꾸며 살아가기를 희망한다. 이 책은 노인에겐 갑옷이며 젊은이에겐 따뜻한 커피 한 잔이 될 것을 믿는다.

하지 즈음에

|차 례|

제2장 마음을 만든다 - 공부에 미치면 희망이 솟는다

제3장 자신의 우주를 만든다 - 삶에 미치면 황혼에 춤을 춘다

제2부

나라가 산다

제1부

노인이 살아야

제1장

몸을 만든다

걷기에 미치면 행복이 솟는다

1

인체는 어떻게 늙을까

1-1. 우리의 노인문제는 도대체 무엇인가

21세기 한국사회의 심각한 사회문제 중 하나는 인구 고령화에 따른 노인 인구 증가문제이다. '이미 시작된 20년 후'의 저자인 슈워츠(P. Schwartz)는 노인 인구의 폭증을 인구폭탄(aged-quake)으로 거론하면서 고령화 현상의 심각성을 언급한 바 있다. 노인 인구의 급속한 증가는 선진국과 개도국의 보편적인 현상으로서 의약의 발달, 공중보건 위생의 향상, 영양상태의 호전, 건강에 유리한 생활습관, 사망률의 감소에 따른 평균수명 증가에 기인한다. 한국사회의 경우 노인 인구는 1960년에는 65세 이상이 전체 인구대비 2.9%에 불과하였으나 1970년에는 3.1%, 1980년에는 3.8%, 1990년에는 5.1%, 2000년에는 7.2%로 이미 고령화 사회에 진입하였다.

고령화 사회에서 고령사회로 이행되는 데까지 걸리는 기간은 2000년 기준 장래추계인구에 의하면 19년이 걸릴 것으로 추측되었으나 2000

년 이후 합계출산율이 더욱 낮아지면서 2018년으로 앞당겨질 것으로 예상된다. 더욱이 베이비붐 세대가 65세에 도달하는 2020년 이후의 고령화는 더욱 빨라져서 2026년에 65세 이상 인구가 총인구의 20%가 되는 초고령사회에 진입하게 된다. 이는 고령사회에 도달한 지 불과 8년 만이며, OECD 국가 중 고령화가 가장 빠르다고 하는 일본의 12년보다 4년이나 빠를 것으로 예측된다는 점에서 그 심각성이 크다.

1-2. 노인의 특성은

신체적 특성

노년기는 자주적인 활동이 비교적 가능한 시기와 일상생활에서 타인에 대한 의존성이 커지는 시기에 따라 신체적 특성이 다소 다르게 나타나지만 일반적으로 노년기의 신체적 특성은 신체적 변화와 함께 체력 약화에 따른 면역성 저하로 온갖 질병이 찾아오는 것으로 특정지을 수 있다. 노년기의 신체적 변화로는 신체구조의 변화와 신체의 외면상 변화가 있다. 이러한 신체적 변화와 함께 노년기에는 생리적 기능 저하로 인해 만성질환 발병비율이 급격하게 높아진다. 실제로 60세 이상 노인의 약 70% 정도가 순환기 질환, 암, 뇌일혈, 폐렴, 기관지염, 동맥경화, 당뇨 등의 만성질환을 앓고 있다. 그러나 자신의 신체적 노화에 지나치게 몰두하게 되면 생활만족도가 낮아지고 사회 심리적 기능에 손상이 일어날 수 있다. 또 취면장애, 숙면장애 등을 경험하게 되고 생식기능은 점차 상실되나 이것이 곧 성에 대한 욕구의 상실을 의미하는 것은 아니다.

심리적 특성

노년기는 자신이 평생 겪어온 경험과 사건, 경제적. 사회적. 문화적 변화의 결과이므로 다양한 개인차를 나타낼 수 있다. 노년기의 심리적 특성은 감각 및 지각 기능, 정신기능, 성격, 정신장애 등의 영역에서의 변화를 의미한다. 먼저 노화와 함께 감각기능에 변화가 온다. 시각은 수정체의 조절능력이 약해져 가까운 물체에 초점을 잘 못 맞추는 노안이나 원시가 나타난다. 눈물길이 막혀 눈물이 줄줄 흐르는 현상과 날파리가 날아다니는 것 같은 비문증 현상도 보인다. 청각기능도 쇠퇴하여 소리의 고저와 강도에 대한 감지능력이 현저하게 떨어지고 노인성 난청과 이명 현상 등이 나타난다. 미각 및 후각의 변화도 나타나 음식의 단맛 짠맛의 적정도를 잘 못 맞춤은 물론 촉각도 노화와 함께 서서히 감퇴한다. 노년기 후기로 갈수록 신체기관의 능력이 더욱 감소하며 소화력의 감소로 음식 섭취량도 줄어들고 체력저하로 육체적 활동에도 흥미를 잃는 경향이 있으나 개인에 따라 차이가 크다.

인지적 측면에서도 변화가 일어난다. 지적 능력의 쇠퇴는 반응시간, 시각에서 받은 정보를 운동반응으로 전환하는 능력, 기억 등을 포함하는 다양한 측면에서 일어나는데 특히 단기 기억이 쇠퇴한다. 60세 이후에는 지적능력 전반에서 현저한 감소가 관찰된다는 연구결과도 있으나 개인차가 존재한다. 노년기 후기에도 높은 수준의 인지능력을 유지하는 노인들도 많이 있는데 교육수준이 높고 건강하며 활동적일수록 노인의 인지능력은 높은 것으로 알려졌다.

성격적인 영역에서는 감정표현 능력이 저하되고 내향성 및 수동성의 증가, 조심성의 증가, 경직성의 증가, 우울 성향의 증가, 생에 대한 회상의 경향, 친근한 사물에 대한 애착 증가, 성 역할 지각의 변화, 의존성의 증가, 시간 전망의 변화, 유산을 남기려는 경향 등의 성격변화가 일어날 수 있다. 한편 노년기에 일어날 수 있는 정신장애로는 정신병, 신경증, 정신지체장애와 같은 기능적인 정신장애와 뇌 조직 기능의 손상에 의해 발생하는 기질적인 정신장애가 있다. 기질적 정신장애로는 급성·만성 기질적 정신장애와 전 노인성 치매가 포함된다.

사회적 특성

사회적 지위의 변화와 함께 그에 따른 역할 상실과 변화를 경험하게 된다. 즉, 배우자 사망, 퇴직 등으로 역할 상실을, 조부모 역할, 퇴직자 역할 등의 역할 변화를 경험하게 되고 이러한 변화에 적응해야 하는 것이 노년기의 일이기도 하다. 이중 배우자 사망은 정서적 지지의 상실을 의미하므로 가장 힘든 적응이 필요하게 된다. 특히 여자 노인들의 경우, 배우자 사망으로 인한 재정적 지원의 감소가 문제가 될 수 있다. 노년기 이전에는 일상 활동, 사회적 관계, 자아 정체감 등이 직업을 중심으로 형성되어 왔기 때문에 퇴직 또한 노인들이 변화된 상황에 적응해야 하는 큰일일 수밖에 없다. 특히 퇴직이 갑작스럽게 이루어지거나 자아개념이 그 사람의 직업 역할에 깊이 뿌리박혀 있을수록 퇴직 후의 적응에 어려움을 겪는다.

이처럼 지위와 역할의 변화를 겪는 노인들에게 사회적 지지는 노년의 건강과 삶의 유지에 매우 중요한데 이때 누구로부터의 지지는 가치 있는 존재로 평가받고 상호작용의 망 속에 자신이 속한다고 믿게 한다. 이토록 사회적 지지는 의미 있는 관계를 지속시켜 줌으로써 고립을 막아주어 삶의 만족도를 높여준다. 건강에 미치는 스트레스의 부정적 영향을 완화해 주고 질병으로부터 노인을 보호해 주는 역할을 한다.

심리적 노화는 어떤 것인가

심리적 노화는 감각기능, 인지기능, 정서 및 정신기능, 성격 등의 심리 내적 측면과 심리 외적 측면과의 상호작용에서의 퇴행, 유지 및 성숙을 동시에 내포하는 심리적 조절과정이다. 심리적 노화의 영역은 크게 심리적 기능, 발달적 특성, 정신건강과 장애로 나누어 볼 수 있으며, 생물학적 노화와 관련된 심리적 기능일수록 연령이 증가함에 따라 퇴행적 발달이 나타난다. 경험과 밀접하게 관련된 심리적 기능이나 발달은 그대로 유지되거나 오히려 증가하는 특성을 보이고 있다. 또한 심리적 노화가 사회적 기능의 약화를 초래할 수도 있지만 오히려 촉진하는 경우도 있으며 반대로 사회적 노화가 심리적 노화에 긍정적 또는 부정적 영향을 미칠 수 있다.

노년기에는 신체 내·외부의 변화와 상태에 대한 정보를 수집하여 뇌에 전달하는 감각기관의 기능이 저하된다. 먼저 시력은 40대 이후부터 약화되기 시작하여 70세 이후부터는 교정시력으로도 정상시력을 유지하기 어려워진다. 그리고 노년기에는 청각능력의 감퇴가 이루어지는데, 55세 이후부터는 음의 고저에 대한 변별력이 감소하고 노년기 후기에는 보청기와 같은 청력 보조기구의 사용 필요성이 높아진다. 미각은 70세 이전까지는 큰 변화는 없지만, 80세 이후부터는 혀의 맛봉오리가 감소하여 미각구별능력이 현격히 쇠퇴한다. 후각은 65세 이후부터 감소하기 시작하여 80세 이후 노인의 75% 정도가 후각에 문제를 경험하게 된다. 촉각은 45세 이후부터 급격히 저하되며, 통각(痛覺)은 젊은 사람들에 비해 노인들이 덜 민감하지만 통각의 저하는 연령과는 크게 상관성이 없는 것으로 나타나고 있다.

노년기에는 감각기관이 수집한 정보를 의식적 수준에서 처리하고 평가하는 지각기능의 반응속도가 저하된다. 즉, 노년기에 이르게 되면 운동반응, 반응시간, 문제 해결, 기억력, 정보처리 과정에서 반응 속도가 둔화한다. 그러므로 노년기에는 환경변화에 즉각적으로 대처할 수 없게 되어 안전사고를 유발할 가능성이 커진다. 연령이 증가함에 따라 일반적으로 수면시간이 감소하게 되는데 55세 이후에는 급격히 감소하여 65세 이상에서는 5~6시간 정도 수면을 취하게 되는 것으로 나타나고 있다. 이러한 수면시간의 감소와 아울러 노년기에는 취면장애, 조기각성, 주야전도, 숙면장애 등의 수면장애를 경험하는 경우가 많다.

인지기능 중에서 지능은 18~25세 이후부터는 점진적으로 쇠퇴한다고 보고 있으나 타고난 지능은 줄어들고 경험을 통해 얻은 지능은 오히려 높아져 노년기에도 전반적으로 지능에 큰 변화가 없는 것으로 밝혀지고 있다. 그리고 창의성도 60~70세에도 20대와 동일한 수준의 창의성을 발휘할 수 있으며, 80세에도 여전히 중요한 일들을 훌륭하게 수행하는 경우가 많이 있다. 특히 노년기에 이르게 되면 감정표현능력의 저하가 이루어진다. 이러한 감정표현능력의 저하는 연령의 증가에 기인한 것이라기보다는 사회문화적 요인 즉 감정표현을 억제하는 것이 사회문화적으로 보다 바람직하다는 사회적인 압력에 순응한 결과라고 할 수 있다. 인간의 죽음에 대한 태도는 아동기에 시작하여 노년기에 이르기까지 장기간에 걸쳐 형성되는데 노년기의 죽음에 대한 태도는 자아 통합성의 성취 정도에 따라 차이를 보인다. 노인이 자아통합에 이르게 되면 자신이 살아온 인생을 수용하고 두려움 없이 죽음에 직면하는 능력이 높아지지만, 절망에 이른 경우에는 죽음을 수용하지 못하고 타인을 원망하며 우울증의 경향을 보인다.

사회적 노화란 무엇인가

노화의 사회적 측면을 정확히 이해하기 위해서는 노년기로의 전환과 함께 이루어지는 개인 수준에서의 사회적 상황 변화뿐만 아니라 사회가 노화과정이나 노인에게 미치는 영향, 노인 인구로 인하여 야기되는 사회적 변화라고 하는 세 가지 측면을 모두 고려해야 한다. 노년기에는 퇴직, 배우자와 친구의 상실 등으로 인하여 사회적 관계망이 줄어드는 것이 일반적이다. 그리고 직장 등과 같은 2차 집단과의 유대관계 및 참여 정도는 줄어들고 가족, 친구, 이웃 등과 같은 1차 집단과의 관계가 사회적 관계의 중심이 되며, 그중에서도 가족이나 자녀와의 관계가 핵심적 관계 축이 된다. 노년기에는 평균수명의 연장과 출산자녀 수의 감소로 자녀양육 기간은 줄어들고 배우자 사망 이후 독신으로 생활하는 기간과 여가시간이 늘어나게 된다. 그러므로 노년기에서 원만한 부부관계의 유지는 삶의 만족도를 유지하는 데 필수적인 요인이 된다.

노년기에는 성인 자녀와 적절한 유대관계를 형성해야 하지만, 노인이 부양자의 지위에서 피부양자의 지위로 전환하는 과정에서 많은 어려움을 겪기도 한다. 특히 핵가족화, 소가족화의 영향으로 자녀와 별거하는 비율이 높아짐에 따라 노인과 자녀와의 연락이나 접촉빈도가 낮아지는 등 양적 관계에서의 변화뿐만 아니라 부모-자녀 간의 정서적 유대관계도 소원해지는 등 질적 관계에서도 많은 변화가 일어나고 있다. 부모-자녀 관계를 원만하게 유지하기 위해서는 자녀에게 일방적으로 의존하기보다는 상호지원 관계를 유지하고, 신체적 건강의 유지, 안정된 소득기반의 조성, 그리고 심리적 건강 등을 확보하여야 한다. 평균수명의 연장으로 인하여 조부모로서의 역할을 수행하는 기간이 증가하였지만, 이전처럼 조부모가 삶의 지혜를 가르쳐주는 역할을 하지 못하고 성인 자녀에게 손자녀 교육을 위임하고 있는 실정이다.

사회적 지위나 역할은 일생을 통하여 변화하게 된다. 일반적으로 성인기까지는 사회적 지위와 역할을 획득하는 경우가 많지만, 노년기는 중요하고 가치 있는 사회적 지위와 역할을 상실하는 경우가 더 많다. 즉 노년기에는 얻는 것보다는 잃는 것이 더 많은 시기이므로 상실의 시기 또는 역할 없는 역할을 갖는 시기라고도 한다. 그러나 노년기에도 새로운 역할을 얻기도 하며, 동일한 역할을 수행하더라도 그 수행방법이 변화되며, 역할 자체의 중요성이 변화되는 등 다양한 역할전환을 경험하게 된다. 특정한 지위와 역할은 상실하는 반면 다른 지위와 역할을 획득하게 되며, 직업인의 지위에서 물러나 퇴직인의 지위를 갖게 됨으로써, 생계유지자 및 남편과 아내로서의 역할에서 피부양자, 독신, 조부모의 역할로 전환하게 된다. 그리고 2차 집단에서의 지위와 역할의 종류와 수는 줄어들지만 1차 집단에서의 지위와 역할은 큰 변화가 없다.

성공적 노화란 어떤 것인가

노인이 성공적 노화에 이르기 위해서는 건강한 노화, 적응적 노화, 활기차고 생산적 노화에 이르기 위한 자발적 노력과 외부의 지원이 필수적이다. 노인의 성공적 노화를 촉진하는 방법을 개괄적으로 살펴본다.

첫째, 노인의 건강증진을 위한 생활습관의 관리와 2차적 예방이 요구된다. 먼저 금연, 균형 있는 영양섭취, 체중감량, 성인병 위험요인의 관리, 꾸준한 운동 등과 같은 바람직한 생활습관을 유지하여 질병에 걸리고 신체적 기능이 위축되는 것을 방지하는 1차적 예방활동이 가장 우선적으로 요구된다. 그런데도 질병에 걸릴 경우에는 적극적으로 질병을 치료하고 일상생활 동작 능력을 유지하기 위한 2차적인 예방적 개입이 요구된다. 이러한 2차적 예방조치에도 불구하고, 질병이 심각해지거나 장애상태에 이르게 되었을 경우에는 노인 가족 구성원 파견서비스, 방문 간호서비스, 방문 수발서비스, 주간보호서비스 등을 이용하거나 노인요양시설 입소 등의 장기요양보호에 대한 대책을 마련하여야 할 것이다.

둘째, 심리적으로 만족스럽고 정신적으로 건강한 삶을 영위할 수 있도록 원조하여야 한다. 이를 위해서는 노인 자신의 전 생애를 되돌아보고 해결되지 않은 생활사건이나 감정을 해결할 기회를 부여하는 인생회고 프로그램의 실시나 자서전 쓰기 프로그램을 실시하는 것이 유용할 것이다. 그리고 평생교육 프로그램을 개설하여 노년기의 삶에 적응하는 방안을 교육하고, 인지기능유지 프로그램, 영성훈련 프로그램, 죽음 준비교육 프로그램, 스트레스 관리 프로그램 등을 실시하여 생활 스트레스나 환경적 요구에 효과적으로 적응할 수 있도록 원조해야 할 것이다.

셋째, 경제적 안정을 위한 지원이 요구된다. '돈이 효자다'라는 말이 있듯이 경제적 여유가 없으면 기본적인 생활이 어려워지며, 더 나아가 가족에게 의존하게 되고, 친구 관계나 이웃과의 관계도 위축되게 마련이다. 그러므로 노후생활에 필요한 적정 수준의 경제력을 갖추는 것이 중요하다. 만약 적절한 노후소득이 확보되지 못한 경우에는 규모 있는 지출을 하거나, 금융권의 역모기지론 제도의 활용, 의료비 지출에 대비하여 재산 중 일부를 즉시 현금화할 수 있도록 관리하는 방법, 유산배

분 등의 경제생활에 관한 교육과 정보제공 서비스가 필요하다.

넷째, 경제활동이나 사회발전에 이바지할 수 있는 활동에 참여할 기회를 부여하는 것이 필요하다. 경제활동을 하게 될 경우 소득보완의 효과뿐만 아니라 사회적 관계망이 유지되고, 사회적 지위와 역할을 부여받을 수 있는 효과가 있으므로, 지역사회 내의 노인복지관이나 시니어클럽에서 실시하는 노인 일자리 사업에의 참여가 필요하다. 그리고 돈벌이는 되지 않더라도 사회봉사활동에 참여할 기회를 부여함으로써 사회적 관계의 유지, 자아존중감이나 자기 유용감 등의 긍정적 심리상태, 신체 및 정신건강을 유지해 주는 효과를 거둘 수 있다. 그러므로 지역 내 사회복지기관이나 공공단체에서 실시하는 노인봉사프로그램에 적극적으로 참여하도록 권유할 필요가 있다.

다섯째, 사회적 관계유지와 적극적 여가 참여를 지원할 필요가 있다. 노년기의 가장 중요한 관계인 부부관계, 노부모-자녀 관계를 원만하게 유지할 수 있도록 가족관계 재조정 프로그램에의 참여를 유도할 필요가 있다. 그리고 경로당이나 노인복지관 등과 같은 노인 여가복지시설에 적극적으로 참여하도록 유도함으로써, 사회적 관계를 폭넓게 유지하고 개인적 발전을 도모할 수 있도록 지원할 필요가 있다.

빠르게 산업사회로 변했다

산업사회는 사회구조의 급격한 변화로 인하여 노인들의 사회적 적응이 점차 어려워지고 있다. 특히 산업화과정에서 새롭게 도입된 지식이나 기술혁신은 기존의 노인에게 유용했던 경험 들이 그 가치를 잃게 되었고, 이에 노인의 직업적 지위는 저하되었다. 오늘날 새로운 지식과 기술이 빠르게 개발되고, 능률의 원리가 지배하는 사회 속에서 노인들은 스스로 경제활동의 영역을 찾지 못하여 소득원천의 상실, 노후생활상의 역할 등을 잃고 물리적·정신적 측면에서 소외당하고 있다.

그리고 공업화의 발달은 공업부문 취업자의 증대와 젊은 가족원의 도시 집중을 낳게 했으며, 노인들은 그들 자신이 터득한 과거의 지식과 경험이 현대의 물질문명에 점차 밀려나고 있다. 이에 따라 노인들은 무력감을 느끼게 되면서 자신들의 지위가 흔들리는 동시에, 노인들의 역할 상실이 사회적 평가의 저하를 유도하게 된다. 그리고 작금에 개인주의적인 가치관이 팽배한 젊은 세대의 노인 경시 현상은 노인들의 소외감을 더욱 심각하게 부채질하고 있다.

가족구조가 빠르게 변하고 있다

현대사회가 산업화, 도시화, 정보화 등으로 진전되면서 생산양식과 가족제도가 변하여 가족의 구조 및 기능에 커다란 변화를 초래하고 있다. 특히 사람들은 직장을 찾아 이동하기에 간편하도록 3세대 직계가족에서 2세대의 핵가족으로 변화되어 부부중심의 가족으로 바뀌어 가고 있다. 이와 같은 현상은 가족의 구조적인 변화로서 가족기능의 약화, 가족관계의 문제, 노인의 위치와 역할 등의 문제가 발생한다.

그러므로 노인의 역할과 기능은 가족 속에서 약화하거나 노인부양을 기대하기는 더욱 어려워져 가는 실정이다. 서구사회에서는 노인 부부세대 또는 독신노인이 60%를 상회하고 있으며, 동양사회에서는 노인들이 자녀들과 동거하는 비율이 비교적 높게 나타나고 있다. 우리나라 경우는 노인이 자녀들과 동거하는 비율이 어느 정도 높은 편이긴 하지만, 점차 핵가족화로 이행하는 추세로 볼 때 앞으로 더 많은 노인문제를 일으킬 것이다.

우리들의 변화하는 가치관

경제성장과 소득수준의 향상에 따라 개인의 생활의식은 물질적 욕구로부터 생활의 여유를 향유하기 위한 문화적, 정신적 욕구로 그 중심을 옮겨가게 되었다. 이것은 신 중간계층이 확대되어 대중화 사회가 등장하고 가정생활은 편리한 가전제품으로 주류를 이루면서 가공식품이 우리의 생활양식을 지배하고 있다. 그리고 교통과 통신망의 발달은 현대생활을 편리하게 하면서 생활권을 광역화하였다. 이와 같은 현상은 경제적, 사회적, 문화적인 생활의 모든 영역에 새로운 패턴을 형성하게 되었다.

따라서 우리의 정신문화의 근간을 이루고 있었던 효의 가치와 규정이 점차 쇠퇴하는 경향을 나타내고 있다. 즉, 전통적인 가족제도뿐만 아니라 부모. 자식 간의 관계에도 커다란 변화를 초래하게 되었다. 최근 젊은 세대 사이에서 부모는 부모이고, 자식은 자식이라는 생각이 보편화되고 있는 현실을 바라보게 된다. 노부모와의 동거를 불편하고 귀찮게 여기는 자녀가 있는가 하면, 부모와의 동거를 결사적으로 반대하는 며느리들도 늘고 있다. 그러므로 노인은 직계가족 내에서도 흔히 고독감이나 소외감을 느끼며 생활하게 되었다. 특히 장남도 부모봉양이 자신만의 책임이 아니라는 의식을 가지게끔 되어 가고 있는 것이 현실이다.

1-3. 현대사회에서 당면한 노인문제는 어떤 것이 있나

우리나라 노인들이 공통적으로 겪고 있는 문제로는 수입의 급감에 따른 빈곤문제, 노화에 따른 건강의 문제, 역할 상실에 따른 무위의 문제, 그리고 사회·심리적 갈등에 따른 소외의 문제 등을 들 수 있다.

경제적 빈곤문제

노인들이 실생활에서 가장 문제가 되는 것 중의 하나는 정규적인 소득의 상실로 인한 경제적 문제이다. 실제로 2002년 통계청 자료에 의하면 60세 이상의 노인들이 겪고 있는 어려움 중 건강문제 다음으로 지적되고 있는 문제가 경제적 어려움이었다. 노인들은 정년퇴직제도와 같은 인위적 제도에 의해 사회 일선에서 물러나게 됨으로써 노후의 생계와 용돈 부족 등의 경제적 어려움에 직면하게 된다. 개인적으로 노후준비가 되어 있는 경우에는 문제가 비교적 덜하다.

건강문제

노년기의 특성에서 살펴본 바와 같이 노인은 일반인에 비하여 건강상에 문제를 많이 겪게 된다. 노년기에는 신체적. 정신적 기능 저하, 노인성 질병의 발생 등으로 인해 유병률, 입원율이 비고령자에 비해 높아진다.

역할문제

사회적 지위의 변화와 함께 평생 수행해 오던 다양한 역할 상실을 경험하는 시기가 노년기이다. 역할은 개인이나 집단이 사회와의 관계를 갖는 중요한 수단이며 역할을 통하여 개인은 사회에 참여하고 사회적 가치를 인정받는다. 특히 노년기의 직업생활과 관련된 역할 상실이 문제가 될 수 있다. 직업생활에서의 은퇴와 함께 직장인으로서의 역할은 수입의 감소, 소외감 증가, 사기저하, 의존성 증가, 지위의 약화로 이어져 결국 사회·심리적인 고립을 초래하게 된다. 특히 남성의 경우 정년퇴직 이후에 대한 준비가 부족할 경우, 역할 상실에 따른 부적응현상을 심하게 겪게 된다. 가족관계의 역할 역시 매우 중요한 부분이 되는데 부모나 배우자로서의 역할 감소나 상실을 경험하게 된다.

즉, 자녀 수의 감소로 인해 자녀 결혼 완료 후의 생활기간이 길어지고 평균수명이 연장됨에 따라 배우자 사망 후에 홀로 남아 생활하는 기간이 길어지게 된다. 역할 감소나 상실에 따른 부작용을 줄이는 방법이 여가활용이다. 그러나 노인들의 여가에 대한 사회화부족, 여가시설과 프로그램 부족 등으로 인해 대부분의 노인들이 여가를 생산적으로 활용하는 데 한계를 갖고 있다.

소외감 문제

급속한 산업화로 인한 사회가치와 구조의 변화는 노인의 사회적응력을 떨어뜨리고 경제활동의 기회를 박탈하는 등 노인의 사회적 소외현상이라는 결과를 초래하게 된다. 사회로부터의 소외뿐만 아니라 건강악화, 배우자나 가까운 친지와의 사별, 소득 및 역할 상실, 자신의 인생에 대한 후회, 죽음에 대한 불안 등은 노인들의 우울증을 심화시키는 요인이 된다. 노인들의 우울과 고독의 문제는 불면증 등의 증상을 유발하기도 하고 극단적인 경우에는 자살로 이어지기도 한다.

1-4. 나는 노인건강을 위해 이렇게 맞서 왔다

새는 바람 부는 방향으로 앉는다. 저항이 아니라 순응이다. 반대방향으로 앉는다면 깃털은 엉망이 된다는 것을 그들은 본능으로 알고 있다. 여기서 맞선다는 의미는 인체에 적극적으로 순응한다는 의미다. 우리 인간은 반드시 늙고 병들고 죽는다. 그러나 적극적 순응을 한다면 상당 기간 늙음을 늦출 수 있다. 그렇다면 도대체 하지 않을 이유가 없지 않은가.

단박에 담배 끊는 법

건강을 이야기하기 위해서는 금연을 빼놓고는 할 수 없다. 흡연이 주는 엄청난 피해 때문이다. 담배는 끊을 수 있는가 없는가. 답은 '끊을 수 있다'이다. 그것도 아주 쉽게. 직방으로 해결할 방법을 놔두고 빙빙 돌아가는 수고를 많은 사람들이 한다. 금연을 위한 금연학교, 금연약, 금연 보조제, 금연 스패치 등이 어지러이 시중에 등장해 있다. 필자는 한마디로 그런 약들은 별 의미가 없다고 생각하는 사람이다. 정부에서도 금연을 잡아보겠다며 담배 값도 올려보았으나 시간이 흐르면 금방 둔감해져 원래대로 돌아간다.

김동인의 작품 '감자'에 이런 대목이 나온다. '한 모금의 연초가 막힌 생각을 트게 한다'고 흡연 예찬을 했다. 니코틴은 뇌혈관을 자극해 사고를 촉진하는 효과가 있다. 작가들이 창작의 동반자로 담배를 피운다면, 서민은 고단한 인생살이에서 불쑥불쑥 솟아나는 불안감이나 압박감을 달래려고 담배를 찾는다. 그래서 담배를 망우초(忘憂草)라고 하지 않던가. 그러나 그런 낭만적인 생각에 젖어 있을 때가 아니다. 담배 연기 속에는 4,000여 종의 독성 화학물질이 들어 있으며 그중에서 20여 종의 A급 발암물질이 함유되어 있다. 특히 흡연은 폐암, 구강암, 후두암, 식도암, 신장암, 방광암, 췌장암, 자궁경부암 등의 주요 원인으로 작용한다. 암으로 인한 사망자 3명 중 1명은 흡연으로 인한 것이라는 보건복지부 통계 결과가 있다.

금연의 제일 좋은 약은 첫째, 의지라는 약이다. 이 특효약 외에는 백약이 무효다. 그 의지를 불태워주는 것이 아내나 귀여운 자녀들이 보내는 사랑의 신호다. "여보(혹은 아빠), 담배가 아빠는 물론 우리 가족의 건강을 앗아가요. 제발 금연해주세요" 같은 호소다. 아빠가 이 같은 호소에 귀를 막고 있다면 어떤 비법도 특효약도 존재하지 않는다. 둘째, 혹시 의지가 강하여 자신과의 싸움에서 이긴다면 얘기는 달라진다. 이를테면 하루에 1갑을 피우는 사람이 작정하고 10갑을 피우는 것이다. 그 머리 아픔과 역겨움과 담배 냄새와 매캐한 연기가 지겨우리만큼 피워댄다. 다시는 담배를 쳐다보기도 싫을 만큼 의도적으로 피우는 것이다. 그 후 금연 욕구가 일어날 때마다 그날의 그 역겨움과 지겨움을 떠올리면서 금연욕구를 없애는 방법이다. 상당한 의지와 마인드 컨트롤이 요구된다. 셋째, 강한 쇼크를 받는 것이다. 이 방법은 필자가 25년간 피우던 담배를 단박에 끊게 된 결정적 계기가 되었기에 여기에 소개한다.

MBC 아나운서 실장을 지냈던 A씨와 역삼동에 있는 노래방을 가게 되었다. 회사 직원을 포함 일곱 명이 노래를 부르는 자리다. 나는 그때까지 내 노래 실력에 대해 상당한 자신감을 가지고 있었다. 물론 아는 노래도 300여 곡으로 어느 자리에서나 뽐냈고 나름대로 인정도 받았다. 그런데 그날 임자를 만났다. 그 아나운서는 가수 수준의 노래 실력을 보여줬고 선곡 자체도 고급스러운 세미클래식 류만 불러댔다. 그는 세련미가 넘쳐흘렀다. 그에 비하면 나의 노래는 탁한 저음으로 불러대는 트로트 곡은 시골뜨기 그 자체였다. 직원들의 반응은 완벽하게 갈렸다. 그 아나운서의 노래가 끝나면 직원들은 괴성과 함께 우박 쏟아지듯 박수를 쳤다. 직원들은 나를 위해 위로의 박수라도 쳐 줄 것 같았지만 냉정했다.

난 그날 처참하게 무너졌다. 하늘을 찌르던 자존심이 직원들 앞에서 보기 좋게 동강이 났다. 무참하게 무너진 이유가 과연 무엇인가. 분석에 들어갔다. 원인은 담배였다. 내가 그 아나운서한테 꿀릴 어떤 이유도 없다. 원래 목소리는 내가 더 낫다. 선곡은 의도적으로 트로트를 했을 뿐이다. 그러나 담배가 나의 목소리를 앗아갔다고 진단했다. 그 아나운서는 목소리가 직업상 생명이다. 잘 관리된 목소리와 목구멍을 함부로 다룬 결과는 처참하였다. 이제부터라도 목소리 관리에 들어가자고 다짐했다. 살아오면서 목소리 좋다는 이야기를 만 번은 들었을 것이다. 그런 내 목소리가 주인을 잘못 만나 이 지경이 되다니. 그래 담배를 끊으면 되는 거야, 담배가 주범이야, 나는 어디에 홀린 사람처럼 중얼거리며 혼자 진단하고 처방하였다.

나는 주머니에 있는 담배갑을 만지작거렸다. 두 개비 정도 뺀 담배갑은 아직도 탱글탱글하였다. 주머니에서 끄집어내 발로 짓뭉갰다. 자존심이 구겨질 대로 구겨진 터라 아깝다는 생각도 잠시, 과감하게 휴지통에 버렸다. 1995년 10월 21일 23시 05분에 일어난 일이다. 그로부터 21년의 세월이 흘렀다. 그 후 나는 윤기 나는 본래의 목소리를 되찾기에 이르렀고 그 아나운서는 방송국을 떠난 후에는 소식이 뜸했는데 어느 날 TV에 모습을 드러내 반가웠다. 그러나 그는 어떤 경로를 밟았는지 애연가협회 회장을 하면서 금연에 맞서고 있어 묘한 아이러니를 느꼈다. 그 아나운서와 언제 다시 한 번 노래방을 가고 싶다.

1-5 걷기가 최고의 명약이다

걷기 고수가 들려주는 걷기

'누죽걸산'이라는 사자성어는 황창연 신부가 지난 3월 아침마당에 나와 발표하면서 우리에게 친숙한 어휘 아닌 어휘로 자리 잡았다. '누우면 죽고 걸으면 산다'는 의미다. 딱 맞는 이야기이기에 생명력이 있다. 나는 한술 더 떠 '와사보생(臥死步生)'이라 명명한다. 동의보감에서도 약보다는 식보요 식보보다는 행보(行步)라 했다. 우리는 직립보행 인간이다. 네 발로 기어 다니는 짐승이 아니라 두 발로 걸어 다니도록 지음받았다. 그런데 걸어 다니는 걸 싫어한다. 아니 걷지 않으려고 한다. 걷지 않으니 어쩌다가 걸을 일이 있어도 잘 걷지를 못한다. 500m만 걸어도 짜증을 내고 힘들다고 호소한다.

분명 직립보행 인간인데 앉기를 좋아하고 기대기를 좋아하고 눕기를 좋아한다. 그러다 보니 양질의 음식물 섭취에 비해 활동량이 적은 몸뚱어리는 퉁퉁하게 변하여 직립보행 인간의 본연의 모습에서 점점 멀어져 간다. 그러니 비만으로 인한 각종 성인병으로 삶의 질은 떨어져만 간다. 허리둘레는 가늘수록 좋고 허벅지 둘레는 굵을수록 좋다. 허벅지 근육은 인체에서 가장 큰 포도당 저장 창고다. 따라서 다리 근육이 큰 사람은 쉽게 지치지 않는다.

인도의 생태운동가이며 교육자인 사티시 쿠마르는 말한다. 자기 어머니의 관점에서 볼 때 아이들은 텅 빈 물통이 아니라 하나의 씨앗, 한 개의 도토리라는 것. 어떤 식물학자나 정원사도 도토리에게 참나무가 되는 방법을 말해 줄 수는 없다. 그 작은 씨앗 속에 거대한 참나무로 자라서 수백 년을 살고 수백만 개의 도토리와 나뭇잎과 줄기를 만들어 낼 그런 힘이 들어 있다고 그의 어머니가 가르쳐 준 것이다. 어머니는 아들에게 많이 걸으라고 일깨워준다. 우리는 오늘날 탈것에만 의존한 나머지 마치 다리가 없는 것처럼 살고 있다. 땅에 발을 대고 흙과의 접촉을 명상하면서 걸으라는 것. 발밑에 흙을 두지 않고는 영혼이 제대로 숨 쉴 수 없다. 그리고 어머니인 대지가 우리들의 건강을 돕는다는 것이다.

그래서 지금부터 걷기의 위대성에 관해 이야기하고 싶다. 오늘도 나는 걷는다. 걷기는 필자가 하는 일이며 직업이기도 하다. 걸으면서 글감을 찾고 걸으면서 글을 쓴다. 나는 서재에 있지 않으면 길 위에 있다. 나는 길을 좋아한다. 길 위에서 걷는 걸 더 좋아한다. 사나이가 길을 나설 때는 눈물을 흘리고 싶을 때라고 한다. 나도 그렇다. 나는 눈물이 많다. 눈물은 어머니의 유산이다. TV를 보다가도 울고 영화를 보다

가도 툭하면 운다.

그렇다면 여자는 어떨까. 여자는 누군가와 가슴에 쌓인 이야기를 맘껏 하고 싶을 때 길을 나선다. 길은 누군가에게는 슬픔을 털어놓고 싶을 때 따뜻하게 손을 잡아주고 이야기를 들어준다. 고개도 끄덕여 주고 따뜻하게 안아도 준다. 또 누군가에겐 세계를 넓게 보는 안목을 길러주고 인간의 본질과 사물의 근원을 캐는 일을 도와준다. 또 누군가에겐 사진을 찍도록 무한한 피사체를 제공하고 누군가에겐 이야깃거리를 만들어준다. 도대체 길은 어떤 곳이기에 그런 역할을 할 수 있을까.

장자크 루소는『에밀』에서 말했다. "우리의 첫 철학 스승은 발이다"라고 말이다. 길은 단순하고 평탄한 길이 좋다. 그 단순하고 평탄한 지루한 길을 가장 고독하게 걸을 때에만 당신의 무딘 생각을 새파랗게 벼려 튀어나오게 한다. 울퉁불퉁한 길, 주변에 볼거리가 많은 길, 소음이 있는 길, 도시의 건물이 있는 길에선 생각이 튀어나오지 않는다.

시인들에게 걷기 즉 산책은 어떤 의미일까. "사람들은 도시화될수록 일상의 번잡에 찌든 영혼을 맑히고 속엣말을 가다듬으려 바쁜 시간을 쪼개 걷기에 나선다. 걷기는 일부러 고독과 몸의 수고를 빌려 자연에서 멀어진 발길을 자연에 바싹 붙이는 '본원적 귀향', 즉 자아회복을 위한 충전"이라고 김규성 시인은 말했다. 걷기는 '자아를 채우는 잠깐의 출가'다. 길을 천천히 걸으며 사물들에 하나하나 눈을 맞추면, 잘 안다고 여겨온 풍경의 깊고 아득한 내면으로 떠나게 된다. 나태주 시인 또한 걷기의 미학은 "길 위에서는 누구나 사색가가 된다. 서투른 철학자가 된다. 글을 쓰는 사람은 더욱 그렇다. 길은 지상에 만들어진 기다란 공간의 연속이지만 그것은 또 마음속으로 이어지고 이어지는 정신의 통로이기도 하다"고 말한다.

길은 사상이며 철학이다. 아리스토텔레스를 비롯하여 아리스토텔레스학파에 속한 철학자들 모두가 소요학파다. 길을 걸으며 토론하고 모든 사상과 철학이 산책에서 튀어나왔음을 우리는 안다. 키에르케고르도 "나는 걸으면서 나의 가장 풍요로운 생각을 얻게 되었다"고 했고, 니체는 "나는 손만 가지고 글을 쓰는 것이 아니라 발이 항상 한몫한다"고 했다. 길은 영원이다. 길은 삶의 원형이며 길 위에 모든 길이 있다. 지하로 가는 길, 지상으로 가는 길, 천상으로 가는 길이 모두 길 위에 있다.

길은 삶의 시작이며 끝이다. 길은 나의 친구다. 오직 길만이 유일하다. 길은 침묵이며 침묵으로 대화하고 침묵으로 침묵한다. 인간에게 밟히고 자동차에 짓이겨진다. 그래도 길은 웃는다. 길은 해탈이요 관조며 달관이다. 바닥에 엎디어 치부를 속속들이 보지만 그 모두를 그냥 삼킨다. 길은 경건이며 흠모다. 어떤 고난과 시련도 담담하게 받아들인다. 그래서 길은 우리 모두의 스승이다. 길은 무한의 가능성이며 모두의 희망이다. 모두의 등불이다. 잘못된 길을 가는 자에겐 바른길을 안내하고 좋은 길을 가는 자에겐 좋은 길을 안내한다.

길은 솔직하다. 길은 감추거나 속임이 없다. 그래서 늘 당당하다. 길은 공평하다. 남녀노소, 귀와 천을 구분 짓지 않는다. 단 하나 교만한 자에겐 가혹하리만치 응징을 한다. 길은 꿈이며 희망이다. 그래서 꿈길은 늘 설렌다. 설렘은 청춘을 조건으로 한다. 그래서 늙지 않는다. 늙는 사람은 나이를 먹어 늙는 게 아니라 꿈이 없어 늙는다. 죽음 직전까지도 꿈을 잃지 않아야 한다, 나는 길을 사랑한다. 길은 또 하나의 나다. 기분이 좋을 때도 길을 찾고 외롭고 우울할 때도 길을 찾는다. 길은 생명이며 죽음이다. 죽음은 또 하나의 생명이다.

그래서 늙음은 빛난다. 길을 걸으면 사상이 싹튼다. 길을 걸으면 문리가 트인다. 나는 부록에 실린 100여 개의 금언을 만들었다. 모두 길 위에서 얻어진 지혜의 파편들이다. 170여 편의 시도 모두 길에서 얻었다. 길은 도대체 무엇인가. 길은 생각의 보물창고다. 온갖 보물이 길 위에 널려 있다. 내가 길을 걷는 것은 그 생각의 보물을 줍기 위함이다. 그러나 길 위에 섰다고 해서 보물이 그냥 얻어지는 것은 아니다. 길 위에서 많은 세월을 보내야 한다.

나도 그랬다. 수많은 세월을 길 위에서 보내면서 꽃과 곤충과 벌레와 이야기를 나누면서 생각이 트이고 문리가 트였다. 자연이 내게 말을 걸고 내가 그걸 알아들을 때쯤이었다. 어느 날 나의 머리는 술빵이라는 생각이 들었다. 수많은 작은 그물코들로 촘촘하게 짜여진 술빵이 자리잡고 있었다. 그 촘촘한 그물코를 뚫고 생각의 파편들이 서로 먼저 나오려고 다투고 있는 것을 느꼈다. 그것은 길 위에 널브러진 생각의 보물들이었다. 어느 날부터인가 나는 그것을 주워담는 일을 하기에 이르렀다.

길은 나의 멋진 친구다. 내가 기분이 좋을 때도 우울할 때도 언제나 변함없이 환하게 미소 지으며 반긴다. 길은 해탈의 경지에 이른 고승이다. 즉문즉답을 거침없이 한다. 길은 물 붓듯이 건강을 안겨준다. 어떤 사람도 길을 꾸준히 걸으면 건강해진다. 사랑하는 사람과 또는 친구와 다정하게 걸으며 대화하는 것도 좋지만 혼자 걸으면 더 좋다. 혼자 걸어야만 길에서 얻을 수 있는 걸 모두 얻을 수 있다. 동반자가 있으면 조금밖에 얻지 못한다. 생각의 방해를 받고, 볼 것의 방해를 받는다. 가장 큰 방해는 자유의 방해를 받는다.

여행의 본질은 자유다. 그중 백미는 걷기다. 걷는다는 것은 침묵을 횡단하기 위함이다. 여행은 고통과 고독이 공존한다. 여행은 고통과 기쁨이 공존한다. 고독은 쓸쓸함과 배다른 형제다. 고독은 옆구리를 스치는 시장기며 맑고 투명하나 고립은 사방에 둘러싸여 죄수처럼 갇혀 있는 출구 없는 단절이다. 고독은 너그럽고 관대하나 고립은 앞뒤가 꽉 막힌 벽창호며 숙맥이다. 나는 그 고독과 친하다. 고독은 전혀 고독하지 않다는 데 매력이 있다. 길 위엔 고독이란 이름의 친구들이 언제나 오종종 모여 있다. 고독해지지 않기 위해 걷는 게 아니라 고독이란 친구를 만나기 위해 끊임없이 걷고 걷는다.

길을 걷는 것은 자유를 횡단하는 것이다. 연인과 함께 걸으면 무엇이든 좋을 것 같지만 방해를 받기는 마찬가지다. 먹는 것, 보는 것, 생리적 현상, 취향, 생각 등 모두가 다르다. 연인이기에 가능하면 맞추려고 애를 쓰며 또 맞는 것처럼 보일 뿐이다. 그러나 그건 잠시일 뿐 오래 지속될 수 없다. 걷기의 기본은 자유다. 자유를 맘껏 향유하기 위함이다. 때문에 동반자는 연인이든 친구든 방해꾼 그 이상도 이하도 아니다.

혼자 걸으며 맘껏 사유하기 바란다. 맘껏 보물을 줍기 바란다. 인간의 행복과 건강은 이성적인 노력을 통해서만 이뤄지지 않는다. 삶 속에서 구체적인 실천을 통해서만 가능하다. 걷기는 이런 실천의 으뜸으로 꼽히는 방법이다. 걷기는 최고의 명약이며 모든 행복이 솟아나는 화수분이다. 첫째, 몸과 마음을 건강하게 해준다. 둘째, 생각하는 힘을 길러준다. 셋째, 세계를 바라보는 눈이 트인다. 이 정도면 훌륭하지 않은가.

1-6. 어떻게 하면 노화를 늦출 수 있을까

내 건강을 지켜주는 허준의 건강법

9호선 가양역에서 내려 가양대교 방향으로 가다 첫 번째 사거리에서 좌회전하여 800m쯤 되는 지점에 구암 허준 선생의 박물관이 자리하고 있다. 길가에 턱 버티고 있는 2층 구조의 원통형 박물관이다. 나는 호기심과 궁금증이 많아 박물관 미술관 문학관 같은 곳을 좋아한다. 허준 박물관은 나와 특별한 인연이 있다. 1980년 한 경제지에 박스 기사로 실린 건강관련 정보가 기억에 또렷하다. 예나 지금이나 건강에 워낙 관심이 많은지라 건강관련 정보는 어느 것 하나 소홀함 없이 몽땅 스크랩하여 보관한다.

그때 수집한 정보는 지금까지 필자가 36년 동안 고스란히 실행해 오고 있다. 그 건강법을 여기에 자세히 소개한다. 물론 나이가 들어가면서 체력에 맞도록 조금씩 변형하였고 내 나름대로 덧붙인 것도 있다. 하루도 거르지 않고 이 운동을 해 오고 있다는 점과 매우 좋은 운동으로서 나의 하루를 밝고 활기차게 시작할 수 있도록 지금까지 필자와 함께 하였다는 점을 밝힌다. 죽기 직전까지 동행함은 물론이다.

아침 일찍 눈을 뜨면,

1. 크게 기지개를 3~5회 켠다.
2. 다음으로 입을 크게 '벌렸다 오므리다'를 5회 실행한다.
3. 귓불을 잡고 아래윗니를 부딪치면서 당겼다 놓았다를, 귀의 반을 접었다 폈다를, 양손 집게손가락을 귓구멍에 걸고 얼굴 쪽으로 당겼다 폈다를 각 12회 실시한다.
4. 엄지와 소지를 제외한 양손의 여섯 손가락으로 콧등을 30~50회 마사지한 후 따끈한 손을 양쪽 눈 위에 얹고 부드럽게 30회 돌린다. 손을 눈 위에 그대로 둔 채 눈동자를 아래와 위, 좌와 우로 각각 30회 움직인다. 그다음으로는 원을 그리며 50회 실시한다.
5. 양손을 사용하여 눈의 위와 아래 부분을 얼굴 바깥을 향해 펴주는 동작을 50회 한다.
6. 양손을 사용하여 입 주변의 팔자 주름을 다림질하듯 바깥으로 50회 쓸어 준다.
7. 배꼽을 중심으로 배를 4등분하여 양손을 모아 배꼽 아래 단전 쪽부터 30회, 그다음은 시계방향으로 옮겨가면서 각각 30회씩 마사지한다. 4등분한 배 마사지가 끝나면 오른손, 왼손을 번갈아 배 전체를 시계방향과 그 반대방향으로 30회씩 마사지한다. 다음은 치골을 30회, 회음부 쪽의 괄약근을 50회 마사지한다.

8. 두 다리를 뻗고 발가락을 발등 쪽으로 향한 상태에서 직각이 될 때까지 천천히 들었다 놓았다를 30회, 윗몸일으키기 50회를 실시한다.
9. 몸을 고양이처럼 말아 구르듯이 왼편 바닥, 오른편 바닥을 번갈아 닿도록 각 5회 실시한다.
10. 일어나 앉는다. 양발바닥을 붙이고 머리가 발 가까이 가도록 숙였다 일어났다를 30회 실시한다.
11. 양 발바닥을 각각 30회 비빈다. 팔과 다리를 각각 30회 비빈다.
12. 양 발바닥의 용천을 12회 누르고 발바닥, 발가락, 뒤꿈치를 마사지한다.
13. 양손을 편 상태에서 열 손가락으로 셈을 세듯 폈다 접기를 10회 실시한다.
14. 양쪽 다리 장딴지를 30~50회 마사지한다.
15. 양손의 엄지와 검지를 교차하여 빠른 속도로 터치하는 훈련을 50회 실시한다.
16. 서로 교차하여 반대 손목을 잡고 손목 회전운동을 20회 실시한다.
17. 반대쪽 손으로 손가락을 손등 쪽으로 젖힌 다음 20초 정도 유지한다.
18. 가부좌 자세로 앉는다. 복식호흡을 5회 실시한다. 그다음으로 앞으로, 옆으로 그리고 원을 그리며 천천히 목운동을 실시한다.
19. 그 자세에서 항문 조이기를 40회 실시한다.
20. 그 자세에서 기도한다. 아침의 기도는 하루를 여는 열쇠이고 저녁의 기도는 하루를 마감하는 빗장이다.

21. 기도가 끝나면 가부좌 자세를 푼다. 다음으로 다리와 팔을 어깨너비로 벌인 상태에서 엎드린다. 앞뒤로 고양이처럼 등을 오므렸다 폈다 하기를 20회 실시한다. 그 자세로 팔굽혀펴기를 15회씩 2세트, 어깨너비보다 넓은 자세로 2세트, 양손을 모은 자세로 각각 2세트 실시한다. 어깨너비는 전체 대흉근을 키워주며, 어깨너비보다 넓은 자세는 대흉근의 바깥 근육을 키워준다. 한편 두 손을 모은 자세는 대흉근의 아래쪽을 키워 주어 전체적으로 멋있는 가슴을 가질 수 있다.

모두 끝나면 30분이 소요된다. 이 외에도 소변볼 때 발뒤꿈치를 들고 아랫배에 힘을 주는 행위, BMW(버스, 전철, 걷기)를 생활화하는 행위, 계단 내려갈 때 발뒤꿈치로 걸어 내려가는 행위 같은 일상생활 모두를 건강생활의 도구화로 활용하며 습관화시키는 게 중요하다.

운동은 때가 되면 식사를 하는 것처럼 어쩌다 하는 운동이 아니고 죽을 때까지 지속적으로 하는 생활 속의 건전한 한 부분임을 인식해야 한다. 이 운동은 필자에게 항상 최적의 컨디션을 유지하도록 해줬다. 특히 안구운동, 귓불 당기기, 전립선 운동, 용천 누르기 운동은 그 덕을 톡톡히 보고 있다.

까마득히 잊고 있던 이 건강법이 구암 허준 선생의 건강법이라는 걸 새삼 알게 된 것은 지난해 초 서울 둘레길을 걸을 때였다. 허준 박물관 내부를 돌면서 그 건강법을 우연히 만났을 때의 기분은 묘하면서도 반가웠다. '과연!'이라는 말이 절로 튀어나왔다. 우리의 몸은 사랑하고 노력한 만큼 반드시 보답한다. 이 모두는 나의 건강을 지켜주는 보물 같은 건강법이다.

한편 하루 중 적절한 시간을 활용하여 근육운동을 한다. 겨울철에는 한낮이 좋고 다른 계절엔 아침 시간을 이용하는 게 좋다. 요즘은 굳이 헬스클럽을 가지 않아도 운동시설이 워낙 잘 되어 있다. 필자가 사는 곳도 가까운 주변에 서울숲을 비롯하여 청계천, 중랑천, 살곶이 공원, 송정 제방둑 같은 멋진 곳이 많다. 물론 기본적인 운동시설이 잘되어 있다. 그곳에서 벤치프레스(60kg) 1세트 15번씩 6회를 든다. 팔굽혀펴기 100회, 스탠드프레스 100회 정도를 한다. 그리고 평행봉, 웨이스트 머신 등을 가볍게 한다. 이 운동은 근육량의 소실을 막기 위한 방책인 셈이다. 또한 가볍게 달리기와 걷기를 1~2시간 한다.

이렇게 되면 하루 24시간 중에서 평균 2시간 정도를 운동에 투자하는 셈이다. 이 투자는 하루의 컨디션은 물론 평생의 건강을 좌우하는 중요한 요인이 되며 어떤 투자보다 우선한다고 확신한다. 우리 인체는 수면 중에는 모든 세포가 이완되고 쉬고 있다. 깨어나서 일할 수 있도록 준비운동을 시켜야 한다. 막걸리를 흔들어 마시는 것과 흡사하다. 그래야 본 운동을 차질 없이 잘해낼 수 있다.

맥박수 55회

내 몸을 스포츠카로 만든다. 덩치만 큰 짐차는 가라. 날렵한 근육질, 파워풀한 근육질, 체력이 넘치는 근육질, 오래 달릴 수 있는 지구력, 폭발적인 가속력, 매혹적인 외관을 만들어라. 이런 조건들이 충족되면 맥박수는 자연히 60 이하로 떨어진다.

여기서의 맥박수 60은 병적인 서맥을 이야기하는 것이 아니다. 마라톤 선수들의 맥박수는 분당 45~46회다. 참고로 봉달이 이봉주는 현역 시절 맥박수가 46회였다. 말하자면 심장이 그만큼 좋다는 얘기다. 1분에 70번을 펌프질하는 사람과 46번을 하는 사람과의 심장의 피로도의 차이는 빤하다. 분당 46회의 심장 펌프작용만으로도 몸에 필요한 산소를 충분히 공급받을 수 있다는 증거다. 심장이 한 번에 뿜어내는 혈액량(1회 박출량)에다 1분간 심장이 박동한 횟수 즉, 심박 수를 곱하면 심박출량이 산출된다. 이때 일반인들은 평균 70ml이지만 운동선수들은 100ml를 뿜어낸다. 분당 5ℓ일 경우 일반인은 1분에 70회의 펌프질이 필요하지만 운동선수들은 50회면 된다. 일반인의 경우 1회 박출량이 적어 심장의 수축횟수가 증가하여 에너지 낭비가 클 수밖에 없다. 운동하여 분당 20회를 줄인다면 하루 28,800회를 줄이고 1년이면 1,000만 번의 심장박동을 쉬게 하는 효과가 있다. 성인이 된 이후 60년간을 계산한다면 6억 번의 심장 박동을 쉬게 할 수 있다는 얘기다.

일단 맥박수가 60회 이하로 내려오게 되면 심혈관 질환과 관련 있는 질병으로부터 자유롭다. 각종 성인병과 멀어진다. 피로가 쌓이지 않는다. 피로한 경우에도 산소 공급이 충분하여 회복이 빠르다. 각종 질병으로부터의 면역력이 강해 감기에 잘 걸리지 않는다. 등산할 때나 지하철 계단을 오를 때도 숨이 차지 않는다. 나는 운동을 좋아한다. 물론 장수시대를 의식하고 계획적으로 했던 것은 아니지만 젊은 시절부터 꾸준히 몸을 관리해 왔다.

우리가 건강과 관련해 몇 가지 숫자는 꼭 알아야 한다. 그리고 그 변화를 관찰해야 한다. 어느 것 하나라도 짧은 기간에 변화가 있다면 의심을 해야 한다. 중요한 것은 혈압, 당뇨, 몸무게, 체질량 지수(BMI), 콜레스테롤(HDL, LDL) 수치다.

이외에 나는 맥박수를 추가한다. 잠자리에서 일어나 몸을 움직이기 전 일정한 시간에 잰다. 1년에 2회 또는 4회만 재도 된다. 유산소 운동을 계속하면 맥박 수는 서서히 줄어든다. 심장근육과 혈관이 좋아진다는 증거다. 나이가 들면 혈관 속의 때가 끼고 혈관이 좁아져 혈압이 높아지고 맥박수가 많아진다. 유산소 운동이 필요한 이유다. 때문에 각 장기의 상호의존성과 긴밀한 연관성을 잘 이해하는 노력이 필요하다. 인체의 신비는 알면 알수록 궁금한 게 많아지고 재미도 늘어난다. 그만큼 건강에 신경을 더 쓸 수밖에 없음은 덤이다.

나의 꾸준한 운동은 겁 많은 성격이 한몫했다. 그리고 매스컴에서 보도되는 각종 사고, 수술 장면, 중환자실의 처참한 모습들이 나를 떨게 했다. 젊은 시절의 운동은 체계적이지 못했다. 잦은 음주가 늘 발목을 잡았다. 그러다 퇴직 후 시작한 사업이 문을 닫으면서 술자리는 뜸해지고 체계적으로 관리가 되면서 내 몸은 서서히 달라졌다. "사업이 망하면 몸이 흥한다"는 게 나의 생뚱맞은 이론이다. 1994년에 동아마라톤 마스터스 대회의 원년 멤버로 참석하기 시작하면서 만 10년간 풀코스 18회를 비롯하여 각종 마라톤대회에 참가하여 엄청난 양의 길을 달렸다. 자연적으로 몸은 좋아졌다.

2004년 11월 어느 날, 우연한 기회에 나는 책 한 권을 만난다. 이름하여 『나는 걷는다』다. 프랑스 르피가로 지 기자 출신인 베르나르 올리비에가 쓴 실크로드 12,400㎞를 4년, 1089일간 횡단한 이야기책이다. 나는 그 책을 읽자마자 심장이 멎는 듯한 충격을 받았고 이내 우리나라 일주를 계획하고 이듬해 환갑의 나이에 배낭 하나를 달랑 메고 지팡이 하나 짚고 길을 나섰다. 그렇게 시작된 나의 걷기 사랑은 87일간 전국 일주 3,000㎞를 비롯하여 44일에 걸쳐 6대 강 자전거길 1,640㎞, 유인도 300여 개 탐사 등으로 이어졌다. 2018년이면 동서남북, 횡으로 종으로 바둑판처럼 우리나라 전체의 자전거길 3,114㎞가 완성된다. 내 나이 73살이 되는 그때 다시 전국의 자전거길을 의기양양하게 돌 것이다. 물론 몸을 잘 만들어야 함은 기본 중 기본이다.

나는 내 몸이 자랑스럽다. 내가 기회 있을 때마다 자랑할라치면 입빠른 소리 하지 말라고들 하지만 그런 말에 나는 쉽게 동의하지도 않고 끄떡도 않는다. 이미 35살 때부터 들어온 얘기다. 그리고 그런 건약자들이 즐겨 쓰는 이야기라고 단정한다. 물론 건강이야기는 무사고 운전을 이야기하는 것만큼이나 무모할 수 있다. 그러나 지금까지라는 전제를 달고 이야기한다. 나는 내 몸이 좋다. 나는 내 몸을 무지무지 사랑한다. 매일 두드리고 애무하고 쓰다듬어 준다. 더욱이 나의 오른쪽 무릎은 1999년 4월 어느 날 바위에서 떨어져 완전히 부서졌다. 다리를 잘라내느냐 마느냐 하는 상황까지 갔다. 허리뼈를 떼내 한 이식 수술을 포함 4번에 걸친 대수술이었다. 그 다리를 지금 무모하리만큼 많이 사용하고 있다.

다른 신체 기관은 편애라고 할지 모르지만 오른쪽 다리를 특히 많이 사랑한다. 나는 이미 10여 년 전 연골이 다 닳았으니 절대 걸으면 안 된다는 의사의 사형선고 같은 판정을 받았다. 그러나 그런 만류는 아랑곳하지 않고 고집스럽게 걷기를 해 왔다. 이번의 책에서는 나의 생생한 체험을 중심으로 쓰고 싶다는 의지도 분명 있다. 어떻게 강한 몸을 가질 수 있는지를 낱낱이 밝히려 한다. 그래서 많은 사람들이 함께 건강했으면 좋겠다.

나는 지금까지 감기에 걸려본 적이 없다. 피로라는 단어를 잘 모른다. 나는 맥박수가 분당 55회다. 느릿느릿 쿵쿵하며 큰북 울리는 소리가 난다. 물난리 때 개울에 돌 구르는 소리처럼 말이다. 요즘도 일주에 10만 보쯤 걷는다. 이런 일들이 다친 다리로 과연 가능한 건가. 나 자신도 처음엔 머리를 갸우뚱했지만 가능하다는 결론이다. 이와 같은 알찬 정보를 나 혼자 독점할 수 없다. 모두에게 알리자. 현장에서의 경험과 지금 실천하고 있는 일들을 생생하게 들려주고 싶은 마음뿐이다.

몸일지 쓰기

나는 끼적이는 것을 좋아한다. 툭하면 써댄다. 메모하고 일기 쓰고 시를 끼적거린다. 가방과 바지 뒷주머니에 메모지를 늘 지니고 다닌다. 적는 자만이 살아남는다는 신 적자생존, 이건 스펜서의 적자생존(適者生存)과는 분명 다른 것이다. 잠잘 때도 머리맡에는 메모지가 있으며 화장실에도 있다. 아이디어가 잘 떠오르는 곳은 침실, 화장실, 전철 안,

술집이다. 나는 누워서 상상하는 걸 좋아한다. 언제 좋은 생각이 떠오를지 모르니 말이다.

44년째 쓰는 일기는 나의 보물 1호다. 200쪽짜리 노트가 35권이다. 나의 일기는 보물이기도 하지만 자랑거리 1호이기도 하다. 그다음으로는 몸일지다. 나이가 들면서 나의 몸의 변화가 궁금하였다. 펄펄 끓던 젊음의 몸이 어떻게 변할까. 맨손으로 호랑이도 때려잡을 것 같던 젊은 몸뚱어리는 어떤 노후화 과정을 밟을까. 무척 궁금한 분야다. 눈, 코, 귀, 뇌 기능, 성 기능, 오장육부, 치아 등 온통 궁금한 것투성이다. 몸일지로 그 변화의 증상들을 적어보자는 것이다. 어떤 현상이 일어나며 어떻게 대처해 나갈 것인지를 알고 싶었다. 그리고 함께 나이 들어가는 동년배, 또 훗날 똑같은 길을 걸어올 젊은이들에게 좋은 본보기가 될 수 있지 않을까 하는 기대감으로 몸일지를 쓰기 시작했다.

쓰는 시점은 첫 병원을 간 날로부터다. 1999년 4월 25일은 청계산 정상부근 바위에서 굴러 오른쪽 무릎이 부서져 강동성심병원에 입원한 날이다. 그전에는 병원에 간 적이 없어 몸일지를 쓰는 것이 별 의미가 없을 것 같았다. 그러니 17년째다. 나이가 들면서 몸의 변화는 무시로 찾아왔다. 머리털이 빠지고 가늘어지고 흰 머리카락이 보이기 시작하고, 소변 줄기가 가늘어지고 힘이 없고 빈뇨·잔뇨·절박뇨 증상이 나타나며, 시력이 떨어져 안경이 필요해지고 눈물이 나며, 귀에서 소리가 나는 등 온갖 증상이 나타난다. 몸일지는 일기처럼 노트에 쓰는 게 아니라 컴퓨터에 저장해 가며 적는다.

몸일지를 들춰보면 내가 어떻게 늙어가고 있는지 일목요연하다. 재미

있고 신기하다. 인체의 모든 기관이 노후화하지 않는다면 죽지 않겠지. 기능이 퇴화하지 않는다면 늙지 않을 테지. 내 몸일지는 시간이 흐르면서 점점 자세해지고 정밀해진다. 쓸거리도 점점 늘어난다. 100세까지 목표를 세웠다. 몸일지를 쓰면서 좋은 것은 어떻게 건강관리를 할 것인가에 대한 대처 방법이 생긴다는 점이다. 그래서 일석이조다.

한편 내 서재 책상 앞에는 체력점검표가 걸려 있다. 일 년에 2회, 3월과 9월에 체크한다. 체크항목은 몸무게, 가슴둘레, 허리둘레, 허벅지 두께, 장딴지 두께 다섯 가지다. 나이가 들면 테스토스테론 호르몬의 감소와 함께 근육과 뼈의 소실이 빠르게 늘어난다. 여기서 중요한 것은 장딴지 두께와 허벅지 두께다. 이것은 거의 절대적이다. 나이 들어서는 벤치프레스로 대흉근 키우기보다는 하체를 튼실하게 해야 한다는 점이다. 물론 대흉근이나 이두근, 삼두근, 승모근, 활배근도 키워야 함은 당연하다. 다만 비중을 하체에 더 두란 이야기다.

나이 들면서 행복의 척도는 보행 여부에 달려 있다. 보행이 원활하지 못한 상태에서의 행복 운운은 구름 잡는 소리처럼 허황되다. 보행의 기본은 하체가 완성한다. 보행이 불편한 노인이 너무 많다. 허벅지는 인체에서 가장 큰 영양 창고며 소각장이다. 허벅지를 단련시켜 근육을 키워야 행복을 약속할 수 있다. 허벅지와 장딴지 두께의 합이 허리둘레와 같거나 커야 한다. 이건 절대적이다. 이 문제의 해결을 위해 노력에 노력을 기울여야 한다.

노인이 되면 키가 작아지고 허리가 휘는 현상들이 나타난다. 당연히 몸무게는 줄고 얼굴은 야위어 보이며 주름은 뚜렷하고 외모는 볼품없이 되어 간다. 세월이 흐르면 어쩔 수 없이 겪는 현상이다. 이런 현상들을 조금이라도 늦춰보자는 것이다. 과연 의도한 대로 늦춰지느냐 하는 것도 관심이다. 작은 변화까지도 독수리의 눈으로 포착하여 노력한다면 어느 정도 늦춰지는지가 관찰될 것이다. 그러니 다섯 개 항목의 수치가 떨어지지 않도록 노력하게 된다. 이 노력의 끝은 과연 어딜까. 그 노력의 결과물들은 어떻게 나타날까.

끝으로 '건강비결'에 대한 이야기 하나를 소개한다. 볼 하페는 네덜란드의 유명의사다. 그의 유산이 경매에 나왔다. 그 중 『건강의 비결』이란 책 한 권이 나왔다. 그 책은 비싼 가격에 낙찰되었고 모든 사람들은 책의 내용이 궁금하여 책을 폈으나 책은 백지상태였다. 그러다 제일 끄트머리에 다음과 같이 적혀 있었다.

첫째, 머리는 차게 하고 발은 따뜻하게 하라.

둘째, 지나친 욕심을 부리지 말고 항상 마음을 편안하게 하라.

셋째, 그러면 모든 의사를 비웃게 될 것이다.

동서고금을 막론하고 건강비법은 똑같다. 무지보다는 게으름에서 건강의 여부가 판가름 난다는 점만 알면 건강은 떼놓은 당상이다.

무릎관절(膝關節)과 동안

슬관절, 즉 무릎관절은 넓적다리뼈와 정강이뼈를 잇는 관절이다. 무릎관절이 건강해야 잘 걷고 잘 달릴 수 있다. 무릎관절은 인간의 뼈

216개 중에서 가장 크고 긴 뼈를 연결해 준다. 양쪽 다리는 건물의 기둥이다. 무릎은 그 기둥을 든든하게 연결시켜 잡아준다. 약한 기둥 위에 집을 지을 수는 없다. 몸의 기둥인 두 다리의 움직임을 원활하게 해주는 무릎관절은 매우 중요하다. 슬개골을 감싸고 있는 연골이 닳으면 뼈와 뼈가 맞닿아 통증을 유발하고 보행에 지장을 초래한다. 무릎관절이 끝까지 강해야 얼굴에 화색이 돌고 노후가 행복하다.

무릎과 관련된 재미있는 창세신화 하나를 소개한다.

> '세월의 패권을 두고 미륵님과 석가님이 붙었다. 이미 두 차례의 대결에서 패배를 겪은 석가님이 승복하지 않고 다시 시합을 제안했다.'
>
> "석가님이 또 한번 더하지/너와 나와 한 방에서 누워서, 모란꼬치 모랑모랑 피여서/내 무럽헤 올나오면 내 세월이오, 너 무럽헤 올나오면 너 세월이라/석가는 도적심사를 먹고 반잠자고, 미륵님은 찬잠을 잣다/미륵님 무럽우에, 모란꼬치 피여 올랏소아,/석가가 중둥사리로 꺽거다가, 저 무럽헤 꼬젓다./이러나서, 축축하고 더럽은 이 석가야,/내 무럽헤 꼬치 피엿슴을, 너 무럽헤 꺽거 꼬젓서니, 꼬치 피여 열헐이 못가고, 심어 십년이 못가리라."
>
> "석가님이 또 한 번 더하자/너와 내가 한 방에 누워서 모란꽃을 피워서/내 무릎에 꽃이 올라오면 내 세월이 되고 네 무릎에 올라오면 네 세월이다/석가는 나쁜 마음을 먹고 잠을 깊게 자지 않았으나 미륵님은 깊은 잠을 잤다/미륵님 무릎 위에 모란꽃이 피어올랐다/석가가 꽃

의 중간을 꺾어다가 자기 무릎에 꽂았다/미륵이 일어나서 축축하고 더러운 석가야/내 무릎에 꽃이 피었는데 네 무릎에 꺾어 꽂았으니 꽃이 피어 열흘이 못 가고 심어도 십 년도 못 갈 것이다."

(고어는 맞춤법과 무관하게 그대로 표기함, 해석은 현대적 의미를 가미하여 해석함.)

왜 하필이면 돌같이 단단한 무릎에 모란꽃을 피울까? 무릎은 보편적으로 사물을 생성하는 힘, 활력과 강인함을 의미하는 신화소(神話素)이다. 자식을 무릎 위에 앉히는 것은 부권을 뜻하기도 하고 어머니의 보살핌을 의미하기도 한다. '슬하(膝下)'라는 용어 역시 같은 뜻으로 사용됨은 주지의 사실이다. 슬하의 자식이란 친자의 확인이면서 양육을 의미한다. 따라서 무릎은 남성의 권위와 여성의 생산력을 포괄하는 신화적 상징인 셈이다. 사물을 생성하는 힘의 원천이 무릎에 있다고 인식하면 무릎에 꽃을 피우는 행위 자체가 이해될 수 있다.

어쨌든 그 옛날에도 무릎은 매우 중요한 부분으로 또 활력과 강인함의 상징으로 그려졌다. 무릎이 고장 나면 노후 행복도 고장 난다. 17년 전 나는 사고로 오른쪽 무릎이 바스러졌다. 네 번에 걸친 대수술과 이식수술로 다리 절단의 위기를 겨우 면했다. 하늘이 내려앉는 것 같은 절망감이 찾아왔다. 의사는 무릎 연골은 재생되지 않는다고 했다. 그렇다고 앉은뱅이처럼 살아갈 수는 없는 노릇 아닌가. 나는 내 나름의 방책을 찾아 실천에 옮겼다. 무릎 강화 운동을 시작했다. 허벅지 강화 운동도 병행했다. 허벅지 근육이 커지면 무릎에 걸리는 부하를 상당 부분 줄일 수 있기 때문이다. 그리고 스트레칭과 무릎 강화운동을 올림픽을 앞둔 운동선수처럼 열심히 했다. 기회만 있으면 걸었다. 하체운동과 무릎운동을 집중적으로 했다. 무릎은 빠른 속도로 좋아졌다.

수술 1년 후 고장 났던 다리로 마라톤 완주를 했다. 그 다리로 전국 일주를 하였고 6대 강 자전거길을 걸었다. MBC와 함께 <그 섬이 가고 싶다>라는 프로에 총괄기획자로 참여하여 유인도 70여 개를 돌았다. 홀로 300여 개를 돌았다. 그 이후 '의사의 설명대로 연골은 정말 재생되지 않는 건가' 하며 고개를 갸우뚱거리게 되었다.

당시 더 걸으면 안 된다는 사형선고를 의사로부터 받았다. 수술 이후 그 수를 헤아릴 수 없을 만큼 많이 걸었다. 그렇다면 이런 현상은 도대체 어떻게 설명해야 하나. 결론은 연골이 닳을까 염려하여 움직이지 않고 아끼는 게 아니라 역설적이게도 강화훈련을 통하여 튼튼하게 하체를 만들며 더 적극적으로 사용하는 것이야말로 진짜 무릎을 보호하고 아끼는 것이라고 자신 있게 말하고 싶다. 다리는 제2의 심장이다. 걸으면 피가 잘 돌아 늘 얼굴에 화색이 돈다. 얼굴이 젊어지는 이유가 된다. 걷고 또 걸어라. 우리는 직립보행 인간이다.

모든 운동은 기본의 충실함을 전제로 한다. 이를테면 이렇다. 하루 세끼를 반드시 챙겨 먹는다. 되도록 간식은 하지 않는다. 가능한 한 제 시간에 식사한다. 식단은 골고루 영양을 균형 있게 섭취한다. 음식물은 20회 이상 꼭꼭 씹어 먹는다. 금연과 절주는 기본이다. 하루 30분 이상 주 3~5회의 운동을 한다. 잠은 숙면을 취한다. 수면 시간은 별 의미가 없다. 이런 바탕 위에서 모든 것이 실행되어야 한다. 위에 열거한 것 중에 어느 한 가지라도 소홀히 하면 소기의 목적을 달성할 수 없다.

얼굴은 얼의 꼴이다. 얼굴은 얼을 담는 그릇이다. 얼굴은 그 사람이라는 상품의 대표 브랜드다. 그러니 얼굴을 잘 관리해야 한다. 동안 얼굴 만들기는 '성형을 한다, 덧칠한다'와 같은 의미와는 차원이 다르다. 오히려 '예쁘게 한다. 매력 있게 한다. 활기찬 얼굴을 한다. 생기가 넘치는 얼굴을 한다'와 같은 의미로 만들어 보자. 동안을 만드는 것은 그리 어렵지 않다. 자신의 노력이 조금만 투자되면 누구나 가능하다. 주름 하나는 20만 번의 수축으로 만들어진다. 이 원리를 역이용하면 된다. 이를테면 다림질하듯 주름이 생긴 반대 방향으로 펴 주면 된다. 물론 여성들은 이미 주름이 펴진다는 아이오페 같은 화장품을 이용하거나 마사지를 하고 있을 것이다.

늙음을 나타내는 대표적 현상 두 가지는 눈 아래 두툼하게 생기는 눈밑 지방과 입 주위에 생기는 팔자주름이다. 주름이 생기는 이유를 역이용해 보자. 아침에 잠자리에서 일어나기 전 실행한다. 양손의 손가락을 엄지만 제외한 상태에서 맞대고 코를 50회 문지른다. 따뜻해진 손으로 눈 아래 두툼한 지방을 귀 쪽 방향으로 쓸어준다. 50회 정도 하면 된다. 팔자주름도 같은 방법으로 한다. 하루 50회면 1년이면 18,000회 정도다. 11년이면 20만 번에 달한다. 주름이 만들어지는 수축 횟수가 20만 번이다. 주름이 하루아침에 만들어지지 않듯 펴는 노력도 서서히 끈질기게 하면 된다. 주름이 생기는 성질과 펴는 행위를 서로 상쇄시키는 것이다.

하루아침에 얼굴이 달라지는 보톡스, 성형은 보기 딱할 정도로 어색하고 민망하고 흉하다. 그리고 많은 돈을 투자하는 데 비해 그 유효기간은 짧다. 설령 길다 하여도 영구적일 수는 없지 않은가. 멀쩡한 피부를 부풀렸다 꺼졌다를 인위적으로 하면 그 피부는 어찌 되겠는가. 소탐대실은 이런 것을 두고 한 말이리라. 몸을 아끼고 사랑해야 한다.

공자는 그의 제자 증자에게 말했다.

"신체발부수지부모 불감훼상효지시야(身體髮膚受之父母 不敢毁傷孝之始也)."

(신체의 모든 부분은 부모에게서 받은 것이니 훼손하지 않는 것이 효도의 시초라 했다.)

동서고금을 막론하고 이보다 중요한 것이 어디 있으랴. 무엇보다도 자연적인 것이 가장 자연스러운 것이다. 매일 조금씩 지속적으로 하면 된다. 무엇이든 끈질기지 못한 것이 문제다. 빨리빨리의 폐해에서 벗어나 열매가 달콤한 인내의 지혜를 가졌으면 좋겠다.

젊음의 비법

젊어 보이는 비법은 과연 있을까. 답은 '있다'이다. 나는 5년 전 시니어 패스카드(어르신교통카드)를 발급받았다. 나는 일 년 중 3분의 1은 길 위에 있다. 기차도 버스도 많이 이용한다. 전철 이용횟수도 많은 편이다.

"내가 할 수 있는 것은 걷기밖에 없다." "제일 잘하는 것도 걷기다."

늘 이렇게 말하고 다닌다. 그래서 시니어 카드는 내게 사랑받는 카드다. 나는 발급 첫해엔 툭하면 역무원으로부터 주민등록증 제시를 요구받았다. 시니어 카드 소지자로 아예 보지 않는 것이다. 얼굴이 벌게지는 젊은 역무원을 보면서 어떤 웃음을 지어야 할지 애매할 때가 많다. 어쨌든 아주 바쁠 때를 빼고는 기분 좋은 제지를 받는 셈이다. 난 주민등록증 제시를 요구받을 때면 즉시 응하지 않고 장난기가 발동한다. 좋은 기분을 1초라도 연장하고 싶어서다. 요즘도 가끔 제시를 요구받지만 첫해에는 20회 가까이 될 정도였다. 빈자리가 있어도 잘 앉지 않는다. 노약자석에서 책을 읽다 몇 번의 봉변을 당했다. 물론 늘 판정승으로 끝나지만 가끔은 불쾌한 적도 있다. 이와 유사한 에피소드는 상당히 여러 차례다.

큰손자는 새 학기엔 중학생이 된다. 훌륭한 축구선수를 꿈꾸며 연습에 푹 빠져 산다. 선수생활을 한 지 벌써 4년째다. 난 그 녀석과 5살 때부터 공을 차며 놀았다. 축구선수의 길로 나갈 줄은 상상도 못 했다. 어쨌든 지금은 자기가 좋아하는 일을 할 수 있도록 부모는 물론 주변에서 적극적으로 박수쳐 준다. 요즘은 그 녀석이 공부하랴 축구 연습

하라. 워낙 바빠 일요일 교회에서 만나는 것이 고작이다. 전에는 놀이 공원으로, 서울숲으로, 학교운동장으로, 마트로, 음식점으로, 문방구로, 목욕탕으로 함께 많이 다녔다. 전철에서 또 혹은 길에서 그 녀석 손을 잡고 다니는 나를 향해 "아들이 참 잘생겼다."며 칭찬을 한다. 그냥 웃을 때도 있지만 아버지가 아니고 할아버지라고 설명할 때도 있다. 하나같이 놀라는 모습을 보노라면 기분이 좋다. 그 녀석과 함께 파안대소한다.

그 녀석은 보고만 있어도 기분 좋은 대상이다. 그 녀석은 또래에 비해 키가 좀 작은 편이지만 손과 발이 크다. 손이 두텁다. 손을 잡으면 언제나 아랫목처럼 따뜻하다. 그 녀석은 할아버지의 손을 잡고 걷는 것을 좋아한다. 나에게 있어 그 녀석은 늘 천사의 지위다. 참 기분 좋은 녀석이다. 심지가 곧고 따뜻하고 성정이 부드럽다. 나는 손자 녀석뿐만 아니라 어린이들을 좋아한다. 어린이들은 잔머리 굴리지 않아 좋다. 진실하고 솔직하고 구김살 없이 해맑다. 나도 금세 동심으로 돌아간다. 나는 학생이기에 주변엔 비교적 젊은이들이 많다. 동아리 활동도 열심히 한다. 구청에서 하는 모든 활동, 이를테면 마을 기업, 성동예술인 활동, 마을 라디오에서도 모두 젊은이들이다. 젊은이들은 활력이 넘치고 싱싱하다. 나는 늘 이야기한다. 산에서는 삼림욕을 하고 대학가에선 청춘욕을 하라고 말이다. 나의 특별한 젊은이 지향성도 젊게 사는 방법이 아니겠는가.

늙지 않는 법(안티 에이징)을 다시 정리한다.

1. 손자와 자주 어울려 웃고 떠든다. 눈높이를 그 녀석들에 맞추고 그 녀석들이 좋아하는 것을 한다.
2. 젊은이처럼 생각하며 젊은이처럼 행동한다.
3. 젊은이와 자주 어울린다. 그들과 잘 어울리려면 경어를 쓰며 함부로 대하지 않는다.
4. 젊은이와 어울리기 위해 공부와 운동을 게을리 하지 않는다.
5. 칼로리 섭취를 절반으로 줄인다.
6. 열을 가해 조리한 음식을 가능한 한 삼간다.
7. 매일 물 2,000cc 마신다. 사람다운 체형유지를 위해 식사 전 30분, 식후 2시간 후, 취침 1시간 전, 취침 후 꼭 마신다.
8. 매일 1시간 정도 걷는다. 다리는 제2의 심장이며, 노화는 다리로부터 온다. 시선은 15m 앞에 두고 바른 자세로 걷는다.
9. 호흡을 깊게 서서히 고요히 한다. 방법은 심장세균(深長細均)이다. 깊고 길게, 가늘고 균일하게다.
10. 무리한 운동을 하지 않는다. 무리한 유산소 운동은 활성산소가 생겨 세포에 악영향을 미친다.
11. 즐겁게 살며 보람을 가진다. 자주 그리고 많이 웃는다.
12. 항상 타인과 사귄다. 효과적 섹스도 적당한 불노술(不老術)이다.
13. 적당한 취미 생활을 한다.
14. 자신에게 맞는 약제를 구입하여 복용한다.

제2장

마음을 만든다

공부에 미치면 희망이 솟는다

1

죽음은 두렵지 않다

옛날 어떤 집에서 아들을 얻어 집안이 온통 축제판이었다. 만 한 달이 되어 잔칫날 손님들에게 아이를 보였겠지? 물론 덕담을 들으려고 말이야. 그날 온 손님 가운데 한 사람이 애를 보더니 이렇게 말했다.

"우와, 이 아이는 크면 부자가 되겠는데요."

부모는 이 말을 듣고 무척 고마워했지. 이번에는 다른 사람이 말했단다.

"이 녀석, 크면 높은 벼슬을 하겠습니다."

주인도 답례로 그에게 덕담을 해주었지. 그런데 다른 한 사람은 이렇게 말했다.

"이 아이는 분명 죽을 겁니다."

그러자 사람들이 그를 죽도록 때렸지. 사람이 죽는다는 건 당연한 일이지만 부자가 되거나 벼슬을 할 거라는 건 거짓말일 수도 있지. 그런데 거짓말은 좋은 보답을 얻었고, 진실은 죽도록 얻어맞은 셈이지….
루쉰, '헛, 허허허허!'

죽음은 낮이 밤이 되는 것처럼 아주 자연스러운 현상이다. 모든 생명체는 반드시 죽음을 맞는다는 진리에는 이론이 있을 수 없다. 어떤 철학자는, "삶이 있는 곳엔 죽음이 없고 죽음이 있는 곳에는 삶이 없다"라며 죽음을 두려워할 필요가 없다고 말한다. 모든 이론을 수용하고 긍정한다 하더라도 죽음은 어쩔 수 없는 두려움으로 다가오는 것 또한 사실이다.

"득수반지무족의 현애살수장부아(得手攀枝無足依 縣崖撒水丈夫兒)."

(발이 허공에 매달린 채 절벽에 썩은 나무를 잡고 있다면, 차라리 그 손을 놓는 것이 사내다운 일이다.)

아름다운 마무리는 멋지다. 삶에 구걸하듯 초라한 모습을 보이는 것은 웰다잉과도 맞지 않는다.

죽음은 삶의 거울이다. 한 수행자가 석가모니를 찾아와 묻는다. 세계는 영원한가, 덧없는 것인가. 묵묵부답. 그러나 다시 묻는다. 세계는 무한한가, 유한한가. 깨달음을 얻으면 끝이 있는가, 없는가. 그래도 묵묵부답. 그런 의문을 풀어주지 않으면 제자가 되지 않겠다는 수행자의 엄포에 못 이기는 척하며 석가모니는 일화 하나를 들려준다.

> 어떤 사람이 숲길을 걷다가 독화살에 맞았다. 심한 고통을 호소하면서도 그는 의원을 부르려는 사람들을 말리며 이렇게 말했다. "아직 화살을 뽑아서는 안 됩니다. 먼저 내게 화살을 쏜 사람이 누구인지를 알아야겠습니다. 그놈의 성은 무엇이고 이름은 무엇이며, 어떤 목적으로 활을 쏘았는지 알아야 합니다. 놈을 찾아내려면 먼저 화살을 살펴봐

야 합니다. 내가 맞은 화살이 뽕나무로 만든 것인지, 물푸레나무로 만든 것인지를 알아야 합니다. 또 화살 깃이 매의 털로 되어 있는지, 아니면 독수리 털로 되어 있는지 알아야 합니다. 그래야만 놈의 정체를 알 수 있습니다."

하지만 그가 깃을 살피고 화살의 재료를 살피는 사이에 온몸에 독이 퍼져 '그놈'의 정체를 알기도 전에 그는 그만 죽고 말았다.

석가모니가 수행자에게 묻는다. "독화살을 빼내는 것이 급한가. 아니면 화살을 쏜 사람을 찾는 것이 급한가?"(중아함경)

하이데거의 '무(無)'에서 공기와 물이 없는 곳에서 공기와 물의 의미를 아는 것처럼, 있음과 존재가 없는 곳에서 있음과 존재의 의미를 아는 것처럼, 삶이 없는 곳(죽음)에서 삶의 의미를 알 수 있다고 했다. 죽음은 삶의 한 과정일 뿐이며 너무나 자연스러운 현상이다. 모든 생명체는 죽음을 맞는다. 우리가 다른 생명체에 비해 죽음을 지각할 수 있다는 측면에서 두려움으로 다가오지만 개나 소 같은 동물도 죽음을 두려워한다. 토끼 같은 경우는 맹수에게 쫓길 땐 그 엄청난 두려움으로 운다고 한다. 개장수에 팔려가는 개도 운다. 도살장으로 들어가는 소도 운다. 모두 두려움에 떨며 운다.

수명이 연장된 것이 오히려 불행이라고 보는 시각도 있다. 젊을 때부터 가족과의 관계도 따뜻하게 유지하고 사회적 역할도 맑고 의연하게 한 사람의 노년을 신은 축복한다. 언제 죽든 그건 신의 영역이겠지만 그때까지 지속하는 삶의 질은 결국 우리가 결정해야 한다. 보람 있는 죽음은 결국 보람 있는 삶에서 비롯된다.

지구상에 함께 호흡하며 살아가는 모든 동식물은 우리의 친구들이다. 함부로 할 수 없는 이유다. 죽음을 모른다고 여기는 모든 생명체들도 그들 나름의 죽음을 인지하고 의식을 치를 수도 있다. 다만 그것을 우리 인간이 모르고 있을 뿐이다. 여타 생명체들이 우리 인간들의 죽음에 대한 두려움과 슬픔을 모르듯 말이다. 그 모르고 있다는 사실조차도 모르고 있으니 안타깝다.

품위 있는 죽음이란 무엇일까. 임박한 죽음 앞에서도 담담하면 좋지 않을까. 담담한 죽음이 뭘까. 죽음은 별난 일도 아니고 나 혼자 당하는 일도 아니다. 죽음으로 가는 과정은 괴롭지만 조금은 더 고요하고 깊고 그윽했으면 좋겠다. 담담하게 살다가 회복 불가능하다는 판정을 받으면 연명치료가 아니라 통증 완화 치료를 바라는 사전의향서를 의사와 가족들에게 담담하게 작성해 주는 게 좋다. 8년 전 건강하던 친구가 패혈증으로 입원 3일 만에 홀연히 떠났다. 한참 동안 충격으로 멍했다. 조사를 써 읽는 것으로 조금의 위로로 삼았다. 그 조사를 소개한다.

'아름다운 친구를 떠나보내며'

나보기 싫다고 네가 눈을 감은 날도
네가 좋은 곳 찾아간다고 길길이 뛰는 오늘도
태양과 달과 별은 바위처럼 얼었지.

산수유가지에 매달린 부스럼이 터져,

온 가지에 전염되어 양광이 동박새 숨가쁜 노래 불러 불러.

목쉰 소리로 암컷 찾아 잔가지 넘나들 때,

작은 상처 어루만지며 삐비빅 토해낸다.

네 찬란한 봄 등짐은 더 큰 봄을 향한 움츠린 몸짓일 거야,

네가 정 끊으려 가는 실로 엮어 보지만,

도르래질 한 번에 천리만리 낭떠러지,

그곳에 무슨 영화를 쌓겠다고

그리 바삐 원행 길 나섰느냐,

누가 불러 가는 것이냐 무작정 가는 것이냐,

약속 한 번 어긴 적 없는 네가

3월 17일 나와의 약속 어떻게 지킬래.

너는 아직 할 일이 태산이다.

네 큰 머리, 큰 몸, 큰 손, 큰 발, 큰 웃음, 큰 마음, 큰 의리,

너는 미완의 대기며 무한의 대기다.

아깝다. 그리고 분하다.

이 사회가 너를 버렸다. 이 사회가 너를 삼켰다.

인간들이 너를 기인처럼 보인다 할 때,

나는 너를 진정한 기인이라 얘기해줬다.

너는 김삿갓이며 다산이다.

궁합이 맞는 시대를 갈구했지만 그건 불가능이었다.

태양이 날카로운 이빨로 대지를 한 입 베어 물었을 때

대지는 앙칼지게 날을 세웠다.

부드러운 잇몸으로 위무했을 때

그대 심장은 군불을 지폈지.

개나리 꽃가지에 위 아 더 월드 울려 퍼지면,

민들레 냉이꽃 짧은 치마엔 풍선이 터졌지.

허리 휜 개미 짐보따리 내릴 땐 가는 허리가 절구통만 하다.

너의 호방과 기개는 만방을 떨친다.

너는 논리의 끝이며 따뜻함의 뭉치며 표현의 질박함이다.

선뜻 공간의 성김이 보이는 듯하나,

그것은 치밀의 전조며 완벽의 귀납이다.

그는 아름답다. 짧지만 멋진 삶의 전형을 뚜렷이 남겼다.

가식과 편견을 멀리했고 언제나 솔직담백했다.

그는 먼 진리를 향해 부르짖었다.

차마 오를 수 없는 진리와 맞부딪치면

애써 홀로 허우적대기도 했다.

그러나 그는 강요치 않았다.

마실 표주박을 준비한 사람만 마실 수 있도록 그는 배려했다.

사랑하는 형제여!

공기의 고마움은 누구도 모른다.

소나무가 푸른 줄은 겨울이 되어야 한다.

너는 바로 그런 존재다.

그대는 자유인, 늘 자유를 갈구하는 녀석,

너를 옥죄는 그 무엇과도 타협지 않았다.

그대는 도도히 흐르는 한강이었다.

그대의 호흡을 채워 줄 그 무엇을 늘 갈구했다.

배움에 갈증도 그를 괴롭혔다.

그대는 대인이다.

세월과의 타협이 늘 아쉬운 대목이다.

그대가 품는 그릇이 그대를 품을 수 있는 그릇이라면,

그대는 숨가빠하지 않았을 것이야.

펄펄 끓는 가슴과 얼음 같은 머리로,

킬리만자로를 얼리고 에베레스트를 넘나드는

철새의 무리를 몇 배쯤 늘렸을 거야.

사랑하는 형제여!

몸 안에 영혼이 깃드는 게 아니라 영혼이 몸을 거느리기에

언젠가는 너와 모든 사람들이 또 다른 장소에서

또 다른 이름으로 만난다고 확신하기에

한 방울의 눈물도 아낄 수 있는 아름다운 시간이 마련되었다.

친구야 아무쪼록 먼 길 잘 가려무나.

2008.3.16.

여기에서 종교관에 입각한 죽음을 살펴보면서 죽음을 조금이라도 이해해 보기로 한다.

종교적 의미의 죽음이란

밥 한 공기가 내 밥상에 오르기 위해 씨앗은 물론 하늘의 태양, 내리는 빗물, 부는 바람, 대지의 양분, 농부의 수고가 필요하다. 쌀 한 톨에, 밥 한 공기에 전 우주가 들어 있는 것이다. 그 우주를 받아들여 인간의 생명도 자라나고 유지되고 변화한다. 그러다 사람은 죽어 한 줌 흙이 된다. 그러면 자연스럽게 그 흙을 양분 삼아 들풀이 자라고 소가 풀을 뜯고 사람은 그 소를 먹는다. 체내의 수분이 대기로 흩어졌다가 비가 되어 다시 땅으로 내린다. 이렇게 생명은 순환하고 그 모습과 형태가 바뀐다.

이를 두고 불교에서는 윤회적 사고를 키워왔고, 유교에서는 기(氣)의 취산(聚散)으로 생사를 설명해 왔으며, 그리스도교에서는 생명의 근원을 신이라 부르며 모든 것은 신께 돌아간다 말하기도 한다. 이들은 한결같이 죽음이 그저 끝이 아니라고 말하고 있다는 점에서 상통한다. 종교의 의미 가운데 하나가 종교의 존재 이유 가운데 하나라고 할 때 어떤 형태든 사후세계에 대한 해석을 내포하고 있음을 의미한다. 이를 통해 자신의 삶과 죽음에 대해 성찰하는 계기를 갖고 삶을 윤택하게 하고 아름다운 죽음을 맞이하도록 하자.

죽음에 대한 이 세상 사람들의 생각은 크게 다음과 같이 세 가지로 나누어 볼 수 있다.

첫째, 죽음이란 있을 수 없다는 생각을 중심원리로 하는 부정론 문명이다. 고대 이집트 문명이 바로 그것이다. 죽은 사람을 미라로 만들어 피라미드 속에서 영생케 하는 것에서 죽음에 대한 부정을 볼 수 있다. 고대 중국의 도교에서는 불로초와 불사약을 찾아다니는 등 인간의 생명을 연장함으로써 죽음을 부정하려고 했다. 도교에서 고안한 수많은 양생 지도와 연단법, 불로약 같은 것은 바로 삶을 연장하기 위한 노력이었다.

둘째, 영혼불멸이라는 생각을 중심원리로 인간의 육체는 죽지만 인간의 영혼은 계속 산다는 생사관이다. 인도불교의 생사관은 인간의 영혼은 전생, 금생, 내생 이 3생을 물레바퀴 돌듯 윤회하면서 산다는 생각이고, 기독교의 죽음관은 사후의 세계인 내세가 있다는 생각이다.

셋째, 죽으면 그것으로 끝이라는 생각이다. 동양의 기철학 등이 이에 해당하며, 현실을 중시하는 유교적 전통도 이에 해당한다고 할 수 있다. 고대 동아시아인들은 죽음을 부정하지도 또 수용하지도 않았다. 다만 삶과 죽음이 상통하는 죽음의 연결성을 중심원리로 하는 문명이라는 데 특색이 있다.

2

시간은 목숨이다

하루는 24시간이며 일주일은 168시간이다. 1년은 365일 52주, 8,760시간이고 30년은 10,950일이며 1,560주에 시간으로는 262,800시간이다. 말콤 글래드웰의 『아웃라이어』에서 주장한 '1만 시간의 법칙'을 적용하더라도 26번의 기회를 만들 수 있는 실로 어마어마한 시간이다. 이 시간을 부리는 자가 되기 위하여 철저한 계획을 세워야 한다. 그렇지 않으면 시간에 끌려가는 처량한 사람이 되고 만다. 하루 일과표와 주간 스케줄을 만들어 학창시절처럼 꼼꼼하게 실행하는 습관을 들이도록 한다.

시간은 그냥 방치하면 썩는다. 썩으면 냄새가 고약하다. 고약한 냄새는 주변까지 망가뜨린다. 그래서 시간의 방부제를 뿌려야 한다고 필자는 주장한다. 시간의 방부제를 뿌리라 함은 흐르는 물은 썩지 않는 이치와 같다. 지도리가 녹슬지 않음과 같다. 시간을 방치하지 말라는 얘기다. 돼지의 꼬리로 돼지 몸통을 흔들 수 없듯 시간에 휘둘리면 참담한 결과를 빚는다. 시간을 살찌우라고도 주장한다. 시간을 비만화시키기 위해선 부지런해야 한다. 그래서 많은 추억거리를 만들어야 한다. 많은 추억거리는 시간을 천천히 흐르게 하는 효과가 있다. 이것이 시간의 비만화요 시간을 늦추는 방법이다. 시간을 붙들어 맨다는 것은 불가능하기에 대안으로 이만한 방법은 더 이상 없다.

이 세상에서 시간보다 더 강력한 것은 존재하지 않는다. 시간은 모든 것을 삼키며 무력화시키는 힘을 지녔다. 우리가 두려워하는 핵도 시간 앞에서는 무용지물이다. 시간은 야생의 포식자와 같다. 고삐 풀어진 망아지다. 방치하면 미치광이가 되지만 순치시키면 순한 양이 된다. 제멋대로인 시간을 어떻게 할 것인가. 고민도 선택도 자신의 몫이다. 그 누구의 구속도 받지 않는 자유로운 존재가 바로 시간이다. 그러나 야생성 강한 시간도 길을 잘 들이면 가축으로 유용하게 쓸 수 있다. 시간은 소유자의 능력 여하에 따라 순종도 불순종도 한다. 순종하는 시간은 자신에게 이익을 안기지만 불순종하는 시간이 된다면 시간의 주인을 파멸로 이끈다.

이 시간은 누가 만들었을까. 시간은 주인이 없다. 무주물이다. 갖는 사람이 주인이다. 마치 동산과 같다. 그러나 무주물인 시간은 점유할 수 있다. 물론 점유권 행사 같은 것은 할 수 없지만 말이다. 시간은 누가 뭐래도 점유하는 자가 주인이다. 부지런하면 더 많은 시간을 소유할 수 있고 게으른 자는 적은 시간을 소유할 수밖에 없다.

톨스토이의 러시아 민화 『사람에겐 땅이 얼마나 필요한가』에서 주인공 바흠은 단 한 평의 땅이라도 더 갖기 위해 욕심을 부리다 끝내 죽고 만다. 하인은 바흠이 묻힐 공간을 바라보며 중얼거린다. "두 평도 채 안 되는 땅이 겨우 필요할 뿐인데…" 주인공 바흠과는 달리 시간 욕심은 부려도 괜찮다. 게으른 자는 가진 시간이 적어 항상 쫓기고 전전긍긍한다. 장수선무(長袖善舞), 즉 재물이 넉넉하면 성공하기 쉽다는 뜻이다. 물질이 풍부한 사람이 여유가 있듯 시간을 조금밖에 소유하지 못한 게으른 자는 안쓰러울 만큼 초조하고 군색하다. 쇠에서 나는 녹이 쇠를 녹이듯 게으른 자는 자기를 갉아먹는 시간의 녹으로 자멸한다.

시간은 가지도 오지도 않는다. 시간은 제자리에 있다. 이 무한한 우주공간에 존재하는 사물들이 흘러갈 뿐이다. 그 속에 사람도 있고 나무도 있고 동물도 있다. 사람이 태어나고 자라고 죽고, 나무가 자라고 꽃피고 열매 맺는 것이다. 얼핏 보면 시간이 흐르는 착각을 가질 만도 하다. 더군다나 잘난 인간들이 달력이니 시계 같은 것으로 시간을 쪼개고 숫자를 부여해 흘러가는 것으로 착각하게 하는 데 부채질을 한 꼴이 되었을 뿐이다. 그러나 한편으로는 그러한 시간의 파편들을 알리는 조각들이 시간을 잘 관리토록 돕는 데 단단히 한몫한다. 시간을 요령 있게 관리하는 데 필요한 소품들로 존재한다.

자, 그렇다면 우리에게 남겨진 이 시간들을 편의상 토막 낸 숫자들로 한번 따져 보자. 시계가 알려주는 262,800시간은 엄청난 시간이다. 이 시간들을 자신의 시간으로 만들기 위해서는 꽤 치밀한 계획을 세워야 한다. 기본적으로 잠자는 시간, 식사하는 시간, 생리적 시간 같은 것은 절대 필요하지만 목적 외에는 따로 사용할 수 없는 성질의 것이다. 다만 잠자는 시간은 꼭 8시간으로 제한할 필요는 없어 보인다. 숙면 여하에 따라 6시간도 충분하다. 시간을 비만화 시키려면 잠을 줄여야 한다. 수면 1시간을 줄이면 눈뜨고 있는 3년의 보너스 시간이 생긴다.

기본적인 시간을 제외하면 활동할 수 있는 시간은 대략 8만 시간쯤 이다. 이 시간을 알토란같이 쓰자는 것이다. 이 시간을 광활한 우주 속에 하나의 생명체로서 자신을 등장시키고 또 앞으로 사라질 그 존재성과 위대성을 위하여 사용하자는 것이다. 그 목표에 맞춰 생활한다면 오히려 시간의 부족함을 느낄 수도 있다. 그러나 시간은 탄력성과 신축성이 뛰어나 시간을 부리는 자의 의도대로 잘 따라 줄 것으로 필자는 확신한다.

세월은 그렇다. 덧없이 잠깐 지나가는 것이다. 시간을 아껴 써야 한다. 시간이란 무엇인가. 그것은 곧 자신에게 주어진 목숨이다. 어물어물하는 사이에 종점에 이르고 만다. 무가치한 일에 자신의 삶을 낭비하지 말아야 한다. 밖으로 한눈팔지 말고, 자신의 안에서 찾고 일깨워야 한다. 잊지 않기 위해 시시로 물어야 한다. '나는 누구인가?'라고.

3

아직은 카운트다운이 시작되지 않았다

우리는 아직 루비콘 강을 건너지 않았다. 주사위도 던져지지 않았다. 루비콘 강은 이탈리아 동북부에 있는 작은 강으로 본국 로마와 속주인 알프스 내륙 깊숙이 자리한 갈디아 주와의 경계를 이루는 강으로 아드리아 해로 흘러들어간다.

율리우스 카이사르는 기원전 49년 1월에 폼페이우스를 지지하는 로마의 원로원이 자신을 '국가의 적'으로 규정하자 1개 군단을 이끌고 도강한다. 그가 강을 건너며 남긴 유명한 말이 있다. "이 강을 건너면 인간 세계가 비참해지고, 건너지 않으면 내가 파멸한다. 나가자, 우리의 명예를 더럽힌 적이 기다리는 곳으로… 주사위는 던져졌다." 무장한 채 군대를 이끌고 본국 로마와 속주의 경계인 이 강을 건너면 명백한 반란이었지만 이탈자는 단 한 명뿐이었다.

이제 막 새로운 시작이 되었을 뿐이다. 아직 당신에겐 루비콘 강을 건널 만한 상황이 발생하지 않았다. 다만 신천지가 기다리고 있을 뿐이다. 아직 40년이 남았다. 이조시대의 평균수명과 맞먹는 엄청난 시간이다. 새 꿈을 꾸어도 전혀 늦지 않다. 어깨를 펴자. 물론 체력이 젊을 때와는 비교할 수 없을 만큼 약해진 건 사실이다. 그러나 약해진 체력의 자리엔 풍부한 경륜과 지혜가 자리 잡고 있다. 그리스 속담에 "집안에 노인이 없으면 빌려서라도 갖다 놓으라."라는 말이 있다고 한다. 힘으로 하는 게 아니라 '지혜'로 하는 시대가 온 것이다. 그러니 마냥 힘이 떨어졌다며 슬퍼 말자. 나이에 걸맞는 힘은 아직 남아 있다. 젊을 때처럼 맨손으로 황소 잡고 호랑이 때려잡을 것 같은 맹목적 힘만 떨어졌을 뿐이다.

그렇다면 우리가 이 남은 시간을 어떻게 살면 되겠는가? 지혜롭게 살아가야 한다는 점이다. 지혜로운 삶이란 어떤 삶인가, 세상은 그리 만만한 대상이 아니다. 녹록지도 않다. 나이가 들어가면 세상일에 무뎌지지만 한편으로는 불평불만도 늘어난다. 매일 똑같이 되풀이되는 일상이 지루하고 숨이 턱턱 막힌다. 그런데 이런 생각을 하는 자신을 한심하게 생각할 필요는 없다. 질식할 듯 팍팍한 생활과 불안정한 미래가 이 같은 감정을 유발하는 것은 자연스러운 일이다.

어떻게 해야 좀 더 삶을 즐겁게 영위할 수 있을까. 미국 언론매체 허핑턴 포스트가 보도한 바에 따르면 어린아이 같은 마음을 가지면 인생의 행복도가 높아진다고 한다. 어른이 세상을 고통스러운 공간으로 인식하는 동안 아이들은 세상을 놀이터이자 유원지로 인식한다. 좀 더 아이 같은 마음을 가지려고 노력하면 근심이 줄고 마음이 보다 편안해진다. 이 팍팍한 세상을 살아갈 수 있는 방법을 지금 제시한다. 바로 어린아이와 같은 마음으로 돌아가는 것이다.

첫째, 기쁨을 표출하라. 어른이 되면 속된 말로 '쿨한 척' 하는 성향이 생긴다. 즐겁고 신나는 일이 있어도 담담한 척한다. 반면 아이들은 자신의 기쁜 감정을 숨기지 않는다. 그런데 어른들은 이처럼 즐거운 기분은 감추면서도 화는 쉽게 숨기지 못한다. 혹시 친구들로부터 항상 저기압 상태라거나 불평꾼으로 통하진 않은가. 어른이 되면 일상에서 즐거움을 찾기보단 부정적인 부분을 찾아내는 데 집착하게 된다. 하지만 지난 연구에 따르면 업무적인 성과를 이루려면 긍정적인 태도를 갖는 것이 무엇보다 중요하다. 즐거움을 찾으려는 마음가짐이 업무능력을 높이는 동시에 삶을 실질적으로 좀 더 즐겁게 만드는 비결이다.

둘째, 사랑을 표현하라. 아이들은 언제나 사랑스럽다. 작고 귀여운 외모 때문이기도 하지만 애교스러운 말투와 몸짓이 사람의 마음을 사로잡는다. 반면 성인이 되면 감정 표현을 아끼고, 좋아하는 사람에게도 데면데면한 태도를 보인다. 사랑하는 사람이 있다면 무뚝뚝한 태도보다는 적극적으로 자신의 감정을 표현하는 것이 좋다. 직접 말로 전달하기 쑥스럽다면 메시지를 보내거나 꽃을 보내는 등의 우회적인 방법을 쓰는 것도 괜찮다. 평소 감정 표현에 약한 사람이 갑자기 적극적으로 사랑을 표현할 수는 없다. 천천히 한 마디라도 좀 더 다정하게 건네는 변화를 꾀하면 행복도가 높아진다.

셋째, 경외심을 표하라. 특정 연령과 지위에 도달하면 세상에 대한 궁금증이 줄어든다. 심지어 자신의 전문 분야가 아닌 부분에 대해서도 전문가처럼 아는 척을 하기도 한다. 반면 아이들은 항상 궁금한 점이 많다. 어른들에게 귀찮을 정도로 질문을 던지는 이유다. 아이처럼 궁금증을 갖는 습관을 가지면 세상이 훨씬 경이롭고 신비롭게 느껴진다. 그러기 위해선 다른 사람의 뛰어난 능력을 칭찬하고 경외심을 표하는 자세가 필요하다. 똑같은 패턴의 일을 매일 반복하는 것보단 한 번씩 색다른 경험을 하며 세상을 달리 볼 기회를 넓히는 것도 도움이 된다.

넷째, 무지를 감추지 마라. 모르는 걸 모른다고 말하는 건 부끄러운 일이 아님에도 불구하고, 어른이 되면 자존심과 허영심 때문에 자신의 무지를 감추려는 경향이 있다. 무지하단 사실이 탄로날까봐 도리어 아는 척을 하기도 한다. 하지만 다른 사람과의 대화 중 이해하지 못하는 부분이 있다면 당당하게 질문하라. 이처럼 질문을 던지는 태도는 자신감 있고 당당한 사람처럼 보이도록 만드는 이점이 있다. 또 상대방의 이야기에 집중하고 있다는 좋은 인상을 심어준다. 세상에 대한 궁금증이 많아질수록 삶에 대한 지루함과 따분함도 줄어든다.

4

하고 싶은 일

지금까진 무모하리만큼 해야 할 일에만 매달렸다. 빵을 해결하기 위해서였다. 이제는 다르다. 모든 환경, 여건이 달라졌다. 달라진 만큼 발빠르게 대처해야 한다. 그것은 바로 공부다. 이미 퇴직을 하였다면 좋은 기회를 잡은 것이다. 앞으로 할 예정이라면 더욱 좋다. 1년 정도는 아무 일도 하지 말고 오직 내가 하고 싶은 일이 진정 무엇인지 답을 찾는 데 집중하라. 시간을 투자하여 정답 찾는 데 올인하라. 답 찾는 시간은 절대 낭비하는 시간이 아니다.

신학자 폴 틸리히는 용기란 다시 시작할 수 있는 힘을 용기라 했다 "용기란 가장 중요한 것을 얻기 위하여 두 번째, 세 번째 중요한 것을 버릴 수 있는 것이다." 맹목적 용기는 만용이다. 우리에게 화석화된 습관은 무섭다. 지금까지 오직 빵만을 위해 앞만 보고 달렸다. 이제는 차분히 나를 돌아보아도 괜찮을 시기가 되었다. 지금이라도 내가 어디로 가고 있는지 방향을 다시 한 번 체크해 보아야 한다. "아무것도 하지 않으면 아무 일도 일어나지 않는다." 안주와 과거의 답습으로 인생을 마감할 것인지 돌을 뚫어 관정을 박아 새로운 샘물을 팔 것인지를 고뇌해야 한다.

파도는 단 한 번도 같은 파도를 치지 않는다. 하고 싶은 일을 할 때엔 큰 뭉치만을 생각해야 한다. 작은 것에 휘둘리면 큰 것을 놓치기 쉽다. 하해불택세류(河海不擇細流)다. 강과 바다는 작은 물줄기를 가리지 않고 모두 받아 준다. 모든 걸 받아 주어 큰 바다가 되었다. 작은 변화의 싹들이 큰 변화의 초석이 된다. 고질병에 작은 점 하나 찍으면 고칠 병이 되듯 작은 변화부터 시도해 보라. 하고 싶은 일이란 곧 자기가 좋아하는 일이다. 자기가 좋아하는 일에 빠지면 피로가 없다. 몸은 강건해지고 얼굴은 윤이 나며 눈은 형형해진다.

5

안정적인 것은 위험한 것

말이 좋아 안정이지 엄밀히 따지면 정체 내지 퇴보다. 주변 환경이 워낙 빠르게 변하기 때문이다. 익숙한 일상과 안주와 결별하라. 구각을 과감하게 탈피하라. 도전은 두려움을 동반한다. 그 두려움은 공포와는 또 다른 두려움이다. 우리의 건강한 세포들을 연줄처럼 팽팽하게 당기게 한다. 말하자면 기분 좋은 긴장감 같은 것이다. 안정은 부드러운 빵이다. 도전은 거친 야채다. 누에는 거친 뽕잎을 먹고 부드러운 비단실을 뽑아낸다. 빵은 먹기 좋을 뿐만 아니라 맛도 좋다. 그러나 건강에는 아무 도움이 되지 않는다. 치아나 위를 약하게 하며 당 수치를 높이고 비만의 위험 인자를 갖고 있을 뿐이다. 야채는 감칠맛은 없지만 장운동을 원활하게 하여 변비를 없애고 비타민이 풍부하다.

쉬운 일은 존재하지 않는다고 생각해야 한다. 설령 있다고 하더라도 경쟁이 심하다. 좋은 직장일수록 어렵고 길이 좁다. 그래서 경쟁률이 높다. 어떤 것을 택할지를 심각하게 고민해야 한다. 두려움 때문에 안정을 고집한다면 퇴보나 소멸을 맞는다. 우리의 몸은 일반적인 생각과는 달리 몸뚱어리를 움직이지 않는 게으름을 가장 싫어한다. 게으름은 쇠의 녹이다. 녹은 쇠에서 나는데 그 쇠를 갉아먹는다. 지도리가 녹슬지 않듯 안주(安住)는 영육(靈肉)의 녹을 만든다.

6

비교는 좌절의 덫

동시효빈(東施效顰), 장자에 나오는 우화 한 토막을 소개한다. 중국 저장성 시골 나무꾼의 딸 '서시'(西施)가 있었다. 그녀는 미모가 뛰어났다. 월왕 '구천'은 그를 훈련시켜 오왕 '부차'를 무너뜨린다. 경국지색(傾國之色)은 이렇게 유래되었다. 시 씨(施氏) 성을 가진 미모의 여인은 마을 서쪽에 살아 '서시'라 하였고 또 다른 시 씨 성을 가진 추녀는 동쪽에 살아 '동시'라 불리었다. 유방에 병이 있는 '서시'는 통증이 밀려올 땐 얼굴을 찌푸리고 유방을 감싸며 통증을 견뎠다. '동시'는 '서시'를 그대로 흉내 냈다. 추녀가 인상을 찌푸리며 유방을 감싸는 모습을 보이자 사람들은 그의 추한 얼굴을 멀리했다. 학의 다리는 긴 것이, 오리는 짧은 다리가 특성이며 매력이다. 무조건 남의 것을 따라 하면 본래의 자신만의 매력마저 잃어버린다는 교훈이다.

체면 차리지 마라. 남의 눈 의식하지 마라. 그런 고리타분한 것은 이미 흘러간 유행가다. 나의 주체적인 의식으로 살아가라. 줏대를 가질 것이며 심지가 굳어라. 남과의 비교는 자기를 파멸로 몰고 가는 지름길이며 자의식의 결여로 숨쉬는 허수아비의 삶을 살아가는 꼴이 된다. 돌고 있는 팽이가 넘어지지 않는 것은 구심점(still-point)이 있기 때문이다. 자신의 심지가 깊고 줏대가 있어야 한다. 자기 인격의 중심에 자리 잡고 있는 자아 정체성(self identity)을 굳건하게 해야 한다.

한국은 남을 의식하는 문화가 유난스럽다. 부모가 다른 부모는 무얼 하는가에 관심을 갖고, 남에게 과시하고자 하는 욕구를 자녀를 통해 해소한다. 부모들이 아이들에게 무거운 짐을 벗게 해 줄수록 그들은 자신의 판단에 따라 더 멀리 더 높이 날아갈 수 있다. 내 아이의 날개를 붙잡고 남이 하는 날갯짓을 따라 하기보다는 진정으로 나는 방법을 가르쳐 주도록 하자.

남과의 비교는 자신의 행복지수를 갉아먹는 해충이다. 모든 행복은 자신의 마음속에 있다. 마음속에 있는 해충을 그대로 둔 채 밖에서 다른 행복을 추구한다면 격화소양이다. 이 세상은 필요를 위해서는 충분하지만 욕심을 위해선 늘 결핍된 곳이다. 누구를 부러워하고 누구를 비교 대상으로 삼는가. 오직 자신만이 최고며 최상이다.

7

내가 사는 이유

가끔은 자신을 철학적 사유로 깊게 들여다보아야 한다. 내가 어디서 왔으며 어디로 가고 있는지. 나는 누구며 제대로 된 삶을 살아가고 있는지를 들여다보아야 한다. 나는 지금 어디로 가고 있는가. 제대로 가고 있는가. 무엇을 향해 가고 있는지 수시로 점검해야 한다. 인천공항에서 모스크바로 가는 비행기가 1도만 잘못되면 비행기는 이스라엘에 도착한다. 방향은 그래서 중요하다. 작은 오류는 처음엔 잘 나타나지 않는다. 그러나 간과하거나 시간이 흐르면 엄청난 결과를 초래한다.

나의 삶이란 나의 씨앗을 나의 열매로 만들어 가는 과정이다. 그렇다면 나의 씨앗은 어떤 씨앗인지부터 알아야 한다. 현재의 나의 씨앗도 좋지만 더 좋은 씨앗을 위해 개량종을 찾아내기 위한 노력을 해야 한다. 1960년대 볍씨는 주로 팔달과 은방주였다. 당시에는 풍년이 들어도 1년 수확량은 고작 160만 석 정도였다. 그러나 지금은 4천만 석에 육박한다. 물론 간척사업으로 농토가 늘어난 점도 무시할 수 없지만 절대적 이유는 볍씨 품종을 개발한 데 기인한다.

나는 얼마나 많은 것을 가졌나보다 내가 무엇을 하며 살 것인가에 초점이 맞춰져야 한다. 그러려면 하루의 삶이 충실해야 한다. 오늘 나는 무엇을 보고 듣고 먹고 말하고 생각하고 행동했는가를 늘 염두에 두어야 한다. 별난 날, 특별한 날이 따로 존재하지 않는다. 그런데도 우리는 늘 그런 날이 존재할 것이라 생각하며 착각에 빠져 산다. 특별한 날, 별난 날은 어디에선가 뚝 떨어지거나 솟아오르는 것이 아니라 나 스스로가 만들어 가는 것이다.

성공과 소유에 대한 꿈을 꾸는 한 삶은 시든다. 눈빛이 닫히고 사지가 풀리고 폭력 충동에 시달린다. 나무의 목표는 열매가 아니다. 열매를 맺기 위해 사는 게 아니고 잘 살다 보니 열매가 달릴 뿐이다. 삶 또한 그렇다. 무엇이 되기 위해 사는 게 아니고 잘 살다 보니 성취를 이루는 것뿐이다. "어제는 history, 내일은 mistery, 오늘은 present!" 영화 <쿵푸팬더>에 나오는 명대사다. 현재는 그 자체로 선물이다. 선물을 깔아뭉개고 짓밟는 어리석음은 삶의 낙제생이다. 인생의 전 과정인 생로병사와 희로애락 모두가 선물이지만, 현재의 살아있음이 최고의 선물이다.

언젠가 이 세상에 없을 그대는 자신에게 주어진 시간, 그 시간을 무가치한 것, 헛된 것, 무의미한 것에 쓰는 것은 남아 있는 시간들에 대한 모독이다. 영화 <빠삐용>에서 주인공 스티브 맥퀸의 독백처럼 세월을 낭비한 죄의 덫에서 빠져나와야 한다. 나에게 남은 시간이 1년밖에 없다고 가정해보자. 아마 정신이 번쩍 들 것이다. 그러면서 남은 생을 어떻게 보낼 것인가가 하나의 과제로 떠오른다. 동시에 내가 지금까지 어떻게 살아왔는가, 나에게 주어진 시간들을 과연 바람직하게 소모해 왔는가를 돌아보게 된다. 그러려면 무의미한 걱정 근심에서 벗어나야 한다. 현재를 충만하게 살면 걱정할 일이 없다. 또 즐겁게 살 줄 알아야 한다. 즐겁게 살되 아무렇게나 살아서는 안 된다.

거리에 나가면 공포가 몰려온다. 죽음을 향한 경주장이다. 여유와 유유자적은 찾을 길이 없다. 누가 왜 무엇을 위해 빠르게, 더 빠르게, 좀 더 빠르게 해야만 하나? 남보다 앞서기 위해서? 앞선다고 해서 더 행복한가? 가졌다고 해서 더 행복한가? 경쟁 심리에는 매우 비인간적이고 냉혹한 이기심이 작용한다. 우리 모두는 과정을 즐길 수 있어야 한다. 사랑의 모든 과정을 생략하고 아이만 생산한 꼴이다. 사람이 하나의 인간으로 성장하는 데는 시간이 필요하다. 하나의 씨앗이 땅에 묻혀서 꽃 피고 열매 맺기까지는 사계절의 순환이 요구된다.

삶을 살 줄 아는 사람은 당장 움켜쥐기보다는 쓰다듬기를 좋아하며 기다릴 줄 알며 과정을 즐긴다. 목표를 향해 곧장 달려가기보다는 여유를 가지고 구불구불 돌아가는 길을 선택한다. 직선이 아닌 곡선의 묘미를 안다. 여기에 삶의 비밀이 담겨 있다. 시간에 쫓기는 사람은 한마디로 1초라도 더 빨리 죽기 위해 달려가는 사람이다. 시간을 즐기는 사람은 영혼의 밭을 가는 사람이다. 어떤 일을 하면서 그 일의 노예가 되지 않고 그 일을 자기 삶의 소재로 생각하고 모든 과정을 즐길 줄 안다. 이와 같은 깨달음이 있어야 삶이 빛난다. 이것이 진정한 삶이며 의미다.

8

공부는 배신하지 않는다

공부한 흔적은 남아도 논 흔적은 남지 않는다. 야구에 이승엽, 축구에 박지성의 공통점은 연습은 절대 배반하지 않는다는 평범한 진리를 강조하고 실행했다는 점이다. 믿을 건 연습밖에 없다는 얘기다. 연습이 완벽을 만든다는 사실은 너무 평범한 이야기여서 주목을 받지 못할 뿐이다. 군에 가면 이런 표어가 있다. "땀 한 방울이 피 한 방울을 절약한다."라는 표어 말이다. 연습 없이 승리를 쟁취한다는 것은 나무 위에서 고기를 구하는 것처럼 무모하다. 따라서 공부는 모든 성공의 시작이며 모든 길이 그곳에 있다. 이 세상 거저 얻어먹을 수 있는 건 아무것도 없다.

공부하니까 청춘이다. 삶은 공부의 연속이다. 공부하면 왜 젊어질까. 처음 걸음마에 성공했을 때, 또 길을 잃었다가 고생 끝에 돌아왔을 때, 그때 몸의 세포들은 죽음과 부활을 동시적으로 체험한다. 그때의 충격과 경이로움이란! 바로 공부가 그 같은 충격과 경이로움을 안겨 준다는 점이다. "요즘 무슨 책 읽어?"가 안부 인사가 되는 그런 세상을 꿈꾼다. 우리나라 독서율은 20%다. 1년에 읽는 책이 9권이다. 책 한 권 읽지 않는 사람이 30%다. 이웃나라 일본은 연간 읽는 책이 65권이나 된다. 부럽다는 생각이 든다. 극일이 그냥 되는 걸로 알면 큰 오산이다. 우리의 전철이 스마트 폰 묵념의 장소가 아닌 17평짜리 움직이는 도서관으로 바뀔 때를 상상해본다.

사람은 책을 만들고 책은 사람을 만든다고 했다. 공부는 청춘을 불러온다. 거죽은 분명 늙어가지만 마음은 청춘으로 바뀌는 것이다. 청춘은 봄이고 나무라 했다. 나무가 땅의 지기를 받지 못하면 뿌리를 내리지 못한다. 뿌리가 약하면 열매를 맺기는커녕 꽃샘추위도 견디기 어렵다. 몸을 쓰면 마음이 쉬고, 몸을 쓰지 않으면 마음이 바쁘다. 때문에 집중력이 떨어진다. 동의보감에서 "흐르는 물은 썩지 않고, 지도리는 좀먹지 않는 것과 같은 이치"라 했다. 공부는 이렇게 뿌리를 내리고 영양분을 흡수하며 열매 맺게 한다.

9

꿈 디자인

굳이 광화문 교보문고 돌에 새겨진 글귀를 보지 않더라도 우리는 안다. "사람은 책을 만들고 책은 사람을 만든다"는 이야기를. 책 속에는 온갖 지혜가 있다. 책을 읽으면 당신의 꿈에 바짝 다가선다. 꿈은 주어지는 것이 아니라 만들어 가는 것이다. 친구를 사귀는 것도 책과 가까워지는 것도 처음에는 어색하다. 그래도 마음의 문을 내 쪽에서 활짝 열고 다가가면 상대도 마음의 문을 연다. 도서관에 들어서면 처음엔 역한 종이 냄새가 난다. 그러나 곧 종이 냄새는 향기로 바뀐다. 시내 대형서점에 들러보라. 종이 향과 남녀노소 할 것 없이 이리저리 주저앉아 책을 보고 있는 모습은 한 폭의 아름다운 그림이다. 어린이를 데리고 온 젊은 아빠들이 참 믿음직스럽다. 또 얼마나 쾌적한가. 책 한 권, 글 한 줄로 인생이 바뀐 사람은 또 얼마나 많은가. 책을 보는 사람은 치매가 없다. 책을 보는 사람은 몸에서 향기가 난다. 말에서 향이 풍긴다.

"좋은 책을 읽기 위한 첫걸음은 나쁜 책을 읽지 않는 것이다."

쇼펜하우어 이야기다. 나쁜 책이란 책에서 향기가 나지 않고 독소를 풍기는 책이다. 좋은 책이란 거침없이 읽히되 읽다가 자꾸 덮게 되는 책이다. 읽던 책을 자꾸 덮게 만드는 건 사유를 유도하기 때문이다. 읽던 책을 덮고 조용히 앉아 자신을 들여다보는 정신의 여백을 만드는 순간, 마음의 번잡과 망상은 가라앉고 참자아가 우러나 지친 심신을 어루만져 준다. 그래서 양서란 거울처럼 자신을 제대로 보게 하고 정신을 일깨워야 한다고 법정 스님은 말했다.

한국에는 잡스나 슈미트가 정녕 없을까? 정답은 '있다'다. 있는데 못 찾는 것이고 나올 만하면 싹을 자르니 안 보인다. 지배하는 우리 기업 문화에서는 창의성은 열매 맺기 힘들다. 모난 돌이 정 맞듯 엉뚱함에서 비롯된 창의적인 생각들은 핀잔의 대상이 안 되면 그나마 다행. 보통 강심장이 아니고는 주눅 들게 마련이고 두 번 다시 생뚱맞은 아이디어를 낼 엄두를 안 낸다. 단기 성과에 집착해 젊은이들이 '리스크 테이킹'을 아예 포기하도록 하는 기성세대는 지금 심각한 직무유기 중임을 알아야 한다.

녹슬지 않는 삶이 되려면 책을 읽어야 한다. 글이란 읽으면 읽을수록 사리를 판단하는 눈이 밝아진다. 그리고 어리석은 사람도 총명해진다. 옛글에 이런 구절이 있다.

"어릴 때부터 책을 읽으면 젊어서 유익하다. 젊어서 책을 읽으면 늙어서 쇠하지 않는다. 늙어서 책을 읽으면 죽어서 썩지 않는다."

10

새우잠, 고래꿈

현대 정주영도 대우 김우중도 월트 디즈니도 해리포터의 조앤 롤링도 모두 다락방에서 꿈을 키웠다. 장소가 넓으면 생각이 좁아지고 장소가 좁으면 생각이 커진다. 지금의 작은 공간이 꿈꾸기에는 안성맞춤이다. 그곳에서 처절하리만큼 외로움을 느껴보라. 죽음과도 같은 고독을 느껴보라. 그 외로움이 당신의 꿈을 펼치는 씨앗이 될 것이다. 시련이 클수록 기회는 많아진다. 진정한 열정은 결코 식지 않는다. 삼대에 걸친 부자도 가난뱅이도 없다는 말은 이런 것들을 바탕에 깔고 있다.

스스로 아무런 꿈도 꾸지 않는데 부모나 사회나 국가가 꿈을 대신 꾸어주고 이뤄줄 수는 없다. 지금 가진 것이 없다고, 몸과 마음과 환경에 장애가 있다고 절망하는 사람들이 있다면 김연아와 피스토리우스 선수를 다시 바라보았으면 한다. 그들은 가난과 싸웠고 훈련과 싸웠다. 김연아는 한 번의 점프를 위하여 1,000번의 엉덩방아를 찧으며 온몸은 피투성이가 되었다. 남아프리카공화국 의족 스프린터 피스토리우스는 태어날 때부터 종아리뼈가 없어 보철의족을 착용하며 생활했다. 그가

장애인 올림픽 금메달리스트가 되면서 남아연방 영웅이 된 것은 한 편의 드라마다.

우리가 화려한 스포트라이트를 받는 장면만 의식하면 안 되는 이유다. 어느 분야에서나 그야말로 죽어라고 노력하면 보상이 따른다. 설혹 보상이 불만족스럽더라도 도전 자체에서 의미를 찾는 사람에겐 그 과정이 곧 행복일 수 있다. 꿈을 이루기 위해 땀방울을 흘리는 젊은 세대가 많을수록 우리 사회는 밝아진다. 생각의 근육을 키우고 멀리 높게 보는 시야를 갖게 되길 바란다. 생각 근육과 꿈을 키우는 것은 나이와 전혀 상관없다.

11

부정적 사고

공자가 조카 '공멸'에게 물었다. 지금 그 일자리가 어떠하냐고, '공멸'은 얻은 것은 없고 잃은 것만 있다고 답했다.

1. 일이 많아 공부를 못 한다.
2. 보수가 적어 부모님 봉양을 못 한다.
3. 시간이 없어 친구를 잃는다.

똑같은 질문을 '자천'에게 했다. 자천은 답했다. 잃은 것은 없고 얻은 것만 있다고 했다.

1. 책으로 배운 것을 실천할 수 있어 좋다.
2. 적당한 보수이기에 근검절약을 행하며 살아갈 수 있어 좋다.
3. 공부를 하면서 새 친구를 사귈 수 있어 좋다.

긍정적 사고와 부정적 사고의 예다. 또 예를 든다. 영국의 극작가 버나드 쇼는 어느 날 친구들을 집으로 초대했다. 먼저 도착한 친구는 테이블 위에 있는 반만 채워진 포도주를 보고 반밖에 남지 않았다며 불만을 터뜨렸다. 그러나 나중에 온 친구는 반병이나 남았다며 즐거워했다. 먼저 온 친구는 빈 공간을 본 것이고 나중에 온 친구는 채워진 부분을 보았던 것이다.

> "불가능하다는 말은 죽어서 관 속에 들어가서나 할 수 있는 말이라고 생각해야 한다. 사람들은 누구나 자신 안에 액셀러레이터와 브레이크, 두 가지를 가지고 있는데 이 둘 중 어느 것을 사용할 것인가는 자신의 선택과 의지에 달렸다. 부정적인 생각으로 '괜한 일을 저지른 거 아닐까? 난 또 실패할 거야. 차라리 이대로 그냥 지내는 게 나을지 몰라'라며 스스로에게 브레이크를 거는 사람은 결코 앞으로 나아갈 수 없다. 지금 희망이 없는가? 이제는 끝이라고 여겨지는가? 이런 것들은 꿈과 희망을 갉아먹는다. 낡고 구멍 난 그물로는 절대 고기를 잡을 수 없다. 구멍 난 그물로 한숨만 땅이 꺼지게 내쉴 게 아니라 마음의 그물부터 다시 짜야 한다. 된다고 생각하면 되고, 안 된다고 생각하면 안 되게 되어 있다."

유태영 박사 이야기다. 계속 이어진다.

세상에서 가장 큰 단점을 갖고 있는 사람은 누구이며 가장 복 받은 사람은 누구라고 생각하는지요? 라는 기자의 질문에 이렇게 답했다.

"세상에서 가장 큰 단점을 갖고 있는 사람은 약점을 가진 사람이 아니라 부정적인 사고를 지닌 사람이다. 지금 실직해 있거나, 사업에 실패해 있거나, 혹은 나이가 너무 많다며 하고 싶은 일을 포기해 버렸거나, 또 간신히 노후연금 보험에 의지해 상황이 더 나빠지지 않기만을 바라며 근근이 살아가고 있는 사람들도 절대 포기하지 말라! 지금 해도 된다! 성공은 계속된 실패에도 열정을 잃지 않는 데서 나온다. 열정은 모든 것이 가능하다고 믿는 것이다. 녹슬어 사라지기보다 다 닳아 빠진 후에 없어지리라는 각오로 살면 안 될 것이 무엇이 있겠는가.

진정한 복은 지위와 명예가 높아지는 것, 권세가 높아지는 것이 아니다. 진정한 복은 항상 마음이 편안하고 남이 부럽지 않고 감사한 마음이 우러나와야 한다."

류 박사는 복 있는 사람은 감사할 줄 아는 사람이라면서 건강하지 못하거나 해고를 당하거나 좌천이 되어도 마음 밑바닥에서 감사한 마음이 일어난다면 이는 '복 중의 복'이라 할 수 있다고 말했다. 그리고 이런 마음은 쉽게 가질 수 있는 것이 아니며 자기를 길들이는 노력을 통해서 얻어진다면서 이러한 감사를 할 수 있는 사람이 가장 복 받은 사람이라고 강조했다.

12

삶의 기적

성공도 명문가도 자기 스스로 만든다. 툭하면 조상을 들먹이고 친구를 들먹이고 지인을 들먹인다. 그런 사람일수록 힘깨나 쓴다는 사람을 참으로 많이 안다. 그 힘 있다는 사람을 매우 가까운 사이라는 것을 은연중 자랑한다. 막역한 사이로 포장한다. 그런 사람의 십중팔구는 사기꾼 아니면 자신은 별볼일 없는 사람이라고 광고하는 사람이다. 오죽이나 못났으면 제3자를 끌어들일까. '나는 바보입니다'를 스스로 공표하는 것이나 다름없다. 자신이 의도하는 것은 뼈대 있는 가문의 후손이며 인맥이 두텁다는 것을 과시하고 싶은 심리가 밑바닥에 깔려 있겠지만 받아들이는 사람은 정반대라는 사실을 알았으면 좋겠다. 안타까울 뿐이다.

대부분의 명문가나 양반도 옛날엔 모두 사고파는 시대가 있었다. 돈만 있으면 양반 사는 건 여반장이었다. 국가재정이 흔들리면 공명첩 제도를 시행하여 돈 액수에 따라 관직을 부여했다. 그래서 이름을 적는 난이 비어 있다 하여 공명첩이라 불렀다. 금수저, 흙수저 논란도 같은 연결선상에 있다. 금수저를 입에 물고 나와도 제 하기에 따라 흙수저가 될 수도 있다. 3대로 이어지는 부자도 가난뱅이도 명문가도 없다. 그 사이 수많은 부침이 존재한다. 명문가는 나 자신이 만드는 것이지 금수저를 물고 나왔다고 금수저가 되는 것은 아니다. 자칭 흙수저라고 하는 사람들이여, 그러니 주눅 들지 말라. 가짜 금수저 또한 얼마나 많은가. 금으로 도금한 가짜 금수저, 가짜 얼굴, 가짜 인격으로 젠체하며 살아가는 수없이 많은 군상들.

흙으로 빚은 항아리에 유약을 발라 1,200도 이상에 잘 구우면 영롱한 고려청자, 이조백자가 탄생한다. 이 보물을 어찌 도금한 가짜 금수저와 비교하겠는가. 우리나라는 특히 졸부가 많다. 개발과 고급정보의 독점으로 미국이나 유럽의 재벌과는 달리 자수성가보다는 선대로부터 재산을 물려받은 재산가가 압도적으로 많다. 그러니 돈을 쓸 줄 모른다. 짠돌이들이다. 사회 환원이니 베푸는 것에 익숙하지 않다. 그저 움켜쥐고 선대의 재산을 축 안 내면 훌륭한 자식이요 경영가인 줄 안다. 아무 고통 없이 쉽게 오른 자리이기에 뼈아픈 교훈이나 정신이 없다. 아름다운 정신은 더더욱 찾기 힘들다. 그저 재산 지키기에만 급급하다.

지금은 자본주의의 끝자락에 와 있음을 간파해야 한다. 나는 이 현상을 '수정극자본주의'라 표현한다. 수정극자본주의의 끝은 아무도 모른다. 다만 모두들 불안을 느끼고 있다는 것만 어렴풋하게 느끼고 있을 뿐이다. 상위 5%가 전체 재산을 좌지우지한다. 검은돈으로 고급정보와 선을 대 놓고 개발예상지역에 땅을 사고 땅값은 천정부지로 오르고 땅 짚고 헤엄치기식의 돈을 벌어댄다. 서민은 수익성이 예상되는 곳을 설령 안다 하더라도 돈이 없으니 화중지병이요 백 년 배고플 수밖에 없는 구조다. 이런 불공정과 부정의가 춤을 춘다면 양극화 현상은 더욱 심화될 것이며 이 양극화의 끝은 어디가 될지 심히 불안하다.

13

가난한 영혼

우리가 살아가는 데는 반드시 세 끼 식사가 필요하다. 그러나 밥만으로는 해결이 모두 되는 것은 아니다. 밥으로 해결할 수 있는 영양소가 있고 없는 것이 있다. 비타민이나 무기질은 별도로 섭취해야 된다. 그래야 건강에 균형을 맞출 수 있다. 하루의 생활도 세 끼 식사 외에 독서와 명상이라는 영혼의 양식을 섭취해야 한다. 그렇지 않으면 영육의 건강이 균형을 이루기 어렵다. 이 건강의 불균형은 심각한 부작용을 동반한다. 한쪽 다리를 잃은 사람이 정상 보행이 어려운 것과 마찬가지다.

군에 가면 사격 훈련만 시키지 않는다. 그에 걸맞는 정훈교육도 함께 한다. 아무리 사격 실력이 뛰어나도 정신이 해이하면 오합지졸이요 민병대 수준이 되고 만다. 23세 미만의 국가대표 신태용 감독은 정신무장을 강조하는 감독이다. 사실 국가대표 언저리에 있는 선수는 메시 같은 걸출한 선수를 제외하고는 거기서 거기다. 오십보백보라는 얘기다. 어떤 선수를 언제 어느 곳에 투입하여도 전력에 큰 차이를 느끼지 못한다. 문제는 그날의 컨디션과 정신문제다. '영혼 밥'은 그래서 필요하다. 하루 네 끼를 주장하는 이유도 마찬가지다. 영혼 밥이란 명상 또는 독서를 일컬음이다.

누구나 죽음을 맞는다. 우리는 그때를 가끔 생각해야 한다. 우리가 하루하루 살아 있다는 것은 기적이다. 이런 기적 같은 삶을 헛되이 보낸다면 후회하는 때가 반드시 온다. 죽음을 어둡고 기분 나쁘게 생각할 필요가 없다. 삶의 한 과정이며 한 모습일 뿐이다. 죽음이 없다면 삶은 무의미해진다. 죽음이 받쳐 주고 있기 때문에 삶이 빛날 수 있다. 결혼식 날 신부 들러리가 신부를 빛나게 하듯 말이다. 살 만큼 살았으면 교체되어야 한다. 숨만 쉬면서 백 살 이백 살 살면 무엇하겠는가? 목숨이 붙어 있을 때는 잘 살 줄 알아야 한다. 사는 즐거움을 누려야 한다. 그리고 삶의 목적이 있어야 한다. 살아갈 이유를 갖고 있는 사람은 어떤 어려운 환경에서도 살아남는다.

14

여전한 어제의 그 물

헤르만 헤세는 말했다. "강물은 여전히 그 자리에 있지만 물은 어제의 그 물이 아니다."라고 말이다. 물이 어제의 그 물과 같다면 그것은 썩은 물이다. 바다는 쉬지 않는다. 바다는 단 한 번도 같은 파도를 치지 않는다. 아마 어느 누구도 바다가 썩었다는 이야기를 들어본 적이 없으리라. 바다는 살아 있다. 바다는 모든 것을 받아 주는 너른 품을 갖고 있다. 이 지구에는 70%가 질소며 30%가 산소다. 이 산소의 70%를 바다에서 만든다. 이 바다의 끊임없는 써레질이 이토록 싱싱한 산소를 만드는 원천이다. 노력으로 새 물을 갈아줘야 한다.

지식과 기술의 폭발적인 증가와 노후화가 이루어지고 있다. 20세기 후반에 이르러 과학기술의 발전과 지식의 폭발은 놀라운 속도로 진행된다. 서기 원년에 인류가 구축한 지식의 양을 기준으로 할 때 1750년에 지식의 양은 2배로 증가했으며 1900년에는 4배, 1950년에는 8배, 불과 10년 후인 1960년에는 16배로 증가하였다. 1960년 이후에는 불과 5년에서 3년 미만의 기간에 지식의 양이 계속 갑절로 늘고 있으며, 21세기에 접어든 오늘날에는 불과 2~3개월 사이에 지식과 정보의 양이 갑절로 늘고 있다. 이러한 급속한 지식의 폭발은 그만큼 지식의 노후화 속도를 가속시키고 있으며, 이에 따라 현대사회에 적응해 나가기 위해서는 새롭게 형성되는 지식을 끊임없이 얻어야 한다. 그러지 않을 경우엔 낙후된 삶을 살 수밖에 없는 사회구조로 빠르게 변모하고 있는 것이다.

젊은 시절 그 많던 모임은 이제 체력이 떨어져 두서너 곳만 얼굴을 내민다. 더 솔직히 말하면 시간이 아까워서다. 정보화시대는 좋은 측면이 분명 있긴 하다. 노력을 별로 하지 않아도 많은 지식을 얻을 수 있다. 아주 단편적이긴 하지만, 좋은 이야기가 없어 문제가 아니라 너무 많아 문제인 시대가 되었다. 정보의 홍수라는 말이 실감 난다. 어지간한 줏대와 심지가 굳지 않고서는 자칫 정보에 휘둘리기 십상이다. 어제는 이 박사가 나와서 이것이 좋다 하고 내일은 김 박사가 나와 저것이 좋다 한다. 이것이 좋다 하면 이것이 바닥나고 저것이 좋다 하면 저것이 바닥난다. 이런 현상은 줏대가 없어서이기도 하고 더 근본적인 문제는 자신에 대한 믿음, 말하자면 자기 확신이 없기 때문이다. 그러니 살 것이 없음에도 남이 장에 가면 따라 장에 간다. 자기의 영혼은 아예 없다. 오직 남의 흉내와 눈의식만 존재한다. 참으로 딱하다. 거죽은 분명 내 것인데 속 알맹이는 내 것이 아니다.

이런 사람들의 특징은 화젯거리가 없다는 공통점을 갖고 있다. 2~30년 전에 했던 이야기를 유효기간도 없이 용감하게 재탕 삼탕 한다는 것이다. 그러니 가슴이 건조하고 풀 한 포기 꽂을 만한 공간이 존재하지 않는다. 더욱 난처한 것은 창피함을 모른다는 점이다. 더욱 가관은 이야기판에 끼어들고 싶어 한다는 점이다. 고장 난 유성기판을 고치려고 하지 않는 것인지 고장 자체를 인지하지 못하는 것인지 두렵기까지 하다.

어떻게 하면 될까. 책을 많이 읽어야 한다. 공부를 해야 한다. 많이 걸어야 한다. 여행을 많이 해야 한다. 많은 것들을 보아야 한다. 많은 사물과 접촉해야 한다. 그러려면 도서관, 미술관, 박물관, 공원, 옛길, 역사가 있는 곳, 문화가 있는 곳, 각종 스포츠 경기장, 시골장, 풍물장, 각종 세미나와 강연장엘 무시로 드나들어야 한다. 자신은 예나 지금이나 변함없이 한 강이다. 그러나 흐르는 물은 어제 그 물이 아니다. 우리는 늘 새 물로 채워야 한다. 공부와 여행을 강력히 추천한다. 이 모두는 게으름에서 벗어나야 이루어지는 것들이다.

15

시냇가 나무

시련, 고난으로 내공을 쌓고, 마음 근육을 단련하라. 시련, 고통, 실패를 두려워 마라. 그것이 성공의 자양분이다. 시냇가 나무는 잘 자란다. 성장 여건이 좋기 때문이다. 흙이 부드러워 힘 안 들이고 뿌리를 내릴 수 있다. 깊게 내려가지 않아도 물을 구할 수 있다. 그러나 홍수가 나면 제일 먼저 뽑혀 달아난다. 대신 바위 위에 소나무를 보라. 척박한 환경 속에서 뿌리를 내리느라 수형은 뒤틀리고 수피는 농부의 손처럼 두텁고 갈라졌다. 같은 또래에 비해 키가 자라지 못해 난쟁이다. 그러나 어떤 비바람이 몰아쳐도 끄떡도 않는다. 모진 풍상을 겪어 생김생김이 예사롭지 않아 눈길을 주지 않는 사람 없으니 의연하기만 하다.

필자가 아홉 살 때 묘한 일이 생겼다. 내가 학교에 가고 없었으니 어머니 이야기에 의존할 수밖에 없다. 이런 이야기를 할 때 으레 등장하는 비슷한 시추에이션, 노스님이 나타나 어머니를 찾았단다. 그 스님은 어머니께 이 집에 장남이 똘똘은 한데 중년에 많은 고생을 한다. 그러나 말년 운이 좋아 마치 바위 위에 소나무처럼 모든 사람들의 존경을 받을 것이라 했단다. 바위 위에 소나무는 뿌리 내리기가 쉽지 않다. 온갖 고생 끝에 뿌리를 내린다 해도 영양분 섭취와 비바람에 견뎌야 한다. 그러나 모진 세월을 견딘 다음엔 아름다운 자태로 인해 모든 사람들로부터 존경을 받고 선망의 대상이 된다. 필자는 언젠가부터 노스님의 이야기에 맞춰 사는 자신을 발견했다. '돌솔'이란 아호도 노스님의 이야기를 염두에 두고 지은 것이다. 그 말년이라고 한 것은 언제부터가 시작점인가.

지금 필자의 인생을 돌아보면 49살까지는 평온한 삶이었고, 그 이후에는 몸 고생 마음고생이 덕지덕지 붙은 삶이었다. 고희를 넘긴 지금 이 시점에 남은 수명이 얼마가 될지는 전혀 가늠할 수 없다. 하지만 모든 사람으로부터 우러름을 받기에는 너무 늦은 때가 아닌가 하다가도 혹 필자가 하는 일이라는 게 늘 글을 쓰는 일이기에 정말 많은 독자로부터 사랑받는 책이 탄생할 수도 있다는 희망이 존재하는 것 또한 숨길 수 없다. 그 생각만으로도 힘이 되고 의지가 된다. 노스님의 이야기는 함부로 흘려들을 수 없는 그 무언가가 있다.

몇 년 전 태풍 곤파스가 한반도를 훑고 지나간 적이 있다. 개울가 나무를 뿌리째 뽑아버렸다. 물길마저 바꿔버렸다. 개울가의 나무는 늘 불안하다. 생육조건이 좋아 잘 자란다. 거친 땅에서 자란 나무와는 수피, 키, 수형, 심지어 나이테까지 다르다. 쉽게 자라기에 나이테 간격이 넓다. 바람에 약할 수밖에 없다. 그래서 조상들은 젊어 고생은 사서도 한다고 했다. 실패와 고통, 쓴맛을 봐야 더 큰 실패를 막을 수 있다. 더 큰 성공의 자양분을 얻을 수 있다. 모든 성공은 모든 실패를 딛고 일어선다. 실패 없는 성공이 사상누각임을 알면 나의 오늘은 빛날 수 있다. 웃으며 달려나가자.

16

꿈씨 파종

꿈에도 씨가 있다. 소위 꿈씨다. 어떤 씨를 파종하느냐에 따라 좋은 꿈이 영글기도 하고 형편없는 쭉정이 꿈을 추수하기도 한다. 꿈씨는 하루아침에 갑자기 만들어지지도 않고 또 파종해서도 안 된다. 정성을 다하여 씨를 만들고 완벽한 계획 하에 최상의 상태로 파종해야 한다. 오랜 기간 꿈씨 파종에 대한 계획을 세우고 실행해야 한다. 물론 파종의 씨에 따라 추수도 달라진다.

꿈을 큰 꿈과 작은 꿈으로 분류한다. 작은 꿈은 기간도 짧고 비교적 이루기도 쉽다. 성취감을 맛보며 큰 꿈의 동력으로 삼는다. 꿈은 끊임없이 꾸어야 한다. 한 개의 꿈이 잉태하여 추수하게 되면 또 그다음 꿈으로 이어지도록 꿈을 꾸어야 한다. 꿈은 꿈 안에서 이루어지고 꿈 밖에선 이루어지지 않는다. 꿈 안의 꿈을 위하여 꿈 안에 꿈씨를 뿌려야 한다. 꿈 밖에 꿈씨를 뿌리면 사막에 씨를 뿌리는 것과 다름없다.

꿈씨를 뿌려라. 그렇지 않으면 당신의 가슴은 사막이 된다. 꿈은 길을 잃지 않게 만드는 이정표인 동시에 미래를 현실로 불러오는 신비스러운 마법사다. 현실을 외면하지 않고 인내하면 꿈은 반드시 이루어진다. 늘 꿈을 꾸어라. 꿈이 사라지면 숨 쉬는 허수아비다. 늙음은 나이가 들어 늙는 게 아니고 꿈이 사라져 늙는 것이다. 죽을 때까지 꿈을 꾸어야 한다. 꿈은 청춘의 꿈도 좋지만 나이 들어 꾸는 꿈도 젊은 시절의 꿈 못지않다. 젊음의 아름다움은 자연스러운 현상이지만 늙어서 아름다움은 예술이다. 꿈도 마찬가지다. 나이 들어 꾸는 꿈은 농익었다. 헛된 꿈이 아니다. 몽상, 망상에 가까운 꿈은 꾸지 말아야 한다. 저녁놀 같은 아름다운 꿈을 꾼다.

꿈의 씨에는 여러 종자가 있다. 어떤 씨를 파종하는가는 전적으로 자신에게 달렸다. 어떤 씨를 파종하느냐에 따라 좋은 꿈이 영글기도 하고 형편없는 쭉정이 꿈을 추수하기도 한다. 꿈 씨는 하루아침에 갑자기 만들어지지도 않고 또 파종해서도 안 된다. 정성을 다하여 씨를 만들고 완벽한 계획 하에 최상의 상태로 파종해야 한다. 오랜 기간 꿈씨 파종에 대한 계획을 세우고 실행해야 한다. 이제 어떤 꿈의 씨앗을 파종하면서 인생을 살아야 하는지에 대하여 깊게 고민하자. 물론 파종의 씨에 따라 추수도 당연히 달라진다. 꿈은 청년이나 소년에게만 있는 것이 아니다. 꿈은 중년에게도 노년에게도 있다. 20대 청년이라고 해도 꿈과 이상이 없으면 80세 늙은이나 마찬가지고, 80세 노인이라도 꿈이 있으면 청년이라고 할 수 있다.

꿈은 끊임없이 꾸어야 한다. 한 개의 꿈이 잉태하여 추수하게 되면 최선을 다하여 그다음 꿈으로 이어지도록 꿈을 꾸어야 한다. 꽃씨에는 봉선화같이 용수철처럼 튕겨서 날아가는 놈, 민들레처럼 관모를 쓰고 낙하산처럼 날아다니는 놈, 대다수 식물처럼 제 자리에 떨구는 놈, 새의 먹이가 되어 똥으로 옮겨지는 놈 등 종족 번식을 위해 온갖 방법을 쓴다. 그러나 꿈의 씨는 바람에 날려 파종하거나 용수철처럼 튕겨서 파종할 생각을 하면 안 된다. 꿈씨를 뿌리는 데는 설레는 마음이 필요하다.

17

침묵과 무지

법정 스님은 무소유를 아무것도 갖지 않는 것이 아니라 필요 없는 것을 갖지 않는 것이라 했다. 침묵 또한 마찬가지다. 맹목적인 침묵은 어색한 입 닫음일 뿐이다. 사회생활에서 결코 좋은 점수를 줄 수 없다. 쓸데없는 말을 많이 하는 것은 물론 경계해야 한다. 그래서 임제 선사는 사람이 태어날 때는 혀 밑에 도끼 하나씩을 가지고 태어난다고 했다. 쓸데없는 이야기를 함부로 하지 못하게 하는 금언이다. 좋은 이야기는 많이 하는 게 좋다. 칭찬의 말, 격려의 말, 위로의 말, 기 살려 주는 말, 감사의 말, 사랑의 말은 아끼지 말아야 한다. 대신 남을 헐뜯고 비방, 비난, 경멸, 원망, 불평, 불만, 흉보는 말, 질책하는 말은 삼가야 한다. 정치나 종교 이야기도 좋은 화젯거리가 아니다. 아이들 교육 이야기, 여행 이야기, 체험 이야기, 영화, 연극 감상 이야기 등 체험과 생산적이고 창의적인 화젯거리는 분위기를 부드럽고 재미있게 한다.

문제는 대화 중에도 계속 침묵하고 감정표현을 잘 하지 않는 경우다. 이렇게 되면 소통이 아니라 불통이 된다. 침묵으로 일관하는 경우엔 매우 난처하다. 그 사람의 속내를 도대체 알 수 없다. 침묵이 금이기는

커녕 구리도 되지 못한다. 침묵하면 중간은 간다는 못된 의식도 한 몫 한다. 따라서 겸손의 명분을 찾으려는 이중의 망나니 구실을 한다. 노인답게 늙으려면 "입은 닫고 지갑은 열어라."는 말이 있다.

동안거에 들어간 스님은 100일 동안 입을 닫는다. 그리고 내가 누구인지를 깊이 사색한다. 이 우주는 무한한 공간이다. 어떤 오물로도 더럽혀지지 않는다. 본질이 문제다. 입을 닫고 있음도 닫고 있음이 아니요, 입을 열고 있어도 열고 있음이 아니다. 어떤 것이 참다운 침묵이고 어떤 것이 참다운 웅변인지를 한 번쯤 되새겨야 한다.

18

혀의 닻

말의 유혹에 흔들리지 않도록 혀에 닻을 달아라. 꼭 필요한 이야기만 할 줄 알아야 한다. 타인에 대한 비난은 언제나 오해를 동반한다. 과거의 자로써 현재를 재려고 하기 때문이다. 그 사람의 내면에서 지금 무슨 일이 일어나고 있는지 아무도 알 수 없다. 인간은 강물처럼 흐르는 존재다. 날마다 똑같은 사람이 아니다. 그러므로 함부로 남을 심판할 수 없다. 우리가 어떤 판단을 내렸을 때 그는 이미 딴사람이 되어 있을 수도 있다. 말로써 비난하는 버릇을 버려야 우리 안에서 사랑의 능력이 자란다. 지혜와 사랑이 그 움을 틔운다.

절에 가면 '삼함(三緘)'이라고 쓴 표지가 큰 방에 붙어 있는 걸 본 적이 있다. 입을 세 번 꿰매라는 뜻이다. 말을 삼가라는 교훈이다. 우리의 옛시조에도 "말하기 좋다 하고 남의 말 말을 것이/내가 남 말하면 남도 내 말 하거늘/말로서 말이 많으니 말 말을까 하노라."라는 것이 있다. 예나 지금이나 남의 이야기하면 안 된다. 그러다 보니 민의의 전당인 국회 안에서도 가끔 이런 일이 벌어진다. 작가 김홍신은 국회의원 시절

"공업용 재봉틀로 입을 꿰매겠다"고 상대 당 국회의원에게 독설을 퍼부은 적이 있다. 우리들은 말을 안 해서 후회되는 일보다도 말을 해 버렸기 때문에 후회되는 일이 얼마나 많은가.

어리석은 사람은 말을 함부로 함으로써 자신이 갖고 태어난 도끼로 자신의 혀를 찍고 만다는 얘기는 그래서 존재한다.

19

욕심 비만

간디는 "세상은 필요를 위해선 풍족하지만 욕심을 위해선 결핍을 느낀다."고 했다. '반소사 음수하고~' 욕심 비만을 다이어트하라. 그것이 장수의 비결이다. 욕심의 크기와 장수는 반비례한다. 정직도 장수에 영향을 미친다.

톨스토이의 러시아 민화 『사람은 얼마만큼의 땅이 필요한가?』의 예를 다시 든다. 탐욕스런 주인공 바흠은 지평선에 해가 떨어지기 전에 한 치라도 더 많은 땅을 차지하려는 욕심으로 걸음을 재촉하다 지쳐서 마침내 쓰러져 죽고 말았다는 내용으로 그 책 말미에는 이런 글이 있다.

"바흠의 하인은 괭이를 들고 주인을 위해 구덩이를 팠다. 그 구덩이는 바흠의 머리에서 발끝까지 단 2미터의 길이밖에 되지 않았다. 그는 그곳에 묻혔다."

행복은 안분지족(安分之足)과 지지(知止)에 달렸다.

김영한 씨는 시인 백석의 연인이다. 백석의 시에 등장하는 '자야'가 바로 그다. 중앙대학교 영문과를 졸업한 미모의 엘리트 여성이다. 당시 명월관 오진암과 함께 3대 요정 중 하나인 대원각의 경영자다. 2000년대 초 6천여 평에 이르는 넓은 땅을 아무 조건 없이 길상사에 시주했다. 물론 당시 법정 스님과 여러 차례의 줄다리기 끝에 승낙을 받아 이루어진 일이다. 지금은 1조 원의 가치인 땅, 당시 시가로 천억 원대의 길상사 땅을 법정 스님에게 시주한 대원각 주인 김영한 씨, 그는 천억 원대의 땅이 아깝지 않느냐는 기자의 질문에 "천억 원은 백석의 시 한 줄 값도 안 되는 돈이다."라고 응수했다. 돈을 버는 것은 기술이지만 쓰는 것은 예술이다. 김영한 씨, 참 멋진 여인이다.

20

행복이란 가치

행복이란 자기가 추구하는 가치를 실현하는 것이다. 아무리 큰 것을 얻었다 하더라도 자기가 추구하는 가치와 동떨어져 있으면 행복과는 거리가 멀다. 내면의 즐거움은커녕 어딘가 허전하다. 큰 것에서 구하지 말라. 작은 것에서 가치를 찾는 눈이 필요하다. "그 무엇도 내 허락 없이는 나를 불행하게 만들 수 없다."고 차동엽 신부는 말한다. 각자의 마음속에 이 말을 새겨둔다면 결코 인생에서 좌절이나 포기는 없다. 똑같은 것을 놓고 어떤 사람은 그것을 불행으로 치부할 수 있다. 하지만 그것이 어떤 사람에게는 행복의 이유가 될 수도 있다. 모든 것은 내 허락 여부에 달려 있다. 이것이 생각의 힘이다. 우리가 느끼는 모든 감정 이면에는 생각이 자리 잡고 있다. 따라서 생각을 긍정적으로 다스리면 감정은 그에 따라갈 수밖에 없다.

같은 시간과 같은 환경 속에서도 누구는 성공하고 누구는 절망한다. 그것이 바로 생각의 차이이며 우리가 긍정적으로 생각해야 하는 이유다. 우리는 단 하루도 관계를 벗어난 삶을 살 수 없다. 그렇다면 관계속에서 행복해지는 법은 어떨까. 첫째, 연약함은 도와주고 둘째, 부족함은 채워주고 셋째, 허물은 덮어주고 넷째, 장점은 말해주고 다섯째, 능력은 인정해 주며 살아야 한다는 점이다. 인간은 누구나 이 다섯 가지를 가지고 태어난다.

21

신문은 하얀 금

첼리스트 장한나 양은 '신문은 세계인이 쓰는 일기'라 했다. 멋진 표현이다. 나는 한술 더 떠 '신문은 아무런 노동 없이 세계인이 캐는 하얀 금'이라고 한다. 나는 매일 아침 잔디밭에서 바늘 찾는 기분으로 신문을 훑는다. 사실 잔디밭 자체만으로도 그 가치는 충분하다. 그곳엔 금이 있다. 금맥을 찾는 것도 기술이다. "옥에 흙이 묻어 길가에 버렸으니/오는 이 가는 이 다 흙이라 하는구나/두어라 알 이 있을지니 흙인 듯이 있거라."는 윤두서의 시조다. 최소한 옥과 흙을 구분할 줄 아는 눈을 가지고 있어야 한다.

신문에는 보이는 금도 있지만 보이지 않는 금도 있다. 보이지 않는 금이란 신문을 보면서 창의성과 아이디어의 연결고리가 된다는 점이다. 신문을 보면 요즘 세상 트렌드가 읽힌다. 필자는 신문 스크랩을 44년째 하고 있다. 글쓰기 자료를 비롯하여 각종 아이디어의 상당 부분이 그 속에서 쏟아진다. 신문은 보물창고다. 신문의 유용성은 말로 다 표현할 수 없다. 신문은 새벽 5시 전후로 집에 온다. 엘리베이터 열리는 소리와 거의 동시에 복도 바닥에 신문 떨어지는 소리가 '툭' 하고 들린다. 매우 반가운 소리다. 60년 가까이 들어온 소리다. 나도 한때 신문에 기고했던 적이 있어 애착이 훨씬 더 간다. 신문기사를 쓰는데 얼마나 정성을 들이고 신속정확을 기해야 하는가를 알고 있기에 어느 기사 하나 소홀히 할 수 없다.

내가 신문을 처음 보게 된 것은 1961년으로 거슬러 올라간다. 중학교 2학년 시절이다. 교장 선생님을 아버지로 둔 친구가 말도 잘하고 아는 것도 많아 부럽기도 하고 샘이 났다. 나중에 알게 되었지만 신문의 덕을 톡톡히 보고 있었다. 그게 신문을 보게 된 계기다. 벌써 55년 전 얘기다. 고등학교에 가서는 국어를 가르치는 선생님께서 신문의 중요성을 강조하셨다. 특히 사설을 읽을 것을 강조하셨다. "사설은 논설위원이 쓰는 글로 논리적이며 서론 본론 결론을 글쓰기 법에 맞게 쓰는 글이다. 논거를 바탕으로 문제 해결을 합리적 객관적 논증으로 접근하여 독자들로 하여금 설득력 있게 쓰는 글이다. 꾸준히 사설을 읽으면 논리적 사고로 가득한 두뇌가 된다."며 그 중요성에 대해 설명하시던 모습이 지금도 엊그제 일처럼 생생하다.

내 고집은 특별하다. 어디 한 곳에 꽂히면 좌고우면(左顧右眄)하지 않고 불도저처럼 밀고 나가는 게 나의 주특기다. 그 고집이 신문 스크랩 44년, 80쪽짜리 클리어 파일 400여 권이 되었고 내 재산 목록 1호로 자리 잡았다. 한 종목만 하는 게 아니라 무려 11개 분야를 해 오고 있다. 클리어 파일도 처음엔 상품이 신통치 않아 애를 먹기도 하였지만 지금은 가위질을 하여 비닐 사이에 꽂기만 하면 되기에 편하다. 처음엔 일일이 풀칠을 한 적도 있었고 스카치테이프로 네 귀퉁이를 붙이기도 하였는데 시간이 지나면 떨어지는 게 흠이다.

오랜 세월을 하다 보니 스크랩은 달인의 경지에 달했다. 두꺼운 신문을 들고 큰 제목으로 한 번 훑는다. 선별작업을 통해 필요하고 유익한 정보를 골라낸다. 사설과 만물상, 횡설수설 같은 논설위원이 쓰는 박스 기사를 솎아낸다. 다음으로 문화, 노인, 건강, 여행, 오늘의 화제, 과학, 축구, 먹을거리, 지식창고, 멋진 삶을 살아가는 사람들에 관한 기사, 처음 등장하는 용어 등 보물 줍는 데 내 눈이 바쁘다.

솎아낸 기사는 어머니께서 유품으로 물려주신 검정 큰 가위로 자른다. 가위질도 수준급으로 가지런하게 잘 자른다. 맑은 날은 사각사각 소리가 경쾌하고 흐리거나 비 오는 날은 습도가 높아 종이가 매끄럽게 잘리지 않으며 소리도 잘 나지 않는다. 가위질을 하면서 그날의 날씨와 습도를 알아맞힐 수 있다. 이 정도면 달인의 경지 아닌가. 이렇게 잘린 신문을 장르별로 꼽으면 그날의 신문 스크랩 작업이 끝난다. 이렇게 모인 정보와 지식은 정제 과정을 한 번 더 거쳐 워드작업 후에 지식창고에 보관된다. 지식창고에서 꺼내 올린 블로그가 현재 5,000회며 목표는 3만 회다.

22

처음 살아보는 오늘

오늘은 내 남은 생애 중에서 가장 젊은 날이다. 오늘은 또 다른 새날이다. 늘 첫 경험에 새로워하고 가슴 설레며 살아가라. 설렘 호르몬(EPA)을 활성화시켜라. 나는 모든 사람에게 첫 경험을 많이 쌓을 것을 주문한다. 같은 날이 되풀이되면 삶이 지루해진다. 권태롭고 짜증 나고 일을 해도 성과가 나지 않는다. 어떻게 하면 지루한 일상에서 탈출할 수 있을까. 생각의 전환이 필요하다. 괴테는 "뱀은 변화의 껍질을 뚫고 나오지 않으면 껍질에 갇혀 죽고 만다."고 했다. 생각의 변화는 습관을 바꾸고 습관은 인격을 바꾼다. 인격은 성공으로 안내한다. 빈 병 속의 공기를 바꾸는 방법은 뭘까. 그것은 다른 것을 채우는 방법밖에는 없다.

모든 발전은 변화를 전제로 한다. 그러나 변화는 낯섦과 두려움을 가져온다. 선뜻 나설 수 없음은 바로 그 낯설기 때문이다. 잘 따져보면 모든 즐거움과 흥분과 감동은 각별한 낯섦에서 온다는 사실을 간파해야 한다. 음악도 영화도 소설도 마찬가지다. 우리가 여행을 가고 싶어 하는 것은 무엇인가. 낯선 곳에서 낯선 경험과 낯선 사람을 대하며 생경한 관습과 사물에 대한 동경 때문이 아닌가. 인간 본성의 기저에는 낯섦에 대한 동경이 자리 잡고 있다. 원초적 본능인 셈이다. 그래서 위험을 무릅쓰고 에베레스트를 오르고 남극을 탐험한다. 역사는 바로 그 모험가, 탐험가들이 쓰는 것이다.

그러나 모든 사람이 모험가, 탐험가로 살 수는 없다. 그들의 발자취를 이야기로 또 책으로 접할 뿐이다. 그러나 한편으로는 미지에 대한 동경과 왜 나는 따분한 삶을 살아갈 수밖에 없는가 하는 회의가 드는 것 또한 사실이다. 그렇다면 우리 범인들도 삶에서 작은 변화를 시도하면서 지루한 일상을 벗어나 보자. 그건 아주 작은 생각만으로도 가능하다. 안주와 타성에 젖어 살다 보면 사소한 변화도 귀찮고 두려워지며 망설이게 된다. 우리의 타성화된 삶에서 조금만 벗어나면 가슴 두근거리는 감동이 널려 있다.

오늘부터 당장 두 정거장 정도의 거리는 걸어서 간다. 전철을 타고 이동할 땐 한두 정거장 전 또는 후에 내려 걷는다. 늘 다니던 길에서 벗어나 다른 길로 간다. 늘 다니던 음식점에서 다른 식당으로 옮겨본다. 늘 다니던 카페에서 다른 카페로 옮겨본다. 이토록 자기도 몰래 습관화된 일상에서 벗어나 보는 것이다. 이 작은 실천은 당신을 전혀 새로운 신천지로 안내할 것이다. 처음 만나는 간판들, 아기자기한 골목의 모습들, 처음 만나는 아주머니, 아이들, 빌딩, 노점상, 새로운 패턴의 간판 장식들, 글씨체, 나무, 꽃들, 전깃줄의 얽힘, 비둘기들의 똥 등 반갑고 놀라운 사실들이 당신을 맞을 채비를 하고 있을 것이다.

우리의 뇌는 익숙한 것에서는 전혀 움직이지 않지만 낯선 곳에서는 베타파가 활발한 활동을 시작한다. 걸으면 BDNF라는 뇌 단백질이 활성화되어 단기 기억을 좋게 한다. 새로운 것을 대하면 뇌는 춤을 춘다. 따분할 사이도 싫증이 날 사이도 없다. 오직 호기심과 궁금증이 발동하여 어린아이처럼 구름 위를 훨훨 나는 자신을 발견하게 된다. 요즘은 길에서 또는 전철에서 외국인을 많이 만난다. 그들의 눈과 행동을 유심히 볼 필요가 있다. 그들의 눈동자는 바삐 움직인다. 온통 궁금투성이의 눈을 하고 있다. 거기에 따른 행동 또한 마찬가지다. 앞뒤로 왔다 갔다 한다. 길을 잘못 든 것이다. 그러다 배를 잡고 웃기도 하고 허탈한 표정을 짓기도 한다. 우리가 보기엔 아무것도 아니지만 여행자 입장에서 보면 엄청난 사건들이 시시각각 벌어지고 있는 것이다.

반대로 우리가 다른 나라를 여행하고 있다고 입장을 바꿔 보면 이해가 빠르다. 그럴 때 우리가 선뜻 나서 도움을 줄 필요는 없다. 애절한 도움의 눈빛을 보내기 전에는 지레짐작으로 친절을 베풀면 안 된다. 자칫 여행의 즐거움을 도둑질할 수도 있다. 도움을 요청하기 전에는 그들의 여행의 즐거움에 우리가 개입할 필요가 없다는 말이다. 실수는 여행에서만 얻을 수 있는 또 다른 즐거움이다. 자칫 야생동물에게 먹이를 던져 주는 것과 같은 군더더기 친절이 되면 안 된다. 오늘은 내 남은 생애의 첫날이다. 늘 새날인 셈이다. 어제는 이미 지나갔고, 내일은 아직 오지 않았다. 오늘에 충실하면 되는 일이다. 오늘이 늘 축제의 날이 되게 하는 것은 전적으로 당신의 몫이다.

23

껍질과 알맹이

콩깍지와 콩은 다르다. 육체는 콩깍지 같은 것으로 덧없고 무상하다. 세월의 비바람에 바래간다. 그러나 콩은 세월의 비바람에도 아랑곳없이 늘 새로운 싹인 생명력을 지닌다. 한 알의 콩은 딱딱한 껍질에 싸여 있다. 콩이 중요한가 껍질이 중요한가. 일립두자(一 粒豆子)요 폭출냉회(爆出冷灰)다. 한 알의 콩이 식은 재에서 나온다. 작은 콩 한 알에는 우주가 들어 있다. 그 속에 뿌리와 줄기와 잎과 콩꼬투리와 콩알이 들어 있다. 일정한 시간에 콩잎이 나오고, 일정한 시기에 콩 대가 나오며, 일정한 시기에 콩이 달리며, 일정한 시기에 여물고, 일정한 시기에 콩꼬투리가 벌어지고, 일정한 시기에 알이 튀어나온다. 말라빠진 한 알의 작은 콩 안에 어마어마한 우주의 비밀이 존재하다니. 만약 콩은 보지 못하고 콩 껍데기만 본다면 나무는 보지 못하고 숲만 보는 격이다.

중국의 4대 미인은 양귀비(楊貴妃), 서시(西施), 왕소군(王昭君), 초선(貂蟬)이다. 모두 경국지색의 미모를 가지고 있다는 게 공통점이다. 양귀비는 현대적 미인의 기준으로 보면 실망스럽다. 통통한 몸매 때문이다. 어쨌든 미인 하면 양귀비다. 당나라 현종의 판단력을 흐리게 만들었으며 양귀비의 미모에 꽃도 부끄러워 고개를 숙여 '수화(羞花)'라 하였다. 서시는 오나라를 멸망에 빠뜨릴 만큼 절세미인이다. 서시의 아름다움에 물고기도 헤엄치는 것을 잊어 가라앉았다 하여 '침어(浸魚)'라 불렀다. 가장 애련하고 애달프게 그려지는 왕소군은 한나라 때의 궁녀였다가 화친을 위해 흉노족 왕에게 빼앗긴 미인이다. '낙안(落雁)'이라는 글자가 나타내듯 왕소군의 아름다움에 기러기가 날갯짓을 멈춰 땅으로 떨어졌다고 하니 그의 아름다움이 짐작이 간다. 초선 또한 달도 부끄러워 구름 사이로 숨어 버렸다고 하니 '폐월(閉月)'의 별명이 잘 어울린다. 중국 사람들의 과장은 유별나다. 침소봉대하는 그들의 사고를 우리는 자주 접한다. 폭포의 높이가 조금만 높으면 비류직하삼천척(飛流直下三千尺)이라 표현하는 식이다. 그러나 모두를 과장법으로만 볼 수는 없다.

우리나라는 어떤가. 대표적인 경국지색의 미인으로는 장희빈을 든다. 숙종의 마음을 송두리째 빼앗아 인현왕후를 몰아내고 후궁에서 중전으로 신분상승을 한다. 또다시 정쟁에 휘말려 후궁으로 내려앉는 등 부침이 심한 일생을 산다. 다음은 연산군의 총애를 받은 장녹수다. 물론 연산은 감성 풍부한 문학소년이었고 그의 시가 연산일기에 130편이나 전해진다. 역사가들은 왕이 되지 않았으면 문학가가 되었을 거라고 이야기들 한다. 어머니 폐비 윤 씨가 사약을 받은 이유를 알게 되면서 반미치광이가 되며 피비린내 나는 숙청작업이 시작되고 주색의 길로 들어선다. 흥청을 만들어 기녀 1천 명을 양성하도록 하고 그 속에서 발군의 미모를 자랑하는 장녹수와 운명적인 만남을 한다. 중종반정으로 쫓겨나 교동도로 유배 가기 직전까지도 후원에서 장녹수를 곁에 두고 연회를 즐겼다.

이들은 단순히 외모가 아름다워서 나라의 흥망성쇠를 좌지우지했던 걸까. 아니면 정치와 권력의 틈바구니에서 이용되었던 한 가지 수단은 아니었을까. 어떤 것이 되었건 알맹이는 뒷전이고 껍질에 취하여 일어난 일들이다. 사극에 등장하는 관심법도 그 사람의 속을 들여다보는 수단으로 가끔은 사용된다. 물론 안을 들여다본다는 것은 매우 어려운 일임엔 틀림없다. 관찰에 심취하면 통찰력이 생긴다. 굳이 사주, 관상, 명리를 들먹이지 않더라도 많은 독서로 조금은 간파할 수 있는 힘이 생길 수 있다는 데 위안으로 삼자.

24

위대한 삶

위대한 삶에는 그를 믿어준 사람이 있다. "온달님은 성실하고 힘이 좋으니까 노력하면 틀림없이 장군이 될 수 있을 거예요." 낮에는 활쏘기와 칼쓰기를 익혔고 밤에는 책을 부지런히 읽었다. 한 나라의 으뜸가는 장수로 바꾼 것은 온달에 대한 평강공주의 기대와 신뢰였다. 평강공주를 만나지 못했더라면 바보 온달은 평생 바보로 지냈을지 모른다. 프로이트는 그의 저서 『꿈의 해석』에서 자신이 위대한 사람이 되려고 노력했던 것은 "너는 장차 위대한 인물이 될 것이다."라는 어머니의 믿음 때문이라고 말했다.

친구들로부터 따돌림을 당하고 엉뚱한 실수를 저지르기 일쑤인 레오나르도 다빈치에게 할머니는 항상 이렇게 말했다. "넌 무슨 일이든 해낼 수 있어, 할머니는 너를 믿는다." 말더듬이인 잭 웰치의 어머니는 아들에 대한 끝없는 믿음을 보냈다. "네가 말을 더듬는 것은 네 머리가 너무 좋아 입이 따라가지 못할 뿐이다, 너는 장차 위대한 인물이 될 거야." 이같이 위대한 일을 해낸 사람, 누구를 붙잡고 물어봐도 그 곁에는 언제나 그를 믿어 준 사람이 있었다.

이스라엘 초대 여 수상으로 1969년부터 1974까지 재임한 골다 메이어 여사는 자서전 『나의 생애』에서 자신의 약점에 대해서 이렇게 고백했다. "내 얼굴이 못난 것은 정말 다행이었습니다. 저는 못났기 때문에 기도했고 못났기 때문에 열심히 공부할 수 있었습니다. 또 저의 약함을 통해 성장했기 때문에 결국은 이 나라에도 도움이 되었습니다. 저는 우리가 살면서 실망하고 슬퍼하는 일들은 하느님이 부르시는 신호라고 생각합니다." 자신의 뒤에는 항상 개성과 영특한 머리를 전폭적으로 지지해 주는 어머니의 기도가 있었다는 점을 늘 밝혔다.

창조주는 공평하다. 특정한 사람에게 장점만 또 단점만 몰아주지 않는다. 나도 메이어 여사의 고백에 전적으로 공감하는 바다. 고난과 고통은 엄청난 창조적 힘을 잉태하고 있다는 점이다. 미래의 수많은 여걸은 난산의 길을 걷는 운명을 갖고 있는지도 모른다. 그 운명을 피하지 않기를 바란다. 각자무치(角者無齒), '뿔을 가진 자에겐 이빨을 주지 않는다'는 말이다. 더 중요한 건 자신에 대한 변함없는 믿음이다.

25

본때 있는 노인

천재들의 독서법에는 이런 내용이 담겨 있다.

1. 열정과 집중
2. 부분 또는 전부를 필사하기
3. 목숨을 건 사색 독서
4. 깨달음의 순간이 올 때까지 끊임없는 반복독서, 작가의 마음을 깨달을 때까지 10번이고 100번이고 읽고 또 읽는다.

괴테, 헨델, 바하, 베토벤, 존 스튜어트 밀, 애덤 스미스, 마샬, 벤담, 레오나르도 다빈치, 이황, 이이, 다산, 서애, 우암 같은 천재 모두가 그랬다. 독서는 오랫동안 헤어졌다가 어머니를 만나는 것 같은 마음으로 하라. 독서에 특별한 비법은 없다. 굳이 있다고 한다면 끊임없이 반복하는 게 비법이다.

좋은 책이란 거침없이 읽히되 읽다가 자꾸 덮게 되는 책이다. 읽던 책을 자꾸 덮게 만드는 건 사유를 유도하기 때문이다. 읽던 책을 덮고 조용히 앉아 자신을 들여다보는 정신의 여백을 만드는 순간, 마음의 번

잡과 망상은 가라앉고 참 자아가 우러나 지친 심신을 어루만져 준다. 그래서 법정 스님은 "양서란 거울처럼 자신을 제대로 보게 하고 정신을 일깨워야 한다."고 말했다.

어린이가 자라 어른이 된다. 어린이는 자기중심적이고 이기적이다. 미성숙 상태다. 성숙은 물론 외모만을 나타내지 않는다. 정신적으로 성숙하였다 함은 자기중심에서 벗어나야 비로소 완성된다. 성숙해지기 위해서는 경험과 독서가 필요하다. 이제 나이도 들 만큼 들었으니 그만 쉬라는 이웃의 권고를 듣고 디오게네스는 이와 같이 말한다. "내가 경기장에서 달리기를 하고 있을 때, 결승점이 가까워졌다고 해서 그만 멈추어야 하겠는가?" 시간이 흐르면 나이는 저절로 먹지만 저절로 성숙되지는 않는다. 사람은 나이가 들수록 보다 성숙해져야 한다. 나이 들어서도 젊은 시절이나 다름없이 생활의 도구인 물건에 얽매이거나 욕심을 부린다면 그의 인생은 추하다.

정신이상을 뜻하는 '미치다'의 의미는 부정적이다. 그러나 요즘은 어떤 일에 지나칠 정도로 푹 빠진 사람을 가리키는 긍정적 의미로 더 많이 쓰인다. 책을 손에서 놓지 않는 사람은 세월이 가도 늙지 않는다. 얼굴에는 주름이 생겨도 정신의 주름은 펴진다. 그러니 얼굴은 빛이 나며 근골에 힘이 생긴다. 공부에 미친 사람은 늙어도 늙지 않는다. 눈빛이 살아 형형하다. 거죽은 늙을지언정 속 알맹이는 푸르고 싱싱하다. 미쳐도 공부에 미치면 본때 있는 미치광이 노인이 된다. 가끔 눈에 띄는 전철 안의 책 읽는 노인의 얼굴에선 광채가 어린다. 이런 노인을 많이 볼 수 있는 세상은 언제쯤이나.

26

창조적 파괴

자신의 창조적 파괴만이 이 사회의 파괴를 막는다. 누구나 가슴속에 굴삭기 하나씩 품어야 한다. 땅은 최소 2년에 한 번씩 뒤집어 줘야 산성화된 흙을 바꿀 수 있다. 괴테는 말했다. "껍질을 벗지 못하는 뱀은 죽는다."고 말이다. 구각을 벗어 던져야 한다. 이건희는 마누라와 자식만 빼고는 다 바꾸라고 변화를 주문했다. 그것이 오늘의 삼성을 만드는 초석이 되었다. 인구에 회자된 고 정주영 현대 회장의 "해보기나 했어?"는 끊임없는 도전을 주문한 대표적 명구다. 해보지도 않고 지레 겁먹고 낙지부동의 자세로 땅바닥에 바짝 엎디어 일신의 영달과 안주에만 골몰하는 요즘 젊은이들의 나약한 모습을 보노라면 암울하다. 실패를 두려워하지 않는 젊은이, 도전으로 똘똘 뭉친 젊은이를 많이 보고 싶다.

줄탁동시(啐啄同時), 병아리가 알에서 나오기 위해서는 안에선 병아리가 바깥에선 어미 닭이 동시에 끊임없이 쪼는 과정을 거쳐 한 마리의 병아리가 탄생한다. 현대무용을 하는 한 여인은 자신의 몸에 나비 문신을 새겨 놓고 자신을 다잡는다고 했다. 화려한 나비의 탄생은 네 번의 탈바꿈의 변신을 통해서 이루어진다. 자신에 대한 꾸준한 담금질이 변화를 만들고 아름다움을 만든다. 누구나 가슴에 인화물질을 품어야 한다. 자신을 히키 코모리같이 어둠 속에 가두어선 안 된다.

미국의 크라크 선생은 홋카이도에 있는 농대 학장의 임기를 마치고 본국으로 돌아가면서 이임사에서 학생들을 향해 "Boys, be ambitious!"라고 외쳤다. "젊은이여, 야망을 품어라!"고 말이다. 젊은이만이 아니다. 모든 사람은 죽을 때까지 꿈을 잃지 말아야 하며 야망을 품어야 한다. 나는 3년밖에 살지 못하는 시한부 인생이라고 생각하라. 절박한 상태에 놓여 있다고 가정하라. 허랑방탕하게 시간을 낭비하지 않도록 스스로의 몸을 바짝 조이라.

자신의 탄생과 죽음을 시시로 돌아보고 또 확인하라. 나에게 주어진 삶을 어떻게 마무리할 것인가를 늘 고민하라. 마지막이 좋으면 다 좋은 법이다. 마지막에 웃는 자가 최후의 승자다. 박경리의 시 「옛날의 그 집」의 마지막 구절 "아아 편안하다 늙어서 이리 편안한 것을/버리고 갈 것만 남아서 참 홀가분하다"를 다시 한 번 음미하자. 권투선수가 12회전을 끝내고 링 위에서 겅중겅중 뛰어다닌다면 그는 최선을 다해 싸운 것이 아니다. 한 방울의 진액마저 아낌없이 비우고 웃으며 눈 감아야 한다.

27

글쓰기 훈련

글쓰기는 평소의 훈련이 필요하다. 글은 곧 그 사람이다. 그래서 글을 쓰는 사람은 예로부터 글을 대하는 마음의 자세를 중시했다. 글은 나를 거름 삼아 타인의 양식을 만드는 일이다. 그것의 이치는 "한 알의 밀이 땅에 떨어져 죽지 아니하면 한 알 그대로 있고 죽으면 많은 열매를 맺는다."는 성경의 가르침과 같다. 하지만 글을 위해 자신을 죽이고 스스로 썩어 거름이 되는 과정은 절로 이루어지지 않는다. 좌충우돌의 인생 경험과 정신적 내출혈을 거치고도 오래오래 관조하며 침묵하는 가운데 비로소 작은 인생의 굴레를 벗어나 넓은 세상의 양식이 될 수 있는 품성이 만들어지기 때문이다.

헤르만 헤세는 그의 소설 『싯다르타』에서 "쓰는 것은 좋다. 그러나 생각하는 것은 더욱 좋다. 지혜로운 것은 좋다. 그러나 참는 것은 더욱 좋다."고 했다. 헤세의 말은 아직 익지도 않은 파편적인 생각을 마구잡이로 쏟아내는 인터넷 시대의 글쓰기에 깊은 자성과 각성을 요구하고 있다. 다시 읽고 싶은 글, 생각하게 만드는 글, 뭔가를 변하게 만드는 글은 자연스럽다. 그것은 꾸며진 글이 아니고 과장된 글이 아니고 허세 부리는 글이 아니다. 있는 그대로 자신을 반영하고 진실에서 우러난 글이기 때문이다. 내가 쓴 글 한 줄, 다른 사람의 인생을 좌우할 수 있다.

글쓰기는 노후의 일거리로 꽤 괜찮다. 수입과 직결되면 더욱 좋고 그렇지 않아도 가치 있는 일이다. 일기는 지금부터 시작하여도 늦지 않다. 30년 이상 쓸 수 있다. 자서전을 쓸 때나 또 자기 이름으로 된 책을 한 권 낼 때도 톡톡히 한몫 할 것이다. 난 글쓰기를 염두에 두고 일기를 쓴 것은 아니지만 43년간 쓴 일기는 양으로도 엄청나다. 그런 것들이 알게 모르게 글 쓰는 데 도움을 주었을 걸로 생각한다. 블로그 운영도 어느덧 7년이 돼간다. 그간 5,000회 가깝게 글을 올렸다. 그 글의 양만으로도 상당하다. 일기든 블로그에 올린 글이든 여행기든 어느 것도 늦지 않았다. 승자의 단어는 바로 '지금'이고 패자의 단어는 '나중'이라 했다. 내일로 미루면 안 된다.

시중에는 글쓰기에 관한 책이 많다. 나의 글쓰기는 요령 없이 무턱대고 만용을 부리며 덤벼든 경우다. 그러나 체계적인 접근이 필요하다는 걸 나중에서야 느꼈다. 글쓰기는 무엇보다 글을 쓰고 싶다는 욕망과 간절함이 있어야 한다. 나의 경우는 아들의 결혼 안내 편지가 지인들로부터 "글을 잘 쓴다. 작가에 한 번 도전해 보라"는 과분한 칭찬 한마디에 겁 없이 달려든 케이스다. "무식하면 용감하다", "바닷가 강아지는 호랑이 무서운 줄 모른다" 같은 속담들이 나를 위해 존재하는 것 같았다. 사실 아무것도 모르니 무서움은 없었다. 최대의 적으로 일컬어지는 초조함 같은 것도 없었다. 오히려 느긋하고 기분 좋은 배포가 생겼다.

시중에는 글쓰기 초보자를 위한 책이 널려 있다. 그러나 나는 똥고집이 있어 그런 책에 별 관심이 없었다. 나름대로의 이유는 어떤 일정한 틀을 모르기 위해서다. 틀을 알게 되면 기존의 틀과 차별화가 이루어지지 않을 것이며 내 글의 색깔을 만들어 가는 데 오히려 방해를 받을 수도 있다는 생각에서다. 나 나름의 독특한 글을 써 보자는 이유에서다. 그러나 그건 오산이다. 기초도 모르는 상황에서의 변칙은 기초를 알고 변칙을 부린 경우와 차이가 날 수밖에 없다는 것을 한참 후에야 알았다. 그제서야 『내 인생의 첫 책 쓰기』, 안정효의 『글쓰기 만보』, 무라카미 하루키의 『달리기를 말할 때 내가 하고 싶은 이야기』 등을 뒤적거렸다. 2012년 방송통신대 국어국문학과에 들어가 기초부터 파고든 것도 같은 이유에서다. 순서가 많이 뒤바뀐 것이다.

글쓰기는 고도의 정신작업이다. 온몸의 진액이 마르도록 혼신의 힘을 기울이는 작업이다. 그래서 체력도 중요하다. 다음은 내가 어떤 분야의 글을 쓸 것인가에 대한 방향설정이다. 방향이 정해지면 관련서적들을 섭렵하고 공부해야 한다. 글을 잘 쓰고 싶은데 표현하고 싶은 어휘를 모른다면 글 한 줄도 앞으로 나아가기 어렵다. 적재적소에 따른 현란한 어휘 구사력은 글을 쓰는 모든 사람의 바람이다. 그래서 평소 많은 글을 읽어야 하고 필사하고 쓰는 연습을 반복해야 한다.

글쓰기는 비빔밥을 만드는 과정과 흡사하다. 맛좋고 영양가 있는 비빔밥을 위해서는 밥, 콩나물, 시금치 나물, 고추장, 참기름, 계란 프라이 등 싱싱하고 영양가 있는 재료가 한 가지라도 빠지면 제맛을 내기 어렵다. 한 가지 재료라도 빠지면 명품 비빔밥이 되지 않는다. 재료를 구하기 위해 집 부근에 있는 마트에 갈 수도 있고 가락시장에 갈 수도 있다. 그만큼의 노력이 따라야 한다. 발품을 팔면 반드시 대가가 따라온다. 노력이 따르지 않는 재료는 그 나물에 그 밥 같은 결과를 만들 수밖에 없다. 특히 조심해야 할 것은 정보의 바다 인터넷에서 쉽게 낚시질하여 재료들을 끌어 쓰는 행위다. 그것은 자칫 집 바로 옆의 구멍가게에서 모든 재료를 구해 만든 비빔밥이 될 수도 있다.

필자는 지금까지 공저 두 권을 포함해 모두 여섯 권의 책을 썼다. 물론 베스트셀러는 내지 못했지만 내 책에 대한 긍지만은 대단하다. 이유는 간단하다. 나는 책을 주로 발로 쓰기 때문이다. 그리고 잉크로 쓰는 게 아니라 땀으로 쓴다. 그래서 내 책에서는 종이 냄새보다는 땀 냄새가 난다고들 평한다. 나는 잔머리를 굴리지 못하는 우둔한 자다. 나는 그런 내가 마음에 든다. 혹자는 바보 같은 짓을 한다고도 하지만 개의치 않는다. 고집 세고 건방지다는 얘기도 듣지만 그런 얘기를 나는 좋아한다. 내 의도대로 잘 나아가고 있다는 생각에서다. 만약 내가 잔머리 굴리고 얄팍한 술수나 부리는 인간이라면 나는 나를 싫어했을 것이며 나와의 동행도 쉽지 않았을 거다.

천천히 가도 멀리 바라보자는 내 주관은 뚜렷하다. 나는 서두르지 않는다. 그래서 기초작업을 하는 데 많은 시간이 걸린다. 그러나 시간이 걸려 다져 놓은 기초는 그 이후에 엄청난 기쁨을 안겨주며 가속도를 붙게 해준다. 또 그런 과정을 즐기기에 늦음에 대한 불만이 없다. 먼 거리를 이동할 때 자동차로 가면 편한 걸 모르는 사람이 있을까. 시속 100㎞로 가는 자동차는 1초에 28m를 달린다. 눈 깜짝할 사이에 과연 무엇을 볼 수 있는가. 피에르 쌍소는 "이 세상은 속도로 지나치기에는 너무나 아름답다."고 했다. 그렇다. 무엇 때문에 그렇게 속도에 연연하는지 모르겠다. 죽음을 향한 질주인가, 아니면 출세를 향한 질주인가. 우리는 어차피 탄생과 동시에 죽음을 향해 나아가고 있다. 천천히 다다라도 될 것을 서두는 이유가 무엇인가. 왜 자신을 속이며 거죽의 만족에 집중하는가.

글쓰기가 몇 밤을 새워도 외롭지 않은 것은 자신과 무한의 대화를 하고 있기 때문이다. 또 글쓰기는 마라톤과도 비유된다. 남과 비교하지 말고 자신의 페이스를 유지해야 한다. 글쓰기에 요구되는 자질은 재능, 집중력, 지속력이라 흔히들 얘기한다. 그러나 재능은 타고나지만 집중력, 지속력은 꾸준한 훈련으로 얻을 수 있는 것들이다. 집중력과 지속력은 근력운동과 같다. 꾸준히 훈련하지 않으면 근육은 만들어지지 않는다. 만들어진 근육도 몇 개월 쉬게 되면 다시 원점으로 돌아간다. 꾸준함이 필요한 이유다.

나는 위에 열거한 세 가지 자질 외에 자료 수집을 추가하고 싶다. 메모하는 습관, 자료를 모으는 습관은 글을 쓰는 사람에겐 거의 절대적이다. 글쓰기는 자신의 내면과의 끊임없는 대화다. 내가 누구인지, 나는 어디서 와서 어디로 가고 있는지에 대해 죽음을 맞는 그 순간까지도 자신과의 대화를 줄기차게 이어가기를 바란다.

28

나는 학생

내가 제일 좋아하는 카드는 학생증 카드다. 두 번째로 좋아하는 카드는 시니어 패스 교통카드다. 두 카드가 주는 의미가 내게는 각별하다. 학생증 카드는 마음을 청춘으로 만들어주며 뿌듯하게 해 준다. 내가 다니고 있는 방송통신대 학우들은 나이 차이가 작게는 10년에서 많게는 30년 이상 차이가 난다. 그러니 나는 늘 젊은이와 함께하는 셈이다. 학우들은 나에게 오빠 또는 형이라고 호칭한다. 젊은 동생들이 많으니 늘 신난다. 동아리 활동, 문학관 방문, 출석수업, 각종 행사 참석 시 젊음의 에너지가 폴폴 풍긴다.

'학생'이란 어휘 또한 매력적이다. '학이시습지불역열호'나 '인생불학명명여야행'도 학생 본연의 본분을 이야기한다. '현고학생부군' 처럼 사후까지도 학생은 따라다닌다. 물론 이때의 '학생'은 사전적 의미로만 해석한다면 생전에 진사나 생원의 벼슬도 하지 못하고 죽은 사람을 높여 일컫는 말이지만 조금 깊게 의미를 살펴보면 평생교육을 넘어 사후교육까지 포함하는 개념을 담고 있다. 말하자면 죽어서라도 배워야 한다는 유가의 뜻이 담겨 있다.

또 다른 하나의 카드, 시니어 패스 교통카드다. 나는 이 카드를 매우 자랑스럽게 여긴다. 다른 사람에게도 늘 자랑한다. 시니어 패스 교통카드 역시 내겐 보통 이상의 의미를 지닌다. 지하철을 공짜로 타고 다니는 카드라는 단순성을 훨씬 넘어선다. 시니어 카드는 여행의 기쁨을 안긴다. 시니어 카드는 내게 젊음을 확인시켜 주는 구실을 톡톡히 한다. 시니어 카드로 인한 에피소드는 너무 많다. 발급받은 지 4년이 지난 지금도 지하철 직원으로부터 주민등록증의 제시를 요구받는다. 이 어찌 기분 좋은 제지가 아닌가. 어쩌다 노약자석에 앉을라치면 심심찮게 시비를 걸어온다. 젊은 사람이 노약자석에 앉았다는 게 이유다. 신나고 즐거운 일이 아닐 수 없다.

필자는 금년 2월에 방송통신대 국문과를 졸업하였다. 졸업을 한 요즘도 학생의 신분이다. 구청 산하기관에서 주관하는 중국어 왕초보반에 입학하여 6개월 코스의 공부를 하고 있다. 또 한자 1급 자격증 시험에 대비하여 학원에서 공부하고 있다. 선생의 신분일 때도 있지만 주로 학생의 신분이다. 무엇이 되기 위한 공부가 아니기에 부담이 없고 즐겁고 신난다. 그러나 중국어 공부는 조금 다르다. 회화가 초보적 수준이 되면 연암의 발자취를 따라 의주에서 북경을 지나 열하(지금의 승덕)까지 연암이 66일에 걸쳐 걸었던 약 1,000㎞의 그 길을 그대로 따라 걷고 싶다는 욕심을 염두에 두고 벌인 일이다. 욕심을 더 부리자면 혜초의 왕오천축국전의 발자취를 따라 인도까지도 보폭을 넓혀 보고 싶다는 게 소망 속에 들어 있다.

필자는 건강이 따라 준다는 전제하에 내년도 중문과 입학을 시작으로 계속하여 10개 학과 정도의 공부를 더 할 계획을 세워 놓고 있다. 당초에는 금년부터 시작할 작정이었으나 지금 쓰고 있는 책이 늦어도 여름 전 출판 계획이 잡혀 있어 1년이 늦어지게 되었다. 어쨌든 나는 학생이 좋다. 생을 마감할 때도 학생의 신분이고 싶다.

29

나력(裸力, naked power)

나목(裸木)은 살을 발라낸 생선 가시다. 가시는 볼품없는 게 아니다. 얼마 전까지만 해도 대양을 누볐다. 푸른 바다를 내 집으로 삼았다. 바다가 운동장이었다. 나목은 나력이다. 잎은 옷이며 메이크업이다. 화장을 지운 맨얼굴이다. 목욕탕에선 누구나 옷을 벗는다. 그래야 그 사람 자신이 진솔하게 드러난다. 옷으로 감싸면 그 속을 알 수 없다. 거추장스러운 잎은 버렸다. 나를 찾아가는 행위다. 나를 바로 보기 위해 옷을 벗었다.

겨울은 동안거에 들어가는 스님이다. 이제 참선하고 묵상한다. 한 해를 돌아보고 내년을 꿈꾼다. 꿈을 펼치기 위해서 이런 준비가 필요하다. 잎을 떨궈 돛이 되는 걸 막는다. 잎을 떨궈 거름으로 삼는다. 잎을 떨군 자리는 떨켜로 싸매고 보호해 잎 자랄 공간을 확보한다.

노인은 겨울나무와 흡사하다. 옷을 훌훌 벗어 던진 겨울 나목은 내공으로 꽉 차 있다. 그 내공으로 겨울을 견딘다. 어떤 눈보라도 이겨낸다. 우리는 자신의 지위와 배경을 제거한 뒤에도 오롯이 자신을 세울 수 있는 나력을 키워야 한다. 그러한 나력 없이 지위와 배경에 근거한 우쭐거림은 모래 위에 위태롭게 쌓아 올린 누각이다. 진정한 아름다움은 '나다움'을 알아가는 것이다. 이름 석 자로 버틸 수 있는 힘 즉 근성이 곧 나력이다. 남보다 잘하려 하지 말고 전보다 잘하면 된다. 색다름의 비결은 '남 알음'이 아니라 '나다움'이다.

사람이 살아가는 데는 경험이 가장 중요하다. 경험은 누구에게도 배울 수 없는 각자의 몫이다. 나력 또한 몸으로 체득하는 변화다. 과거에 성공한 사람이 자신의 능력과 방법을 우상화함으로써 오류에 빠지는 휴브리스(Hubris)에서 벗어나는 슬기와 트라우마를 카리스마로 전환하는 광기, 거짓 자아에서 탈출하는 용기, 역경을 경력으로 만드는 끈기, 이름 석 자로 버틸 수 있는 근성, 형용사의 거품을 걷어냈을 때 드러나는 '야성' 등이 진정한 나력이다. 화려한 성장을 벗어버린 겨울나무에서 진정한 나력(裸力)을 찾아내는 눈이 필요하다.

한양대 유영만 교수는 "남보다 잘하려고 하지 말고, 전보다 잘하면 된다. 사람이 어울려 살아가는 조직에 지식나무를 심어 지식 숲을 조성하고, 그 속에서 지식 열매와 지식 꽃이 만개할 수 있는 지식생태계를 조성, 일상에서 생태학적 상상력을 키워가는 데 주력해야 한다. '나력'에 대해 제가 삼성그룹의 전무라고 가정해보자, 바깥에 나오면 전무를 떼고 ○○○이라는 이름만으로 존재하는 힘이 바로 나력이다. 화끈하게 벗어야 확실하게 보인다."고 말했다. 또 "당신은 유일한 존재다. 나에게 필요 없는 능력을 필요하다고 생각하면 삶은 피곤해지고 결국 내가 가진 기존 능력도 퇴화한다."며 "못하는 것을 잘하기는 하늘의 별 따기고, 잘하는 것을 더 잘하기는 하늘의 별 보기"라고 설명했다.

유 교수는 "경쟁에서 이기는 유일한 방법은 경쟁자를 이기려는 노력을 그만두는 것이다. 남보다 잘하려고 하지 말고 전보다 잘하는 것을 위해 노력해야 한다. 그는 "아름다움은 결국 나다움이다. 변신의 목적은 자기다움의 발견에 있다."고 강조했다. "당신은 자유로운 '나'로 살고 있는가? 라는 질문에, 가장 자유로운 사람은 자기의 존재 이유를 아는 사람이다. 어디에서 벗어나는 자유가 아닌, 아무것도 하지 않을 자유를 소중히 여겨야 한다."고 말했다. 그는 또 '나다움'을 표현하는 3대 키워드로 도전과 열정, 혁신을 꼽았다.

30

도전의 때

항노화 기술의 발달로 예상보다 빨리 '150세 시대'가 온다는 진단이 여기저기서 튀어나온다.

"항노화 기술은 이미 충분히 발전돼 있고 '150세 시대'는 예상보다 빨리 올 겁니다." 대한 항노화학회 춘계학술대회, 아카데미에 특별연사로 최근 한국에 온 에드워드 박 '리차지바이오메디컬' 원장은 이렇게 강조했다. 한편 "수명연장의 열쇠로 꼽히는 게 바로 '텔로미어(telomere)'다. 텔로미어 활성화 기술이 발달하면 노화를 늦추는 것뿐 아니라 세포가 다시 젊어지는 것도 가능하다. 텔로미어는 유전자 끝을 감싸 세포를 보호하는 단백질 부위를 말하는데, 나이가 들면서 점점 줄어들어 결국 사라지면 세포도 사멸한다. 반면 줄기세포를 활용해 텔로미어가 줄어들지 않도록 관리하면 신체 노화도 막을 수 있다."고 강조한다.

현실화를 염두에 둔다면 나이 50이어도 이제 겨우 3분의 1을 살았을 뿐이다. 필자를 기준으로 할 때도 반도 채 살지 못한 것이 된다. 과연 그럴까 하면서 고개를 갸우뚱거리기보다는 가능성이 있음에 초점을 맞추고 모든 계획을 짜보는 것도 흥미 있는 일이다. 앞으로 태어날 세대의 기대수명이건 지금 살아 있는 사람들의 여명이건 크게 문제 삼지 말자. 괜히 크게 보너스를 받은 것 같은 좋은 기분으로 장래를 설계해 보는 것이다.

텔로미어 이야기가 본격적으로 나오기 전인 2012년 한국방송통신대학교 영문학과 12학번 신입생으로, 서울대 심리학과 교수 출신의 정한택 옹이 입학하여 매스컴을 떠들썩하게 하였다. 당시 그의 나이 아흔 살이었다.

정 전 교수는 방송통신대가 1972년 개교한 이래 44년간 입학한 240만 명 가운데 최고령이다. 지금까지의 기록인 79세를 단박에 11년이나 갈아치운 셈이다. 그는 왜 한참 늦은 나이에 다시 공부를 시작하느냐는 기자의 질문에 "도전엔 때가 없다. 배우고 싶은 게 있으면 나이 따지며 망설이지 말고 당장 시작하면 된다."고 강조하며 "나는 10년 뒤 백 살이 되더라도 지금처럼 끊임없이 새로운 걸 배우고 있을 것"이라 했다. '가장 좋아하는 영어문장이 뭐냐'는 물음에 'I can do it(나는 할 수 있다)'이라고 쓰며 웃었다. 방송통신대는 주경야독을 위한 시스템이 잘 갖춰져 있다. 다양한 주제로 인생 이모작을 위한 프라임 칼리지를 운영하는 것은 방송통신대의 또 다른 매력이다. 언제나 배우고자 하는 의지가 문제일 뿐이다.

법구경에도 "배우는 일에 게으른 사람은 들에서 쟁기를 끄는 늙은 소처럼 지혜가 늘지 않는다."는 말이 있지 않은가. "유능한 사람은 언제나 배우려는 사람이다."는 문호 괴테의 말을 우리가 새삼스럽게 떠올리며 안일해지려는 스스로를 되짚어 보아야 한다.

그렇다. 도전엔 특별한 때가 있는 게 아니다. 가장 늦다고 생각할 때가 가장 빠른 때다. 퇴직 후 남은 생애 30~40년은 이조시대 사람들의 평균수명과 어금버금하다. 엄청난 시간이다. 오늘은 언제나 남은 생애의 첫날이며 새날이다. 어제는 지나갔다. 지나간 날은 무효다. 내 남은 날을 도전으로 꽉 채워보라. 당신이 지금껏 해보지 못한 것들, 해 보고 싶었던 것들에 대한 도전을 시도하라. 가슴 뛰는 삶이 그대를 맞을 것이다.

제3장

자신의 우주를 만든다

삶에 미치면 황혼에 춤을 춘다

1

가장 든든한 우군

소크라테스의 아내 크산티페는 세기의 악처로 꼽힌다. 과연 악처일까. 크산티페는 소크라테스와의 나이 차가 30년이다. 소크라테스는 명강의로 이름을 날렸지만 주로 무료강의를 했다. 아내의 입장에서 보면 무능하기 짝이 없는 경제력 빵점의 남편인 셈이다. 화가 날 수밖에 없는 구조다. 물바가지 세례를 안기는 세기의 악처로 남았지만 정작 소크라테스는 냉정하다.

그런 악처와 어떻게 살아왔느냐고 질문을 받을 때면 언제나 "내가 만약 그런 악처의 냉대를 견디지 못한다면 어떻게 이 사회활동을 할 수 있겠느냐."고 오히려 반문한다. 다르게 해석하면 그녀의 존재가 엄혹한 사회생활을 할 수 있도록 자신을 연단시키고 훈련시켜 줬다는 의미다. 훌륭한 권투선수 뒤에는 언제나 훌륭한 스파링 파트너가 있기 마련이다. 무하마드 알리도 그랬다.

악처가 되었든 현모양처가 되었든 아내의 존재는 절대적이다. 아내의 상실이 세상에서 가장 큰 슬픔이며 절망이라 하는 것은 굳이 심리적 측면만 고려한 해석이 아니다. 거의 모든 아내는 원래 잔소리꾼으로 지음 받았다. 아내의 잔소리는 음악이며 감성적 다큐멘터리의 내레이션이다. 아내의 소리는 울림 있는 오페라 주인공 목소리다. 아내의 목소리는 신이 내린 목소리다. 마리아 칼라스나 조수미 목소리와는 비교 자체를 거부한다.

'상선약수(上善若水)', 이 세상 최고의 선(善)은 물과 같다. 아내는 바로 그 '상선약수'다. 부드럽게 위무하여 모난 돌을 조약돌로 만든다. 장애물이 있으면 돌아간다. 네모 그릇엔 네모로, 둥근 그릇엔 둥근 모습으로 안긴다. 거부가 아닌 순응이다. 아내의 잔소리는 석수장이다. 어떤 거친 돌도 조탁을 거쳐 작품화한다. 아내의 잔소리는 바람이다. 병든 나무의 가지치기는 물론 바다를 뒤집어 적조현상을 몰아내어 플랑크톤이 살 수 있도록 한다. 과수원의 사과가 주렁주렁 달리도록 씨받이 일을 한다.

이런 아내의 잔소리는 퇴직 후에 더욱 빛을 발한다. 퇴직 후, 아내의 잔소리를 피하거나 멀리한다면 그 사람의 앞날은 보나 마나다. 아내들의 잔소리의 특성은 어떤 상황에서도 잘못되는 경우가 없다는 점이다. 그것은 신비며 경이다. 누구나 퇴직 후에는 많은 유혹을 받기 쉽다. 모처럼 자유로워진 몸과 마음이다. 일탈도 획책해 보고 싶고 탈출도 시도해 보고 싶다. 그러나 그건 잠시의 일일 뿐이다. 꿀벌을 따라가면 꽃밭으로 가지만 똥파리를 따라가면 화장실로 가게 되는 법이다. 잠시의 단맛은 오랜 기간의 시련을 예고할 수도 있다.

자영업을 하든지 취업을 하든지 가족 특히 아내의 동의는 절대적이다. 아내의 동의 없이 시작한 자영업은 성공하기 어렵다. 자금이 어려워도 조달 자체가 막혀 버린다. 통계는 말한다. 퇴직자들이 시작한 자영업 90% 이상이 3년 내에 폐업한다고 말이다. 아내는 사업의 경우만이 아니고 평생의 반려자다. 자식들은 모두 출가하여 비둘기처럼 단둘이만 덩그러니 남게 된다. 행복의 시작일 수도 있으며 불행의 단초가 될 수도 있다. 누구나 거치는 과정이다. 아내와 사이가 좋지 않으면 노후의 불행은 불을 보듯 뻔하다.

2

8만 시간의 자유

퇴직 후 30년의 기간은 무려 26만 여 시간이다. 하루 활동 시간을 8시간으로 할 때 약 8만 시간이 된다. 이 8만 시간은 인생 후반부의 행과 불행을 가름하는 가늠자다. 말콤 글래드웰의 '1만 시간의 법칙'을 적용하더라도 여덟 번의 터닝 포인트가 있을 수 있다. 지금부터는 지금까지와는 다른 나만의 시간을 가져보라.

이 무한자유가 '프리덤(freedom)'이라는 자유로 쏠림현상을 가져오면 파멸은 뻔하다. '리버티(liberty)'라는 절제 있는 자유를 택하기 바란다. 절제 있는 자유란 역설적이게도 무한자유를 보장한다. 맘껏 향유하기 바란다. 이제는 내 세상이다. 내가 좋아하는 일, 하고 싶은 일을 맘껏 할 때가 찾아온 것이다. 그러나 언제나 그렇듯 꽃길은 존재하지 않는다. 넘어야 할 가장 큰 언덕은 언제나 '자기'라는 언덕이다. 엄홍길 대장은 늘 말한다. "가장 힘든 고비는 에베레스트가 아니라 나 자신이다."라고 말이다.

퇴직하면 일정 틀에서 벗어난다. 나를 옭아매고 있던 틀에서 벗어나온 세상이 나의 세상, 자유의 세상이 온 것처럼 환호한다. 광복을 맞은 그날처럼 태극기를 들고 만세라도 외치고 싶은 유혹을 받는다. 일견 자유의 세상이 온 것 같은 착각에 빠진다. 그러나 그건 아주 짧은 기간의 일시적 신기루 현상이다. 착시며 착각이다. 그러나 현실은 냉엄하다. 30~40년의 긴 세월이 내 앞에 놓여 있다. 지금보다 훨씬 험난하다. 조건이 젊은 시절과는 비교가 되지 않는다. 체력이 떨어지고 신체 각 기관의 노후화가 나타난다. 취직자리도 일거리도 줄어든다. 이 긴 시간을 어떻게 할 것인가.

경쟁사회에서 고단한 삶의 일상은 앎에로의 전진을 끝없이 구속하고 방해한다. 그래서 우리의 나약함은 종종 현실에의 굴종과 타협을 지혜로 받아들이게 하고, 나태와 안일을 행복으로 왜곡시킨다. 그러나 여전히 그 삶은 왜곡된 그만큼 불행하다. 얼굴은 웃어도 가슴은 비어 있고, 살아 움직이는 듯 보이지만 아무런 활기가 없다. 박제된 삶, 타성화된 삶이기 때문이다. 사람의 본질, 인간 정신의 본질은 자유다. 사람다운 자유이어야만 지성의 진정성을 얻는다. 왜냐하면 자유는 타성을 끝없이 거부하는 힘이며, 자유를 사람다운 자유로 규정하고 있는 것이 바로 지성이기 때문이다.

그 지혜의 바다에 나를 풍덩 담가야 한다. 그것이 바로 나를 찾는 시간이다. 내가 누군지 내가 어디로 가고 있는지를 정확히 찾아 좌표 설정을 분명히 해야 한다. 그다음에는 내가 무엇을 좋아하는지와 무엇을 잘하는지를 찾아야 한다. 시간이 걸려도 먼저 해야 할 일이다. 시간 낭비라며 혹은 시간이 없다며 이 시간을 생략하고 다른 일에 덤벙 뛰어든다면 악어가 우글대는 강으로 뛰어든 누처럼 되기 십상이다.

목표보다 방향이 중요하다. 서둘지 말기 바란다. 시간이 얼마가 걸리더라도 생략해서는 안 될 부분이 바로 자기가 좋아하는 일을 찾는 것이다. 찾았으면 정확한 좌표를 설정하고 그것대로 행하면 된다. 그러면 8만 시간의 자유는 그야말로 알찬 자유의 시간이 된다. 의미와 보람과 가치가 덧붙는다면 금상첨화다. 진정한 자유인이길 원한다면 이 금언을 가슴에 새겨 두어야 한다.

"아는 데 용감하라."

3

모임

나는 직장에 있을 때 17개의 모임의 회장과 총무를 맡아가며 정열적으로 활동했다. 그래 봐야 한두 개의 모임을 빼고는 생산적인 모임이라기보다는 모두 친목을 도모한다는 이유로 만든 술과 관련된 모임이었다.

양궁의 과녁은 바깥의 원이 제일 점수가 낮다. 안쪽으로 쏘아야 10점 만점이다. 나이가 들면 우선 체력이 떨어져 음주량도 대폭 줄어든다. 모임의 수를 줄이지 않으면 몸이 견디질 못한다. 화려한 과거에 취한 모습에서 빠져나와야 한다. 점수가 낮은 바깥 선에 있는 모임은 점차 줄여야 한다. 몸도 그래야 견딘다. 그래서 자신의 시간을 확보해야 한다. 음주 모임을 줄이면 지출이 줄고 무엇보다 몸이 좋아진다.

나는 퇴직을 하고 즉시 사업을 시작했다. 3년간 버티던 사업은 문을 닫는 지경에 이르렀고 빈털털이가 되었다. 금전적으로 상당한 손해를 보았지만 대신 건강을 얻었다고 자위한다. 망하면 흥한다는 사실이 내 경우에는 딱 맞다. 사업이 망하니 몸이 흥했다. 돈 때문에 쩔쩔매기도 했지만 따지고 보면 더 큰 걸 얻었다. 사업이 번창했다면 나의 몸은 엉망이 되었을 것이다.

사실 맞는 얘기다. 나는 술을 좋아하고 한량 기질이 다분히 있다. 만약 그 당시 사업이 번창하여 지금까지 유지되었다면 나는 이 글을 쓸 수 없는 상태가 되었을 수도 있다. 돈이 없으면 친구도 자연적으로 떨어진다. 처음엔 처량하고 비참하기도 했으나 나중에는 날아갈 듯 기뻤다. 술을 마실 돈이 없으니 멀어질 수밖에 없다.

우리 사회의 모임은 모두 술로 시작하여 술로 끝난다. 그게 친목을 다지는 유일한 도구다. 이상한 습관이지만 오랜 전통을 갖고 있다. 마음고생을 심하게 하기는 했지만 어느 것이 더 이익이냐를 놓고 따져 보면 얼굴에 미소가 흐른다. 지금도 그 이론에 변함이 없다. 당시 주변에선 온갖 루머가 돌고 악의적인 이야기도 돌고 돌았지만 나는 웃고 있었다.

늘 안개가 끼었던 머리는 '맑고 맑은 깊은 산 속 옹달샘'이 되고 있었기 때문이다. 나는 성어(成魚)가 되어 양양 남대천으로 돌아온 연어처럼 어머니 냄새가 진하게 풍기는 모천(母川)에 폭 담글 수 있었다. 넓고 넓은 태평양에서 고삐 풀린 망아지처럼 뛰놀던 젊은 시절의 나는 이제 철이 들어 본향으로 돌아온 것이다. 사업이 망한 것이 나에겐 고맙고 감사한 일이 되었다.

어떤 이유에서건 모임은 줄여야 한다. 친구 수도 줄여야 한다. 그리고 젊은 친구, 새로운 친구를 사귀어야 한다. 술과 친구는 오래될수록 좋다고 이야기들 하지만 그 속뜻을 잘 들여다보고 새겨야 한다. 많은 젊은이들과 사귀기를 권한다. 그래야 대화가 새롭고 싱싱하다. 옛 친구는 고장 난 유성기판이기 쉽다. 모든 이야기에는 절대라는 건 존재하지 않는다. 다만 원칙만 제시할 뿐이다. 여기서 좋은 친구 나쁜 친구를 한 번 적어본다. 자신은 어디에 몇 가지나 해당되는지 살펴보는 것도 흥미로울 것 같다.

나쁜 친구

밴댕이 소갈머리 가진 친구, 소갈딱지 없는 친구, 협량한 친구, 옹졸한 친구, 편협한 친구, 이기적인 친구, 냉정한 친구, 따지기 좋아하는 친구, 배려심 없는 친구, 유머 감각 없는 친구, 찔러도 피 한 방울 나올 것 같지 않은 친구, 칭찬에 인색한 친구, 입만 열면 불평 불만을 쏟아 내는 친구, 못났으면서 잘난 체하는 친구, 아는 게 없으면서 아는 체하는 친구, 골탕먹인다며 한강의 돌 숫자 묻는 친구, 잘못된 지식을 자존심 때문에 밀어붙이는 친구, 구름이 하늘에 붙어 있다고 우기는 친구, 기찻길이 톱니바퀴로 되어 있다고 우기는 친구, 언제 만나도 같은 화제 되풀이하는 친구, 옛날얘기만 하는 친구, 남의 흉만 보는 친구, 조상 얘기 자주 들먹거리는 친구, 음식값 계산할 때 미꾸라지처럼 빠지는 친구, 자기주장만 하는 친구, 남의 얘기 잘 듣지 않는 친구, 모임 때 제일 늦게 나타나는 친구, 약속시간을 밥 먹듯 어기는 친구, 남의 단점만 골라 신나게 얘기하는 친구, 식당에서 된장찌개 먹으면서 종업원에게 하인 부리듯하는 친구, 쓸데없이 무게 잡는 친구, 오랜만에 만났는데 무표정한 친구, 악수할 때 악력 자랑하는 친구, 식당에서 반찬투정하는 친구, 나이 먹은 걸 무슨 벼슬로 아는 친구, 얼굴이 두꺼워 창피함을 모르는 친구, 난전에서 깻잎 사면서 할머니에게 깎아 달라고 하는 친구, 공원에서 개 똥오줌 싸게 하고 그냥 가는 친구, 시퍼런 가래침 길 위에 뱉는 친구, 주차 시 자기 생각만 하는 친구, 자동차 문 열고 나오면서 상대방 차 상처 내는 친구, 만원 전철 안에서 냄새나는 더운 입김 목에다 뿜어 대는 친구, 몸에서 노숙자 냄새나는 친구, 방금 닦은 구두 밟고 딴청 부리는 친구, 목젖이 보일 정도로 입이 찢어져라 하품하는 친구, 신문 넓게 펴들고 반팔 맨살에 계속 스치게 하는 친구, 신문 짜증 나게 소리 내며 넘기는 친구, 밥 먹으면서 쇠젓가락으로 이 쑤셔대는 친구, 먹던 젓가락으로 반찬을 계속 뒤적거리는 친구, 재채기를 허공에 대고 계속 해대는 친구, 좁은 전철 안에서 다리 쩍 벌리고 앉는 친구, 내리지도 않으면서 전철 입구에 떡 버티고 서있는 친구, 코딱지 파서 옆 좌석에 슬쩍 닦는 친구, 술에 취해 충혈된 눈으로 젊은이에게 자리 양보 안 한다며 소리 지르는 친구, 전철 의자에 신발 벗고 앉는 친구, 공원 나무 밑에서 소변보는 친구, 공원 꽃 캐가는 친구, 승용차 문 열고 담배꽁초 버리는 친구, 장애우 휠체어 턱에 걸려 쩔쩔매는데 그냥 지나치는 친구, 통행금지 된 곳에 오토바이 타고 매연 뿜으며 가는 친구, 보행자 전용로에서 자전거 타고 속도 내는 친구, 좌측통행으로 소통을 가로막는 친구, 식당에서 물수건으로 코 푸는 친구, 전철 속에서 얼굴 전체 화장하는 친구, 공(功)은 자기가 갖고 과(過)는 책임 전가시키는 친구, 글이나 그림 같은 남의 작품을 보고 평가실력도 없는 주제에 칭찬은커녕 과소평가하는 친구, 손자삼우(損者三友)에 해당되는 친구, 덕수궁 기둥 같은 다리가 더 이상 올라갈 수 없는 곳까지 올라간 깻잎만한 숏 팬츠 걸친 친구.

이런 친구의 숫자가 줄어야 선진국으로 갈 수 있다. 국민소득의 숫자로 선진국이 되는 게 아니다.

괜찮은 친구

너그러운 친구, 온유한 친구, 겸손한 친구, 약속 잘 지키는 친구, 화젯거리 많은 친구, 유머감각 있는 친구, 남의 얘기 잘 듣는 친구, 맞장구 잘 치는 친구, 잘 웃는 친구, 언제나 만나면 기분 좋은 친구, 긍정적인 친구, 적극적인 친구, 활력이 넘치는 친구, 함께 식사하면 밥맛 좋은 친구, 부담감이 없는 친구, 칭찬 잘하는 친구, 기 살려 주는 친구, 남을 배려하는 친구, 자신보다 남을 우선하는 친구, 희생정신을 갖고 있는 친구, 익자삼우(益者三友)에 해당하는 친구.

이런 친구 숫자가 많아져야 선진국으로 간다. 단순한 국민소득 4만 달러, 5만 달러 운운은 공허한 메아리다.

4

사회 정의를 향한 부릅뜬 눈

이 사회는 어른이 없다. 어른은 있으나 어른다운 어른이 없다는 얘기다. 어른이 있어야 한다. 한 가정에도 어른이 있어서 잘못된 일에는 회초리를 들어야 한다. 두루뭉술하게 넘어가기 시작하면 영이 서지 않고 가풍은 사라지고 사회는 혼탁에 빠진다.

『정의란 무엇인가』의 저자 마이클 샌델 하버드대 교수가 몇 년 전 우리나라를 방문하였을 때 기자가 이런 질문을 던졌다. "인문학 책이 30만 부 이상 팔리기란 쉽지 않다. 어떻게 생각하는가?" 샌델 교수는 짧게 "아마도 한국 사람들 정의에 목말랐을 것"이라고 답했다.

고대 그리스의 철학자 트라시마코스는 "정의는 강자의 이익"이라 했다. 말하자면 "의로운 사람은 언제나 손해를 보며 남에게 좋은 일만을 하는 사람이다. 반면 불의한 사람은 자신의 이익을 추구한다는 점에서 더 많은 것을 얻고 행복한 삶을 살아간다."라고 트라시마코스가 『국가론』에서 외친 내용이다.

2500년 전의 논리가 지금도 통하는가. 노인은 뒷방노인이 되어서는 안 된다. 가지고 있는 지식과 경륜을 그대로 사장시킬 셈인가. 사회정의는 그냥 얻어지지 않는다. 지식의 고요는 묘지의 고요나 다름없다. 지식이 춤추어야 한다.

사회정의를 위해 눈을 부릅떠야 한다. 불의를 보고도 보복이 두려워 모두들 쉬쉬한다. 어른의 훈계가 살아있는 사회가 되어야 한다. 잘못을 목격하고도 눈감고 모르는 척하는 사회가 바르게 굴러가는 사회가 아니다. 진정한 용기는 불의에 맞서 두려움 없이 저항하는 용기다. 약한 자 아랫사람을 짓밟고 권력자 윗사람에게 아부하는 사이클형 인간이 되어서는 안 된다. 그런 부류의 인간이야말로 정의를 좀먹는 좀벌레다.

5

장강후랑추전랑(長江後浪推前浪)

장강의 뒷물이 앞 물을 밀어내듯 한 시대의 새로운 사람들이 옛사람과 자리를 바꾼다. 인생은 그렇게 흘러간다. 매우 자연스러운 현상이다. 필자가 10여 년 전 우리나라 제일 바깥을 돌 때다. 371만 보를 걸었으니 약 2,700km의 거리다. 이 중에서 2,500km 정도는 바다를 내 왼쪽 옆구리에 끼고 돌았다.

예전엔 바다가 이유 없이 싫었다. 그리고 무서웠다. 그러나 언젠가부터 바다는 좋은 친구가 되었다. 보고 또 보아도 싫증 나지 않는 그런 친구, 멋진 친구다. 나같이 옹졸한 인간도 친구로 삼아주니 그저 고마울 뿐이다. 바다의 품은 너르다. 모든 것을 받아 준다 하여 바다라 했는가. 바다는 단 일순간도 멈춤이 없다. 늘 살아 꿈틀댄다. 단 한 번도 같은 파도를 치지 않는다. 바다는 우리가 마시는 산소의 약 70%를 만들어 낸다. 풍기공허, 바다는 모든 바람을 만들어 낸다. 바다는 위대하다. 바다는 좀생이가 아니다. 하해불택세류다. 어떤 가는 물줄기도 다 받아 준다.

어느 날 파도가 내게 알려준다. 파도는 인간의 삶을 참 많이도 닮았구나. 뒤의 파도는 앞 파도를 밀어내고 앞 파도는 백사장에 닿으면서 자신의 일생을 마감하고 그 뒤로 또 뒤로 끝없이 청춘의 싱싱한 젊은 파도들이 말갈기를 휘날리며 일정한 간격으로 쫓아오고 있는 것이 아닌가. 아 파도여, 네가 바로 나로구나. 내가 바로 너로구나. 너와 내가 가까워진 것은 바로 이 동일한 본질, 우리는 형제, 같은 어머니 자궁에서 탄생했구나.

삶은 별난 것도 특별한 것도 아니다. 별나게 살아가는 사람도 있지만 별거 아니다. 잘났다고 나대고 젠체하지만 별거 아니다. 좀 가졌다고 까불지만 별거 아니다. 한자리 꿰찼다고 우쭐대지만 그건 아주 잠시다. 있음과 화려함 그 뒤를 보아야 한다.

죽음 후에는 삶이 없기에 알 수 있는 것은 아무도 없다. 청사에 길이 빛나려면 영혼을 남겨야지 육체가 남는 것이 아니다. 그러니 육체에 대한 논란과 관심은 당장 접기 바란다. 아옹다옹해봐야 초라하게만 보일 뿐이다. 잠시 살다가 먼지 되어 사라진다. 그러니 없다고 또 못생겼다고 기죽지 말란 얘기다.

풀처럼 꽃처럼 하나의 개체로서 개성으로 당당하게 살아가라. 나는 나다. 장미는 장미다. 한 사람의 가치는 밖이 아니라 내면에 있다. 애플의 스티브 잡스나 페이스북의 마크 저커버그나 딥마인드의 데미스 허사비스는 솔직히 잘생긴 얼굴이 아니다. 그러나 그 사람을 얘기할 때 그들의 위대성만 이야기하지 얼굴 이야기하는 바보는 없다. 영혼이 육체를 이끄는 것이지 육체가 영혼을 이끄는 것이 아니다. 영혼 없이 살아가는 삶에서 벗어나야 비로소 나의 삶이 된다.

6

아버지

누구의 아들로 30년, 누구의 아버지로 30년, 누구의 할아버지로 30년을 사는 시대에 우리는 산다. 70대 통기타 가수 서유석이 부른 <너 늙어 봤냐 난 젊어 봤단다>는 해방둥이 가수가 동세대의 마음을 보듬고 젊은 층에게 세상 보는 눈을 열어 주고자 만든 노래다.

이 노래가 빅히트한 결정적 계기는 정치권이 제공했다. 2014년 10월 국정감사 때다. 자니윤 한국관광공사 상임감사에게 "연세가 많으면 판단력이 떨어져 쉬게 하는 것, 79세면 은퇴해 쉴 나이 아니냐"(ㅅ 의원)고 말했다. 노인 폄훼 발언 이후 이 노래를 주제로 한 '60대 어르신 자작 뮤직비디오' 영상이 급속도로 퍼져 나가 80만 건 넘는 조회 수를 기록했다. 자신은 늙지 않을 것처럼 경솔하게 막말을 한 국회의원의 발언은 한국사회의 섣부른 노인 취급을 꼬집는 노랫말로 윤색되어 경쾌한 선율과 어울려 귀에 쏙쏙 박힌다. 노년층뿐 아니라 젊은 세대도 마지막 후렴구를 되새겨 봐야 할 이유가 있다.

"너 늙어 봤냐? 나는 젊어 봤단다. 이제부터 이 순간부터 나는 새 출발이다.”

한국의 아버지는 ‘침묵하는 사랑’이며 가슴 밑바닥에 묻혀 있는 곰삭고 곰삭은 홍어 같은 사랑이다. 정작 만나면 말 한마디 나누지 않지만 그건 아버지가 이미 성장한 아들을 울게 한다. 누구에게나 아버지는 끝도 없는 하늘이다. 그래서 부친사망을 천붕(天崩)이라 한다. 나는 우리 아이들에게도 내 마음속에 있는 아버지처럼 남고 싶다. 그래서 나중에 세상을 떠나갈 때 “존경했다”는 소리를 단 한 번만이라도 들을 수 있다면 좋겠다. 아이들과 늘 친구처럼 지내면서 고민을 덜어주고 기쁨을 함께 할 수 있는 아버지, 내가 세상을 떠난 다음에도 아이들 마음속에 든든한 아버지로 남고 싶다. 주눅 든 이 시대의 아버지들이여! 아직은 이렇게 스스로 위로하자. 자식을 위해 가슴 아파할 수 있고 지금도 자녀가 삶의 이유요, 목적이며, 또한 기쁨이라며….

> 멋진 친구 좋은 친구/다시 한 번 살 수 있다면/멋진 아버지가 되고 싶다/멋진 아버지로 살고 싶다/내 잃어버린 세월을/되찾고 싶다/친구처럼 장난치고 싶다/친구처럼 목욕탕에서 때 밀어 주고 싶다/친구처럼 무전여행 떠나고 싶다/친구처럼 속내를 털고 싶다/친구처럼 농담하며 살고 싶다//너무 사무적이지 말고/너무 고식적이지 말고/너무 의례적이지 말고/너무 타인 의식하지 말고/너무 원칙적이지 말고/너무 계산적이지 않으며//담대하며/담담하며/크게 눈을 뜨며/가지를 보지 말고 숲을 보며/살아가도록 하고 싶다//고민하는 사춘기엔 고민받이 되어 주고/늦은 귀가길 마중하며 기다려 보고 싶다/초등학생 때처럼/놀며

뒹굴며/애환의 추억을 만들고 싶다//난 잃어버린 세월을 어디서 찾는단 말인가/불가능은 싫다/불가능은 절망이다//절망의 낭떠러지에서/썩은 가지를 잡는 나약함과 비굴함이라 흉봐도 좋다/그 세월아/정녕 나의 것이 불가능의 주문이더냐?

-멋진 친구가 되고 싶다(작가)

비행기를 회항시킨 슈퍼파워 딸 때문에 국민 앞에 본인의 부덕의 소치라며 깊이 고개 숙인 아버지, 고교생 아들이 SNS에 올린 글 때문에 선거에 출마한 아버지가 눈물로 사죄한 아버지가 있는가 하면 어느 목사님은 신앙 때문에 애주가였던 아버지와 생전에 술 한 잔 나누지 못했음을 못내 아쉬워한다.

거미처럼, 달팽이처럼 껍질만 남아도 억울해하지 않는 그 이름, 자녀에게 모두 퍼주고 추운 겨울날 휴지 줍는 노인의 등짝에 내리비치는 햇살 같은 이름 아버지! 아버지의 사랑은 원래 '뒷모습 사랑'이다. 아버지의 조건은 과연 무엇인가.

그런데 그런 아버지가 점점 힘을 잃어간다. 끝없이 추락하는 아버지의 원래 모습의 회귀는 정녕 어려운 것인가. 아들이 나이 들면 아버지가 되고 아버지가 나이 들면 할아버지가 된다. 이 수레바퀴는 우주의 진리다. 모두 역지사지를 되뇌어 보자.

7

어떤 노후

늙은 고양이는 쥐는 못 잡아도 집은 지킨다. 노인을 괄시하면 안 된다. 노인은 신체적으로만 노화가 되었을 뿐이다. 빛나는 경륜과 지혜를 갖고 있다. 많은 노인들이 죽는 것은 괜찮은데 늙는 것은 정말 싫다고들 한다.

그도 그럴 것이 하루가 다르게 초라해져 가는 자신의 모습을 보고 있노라면 그런 생각은 절로 든다. 속절없이 늘어나는 주름, 뭉텅이로 빠지는 머리카락으로 우황 든 소처럼 볼품없다. 가는 다리, 좁은 어깨, 나온 배는 차라리 저주스럽다. 시원찮은 소변 줄기, 갈라지는 탁한 음성, 의욕마저 사라지는 성 기능, 윤기 없는 피부, 늘어나는 낮잠, 줄어드는 알코올 양, 늦은 봄까지 입는 내의, 얼굴 손 팔뚝 등 장소와 때를 가리지 않고 독버섯처럼 번지는 저승꽃 등은 삶을 맥빠지게 한다.

과연 어떻게 하면 될 것인가. 방법이 없는 것인가. 아니다. 분명히 있다. 저질러라. 방황하라. 내가 하고 싶은 일을 하라. 입으로만 나불대지 말고 행동으로 옮기라. 문사수(聞思修)하라. 변화, 도전, 수용, 긍정만이

답이다.

금년 봄에 필자가 참가한 강원일보 주최 춘천호반 마라톤 대회 주황색 기념 티셔츠엔 노랑 색깔의 영문 글귀가 새겨져 있다. 'NOLIMIT', 'EXTREME', 'adventure'. 굳이 해석하자면 '무제한', '극한의', '모험'이다. 마라톤 자체가 극한의 스포츠며 자기와의 끝없는 싸움이며 모험이다.

어찌 마라톤에만 국한되는 이야기겠는가. 삶은 이런 맛이 있어야 심심하지 않다. 매일 그렇고 그런 날을 보낸다면 창조주가 이 세상에 새로운 피조물을 만들어 보낸 의미와도 맞지 않는다. 단 한 시간도 버려지는 시간이 없도록 모험과 도전 속에 빠져보라. 다이내믹한 삶은 흥미롭고 신비로우며 궁금증과 호기심으로 신바람 나는 매일 매일을 만들 것이다. 나의 삶이란 나의 씨앗을 나의 열매로 만들어 가는 과정이다. 나는 얼마나 많은 것을 가질 것 인가보다 내가 무엇을 어떻게 하고 살 것인가에 초점이 맞춰져야 한다.

나이는 상대적인 문제다. 나이 들어 하는 일 없이 골방이나 양로원에 들어 앉아 텔레비전이나 보면서 소일하고 있다면, 그는 틀림없이 나이 든 노인이다. 그러나 할 일이 있어 자신에게 주어진 삶의 뜻을 순간순간 펼치면서 살아간다면 육신의 나이와는 상관없이 그는 영원한 젊음을 누리고 있는 것이다.

96세에 사망하기 직전까지도 현역으로 활동하였던 첼리스트 파블로 카잘스는 "은퇴한다는 것은 나에게는 죽기 시작한다는 것을 뜻한다. 일하며 싫증을 내지 않는 사람은 늙지 않는다. 가치 있는 것에 대하여 흥미를 느끼고 일하는 것은 늙음을 밀어내는 가장 좋은 처방이다. 나는 날마다 거듭 태어나며 날마다 다시 시작해야 한다."고 했다. 어떤 마음가짐으로 삶을 대하는가에 따라 삶의 내용은 전적으로 달라진다.

웰빙 못지않게 웰다잉 또한 중요하다. 웰다잉에 초점이 맞춰지면 웰빙은 그냥 따라온다. 어떤 죽음을 맞을 것인가는 아름다운 마무리에 멋있는 피날레다. 아름다운 이별을 미리 준비해야 '당하는 죽음' 아닌 '맞이하는 죽음'을 맞을 수 있다.

지구를 떠나기 전 이런 것들을 준비하면 어떨까.

1. 몸의 준비

몸의 변화를 받아들인다. 무의미한 연명의료 중단에 대해 생각해본다. 생존 시 유언서와 사전의료의향서를 준비한다. 호스피스 활용과 장기 기증을 생각해 본다.

2. 마음의 준비

죽음학자 엘리자베스 퀴블러 로스는 죽음에 이르는 과정을 거부, 분노, 타협, 우울, 수용 등 다섯 단계로 나눴다. 죽음은 치료의 실패가 아니라 자연스러운 과정임을 인지하라. 죽음은 끝이 아니라 새로운 출발이고, 모두가 성장하고 성숙할 수 있는 소망의 단계임을 마음속에 새긴다.

3. 법적 준비

유언과 상속을 꼼꼼하게 챙긴다. 그렇게 하지 않으면 후일 유족 간 분

란의 씨가 될 수 있다.

4. 장례와 장묘 준비

원하는 장례 방식과 장묘문화에 대해 생각해 본다.

5. 사별의 아픔 나누기

나의 죽음뿐 아니라 가족이나 친지, 친구 등 타인의 죽음에 대한 준비도 함께 한다.

8

눈에 콩깍지

눈에 콩깍지를 씌우면 사물이 제대로 보일 리 없다. 눈꺼풀은 눈을 감았을 때 눈을 덮고 있는 꺼풀이다. 이 모습은 콩이 든 콩깍지와 매우 닮았다. 그래서 만들어진 말이기도 하다. 첫사랑의 아름다운 눈, 남의 허물을 보지 않는 맑은 눈으로 살아야 마음속 파도가 일지 않는다. 색깔 있는 선글라스를 끼고 사물을 바라보면 선글라스 색깔로 사물이 보이기 마련이다. 맑고 투명한 안경알을 끼고 보아야 한다. 가끔은 눈에 콩깍지를 씌운 채 세상을 바라보면 아름답다. 곰보도 보조개로 보이며 애꾸눈은 일목요연할 것이라 여긴다.

『남자의 물건』의 김정운 교수는 이렇게 말한다.

"청춘은 아름답지만 그들이 부럽지는 않다. 부러움이란 가질 수 있을 때 생기는 것이다. 근육을 키우고 주름을 없애는 등의 방식으로 젊은이와 경쟁하면 오히려 자신이 불행해진다. 잘 생기고 몸도 좋은 20대 아이돌뿐 아니라 차범근, 안성기처럼 그만의 느낌과 향기를 가진 사람에게 질투가 난다. 남자는 아무리 나이가 들어도 자신이 이성에게 어필한다고 생각한다. 이 착각은 절대로 깨지면 안 된다. 이 착각이 깨지는 순간 남자는 자신감을 잃고 무기력해지며 열등감에 빠지게 된다. 이는 한 개인뿐 아니라 사회 전체를 죽음에 이르게 할 수도 있다.

하지만 이 착각은 수컷의 본능 상 쉽사리 깨지지 않는다. 젊음이 부럽진 않지만 늙어가는 건 슬프다. 특히 젊은 여인과 이야기를 나눌 때 나는 그 여인을 여자로 보고 있는데, 그 여인이 선생님으로 본다는 걸 알면 가슴이 서늘해진다. 외모상으로도 중년 남성들이 '아저씨'가 되지 않게 노력할 필요가 있다. 배 위로 올라오는 아저씨 바지나 지나치게 큰 옷도 입지 않는다. 그랬더니 나이보다 젊어 보이는 건 물론, 삶이 풍요롭고 즐거워졌다."

살아가면서 이 정도의 착각과 눈에 콩깍지는 애교 있고 순수하지 않은가. 한 생 아무것도 아니다. 아등바등 사는 사람과 이런 착각과 여유로움으로 사는 사람의 차이는 뭘까. 분명 존재한다.

9

안이 영글어야

나이가 든다는 것은 어떤 일이든 할 수 없을 때를 말한다. 반대로 무엇인가를 할 수 있다고 하는 것은 나이 들었다고 할 수 없다. 단순한 나이 먹기인 생물학적 나이는 별 의미가 없다. 나이가 들지 않으려면 생각을 바꾸면 된다. 긍정적·진취적·도전적·창의적 사고를 항상 지녀라.

애호박은 연하고 맛있다. 된장찌개에 애호박을 송송 썰어 넣으면 환상의 궁합이 된다. 그러나 호박의 진면목은 늙은 호박에 있다. 늙은 호박은 길가에 보살이다. 넉살 좋게 길가에 턱 하니 가부좌 틀고 앉았다. 겉은 누렇게 변하여 노인의 색깔을 하고 있지만 속을 들여다보면 화려하다. 온통 붉은 색깔로 열정이 넘친다. 큼직한 호박씨는 씨대로 이뇨 작용을 하는 데 도움을 준다. 속을 깨끗하게 긁어내고 오리나 닭을 넣고 온갖 재료를 넣어 삶아 내면 보양식으로 으뜸이다. 노각도 마찬가지다. 어릴 때의 풋풋함은 싱그럽지만 늙으면 농익는다.

소백산이나 태백산 정상 부근에서는 살아 천 년, 죽어 천 년의 주목의 잔해를 만날 수 있다. 생명이 다했지만 기품 있고 아직도 형형하다.

남산골 딸깍발이 샌님처럼 꼬장꼬장하다. 용문산 1,100살 은행나무, 방학동 연산군 묘지에 있는 830살 은행나무는 나무라기보다는 하나의 살아 있는 보살이다. 용문산 은행나무는 마의태자와 낙랑공주의 애틋한 사랑 이야기와 신라 말의 어지러운 세상을 훤히 알고 있다는 그런 모습을 하고 있고, 연산군 묘지의 은행나무는 연산과 녹수와의 질펀한 사랑 이야기와 폐비 윤씨가 죽은 이유를 꿰뚫고 있는 듯하다.

사람은 어떤가. 어린이의 얼굴엔 아무 흔적이 없다. 그래서 맑고 곱다. 그 고움은 그 자체의 단순미에서 온다. 잡것이 곁들여지지 않아 고유한 순수함이 존재한다. 그러나 나이가 들어가면 얼굴에 이력의 파편들이 덕지덕지 달라붙는다. 그 파편들이 기하학적 문양을 만들어 낸다. 무늬는 상형문자도 되기도 하고 결승문자가 만들어지기도 한다. 어느 누구도 그 문자를 해독하기가 쉽지 않다. 그러나 분명한 것은 어떤 형태로든 뜻이 읽힌다는 것이다. 우리의 얼굴을 혼을 담는 그릇이라고 하는 것도 같은 맥락이다. 우리가 주름을 인생 계급장이라 부르는 것 또한 마찬가지다.

> "우주의 특징은 한마디로 공백에 있다. 우주 안의 온갖 별나라라 하더라도 그것들은 기껏해야 우주 공백의 0.5%밖에 차지하지 않고 있다 한다. 어디 이뿐인가. 사람의 육안으로 볼 수 있는 우주는 우주 전체의 고작 4%밖에 차지하지 않고 있다 한다. 사람의 육안으로 보는 별은 3,000개가 가장 많다 한다. 히말라야 6,500m 지대에서는 별 8,000개를 셀 수 있다 한다. 과연 그곳에서의 별들은 우주의 과일 같았다.

그런데 우주는 이런 별나라 따위의 광활한 세계도 지극히 미미한 것으로 여기는 텅 빈 곳이다. 물질 4%에다 그 나머지 74%는 암흑에너지이고 22%는 암흑물질이라 한다. 이런 우주의 무한공백 이쪽 아주 작은 '푸른 별' 위에서의 우리는 우주의 서툰 사투리로 노래 부르고 우주의 넋으로 사는 동안 이 지상과 천상을 일생 동안 공유하는 것이다. 이 미물아 미생물아 너야말로 우주의 적자(嫡子)다."

-고은『개념의 숲』에서

안이 영그는 노인이 되어야 겨우 우주의 존재를 어렴풋이 안다. 그래도 우주는 우리를 모르지만 우리는 우주를 안다고 우주보다 위대하다며 뻐긴다. 아, 미물의 삶을 살아가면서 왜 이리 아등바등했을까. 병이 들면 육신은 거추장스러워질 때가 반드시 온다. 그러나 거죽의 주름은 사리로 변해가는 참시 육탈의 과정이다. 육체는 물기가 마르고 더욱 꽛꽛이 된다. 내공이 쌓여 뼈보다 더 단단한 영롱한 보석으로 만들어진다. 잎을 떨군 겨울나무처럼 볼품없지만 나목만의 나력(裸力, naked power)을 갖게 된다. 이 나력이야말로 위대한 힘이다. 모든 것을 아우르는 힘이요, 모든 것을 이기는 진정한 힘이다. 나이 들어서는 이 나력을 길러야 하고 소유해야 한다. 거죽이 늙는 것하고는 아무 상관없다. 아, 우주의 미물이여.

10

천만 할아버지에게 바치는 애련부(愛憐賦)

늙지 않는 천연의 보약을 복용하라. 그러면 즐거운 노후가 된다. 손자의 약효는 직접효과가 7년 정도이고 간접효과는 평생이다. 이런 보약 보았는가. 손자는 찬연히 빛나는 천연의 행복 물질이다. 손자는 약효가 사라지지 않는 만년 보약이다. 지금부터 할아버지를 읊는다.

할아버지는 날개 없는 호랑나비다. 할아버지는 주름 있는 어린이다. 할아버지는 주름 없는 어린이가 주름 있는 어린이를 부르는 이름이다. 할아버지는 하회탈이다. 언제나 벙글거리는 익살스러운 하회탈이다. 할아버지는 천하대장군이다. 말 이빨 두 개를 드러내고 하하 웃는 천하대장군이다. 할아버지는 금줄이다. 치성드리는 소지(燒紙)다. 영원을 노래하며 하늘로 치솟는 소지(燒紙)의 흔적이다.

할아버지는 누런 이빨 하나만 달고 있다. 그것은 삶의 애환이며 고뇌의 증표다. 하나 남은 이빨은 애기의 하나 솟은 이빨이다. 하나는 작고 오이씨같이 하얗고 예쁘지만 다른 하나는 크고 누렇게 바랬다. 누런 이빨은 삶의 나이테다. 성긴 곳은 행복을 노래했던 봄이며 촘촘한 곳은 고통과 고뇌의 겨울 흔적이다. 할아버지 눈썹은 희거나 검다. 한 올만 유독 길다. 돌돌 말며 자란다. 미풍에도 흔들거린다. 머리 풀어헤친 굴뚝 연기다. 할아버지 눈썹은 악센트며 패션의 완성이다. 화룡점정이다. 티베트인의 타르초다. 미풍에도 소리 내 운다. 그 소리는 바람이 경전을 읽고 지나가는 소리다.

할아버지는 라싸의 포탈라 궁을 향해 뚜벅이 걸음 하는 차마고도의 삶이다. 할아버지는 한 집안의 솟대다. 하늘을 향한 외침이며 기쁨이며 경계다. 안녕과 풍년과 과거급제를 기원한다. 하늘과 인간을 연결하는 매개물이자 통로며 상징이다.

할아버지는 등 굽은 나무다. 산소를 지키는 등 굽은 나무, 그림자 탓하는 그런 꼽추 나무가 아니다. 꼬장꼬장한 손이다. 꽛꽛이 마른 명태 손이다. 마디가 옹골차다. 부엉이 방귀 뀐 옹이다. 억세고 힘 있다. 먹잇감을 움켜쥔 안데스 산맥의 콘도르 발톱이다. 누구도 그 손아귀에서 벗어날 수 없다. 바람을 움켜쥐고 삶을 움켜쥐었다. 떨켜처럼 툭 튀어나온 마디는 생명을 잉태한 물주머니 낙타봉이며 이른 봄 열꽃 부스럼이다.

할아버지는 푹 고아진 사골 국물이다. 단시간 내엔 절대 이를 수 없는 농익은 맛, 그 맛을 풍기기가 쉽지 않다. 장인이어야만 그런 맛을 풍긴다. 할아버지는 포자를 떨구는 우산 버섯이다. 가엾고 처량하지만 이미 대지의 자궁 속에 포자를 떨구었다. 그래서 할아버지는 힘은 없지만 여유가 있다. 싱싱하지는 않아도 끈기가 있다. 얕지만 두텁다. 엷지만 깊다. 딱딱하지만 질기다.

할아버지 얼굴은 콜로세움이며 파르테논 신전이다. 코린트식의 우아한 문양이다. 젊음은 도리아식이며 이오니아식이다. 주름은 예술이며 산 사리의 표시다. 그중 으뜸은 테레사 수녀다. 아름다운 문양이며 형이하학적 조합의 얽힘이며 산화석이다. 할아버지 주름은 권위의 상징이며 절대며 신앙이다. 움푹 파인 주름은 대목장이의 작품이다. 할아버지 주름은 상형문자다. 난해하기 그지없지만 잘 살펴보면 '삶'이란 글자가 새겨져 있다. '삶'이란 글자를 그렇게 예술로 승화시킨 것이다. 오직 신만이 가능한 예술성 풍부한 작품이다. 작품 이름은 '삶'이다. 삶이 그대를 속일지라도 슬퍼하거나 노여워하지 않았기에 당당히 받은 훈장이다.

할아버지 냄새는 독특하다. 향기도 아니지만 그렇다고 역겹지도 않다. 할아버지 냄새는 누룩 냄새다. 누룩이 있어야 술이 빚어진다. 균이 제대로 발효과정을 거쳐야 술맛이 난다. 할아버지 냄새는 제대로 숙성된 홍어다. 냄새가 나지 않는 홍어는 상품으로서의 가치가 떨어진다.

할아버지는 탑골공원의 인위적 인테리어다. 그곳은 삶의 막장이 서는 곳이다. 사는 사람은 없고 파는 사람만 있다. 세상과의 타협을 거부하며 누군가를 향해 소리 지른다. 술 먹는 할아버지, 장기 두는 할아버지, 사랑하는 할아버지도 눈에 띈다. 백구두에 중절모를 쓴 멋쟁이 할아버지도 보인다. 삶을 홍정하는 목소리가 높다. 주인을 기다리는 인간 시장이다. 처진 눈, 튀어나온 광대뼈, 푹 파인 볼우물, 한때 싱싱했던 흔적은 어디에도 없다.

이 빠진 잇몸으로 우물거리는 어린이 할아버지, 좁은 어깨와 가는 다리가 처량하다. 무슨 일 저지를 것만 같던 튼실하던 허벅지는 온데간데

없고 임자 없는 무덤처럼 뭉개진 엉덩이는 차라리 생의 가난이어라. 자기 살을 파 먹이고 아낌없이 주고 가는 어미 거미처럼 껍질만 남았다. 더 이상 파 먹일 것이 없어야 떠나기 쉽다. 문살에 달라붙은 창호지다. 뼈에 붙은 가죽이 애처롭다. 힘의 여분이라고는 보이지 않는다. 얼굴 근육도 대추나무에 걸린 연줄처럼 풀어지고 늘어졌다. 쥐눈이콩 같던 동공도 누렇게 바랬다. 눈물길 물꼬도 돌출되고 협착 되어 흐름이 날쌔지 못하다. 그러니 눈이 어른거려 사물도 제대로 보이지 않는다.

할아버지는 소래 협궤열차다. 외줄 위에 선 어름사니다. 뒤뚱거리지만 넘어지지 않는 협궤열차, 부채가 들리지 않았지만 떨어지지 않는 어름사니다. 땡땡땡 땡땡땡, 마감을 알리는 종소리며 시작의 종소리다. 그게 한 생이며 윤회다. 바닷물이 소금이 되듯 나뭇잎이 화석이 되듯 물이 얼음이 되듯 할아버지는 삶의 결정체며 삶의 마무리며 의미며 보람의 이름이다.

할아버지는 마지막 불꽃이며 찬미다. 활활 타오르는 저녁놀이다. 삶의 축복이다. 자식은 금준이며 미주다. 손자는 옥반이며 가효다. 온 식구가 둘러앉았다. 할아버지는 가운데 정좌한다. 누구의 아들로 30년, 누구의 아버지로 30년, 누구의 할아버지로 30년 사는 시대다. 평균수명 60세일 때는 손자와의 소통 기간이 짧다. 지금은 장강처럼 길다. '장강후랑추전랑일대신인환구인(長江後浪推前浪一代新人換舊人)' '장강의 뒷물이 앞물을 밀어내듯 새 시대 사람으로 옛사람을 바꾸며' 살아가는 것이 우리의 인생이다. 그래서 할아버지가 되었고 젊은이는 일정한 간격으로 그 길을 그대로 따라온다. 할아버지는 옛날처럼 잠깐 명멸하는 이름이 아니다. 그래서 해볼 만하다. 그렇다고 누구나 쉽게 되지도 않는다. 축복을 받아야 가능하다. 그래서 할아버지는 신난다.

삶은 공(空)이며 무(無)다. 무념(無念)이며 무상(無常) 무형(無形)이다. 그렇게 펄펄 뛰던 삶으로 무엇을 얼마나 가졌는가? 그래서 무얼 어쩌겠다는 것인가? 모든 걸 놓고 풀어라. 할아버지가 돼야 겨우 그걸 안다. 그래서 할아버지가 귀하고 아름답다. 그래서 할아버지 되기가 쉽지 않다. 할아버지답기는 더욱 어렵다.

할아버지 손에 정(釘)이 들렸다. 어린이를 빚는다. 마부작침(磨斧作針), 도끼를 갈아 바늘을 만들듯, 서까래를 깎아 이쑤시개를 만들듯 한 땀 한 땀 정성스레 빚고 다듬고 갈고 문지르고 매만진다. 어린이가 완성되었다. 손을 잡고 일어선다. 먼 하늘을 응시한다. 그 무언가를 찾은 듯 미소가 흐른다. 어린이가 할아버지를 바라보며 연신 종알거린다. '할아버지!~' 하고 부르며 달려오는 손자 생각에 빠졌다. 혼절의 순간 절정의 순간을 곱씹는다. 할아버지 얼굴에 수많은 주름은 많은 이야기를 하고 싶은 주름의 똬리다. 얼레에 감긴 이야기 줄이다.

그 얼레 줄과 얼굴 주름을 한 올씩 풀어 자식과 손자와 세상과 이야기하라. 할아버지에게는 그렇게 많은 시간이 주어져 있지 않다. 화향천리(花香千里), 인향만리(人香萬里)다. 그러나 손자의 향기는 우주를 덮는 향기다. 그 향기가 자의가 아닌 타의에 의해 박탈당한다면 너무 큰 고문이다.

11

추사를 만나다

세한연후지송백지후조야(歲寒然後之松柏知後凋也). 추사 김정희는 8년 3개월간 제주 대정마을에서 귀양살이를 했다. 대정마을은 제주목 항구에서 8㎞쯤 더 가야 한다. 한적한 시골에 위리안치(圍籬安置)를 하여 그야말로 절해고도에서와 같은 삶이 시작된 것이다. 정조 시절에 걸출한 3대 인물은 추사를 비롯하여 연암과 다산이다.

초의선사는 다산과 교우가 깊었다. 추사와도 매우 가까웠다. 차에 관한 한 초의선사를 따를 자가 없다. 다성(茶聖)이라는 칭호가 그냥 붙은 게 아니다. 차를 매우 좋아하는 추사는 초의에게 차를 각별하게 부탁했다. 그러나 당시의 뱃길은 만만치 않다. 파도가 높으면 수시로 뱃길이 끊겼다. 차를 기다리던 추사는 차를 보내주지 않는다며 초의에게 화를 내기도 했다. 기다려도 오지 않으면 야자수 잎을 말려 덖음 절차를 밟아 빈랑이라는 차를 만들어 마셨다.

추사는 외로움을 글씨쓰기와 독서로 달랬다. 열 개의 벼루가 닳아 구멍이 났으며 천 개의 붓으로 연습에 연습을 거듭하여 추사만의 글씨체를 완성했다. 그것이 오늘날의 추사체다. 제자 우선 이상적은 청나라에까지 가서 책을 빌려와 추사의 고독을 달래주었다. 추사는 이상적에 대한 고마움의 표시로 세한도를 그린다. 초가집과 노송 한 그루와 잣나무 세 그루를 그려 이상적에게 선물한다. 그림 상단 우측엔 '장무상망(長毋相忘)'이라 낙관을 찍었다. '우리 오래 서로 잊지 말자'는 뜻이다. 그 세한도가 바로 '세한연후지송백지후조야'에서 따 온 것이다. '추운 다음에야 비로소 소나무와 잣나무가 시들지 않음을 안다'라는 뜻이다.

너무 서둘 것도 호들갑을 떨 것도 없다. 그냥 의연한 자세로 있으면 된다. 찻잔 속의 태풍에 휩쓸리는 졸장부가 되어서는 안 된다. 연못의 물고기를 보라. 큰 고기의 움직임은 의연하다. 작은 피라미들만 깝죽깝죽 까불어 댄다.

12

쟁득매화박비향(爭得梅花撲鼻香)

"한번 뼛속을 사무치는 추위를 겪지 않고서야 어찌 매화 향기가 코를 찌름을 얻을 수 있겠는가." 황벽 선사의 말이다. 농식품부 장관을 지낸 정운천의 『박비향』은 쇠고기 파동으로 시작하여 쇠고기 파동으로 끝낸 재임 6개월 동안 자기가 처했던 고통스런 나날을 박비향으로 승화시킨 책이다. 뭐니 뭐니 해도 박비향은 한철골에서 귀하게 얻은 수확이다. 뼈를 찌르는 아픔이 없었던들 박비향은 언감생심, 어림도 없다. 무슨 일이든 성공을 거두려면 환골탈태의 정신으로 노력해야 성취의 기쁨을 맛볼 수 있다는 의미다. 매화는 아직 추위가 가시지 않은 이른 봄에 봉오리가 몽실몽실 맺힌다. 3월 하순이면 매화축제가 열린다. 광양만 다압면 매화마을은 그야말로 장관이다. 화개장터와 가깝다. 다리를 중심으로 하동과 광양으로 갈린다. 쌍계사 벚꽃길도 화개장터에서 시작한다.

매화는 여러 이름으로 불린다. 눈 속에 피어난 매화를 설중매(雪中梅)라 하며 봄소식을 알린다는 뜻으로 일지춘(一枝春), 맑은 손님에 견주어

청객(淸客), 꽃 빛깔이 희고 그 자태가 고결하다고 해서 매화를 일명 옥골(玉骨)이라고도 한다. 매화는 원산지가 중국의 남쪽인데, 중국에서는 예로부터 매화에 네 가지 귀함(四貴)이 있다고 전한다. 첫째, 드문 것을 귀하게 여기고 무성한 것은 귀하게 여기지 않는다. 둘째, 해묵은 노목을 귀하게 여기고 어린 나무는 귀하게 여기지 않는다. 셋째, 여윈 것을 귀하게 여기고 살찐 것은 귀하게 여기지 않는다. 넷째, 꽃망울을 귀하게 여기고 피는 것은 귀하게 여기지 않는다.

절집 앞마당 늙은 매화나무 한 그루, 문득 화르르 붉은 꽃 피었다. 검버섯 마른 명태 같은 몸, 면벽 동안거 끝에 토해낸 화엄인가. 해 질녘 구례 화엄사 각황전 매화꽃은 하도 붉어 검은빛이 돌고(黑梅) 순천 선암사 400년 매화 둥치에는 초록 이끼 싱그럽다. 양산 통도사 경내에 있는 380살 불타는 홍매화의 열정은 또한 어떤가.

조선 선비들은 어떤 매화를 사랑했을까. 일단 매화나무가 수백 년 정도 늙고 깡말라야 한다. 줄기는 구불구불 틀어지고, 껍질이 울퉁불퉁 부르튼 것을 으뜸으로 쳤다. 가지도 듬성듬성 드물게 나야 하고, 꽃은 다소곳이 오므린 것을 귀하게 여겼다. 향기도 진한 것보다 맑고 청아해야 한다.

매화 하면 산청 삼매를 으뜸으로 친다. 그 중 첫 번째가 우리나라에서 가장 오래된 680살의 원정매, 그 두 번째가 1561년 남명 조식이 심은 남명매, 그 세 번째가 정당매다. 남명 조식은 평생 벼슬과는 거리가 멀다. 61살에 산청 원리 마을로 들어와 열심히 공부하고 수련하는 공간이란 뜻의 '산천재(山天齋)'를 짓고 후학을 가르쳤다. '산천재'는 비록 서너 칸짜리 건물일 뿐이지만 산천재 마루에 올라 위를 올려다보면 산천재 현판 주위로 농부가 소를 모는 그림, 신선이 소나무 아래에서 바둑을 두는 그림이 있다.

또 바로 옆에는 버드나무 밑에 귀를 씻는 선비와 그 귀 씻은 물이 더럽다며 자기 소에게 먹일 수 없다 하여 소를 상류로 끌고 가는 소부와 허유의 고사를 내용으로 그린 그림이 있다. 벽화는 낡고 헐어 그 형체를 알아보기 어렵지만 담긴 뜻은 예사롭지 않다. 평생 농사만 지으신 아버지 손처럼 수피는 거칠고 트고 갈라졌다. 그러나 매화는 늙을수록 쉽게 범접할 수 없는 기품 있고 향기 가득한데, 인간은 왜 나이 먹을수록 추해지고 떼지어 욕심만 많아질까. 붉은 열정, 늙어도 아름다워라.

13

좌탈입망(坐脫入亡)

내 버킷 리스트의 마지막 항목은 좌탈입망이다. 앉아서 죽음을 맞는 좌탈입망(坐脫入亡)은 최고의 죽음으로 일컬어진다. 필자는 좌탈입망을 시도해 보고 싶다. 마지막 죽음까지도 도전으로 끝맺음하고 싶다. 구차하지 않은 죽음을 꿈꾼다. 나의 모든 육신은 연구자료로 기증할 것이다. 2003년 12월 19일은 백양사 방장으로 있던 서옹 스님의 다비식이 있던 날이다. 세수 92세, 법랍 72세로 좌탈입망하였다. 시간을 쪼개어 성철 스님, 정녕 스님, 법정 스님의 다비식은 물론 김영삼, 김대중 전 대통령, 김수환 추기경, 정주영, 박경리 등 큰 어른들의 장례식은 모두 참석하여 그분들의 삶을 잠시라도 더듬어 본다. 나의 기독교적 생활과 관계없이 큰 어른들의 장례식장은 빠지지 않고 참석한다.

2010년 3월 13일, 법정 스님의 다비식 이야기 한 토막. 서울에서 꼭 천 리 길이다. 조계산은 법정 스님이 오대산 자락에 있는 오두막 '수류산방'으로 옮기기 전, 19년간 머물렀던 불일암이 있고 송광사가 있는 곳이다. 서울에서 새벽 6시에 출발하였다. 이른 새벽이라 도로는 텅 비었고 다비식을 거행하는 11시까지는 충분하다고 생각했으나 엄청난 인파로 예상이 빗나가고 말았다. 그 좁은 골짜기에 2만여 명의 추모객이 모였으니 당연한 현상이다. 뻥 뚫렸던 찻길은 다비식장 5㎞를 남긴 지점부터 가다 서다를 반복하더니 4㎞쯤에서는 아예 움직일 생각을 않는다. 차를 길가에 세워 두고 날듯이 걸었다. 숨을 헐떡이며 도착했을 때는 12시 20분, 모든 다비식 절차가 끝난 후였다. 운구 행렬도, 법구를 넣고 "스님, 불 들어갑니다."를 외치는 거화의식은 아쉽게도 보지 못하였지만 그 현장에 간 것만으로 만족할 수밖에 없었다. 불자와 일반 추모객들이 인산인해를 이루었으니 어쩔 수 없다. 잉걸불을 중심으로 아직도 불자들로 보이는 사람들이 몇 겹으로 빙 둘러있다. 조금 벌어진 틈으로 머리를 들이밀었다. 아직도 목탁소리와 함께 '나무아미타불 관세음보살'과 '아제아제 바라아제 바라승아제 모제 사바하'를 계속 반복하며 구슬픈 가락으로 뽑아댄다. 불자들은 똑같이 따라 하며 염주알을 굴린다. 다비식은 일상의 경험이 아니어서 늘 새롭다.

서옹 스님의 좌탈입망 기사를 보고 "나도 좌탈입망을 시도하리라."며 그때 이미 품었던 생각이다. 필자의 시 한 편을 소개한다.

누워 죽기도 힘들다/앉아 죽기는 더 힘들다/그래도 앉아 죽는 사람은 더러 있다/백양사 서옹 스님의 좌탈입망/서서 죽는 사람은 없다/그런데 나무는 서서 죽는다/나무는/철인(哲人)이다/나무는 선인(仙人)이다-

'나무는 서서 죽는다' 보통사람은 정녕 안 되는 것일까. 그래서 더욱 해 보고 싶다. 그러고 보면 나무는 대단한 정신력이며 대단한 힘이다. 주목은 살아서 천 년, 죽어서 천 년, 누워서 천 년을 간다고 하니 나무가 나무로만 보이지 않는 이유다.

14

위대한 개인

새 생명의 탄생은 지구에 또 한 그루의 나무를 심는 것이다. 지구의 인테리어를 새롭게 하는 것이다. '나'라는 나무를 지구의 어디에 배치시키면 가장 잘 어울리며 빛을 발할 수 있을까. 세월이 흐르면서 잘 자라는 나무도 있고 척박한 땅에 뿌리박은 놈은 잘 자라지 못하는 경우도 생긴다.

그러나 잘 자라는 나무가 훌륭한 나무와 동일한 것은 아니다. "못생긴 나무가 산을 지킨다." "굽은 나무가 길맛가지 된다."는 속담이 진실을 말한다. 잘생긴 놈은 일찍 잘려나가기 쉽다. 예쁜 꽃이 먼저 꺾이는 것과 같다. 미인박명도 동일한 뜻이다. 꽃들은 서로 시샘하지 않는다. 잘났다 우쭐대고 못났다며 기죽지 않는다. 개별적 독특함과 특별함으로 살아간다. 그런데 인간만 깝죽댄다. 젠체하고 설쳐댄다. 개똥쑥이 웃을 일이다. 세상에 모든 사람은 위대한 개인이다. 어떤 경우도 기죽지 말고 위대한 개인으로 존중받고 아름다운 삶을 살아야 한다.

인생은 일기일회다. 딱 한 번밖에 없는 기회다. 복습도 재방송도 없다. 오직 현재만 있다. 유명 선(禪)어록인 벽암록에 이런 구절이 있다. "내 인생에서 가장 행복한 날은 언제인가, 바로 오늘이다/내 삶에서 가장 절정인 날은 언제인가, 바로 오늘이다/내 생애에서 가장 귀중한 날은 언제인가, 바로 오늘 지금 여기다/어제는 지나간 오늘이요, 내일은 다가오는 오늘이다/그러므로 오늘 하루를 이 삶의 전부로 느끼며 살아야 한다."고 말이다.

우리는 이제 눈을 크게 떠야 한다. 그래서 눈에 거름을 주어야 한다. 거름을 주면 눈이 자라고 눈이 크게 떠진다. 눈의 거름은 공부와 여행이다. 나의 삶의 주인공은 바로 나다. 조연으로 살아가지 않기 바란다. 남의 흉내 내고 남의 눈 의식하지 말기 바란다. 당당한 주인공으로 살아라. 지구상에는 천만 종의 꽃과 나무가 자란다. 그러나 똑같은 건 하나도 존재하지 않는다. 미운 꽃, 예쁜 꽃은 우매하고 못난 인간이 정하여 갖다 붙였다. 좋은 나무니 굽은 나무니 하는 것은 단견의 인간이 정한다. 그들은 오직 자신만의 다름과 개성으로 당당하게 존재한다. 그러면서 질서 정연하다. 자연은 흐트러진 질서라고 누군가 얘기했다.

집 안에는 여러 가지의 물건이 있게 마련이고 주인의 취향에 따라 그 물건을 적절한 곳에 배치한다. 그러다 싫증이 나면 다른 곳으로 옮긴다. 불변의 배치란 애당초 존재하지 않는다. 지구 또한 우주의 하나의 배치다. 그 속에 대한민국이 배치되었고 그 속에 나 또한 배치되었다. 그러나 인간은 부동의 유정물이 아니라 동물로서의 유정물이다. 따라서 그 배치는 자기 스스로가 한다. 내가 어디에 배치되면 가장 멋진 배치가 될 것인가를 생각해야 한다. 적합한 장소에 배치된다면 그 자리가 빛난다. 잘못된 배치는 눈에 거슬릴 수밖에 없다. 그 알맞은 배치, 말하자면 적재적소의 배치를 위해 노력해야 한다. 나를 멋진 공간에 배치시켜 삶이 풍성해야 한다. 가장 멋진 배치란 자기 스스로가 만족하는 위치여야 한다. 남을 위한 배치가 된다면 수명도 짧고 아름다운 배치가 될 수 없다. 나를 위대한 개인으로 만들기 위해서 더욱 그렇다.

15

1톤의 생각, 1g의 행동

우리는 누구나 우리말로 이야기한다. 어려운 외국어로 하는 사람은 없다. 그래서 말들을 잘한다. 아는 것도 많다. 예전엔 가장 무서운 사람을 책 한 권 읽은 사람과 시골 사람이라 했다. 그러나 요즘은 매스컴의 발달로 모두 많은 지식들을 갖고 있다. 자기 집에만 TV가 있고 신문을 보는 것처럼 떠들어들 댄다. 그러니 온통 소음으로 넘쳐난다. 문제는 실천이다. 아무리 위대한 생각도 사소한 행동보다 못하다고 했다. 행동이 뒤따르지 않는 이론은 말장난 수준으로 싸구려 평가를 받는다. 우리는 이런 속담에 익숙해 있다. "침묵은 금이요 웅변은 은이다." 또는 "웅변은 금이요 침묵은 은이다."

법정 스님은 무소유를 "아무것도 소유하지 않은 상태를 말하는 것이 아니고 필요 없는 물건을 소유하지 않는 것"이라 했다. 침묵을 금으로, 때로는 웅변을 금이라 칭하는 것은 보는 시각에 따라 정의한 것이다. 소음 수준의 맹목적인 말의 물대포를 쏘아대는 것이 웅변이 될 수는 없다. 반면에 이야기를 많이 하여도 필요한 이야기를 한다면 그 누가 소음이라 하겠는가. 이어령 전 문화부 장관은 양주동 박사 이후 거의 유일무이한 국보급 천재다.

양주동은 생전 술이면 술, 글이면 글, 말이면 말로 '국보 제1호'였다. 시인, 문학평론가, 국문학자, 영문학자, 번역문학가, 수필가였다. 비공식 통계지만 양주동은 그 시대 TV나 라디오에 나와 가장 말을 많이 했고, 가장 많은 글을 썼다. 이 시대 이어령 씨가 그렇다. 여든 넘은 나이에도 수술하고 건강에 이상이 온 지금도 여전히 양주동처럼 박학강기(博學强記)를 뽐낸다. 어느 때 어느 곳에서도 발언권을 90% 이상 독점한다. 간혹 동석자가 엉뚱한 질문으로 말 길을 끊으려 시도해 보지만 그 엉뚱한 질문에까지도 해박한 지식을 맘껏 과시한다. 이런 경우엔 말릴 도리가 없다. 또 필요 없는 이야기를 한다고 몰아붙일 수도 없다.

그 누가 구리처럼 싸구려 취급을 하겠는가 말이다. 그래서 필자는 이런 금언을 만들었다. "침묵은 무지의 은닉을 돕는다. 따라서 겸손의 명분을 찾으려는 이중의 망나니다."라고 말이다. 한술 더 떠 입으로만 살아가는 사람이 있다. 내 주변에도 있다. 본인은 손도 까딱 않는다. 입으로만 지시하고 생색낸다.

필자가 이 책에서 독자에게 주려고 하는 메시지는 걷기와 공부다. 그럼으로써 노후의 무한 자유시간을 건강과 행복의 시간으로 채우고자 함이다. 많은 주제들을 다루고 있지만 결론은 걷기와 공부라는 점을 다시 강조한다. 건강이 전제되지 않고서는 그 어떤 것도 공허한 메아리일 뿐이다.

16

시간에 끌려가는 자

시간은 내가 주인이 되어 부려야 내 것이 된다. 시간은 손안에 있는 새와 같다. 내가 잡지 않으면 날아간다. 감나무 밑에서 감 떨어질 때를 기다려야 설령 떨어진다 하더라도 눈에 맞지 않으면 다행이다. 수동적인 기다림은 포기나 다름없다. 부끄러운 얘기지만 젊은 시절엔 "시간은 금이다"라는 얘기가 무슨 뜻인지 잘 몰랐다. 도대체 시간과 금이 무슨 관계가 있을까, 머리를 쥐어짜 보았지만 모르기는 마찬가지였다. 그런데 지금은 시간이 금싸라기보다 더 귀중함을 안다. 그래서 시간과 관련된 금언을 많이 만들었다. 이를테면 "시간에 방부제를 뿌려라" 또는 "시간의 부피를 늘려라", "시간의 점유권을 행사하라", "시간을 살찌워라" 등이다.

심리학자 다우베 드라이스마는 말한다. 나이가 들면 망원경 효과 때문에 시간이 더욱 빨리 가는 것처럼 느껴진다고 말이다. 그러면 어떻게 하면 이 얄궂은 시추에이션을 해결할 수 있을까. 방법은 부지런하게 움직이는 것이다. 부지런한 사람이 가장 많은 시간을 소유한다. 그리고 많은 추억거리를 만들어야 한다. 아무 추억거리가 없는 사람은 바로 그 망원경 효과로 세월은 짧게만 느껴지고 쏜 화살처럼 날아가 버린다. 내가 "시간에 방부제를 뿌려라"라고 한 것 또한 시간을 내버려 두면 썩기 때문이다. 지도리는 녹슬지 않음과 같다. 끊임없이 움직이고 일하고 추억거리를 만든다면 시간은 썩지 않고 지도리처럼 반들반들할 것이다.

우리에게 주어진 시간이 그렇게 많지도 않지만 그렇다고 적지도 않다. 앞으로의 여생을 30년이라 할 때 알짜배기로 쓸 수 있는 시간은 8만 시간 정도다. 이 정도 시간이면 말콤 글래드웰의 1만 시간의 법칙을 적용해도 어떤 것도 할 수 있는 꽤 충분한 시간이다. 물론 시간을 부리는 자 입장에서 보면 말이다. 시간에 질질 끌려간다면 80만 시간인들 무슨 소용 있겠는가. 어느 날 미국의 전설적인 농구선수 샤킬 오닐은 길거리 농구를 즐기는 어린이들과 함께 농구를 하는 자리에서 따라하라며 이렇게 말했다.

"나는 내가 되고 싶은 사람이 될 것이다. 나는 다른 사람을 추종하는 사람이 아니라 이끄는 사람이 될 것이다. 나는 나의 시간을 많이 만들 것이다."

우리도 이런 어른을 많이 볼 수 있었으면 좋겠다.

17

지구는 내 것

나는 자동차를 버린 지 11년째다. 물론 폐차시켰다는 의미는 아니다. 막내아들에게 주고 나는 BMW를 생활화하고 있다. 잘 알다시피 BMW는 자가용 대신 버스나 지하철을 이용하고 걸어 다니는 것을 일컬음이다.

우리에게 잘 알려진 송해 씨는 BMW를 생활화하고 있는 대표적 실천자다. 아흔의 나이에도 웬만하면 걸어서 다닌다고 방송에서 몇 차례 이야기하는 걸 들었다. 지금도 왕성하게 KBS 전국노래자랑을 진행하며 TV 연예 프로에도 얼굴을 내민다. 우리나라에서 가장 부러움의 대상은 송해 씨 부인이라는 우스갯소리도 있다. 왜냐하면 남편이 예일대생이기 때문이란다. 아직도 예전 일을 그대로 하는 사람이란 뜻이라나 어쩐다나. 재미있다. 송해 씨의 그 건강과 체력은 어디서 나올까. 물론 여러 가지가 있겠지만 우선은 좋아하는 일을 왕성하게 하고 있다는 점일 것이며, 식사를 거르지 않고 세 끼를 반드시 챙기는 것이며, 무엇보다 중요한 것은 바로 BMW의 실천이라고 확신한다.

필자는 젊은 시절부터 운동을 좋아했다. 구기운동을 비롯하여 웬만한 운동은 다 한다. 젊은 시절엔 헬스클럽에서 멋진 몸을 만드는 데 공을 들이기도 했다. 지금은 물론 그런 몸매를 유지할 수 없지만 말이다. 프랑스 사회학자인 피에르 쌍소는 이 세상은 속도로 지나치기에는 너무나 아름답다고 했다. 맞다. 너무 아름다운 세상이다. 그런데 속도로 말미암아 아무것도 보지 못한다. 사는데 바쁘다는 핑계로 모두 눈뜬 장님 생활을 하고 있다.

나는 17년 전 사고로 강동성심병원에서 꼭 한 달간 입원한 적이 있다. 나는 깜짝 놀랐다. 병원 밖 풍경이 너무 생소하였기 때문이다. "여기가 어디지?" 한 곳도 익숙한 곳이 발견되지 않았다. 나는 당시 길동에서 21년째 살았으며 매일 그 앞으로 출퇴근하고 있었기에 충격으로 다가왔다.

필자는 지금은 도보여행가로 또 걷기 전도사로 활동하고 있다. 나는 자신 있게 말한다. 특히 나이가 들어갈수록 걷기는 행복의 시작이요 끝이다. 걷기가 제대로 되지 않은 상태에서 다른 행복을 찾는다면 엄청난 모순이며 어불성설이다. 지금은 시간이 없어 헬스클럽 같은 곳은 생각해 본 적도 없다. 내가 주변에서 만나는 모든 것들은 모두 헬스장의 운동기구처럼 활용한다. 굳이 헬스장을 찾지 않아도 되는 이유이기도 하다. 전철을 탈 땐 반드시 계단을 이용하며, 가능하면 서서 가고 앉을 땐 항문 조이기 운동을 한다. 서서 갈 땐 뒤꿈치를 들고 까치발로 서서 내렸다 올렸다 하며 아킬레스건을 자극한다. 에스컬레이터를 이용할 땐 발판 끄트머리에 발을 반쯤 걸치고 올렸다 내렸다 하면서 종아리 근육운동을 한다. 집 부근에 있는 서울숲과 송정 제방둑은 훌륭한 헬스클럽장이다. 온갖 운동시설이 잘 갖춰져 있다. 날씨와 상관없이 주 5일은 무조건 운동한다.

청계천 길, 중랑천 길, 한강변 자전거길, 응봉산 코스, 수락산 코스, 남산 가는 길도 훌륭하다. 어느 코스가 되었건 접근성이 좋다. 입맛대로 시간을 조절해 가면서 선택한다. 2시간에서 5시간 걸리는 코스들이다. 또 자주 가는 코스는 중앙선을 타고 팔당역에서 시작하는 다산길이다. 폐철로를 이용하여 만든 자전거길을 걷는다. 연꽃마을과 토끼섬을 경유하여 다산 유적지로 우회하여 능곡역 쪽으로 빠져나오는 길도 훌륭하다. 물론 마니아들만 찾는 숨은 길이다. 겨울철을 제외하면 주말엔 능곡역에서 70~80세대 음악연주회가 열린다. 자전거족들을 비롯하여 주변이 온통 빼곡하다.

중간 중간엔 내 단골 주막도 있다. 언제나 가면 반겨주는 통통한 아줌마가 있다. 밭 미나리 전이 일품이다. 전병도 맛있다. 돌아올 땐 꼭 호박을 한 개 준다. 그래서 나는 그 아줌마를 호박 아줌마라 부른다. 호박 아줌마라 하여 얼굴을 호박으로 상상하면 안 된다. 물론 나 혼자 부르는 이름이다. 이 길은 주말이면 자전거족들로 길이 터질 듯 붐빈다. 내 마음이 시끌벅적함을 필요로 할 땐 이곳을 찾고 정말 호젓함을 즐기고 싶을 땐 운길산역에서 '주필 거미 박물관' 쪽 길을 이용하여 덕소로 넘어가는 숨은 진주 같은 '큰 사랑길'을 걷는다. 어느 길이 되었든 쉬엄쉬엄, 노닥노닥, 훠이훠이, 두리번두리번을 원칙으로 걸으면 5시간 정도 걸린다.

나는 걷기를 그 어떤 것보다도 좋아한다. 삶 자체가 걷기라 해도 과언이 아니다. 일 년에 삼분의 일은 길 위에 있다. 일기예보 같은 것은 무시한다. 어떤 날씨가 되었건 나하고는 상관없다. 영국시인 존 러스킨은 말했다. "이 세상 나쁜 날씨란 없다, 다만 좋은 날씨가 여럿 있을 뿐이다."라고 말이다. 필자의 걷기는 일반인의 상상을 초월한다. 예를 몇 가지 든다. 매월 셋째 주 토요일은 인사동에서 몇몇 글지이들이 만난다. 집에서 청계천 길을 이용하여 모임에 참가한다. 2시간 반 정도 걸으면 된다. 남한산성에서 모임이 있을 경우는 5호선을 이용하여 거여역까지 간 다음 걸어서 서문을 통과하여 약속장소로 간다. 가평 기화 유스호스텔에서 세미나가 있을 때다. 서울에서 1박 2일로 계획을 잡아 걸어서 참석한다. 이런 나의 걷기는 이제 생활 그 자체다. 전혀 새삼스러울 것도 없으며 화제도 아니다. 걷기는 적게 잡아도 일석십조는 되리라. 나는 시험공부 할 때도 도서관을 찾기보다는 자전거길을 택한다. 한 가지 일만 하기엔 성에 차지도 않을뿐더러 나누어서 따로따로 할 그럴 시간이 없다. 이 모두는 자동차를 버려야만 얻을 수 있는 행복의 조각들이다.

18

자연이라는 시

자연은 시며 그림이다. 자연은 사상이며 철학이다. 자연은 진리의 원형이며 사고의 원류다. 자연은 인간의 원형이며 돌아갈 고향이다. 우리가 자연을 함부로 하면 안 되는 이유는 참으로 많다. 자연은 진리의 보고며 모든 생물들의 둥지다. 자연은 모든 생물의 어머니며 자궁이다. 자연은 그 자체가 오페라며 음악회며 연극 공연장이다.

제대로 된 연극 한 편, 오페라, 음악회를 감상하려면 그 가격이 만만찮다. 그러나 더 제대로 된 오페라, 음악회, 연극 공연은 자연 속으로 들어가면 만날 수 있다. 그런데 놀랍게도 입장료가 공짜다. 단 입장 조건이 까다롭다. 그러나 제지하는 사람 없이 자율에 맡긴다. 퇴계 이황은 평생 신독(愼獨)을 삶의 푯대로 삼았다. 인격을 갖춘 고품격의 사람들만 입장을 시켜야 하나 제대로 된 자가 드물어 자연은 지금 몸살을 앓고 있다. 견딜 수 없는 상태가 되자 재해를 일으켜 무지한 인간들에게 경고를 가하는 것이다.

자연은 이 세상의 만물을 먹여 살린다. 이런 자연을 함부로 대하고 우습게 여기는 인간의 무지를 꾸짖고 싶다. 자연 속의 모든 생물은 우리와 동등한 위치에 있다. 누가 우월한지에 대한 차별이 존재하지 않는다. 자연 속의 생물들도 서로 대화하며 사랑하며 새끼를 양육하며 살아간다. 그런데 우리 인간들은 그들의 사랑도 대화도 알아듣지 못하는 반거충이일 뿐이다. 물론 생물들도 인간의 대화나 삶을 알지 못하기는 마찬가지다. 그러나 사랑하는 사람들이 눈빛만으로도 마음속을 읽을 수 있듯 자연을 사랑한다면 그들의 속내를 읽는 것은 그리 어렵지 않다. 그래서 우리는 사랑하는 만큼 보인다고 한다.

필자는 99%는 혼자서 여행한다. 사람을 싫어해서가 아니다. 친구를 싫어해서가 아니다. 여행의 참맛을 위해서다. 자연의 친구들에게 해가 가지 않도록 배려함에서다. 최소한의 자연에 대한 예의다. 그들과 진실한 대화를 주고받기 위해서다. 자연의 친구들과 대화를 하면 머리가 맑아진다. 곤충들의 삶을 보고 있노라면 그들의 질서정연함과 부지런함에 숙연해진다. 우리가 말하는 새들의 노랫소리는 실은 대화를 하고 있는 것이다. 평범한 대화를 멜로디를 붙여 아름답게 표현하는 기술을 그들은 갖고 있는 것이다. 우리와 삶의 격이 다르다. 수준 높은 대화법이다. 아침에 소리는 안녕을 말한다. 한자리에 불러 모으는 소리가 다르고, 자신에게 오라는 신호를 보내는 소리가 다르다. 사랑할 때의 소리, 경고의 소리, 경계의 소리, 싸우는 소리가 모두 다르다. 그 음을 구분하여 그들의 움직임을 관찰하여 보라.

직박구리는 소리의 마술사다. 그들의 모스부호를 치는 듯한 소리를 듣고 소름이 돋은 적이 있다. 지금은 물론 직박구리의 울음을 명쾌하게 구별해내지만 말이다. 화내는 소리 심지어 싸우는 소리까지도 멜로디를 붙여 사용한다는 점이다. 우리 인간이 그 수준에 이르려면 한참 멀었다. 잔머리 굴리지 않고 앞만 보고 나아간다. 온갖 꽃과 식물들이 경연장처럼 만화방창 수를 놓고 있지만 그들 간의 질투나 경쟁은 없다. 덜 예뻐도 주눅 들지 않고 당당하다. 좀 예뻐도 우쭐대지 않는다. 인간들만 미스월드를 뽑는다며 호들갑을 떤다. 이유가 무엇인지 모르겠다. 자연은 우리와 격이 다른 삶이다. 자격지심에서일까. 인간은 오히려 그들을 무시하는 못된 마음을 갖고 있다. 웃기는 일 아닌가.

자연은 존재 그 자체로 한 편의 시며 그림이다. 자연은 숨 쉬는 시인이며 화가다. 자연은 신의 오페라며 신의 음악회다. 사계절 공연을 멈추지 않는다. 그들은 자신이 좋아서 공연을 즐길 뿐이다. 그들의 예술 활동을 방해하면 안 된다. 그들은 방해받아도 참고 또 참는다. 만약 그들의 공연이 우리 곁을 떠난다면 우리 인간에 대한 불행을 예고함이다. 이 경고 메시지를 못 알아차린다면 구제불능의 무지함이다. 인간이 자연보다 털끝만큼도 우월하지 않다는 사실을 알아야만 자연과의 공존이 가능하다.

19

날씬한 다리, 굵은 다리

날씬한 다리는 20년이 행복하고 굵은 다리는 60년이 행복하다. 날씬한 다리가 주는 행복은 기껏해야 스물부터 마흔까지 20년 정도다. 그땐 멋모르고 외모의 아름다움을 추구할 때이다. 허벅지 지방을 빼느라 온통 수선을 떨지만 튼실한 허벅지의 가치는 40살을 넘기면서 서서히 나타난다. 어떤 운동을 하건 하체가 받쳐주지 않으면 할 수 있는 운동은 없다. 역도의 장미란, 골프의 최경주·박세리, 야구의 이승엽 같은 선수의 허벅지는 상상을 초월한다. 웬만한 여성들의 허리둘레보다 크다. 모든 힘은 하체에서 나온다. 나이 들면 모든 행복은 허벅지 두께와 비례한다는 사실만 명심하자. 미리미리 장딴지와 허벅지를 키워야 하는 이유다.

허벅지는 인체 중에서 가장 큰 영양창고며 소각장이다. 우리의 건강은 허벅지 둘레와 밀접한 관계가 있다. 허벅지 둘레와 장딴지 둘레의 합이 허리둘레와 같거나 더 커야 한다. 이것은 특히 나이가 들어서는 절대적인 공식이다. 대다수의 사람들이 운동을 할 때엔 상체운동을 집중적으로 한다. 헬스장에서도 공원의 운동시설에서도 벤치프레스, 활배근 운동, 아령, 평행봉 등을 주로 한다. 그러나 나이가 들면 근육운동을 물론 하되 상·하체 비율을 4:6 아니면 3:7 정도로 하체에 비중을 둬야 한다. 노후의 행복이 허벅지 둘레의 크기에 달려 있기 때문이다.

때문에 하체운동을 집중적으로 해야 한다. 물론 테스토스테론과 에스트로겐 호르몬의 감소로 젊을 때처럼 만족스러운 효과를 기대하기는 어렵다. 그렇다고 포기하면 삼베 바지 방귀 빠지듯 근육이 소실되어 닭다리같이 처량한 모습으로 순식간에 바뀐다. 나이 들어 운동하는 것은 어쩌면 근육의 크기를 키운다고 하기보다는 현상유지를 한다는 표현이 맞을 수도 있다. 눈에 보이는 효과가 즉각적으로 나타나지 않는다 하여 포기하면 안 된다. 허벅지라는 넓은 대지 위에 내가 노후에 살 전원주택을 짓는다고 상상하며 운동하라.

20

삼림욕과 청춘욕

우리가 살고 있는 공간은 70%의 질소와 30%의 산소로 이루어져 있다. 산소의 70%는 바다에서 만들고 나머지는 산과 강에서 만들어진다. 우리가 강이나 바닷가나 깊은 산 속에 들어가면 머리가 맑아지는 것도 산소가 많기 때문이다. 깊은 산 속은 우리가 살고 있는 곳보다 산소량이 많다. 그곳에서 심호흡을 하면 청량감이 폐부 속으로 들어가는 것이 느껴진다. 폐 속에는 허파꽈리가 4억3천만 개 정도 있다. 그것들은 산소와 이산화탄소를 교환하는 일을 한다. 교환이 제대로 이루어지지 않을 때 폐암을 유발하는 등 여러 문제점이 발생한다.

우리가 바닷가나 산에서 술을 마실 때 평소보다 술을 많이 마셔도 술에 잘 취하지 않고 또 과음을 하여도 빠른 시간 내에 숙취에서 벗어나는 것도 이 산소 때문이다. 산소가 혈관을 타고 빠르게 움직여 우루소데옥시콜린산(UDCA)이라는 노폐물 배출을 돕는 알코올 분해성분이 간에서 활성화되어 빠른 속도로 알코올의 주성분인 아세트알데히드의 분해를 도와 나타나는 현상이다.

산속에서 양질의 산소를 자주 또 많이 섭취하듯 젊은이들이 많이 모이는 대학가나 공연장이나 홍대거리 강남역 등에서 걷는 것 또한 좋다. 이곳은 산에서 취하는 산소와는 또 다른 젊음의 열정과 낭만을 호흡할 수 있다. 젊은이의 모습은 바라보는 것 자체가 기쁨이요 곧 건강이다. 젊은이의 싱싱한 목소리를 듣는 것, 하하, 호호, 깔깔대며 웃는 그 웃음소리 자체가 환희를 느끼게 하는 생명수인 셈이다. 젊은이들이 웃고 떠들고 하는 것을 보면 신비스럽다. '나도 저런 시절이 있었겠지' 하며 생각하게 된다. 젊은이가 많이 모이는 장소를 툭하면 찾아가라. 그곳에서 호흡하는 젊음의 향취는 대상만 다를 뿐이지 깊은 산 속의 산소보다 못할 게 없다. 그것이 젊게 사는 비결이다.

21

게으름이라는 적

춘추전국시대 송나라에 밭을 갈아먹고 사는 농부가 있었다. 하루는 밭에서 일하고 있는데 토끼가 뛰어나오더니 밭 가운데 있는 나무그루터기에 부딪혀 목이 부러져 죽었다. 토끼를 얻게 된 농부는 그 다음날부터 농사를 팽개치고 그루터기만 지켜보며 또 그런 토끼가 나오기만 기다렸다. 하지만 한 마리도 얻지 못하고 결국에는 온 나라의 웃음거리가 되었다. '수주대토(守株待兎)'라는 꼬리를 달고 돌아다니는 이야기가 한비자(韓非子)의 '오두(五蠹)' 편에 나온다. 오두는 나라를 망가뜨리는 다섯 종류의 부류를 좀벌레에 비유한 것으로 이 농부처럼 하면 개인도 나라도 망할 수밖에 없다는 교훈이다.

나무 자르는 일이 너무 바빠 톱날 갈 시간도 없다는 식의 변명은 하지 말아야 한다. 무슨 일이든지 일단 시작한 일은 자신에게나 타인에게 폐가 되지 않는 한 중도에 내던져서는 안 된다. 우직할 정도로 아무 생각 없이 그저 꾸준히 이어 나갈 때, 그 안에서 꽃이 피어나고 열매가 맺히는 소식을 스스로 알아차리게 될 것이다. 중도에 포기하는 반거충이는 모두 게으름에서 비롯된다.

녹은 쇠에서 나는데 그 쇠를 갉아먹는다. 게으름은 몸의 녹과 같다. "시간이 없다고 하는 것은 가장 비겁한 핑계"라고 에디슨은 말했다. 시간은 누구에게나 공평하게 주어진다. 하루는 24시간 1년은 365일이다. 그런데 이 시간이 공평한 것 같지만 부지런한 사람에게는 엄청나게 많이 주고 게으른 자에겐 형편없이 적게 준다. 게으른 자의 시간을 빼앗아 부지런한 자에게 주는 구도다. 시간을 잘 쓰는 것 또한 요령이다. 시간엔 현재, 지금, 오늘만 존재한다. 한번 지나가면 영원히 돌아오지 않는다. 내일은 아직 오지 않은 시간이기에 의미가 없다.

임제 선사는 '즉시현금갱무시절(卽時現今更無時節)'이라 했다. 말하자면 '바로 지금이지 지나간 시절은 다시 돌아오지 않는다.'는 의미다. 그런데도 우리는 늘 착각한다. 과거도 지금처럼 존재한다고 여기기 쉽고 미래도 지금 당겨서 쓸 수 있는 것으로 말이다. 늘 속지만 신기루처럼 곁에 다가와 헷갈리게 한다. 과거를 되뇌노라면 현재 속으로 달려 들어오는 착각에 빠진다. 공부도 건강도 취미생활까지도 게으름을 피우면 아무것도 이룰 수 없다. 게으름은 나의 영육을 갉아먹고 끝내는 파멸시킨다. 게으름은 더 말할 것도 없이 인생에서 최대의 악덕이다. 이런 게으름이야말로 자신도 더럽히고 남도 더럽히는 달팽이의 생태가 아니고 무엇이겠는가.

22

오래 살지 않고 오래 사는 법

지금 평균수명과 건강수명의 격차는 남자는 12년, 여자는 14년쯤 된다. 맹목적인 장수는 재앙이다. 요체는 이 평균수명과 건강수명의 격차를 줄여야 한다. 아니 거의 같아져야 한다. 이렇게 아픈 기간이 길면 행복은 뜬구름 잡는 소리가 된다. 간단하게 설명하면 이렇다. 14년을 아프면서 90을 살기보다는 아프지 않고 76년을 사는 게 낫다는 얘기다. 그다음으로는 반 가사상태에 있는 잠을 줄이자는 이야기다. 하루 10시간을 자는 사람은 평생 33년을 잠으로 보낸다. 하루 6시간을 자는 사람은 21년을 잠으로 보낸다. 12년의 긴 시간이 덤으로 생긴다.

영국 텔레타이프지 현역 기자생활을 94세까지 75년간 하여 기네스북에도 오른 디디스 씨는 평소에 "여보게, 여행이 끝나면 잠잘 시간이 충분하다네."라는 알프레드 하우스먼의 시구를 가장 좋아했고 또 자주 인용했다. 이 이야기가 시사하는 바는 실로 크다. 죽음 직전에 어떤 삶의 즐거움도 느낄 수 없는 때 하루를 더 연명하려고 발버둥치는 것은 안쓰럽기도 하지만 구차하다. 더군다나 막대한 의료비 지출은 무어라

설명해야 하는지 가슴 아프다. 젊고 팔팔할 때 많이 활동하고 보고 즐기며 일하며 노래하며 살다가 죽음은 담담하게 받아들이는 아름다운 마무리가 되어야 하지 않겠는가.

지금부터 '오래 살지 않고 오래 사는 법'을 공개한다. 일견 충돌하는 개념처럼 보이지만 가능하다는 점을 미리 밝힌다. 우리 몸은 나이가 들면 형편없이 거추장스러운 몸으로 바뀐다. 낡고 훼손된다. 체력은 바닥나고 어떤 의욕도 희망도 솟아나지 않는다. 그러다 죽음을 맞는다. 물론 본인의 노력으로 상당기간 늦출 수는 분명 있다. 그러나 그것도 곧 한계를 맞는다. 이런 사실들을 염두에 두고 냉철하게 한번 따져 보자는 것이다. 90세를 살면서 14년이란 기간을 질병으로 고통과 경제적 어려움 속에서 살았다고 하면 건강하게 행복감을 느끼며 산 세월은 76년이라고 봐야 한다. 14년은 신체적, 정신적, 물질적으로 고통의 나날이다. 이런 죽음과 같은 시간을 없애고 알토란같이 살아가자는 의미다.

1. 건강수명 늘리면 14년의 보너스 시간이 생긴다.
2. 하루 수면시간을 8시간으로 할 때(평균수명 80세 기준) 27년을 잠으로 보낸다. 잠은 반가사 상태다. 2시간을 줄이면 6년의 살아있는 시간이 보너스처럼 주어진다.
3. 담배 하루 2갑을 50년 피우면 8년의 수명이 단축된다. 담배 한 갑 피우면 2시간의 수명을 갉아먹는다. 금연을 하면 8년의 기간이 보너스로 주어진다.
4. 감기 한 번 걸리면 최소 보름 동안 고생한다. 1년에 두 번 감기에 걸

린다면 80년 동안 6.7년의 시간을 손해 본다. 즉, 감기에 걸리지 않으면 6.7년의 활동시간의 보너스가 생긴다.

5. 하루 세 끼 식사를 다 하면 3년의 행복한 시간을 소유한다. 한 끼를 거르면 행복한 시간 1년을 까먹는 셈이다.
6. 많은 추억을 쌓아 시간을 비만 화 시키는 것이다. 추억거리가 많으면 시간이 늦게 흘러가는 효과를 얻을 수 있다. 사랑하는 사람과 여행하기, 저녁놀 보기, 사진 찍기, 첫 경험 만들기 등이다.

시간의 거품을 걷어내고 체력이 있을 때 알토란같은 시간을 갖자는 것이다. 사후약방문의 우를 범하지 말자.

23

28조 원짜리 몸

자동차의 부품은 3만 개 정도로 이루어져 있다. 보잉 747 여객기는 80만 개, 우주선은 250만 개의 부품으로 이루어져 있다. 엄청난 부품의 수다. 우리 인간은 어떨까. 216개의 뼈와 800여 개의 근육과 10만㎞의 혈관과 4억3천만 개의 허파꽈리와 320억 개의 뇌세포와 1조 개의 뉴런과 시냅스 회로, 60조 개의 세포로 이루어져 있다. 이 엄청난 수의 구성체는 초침보다 더 정밀한 초정밀체로 이루어져 있다. 오토바이 운전을 하는 데도 원동기 면허가 있어야 한다. 초정밀의 우리 인간을 잘 운전하려면 어떤 국가고시보다 어려운 과정을 통과해야만 운전할 수 있도록 해야 함에도 현실은 그렇지 않다.

기상청에 있는 슈퍼컴퓨터 한 대의 가격은 40억 원으로 결코 적은 금액이 아니지만 다루기도 쉽지 않다. 기상청의 '해온'을 운영하기 위해서 대통령 연봉보다 더 많은 미국인을 수입하여 몇 년간 운영 경험을 쌓은 것도 한 예이다. 우리 인간의 뇌는 그 슈퍼컴퓨터보다 7,000배의 성능을 갖고 있다고 전문가들은 이야기한다. 그렇다면 우리 인간의 가치는 단순 계산으로 28조 원짜리라는 얘기다. 이 고가의 제품을 아무런 면허증도 없이 함부로 운영을 맡기는 꼴이 돼 버렸으니 각종 부작용이 나타나는 것이다.

일반택시의 차령은 3년 6개월이다. 이에 비해 개인택시는 그의 배가 넘는 8년이다. 왜 그럴까? 답은 간단하다. 주인이 없는 일반택시는 관리가 제대로 되지 않고 함부로 막 다룬다. 그러나 개인택시는 한 가정의 사업체이며 모두의 생계가 달려 있다. 그러니 시간만 나면 닦고 조이고 기름 친다. 새 차일 때는 차이를 느끼지 못한다. 세월이 흘러가면 잘 관리된 차와 그렇지 않은 차는 현격한 차이를 드러낸다. 인간도 마찬가지다. 젊을 때는 부품의 기능이 워낙 좋아 차이를 전혀 느끼지 못한다. 그러나 40대 중 후반부터는 서서히 차이를 보이다가 기능이 떨어지는 50대 중 후반부를 가면 완연히 실체가 드러난다. 한마디로 잘 관리된 차와 그렇지 않은 차의 차이가 차령을 가르듯 인간의 몸뚱어리도 부품의 성능과 수명이 분명하게 드러난다는 점이다. 뒤늦게 깨닫고 성능 개선에 힘써보지만 방치하는 것보다는 나을지언정 아무리 짜깁기를 잘해도 원단보다는 못하다는 사실에 주목해야 한다.

어떻게 하면 우리 몸을 잘 관리할 수 있을까. 우선은 우리 몸의 신비를 최소한 공부해야 한다. 건강한 생활양식을 갖는 것은 개인의 건강과 행복을 위하여 매우 중요하다. 연령에 상관없이 누구든지 인체에 대해 각 기관의 기능과 각 기관이 건강하게 작용하는 데 필요한 상호의존성에 대하여 알아야 할 필요가 있다. 또한 정신이 신체에 미치는 영향, 신체가 정신에 미치는 영향, 그리고 정신과 신체를 지배하는 법칙들에 관하여 공부해야 할 필요가 있다. 28조 원짜리 고가의 우리 몸을 몇 십만 원짜리 스마트 폰 기기보다 다루는 법을 공부하지 않는 데서 문제가 발생한다.

이 세상에 존재하는 어떤 것보다 자신의 몸을 사랑해야 한다. 내가 존재해야 부모도 아내도 자식도 사물도 세계도 존재한다. 사랑해야 각 장기의 노랫소리와 비명소리를 들을 수 있다. 사랑하는 것만큼 보인다. 아는 것만큼만 보인다는 사실을 명심하자. 역설적이게도 우리 몸은 편하게 내버려 두면 문제가 생긴다. 귀찮을 정도로 못살게 굴어야 한다. 특히 발과 눈과 뇌가 바빠야 한다. 필자는 몸 편한 꼴을 생리적으로 못 본다. 신기하게도 몸은 학대에 가까울 만큼 못살게 또 귀찮게 하는 것을 좋아하며 또한 그런 행위가 몸을 최고로 사랑하는 것임을 알아야 한다.

24

노후 행복의 요체

필자는 은행에서 퇴직한 후 20여 년간 다양한 경험을 하였다. 여기서는 건강과 공부에 관련된 이야기만 적는다. 금융단 창단 초대 은행 대표 축구 선수로 뛰었던 경험을 바탕으로 동네에서 조기축구를 수십 년간 했다. 물론 30, 40대의 젊은 시절 얘기다. 70년대 중후반에는 사이클에 빠져 고가의 자전거로 전국을 누볐다. 그러다 큰 사고가 나면서 자전거와는 인연을 끊었다. 그 외에도 테니스, 골프, 볼링, 스키, 당구, 캠핑, 등산 등으로 체력을 다지고 취미생활을 했다. 직장에 있을 때는 매주 등산을 하며 1년에 60회 이상 전국의 산하를 샅샅이 밟았다. 그런 생활은 35년간 이어졌다. 그러다 퇴직 후에는 마라톤 마니아가 되어 각종 마라톤대회에 얼굴을 내밀었다. 10년간 18번의 완주와 숫자를 헤아릴 수 없을 만큼 많은 하프코스, 10㎞ 코스를 뛰었다.

2004년 어느 날 대퇴부에 통증이 시작되자 곧바로 마라톤을 중단하고 걷기에 빠져들었다. 당시 프랑스 르피가로 지 기자 출신의 베르나르 올리비에는 터키 이스탄불에서 중국의 시안까지 12,400㎞의 실크로드를 4년에 걸쳐 걸었고 그 내용을 담은 책 『나는 걷는다』가 출간되어 화제가 되었다. 마침 그 책을 접하고 걷기의 매력에 빠져 지금의 걷기 마니아, 도보여행가로서 걷기에 미쳐 사는 걷기 전도사가 되었다.

나는 강연, 책, 블로그, 모임을 통하여 또 만나는 친구들에게 나의 걷기 경험을 토대로 수없이 많은 이야기를 전달한다. 그리고 꾸준히 할 것을 간곡히 권한다. 아무리 좋은 운동도 꾸준히 하지 않으면 의미가 없다. 하찮은 운동이라도 꾸준히 한다면 그 운동이 최고의 운동인 셈이다. 지금부터 나열하는 걷기운동이 노화에 미치는 영향을 필자의 경험과 연결시켜 제시한다. 자신 있게 이야기할 수 있는 것은 걷기는 튼튼한 하체와 강한 심장을 만들어 줌으로써 노인병의 거의 모두를 무력화시킨다는 점에서 노인 최고의 명약으로 또 모든 행복의 씨앗으로 각광받고 있다는 점이다. 나름대로의 건강관리를 위하여 수많은 운동을 접하여 보았지만 특히 나이 들어서는 걷기를 능가하는 운동은 없다고 단언한다. 더군다나 나는 몸일지를 써가며 걷기가 인체에 미치는 영향을 구체적으로 확인하며 철저하게 이행하기에 더욱 그렇다. 걷기가 하드웨어라면 공부는 소프트웨어다. 걷기로 몸을 반석같이 만든 연후 통섭의 공부로 골조를 세우는 것이다.

지금부터 '걷기 운동이 노화에 미치는 영향(한국 걷기 과학 학회 발표)'이 어떻게 나타나는지를 보면 아마 놀라움을 금치 못할 것이다. 필자의 걷기의 생활화 경험을 철저히 대입시켜 보았다.

1. 면역기능이 좋아진다. - 왕성한 신진대사로 지금까지 잔병치레를

한 적이 없다.

2. 심근 경색이 있더라도 더 오래 산다. - 혈관이 맑고 깨끗하니 심근 경색과는 전혀 무관하다.
3. 심질환의 위험이 줄어든다. - 걸으면 심장근육이 튼튼해지고 관상동맥이 좋아져 심혈관계 질환과는 무관하다.
4. 체내 에너지 활용이 높아진다. - 섭취한 음식물은 활발한 대사활동으로 피하지방에 쌓이는 게 아니라 에너지화함으로써 생활이 활기차고 피로를 전혀 느끼지 않게 된다.
5. 산소 섭취량이 늘어난다. - 장기간 운동을 하면 폐용적이 증가하고 최대 환기량이 증가하여 더 많은 공기를 호흡하게 된다. 폐용적의 증가는 폐포와 모세혈관 표면적을 크게 하여 안정 시와 운동 시 폐 확산능력을 증가시키고 환기효율이 증가하여 호흡을 적게 하면서도 산소를 더 많이 이용하게 된다.
6. 근력이 증가한다. - 헬스클럽에서의 트레드 밀 위에서의 걷기도 물론 좋다. 그러나 그곳은 밀폐된 공간이다. 대지를 트레드 밀이라 생각하고 땅을 힘차게 구르며 세계를 음미하면서 걸으면 근육도 당신의 생각의 크기도 무럭무럭 자랄 것이다.
7. 혈압을 정상적으로 유지한다. - 혈압이 높은 것은 결국 심장 근육의 펌프질 능력의 저하와 맑고 깨끗한 혈관이 되지 못해 몸의 구석구석으로 보내는 데 그만큼 힘이 들어 나타나는 현상이다. 꾸준한 걷기 운동은 혈관 속의 노폐물을 걷어내고 좋은 콜레스테롤 HDL을 증가시켜 준다.

8. 인대와 힘줄이 강하게 된다. - 강한 아킬레스건이 만들어져 발의 제2의 심장 구실을 충실하게 해준다. 직립보행 인간인 우리는 오래 걸으면 피가 아래로 모이기 마련이다. 피를 위로 올리는 기능은 근육이 하는 일이다. 근육을 강하게 해야 하는 이유다.
9. 심장의 혈액 순환이 좋아진다. - 8항의 이유와 동일하다. 발의 근육과 아킬레스건과 장딴지 근육, 허벅지 근육을 키워야 하는 이유도 마찬가지다.
10. 좋은 콜레스테롤(HDL)은 증가하고 나쁜 콜레스테롤(LDL)은 감소한다. - 고혈압 환자에게 꾸준한 운동을 주문하는 것은 바로 나쁜 콜레스테롤이 끼어 혈관이 좁아지지 않도록 하기 위함이다. 또 걷기를 하면 HDL이 증가하여 혈관이 좁아지는 것을 막아주는 역할을 한다.
11. 동적 시력이 향상되고 녹내장이 조절된다. - 안과의사는 눈이 피로하면 멀리 있는 물체 또는 푸른 산을 보라고 주문한다. 이 세상 90%가 초록이다. 그런데 도시에서는 초록을 만나기 쉽지 않다. 자전거길을 비롯하여 걷기에 좋은 곳은 널려 있다. 맘껏 자연을 음미하며 초록 세상을 만끽하기 바란다. 시신경을 피로하지 않게 하는 방법이 최선책이다. 동적 시력은 움직이는 물체를 볼 때의 시력을 말한다. 눈이 생명인 운동선수들에겐 특히 필요하다. 왜냐하면 손은 절대로 눈보다 빠를 수 없기 때문이다.
12. 당뇨병이 줄어든다. - 당뇨병은 인슐린 결핍에 의해 지방 및 단백질 대사에 이상을 동반하며 혈당상승을 특징으로 하는 당질 대사

장애다. 당뇨병은 예방과 관리 모두 운동이 요구된다. 당뇨의 원인인 복부비만도 결국 운동과 식이요법으로 조절해야 한다.

13. 노화를 늦추어 준다. - 노화는 혈관의 노화와 깊은 관계가 있다. 강하고 튼튼한 혈관, 맑고 깨끗한 혈관은 섭취한 음식물을 잘 운반하여 온몸에 영양을 공급하고 각종 심혈관계질환을 막아주며 활기찬 생활을 할 수 있도록 하기에 싱싱한 젊음을 오래도록 유지하도록 한다.
14. 성욕, 성 기능, 만족도가 좋아진다. - 성 기능은 한마디로 심장이 얼마나 좋으냐와 혈관이 얼마나 맑고 깨끗하냐에 달려 있다. 음경해면체에 얼마나 빠른 속도로 혈액이 흘러들어 가느냐가 관건이기 때문이다. 아무리 정력제를 복용하여도 소용없다. 심장기능이 좋아야 하는 원리만 알면 간단하다. 숨이 차면 마라톤을 할 수 없음과 같다. 그런데도 자꾸 정력식품을 찾는 우를 범한다. 일회성 효능에 매달릴 것인가 아니면 영구적 효력에 올인할 것인가. 필자는 아직 비아그라를 잘 모른다.
15. 대장암, 전립선암, 유방암의 발생위험이 감소한다. - 신체의 각 장기의 기능 저하는 혈액이 원활하게 흐르지 못함으로써 충분한 영양공급이 이루어지지 않아서 생긴다.
16. 뇌졸중의 발생위험이 감소한다. - 혈관이 좋아지니 당연하다.
17. 관상동맥 질환의 발생위험이 감소한다. - 심폐와 혈관이 좋아지니 당연하다.
18. 요통에 도움이 된다. - 자기 몸을 지고 곧은 자세로 걸으니 허리가

강해진다.

19. 비만이 개선된다. - 30보에 1㎉가 소모된다. 섭취한 열량과 비교하여 걷기를 행하면 비만이 개선되는 것은 식은 죽 먹기다. 게으름은 몸에 나는 녹과 같다. 노력은 멀리한 채 빨리빨리에 익숙해 몸무게도 서둘러 빼려고 하면 몸은 황폐해지고 비명을 지르게 된다.
20. 심장박동 수가 감소한다. - 감소하는 수만큼 심장의 수고를 덜어준다. 한평생을 계산하면 엄청난 양이 된다.
21. 변비에 도움이 된다. - 필자는 등산 35년, 마라톤 10년, 걷기 12년째를 맞고 있다. 1년의 3분의 1을 길 위에 있다. 요즘도 1주에 10만보 이상을 걷는다. 솔직히 소화가 어떻고 변비가 무엇인지 잘 모른다. 실제로 걸으면 그런 현상이 생길 수 없음을 스스로 깨닫게 된다.
22. 각 장기의 혈액순환이 좋아진다. - 심폐기능은 물론 혈관이 좋아지니 너무나 당연하다.
23. 골다공증이 예방된다. - 자신의 몸무게를 지고 걸으니 골밀도가 좋아진다. 따라서 뼈가 강해진다.
24. 작업능력이 증가한다. - 몸의 컨디션이 좋으니 작업능력은 당연히 좋아진다.
25. 균형 감각이 향상된다. - 하체 근육이 탄탄해지니 자연적으로 균형 감각이 좋아진다.
26. 자신감이 생긴다. - 몸의 컨디션이 좋으면 자연히 자신감이 생기고 콧노래가 나온다.

27. 수면의 질이 좋아진다. - 불면증으로 잠을 못 이룬다고 하면 나는 주저 없이 몸을 피로하게 하라고 주문한다. 하루 5만 보 이상을 걸으면 온몸은 파김치가 된다. 잠자리는 주로 찜질방이다. 아무리 시끄러워도 필자는 머리가 땅에 닿으면 코를 골고 잔다. 숙면을 했기에 자고 나면 멀쩡하다. 그래서 다음날도 또 그 다음날도 걸을 수 있다. 만약 수면이 제대로 이루어지지 않는다면 계속적으로 걷는 것은 불가능에 가깝다. 다리 근육이 만들어지기 전에는 1만 보만 걸어도 몸이 피로해진다.

28. 스트레스 해소에 도움이 된다. - 몸이 찌뿌듯하여도 걸으면서 자연과 호흡하면 몸과 마음은 새의 깃털처럼 가벼워진다.

29. 금연시도에 도움이 된다. - 당연하다. 할 일이 없으면 흡연 욕구가 생긴다. 흡연 욕구가 일어나도 불편하면 쉬운 접근이 어렵다. 특히 6대 강 자전거길을 권한다. 자전거길은 슈퍼나 가게를 만나기 쉽지 않다. 담배와 라이터를 휴대하지 않는다면 금연시도의 최적의 장소가 된다.

30. 우울증과 불안감이 줄어든다. - 맑은 공기를 마시며 아름다운 자연과 함께 호흡을 하면 신경전달물질인 도파민과 행복물질로 불리는 세로토닌 물질이 나와 우울증이나 불안감과는 거리가 멀다.

31. 단기 기억력이 향상된다. - 걸으면 BDNF라는 뇌의 기억력을 향상시키는 뇌 단백질이 활성화된다. 실제로 필자는 걸으면서 옛시조를 외우기도 하고 또 시험공부를 하면서 톡톡히 재미를 보았다. 지금도 옛시조와 한시 100수는 언제 어디서든 욀 수 있다.

32. 만성두통이 사라진다. - 자주 또 많이 걷게 되면 아예 두통은 생기지 않는다.

33. 감기에 잘 걸리지 않는다. - 걸으면 밥맛이 좋아지고 소화가 잘되며 숙면을 취할 수 있다. 온몸의 신진대사가 원활하므로 몸은 활기차며 면역력이 높아져 감기나 잔병치레는 아예 하지 않는다. 필자는 지금까지 감기에 걸린 적이 없다.

34. 무기력해지지 않는다. - 에너지 대사가 활발하기 때문에 늘 활기차다. 몸에 힘이 넘치니 무기력할 이유가 없다.

35. 삶의 질이 향상된다. - 가장 중요한 건 삶의 질 향상이다. 맹목적인 장수가 의미 없음도 같은 이유다. 평균수명 81세, 건강수명 67세다. 어떠한 형태로든 14년은 병마와 싸운다는 얘기다. 질병은 삶의 질을 결정적으로 떨어트리며, 경제적으로도 많은 부담을 주어 본인은 물론 주변 모두에게 불행을 안긴다. 건강해야 하는 이유는 참으로 많다. 걷기는 이 모두를 해결해 준다. 오늘부터 당장 걷기를 생활화하자. 하루 30분만이라도….

25

손자 보약

손자들과 적극적인 시간을 보내라. 손자는 천연의 행복물질이다. 약효가 사라지지 않는 천연 보약이다. 손자는 움직이는 꽃이다. 할아버지는 날개가 달리지 않은 나비다. 오늘날 잘못된 결혼관, 자녀관이 삼포세대를 낳는다. 싱글족이니 골드미스 같은 낯선 단어들이 지면을 채운다. 자연을 거스르는 어떤 것도 부자연스럽다. 부자연스러운 것은 반드시 대가를 치른다. 자연스러움을 택하지 않고 역류를 택하거나 자살골을 넣는다면 그야말로 망나니나 다름없다. 남의 흉내 내지 않기를 바란다. 남의 눈 의식하지 않기를 바란다. 나의 삶이다. 내가 주인공이다. 누구를 닮으려 하고 누구를 흉내 내려 하는가.

어느 시대나 통용되는 자연스러운 보편성과 객관성을 무시해서는 안 된다. 효를 행한답시고 돼지고기 몇 근 사들고 들락거리는 따위는 진정한 효의 바늘 끝부분만도 못하다. 결혼을 하여 부모님께 손자를 안겨드리라. 쓸데없는 고집들 부리지 않았으면 좋겠다. 물 흐르듯 자연스러운 삶을 택하라. 왜 그리도 옹졸하며 편협하며 단견인가. 구덩이를 크고 넓게 파라. 눈앞의 안일, 안주 같은 것에 현혹되지 말며 미래를 위한 도전과 고통, 고난, 실패를 두려워 말기를 바란다. 단 한 번의 인생을 어찌 그리도 쉬운 것만 바라는가. 도전을 두려워하지 않는 싱싱한 삶을 살아보고 싶지 않은가 말이다.

인간의 가장 기본적인 문제라면 동서고금을 막론하고 첫째로 아이를 낳아 기르고 가르치는 일일 것이다. 사람이란 가정을 이루고 국가를 유지하는 데 필수일 뿐 아니라 인류 자체의 존망과 밀접하기 때문이다. 지금부터 450여 년 전 묵재 이문건이 남긴 '양아록(養兒錄)'이 있다. 제목 그대로 아이를 낳아 기르고 가르치는 일의 체험적 기록이다. 역사적으로 할아버지가 손자의 양육에 관한 일기를 쓴 건 거의 유일한 문서다. 이 얼마나 아름다운 행위인가. 창조주께서 죽기 전에 마지막으로 주는 선물이 손자라 했다. 손자의 탄생과 자라는 모습을 보노라면 이보다 더 큰 기쁨은 존재하지 않는다. 손자 키우는 최고의 맛은 초등학교 입학하기 전 8년간이 최절정을 이룬다. 주로 잔재미다. 그러다 초등학교에 들어간 후에는 그 전보다 좀 더 큰 종류의 재미를 안겨준다.

콩나물처럼 쑥쑥 커가는 모습을 바라보는 것은 거의 신비의 경지다. 잠시 한눈팔면 쑥 자라버린다. 변화무쌍한 그 재미를 놓치면 그만큼 손해다. 앞 파도가 지나가면 뒤파도가 따라오듯 큰손자의 잔재미가 거의 소진될 때쯤에 작은손자가 이어서 잔재미 주기를 이어받고 큰손자는 또 다른 큰 재미를 주면서 삶을 흥미롭고 활기차게 만들어 준다. 그러다 작은손자가 그 바통을 이어받아 또 큰 재미를 안겨준다. 그 기간이 손자가 두 명인 경우엔 30년 가까운 세월이 되고 세 명이면 45년쯤 된다. 그 이후에도 아주 큰 재미들이 존재함은 물론이다. 그것의 유효 기간이 다 끝나가는 시점이면 우리가 임종을 맞는 시기에 성큼 도달해 있다. 얼마나 아름다운 릴레이 게임인가. 젊은이들이여, 인간의 가장 보편적 삶의 기쁨과 질서를 스스로 방기하는 것은 스스로 자신의 가치를 무가치하게 하는 싸구려 생의 단면이 될 수밖에 없다.

이 기쁨의 순리를 스스로 포기하는 것은 직무유기다. 우리 핑계 대지 말자. 남 탓하지 말자. 수처작주입처개진(隨處作主立處皆眞)이다. 당나라 선승 임제선사의 가르침이다. "자기가 처한 곳에서 주체성을 갖고 전심전력을 다하면 어디서나 참된 것이지 헛된 것은 없다."라는 뜻이다. 언제 어디서나 주인이 되어 세상을 호령하며 당당히 살라고 권한다. 그러려면 공부도 하고, 체력도 길러야 하고, 마음도 넓혀야 한다. 그리고 중요한 것은 젊게 살아야 한다. 그 비결을 필자의 경험을 바탕으로 적는다.

첫째, 감성을 키워야 한다. 감성을 키우는 데는 책과 여행보다 더 좋은 것은 없다. 그리고 가끔 소년 소녀가 읽는 연애소설 같은 걸 읽는 것도 도움이 된다. 가능하면 많이 쓰되 감상적으로 쓰는 게 좋다. 보고 느낀 것에 대한 감상을 써버릇하며 그 일환으로 일기를 쓰는 것이 좋다.

둘째, 열정을 가지는 것이다. 장년기의 열정은 일이고, 소년기의 열정은 배움, 즉 공부다. 그러니 강연회나 세미나 같은 데 많이 참여해 보고 듣고, 들은 내용을 복습한다. 노트에 열심히 적고 열심히 듣고 복습해서 많은 것을 알려고 하는 것이 젊어지는 비결이다.

셋째, 순애(純愛)다. 진실로 순수한 사랑을 바칠 대상으로 또 나의 감성을 정열적으로 쏟아 부을 대상이 있어야 한다. 그것이 일일 수도 있고 공부일 수도 있고 사람일 수도 있다. 공부도 하고 감성을 살찌울 수 있는 것, 생활 중 최우선에 놓을 수도 있고 여러 조건을 갖추고 있는 것, 사랑은 기대이면서 기다림이고 설렘이다. 부단한 노력으로 순애를 엮어 나가야 한다.

마지막으로 박력이다. 젊은이들은 용감하다. 일을 겁 없이 만들어 내고 처리도 잘한다. 그런 젊은이를 닮아 보자. 체력은 달리는 듯해도 도전해 봄직하지 않은가. 그러니까 일을 만들어 그 일에 몸과 마음을 다 바쳐 노력하는 거다. 정말 박력 있게 밀고 나아가는 것이다. 그러면 젊은이의 혈기를 느낄 수 있고, 마음 또한 젊어져 삶의 맛이 느껴진다.

집값이 비싸다. 자녀교육비가 많이 든다. 직장 구하기가 하늘의 별 따기다. 삼포세대를 넘어 오포, 칠포세대 운운한다. 말은 누가 그렇게 잘 만들어 내며 그 말을 왜 그리 잘 믿고 따르는가. 주관과 줏대가 펄떡펄떡 살아 있기를 바란다. 잘 된 것은 따르고 잘못된 것은 거절하는 결기 있는 젊은이를 많이 보고 싶다. 모두 흉내 내기에만 익숙해 있다. 영혼은 없고 껍데기만 있다. 집값이 비싸면 왜 비싼지 따져보라, 수요 공급의 원칙에서 벗어나 있다면 그 이유를 찾는 데 평생을 걸어보라. 자녀교육비가 많이 든다며 모두들 비명을 지른다. 특히 학원비 마련에 전전긍긍한다.

과연 학원의 효용성이 그 학원비를 들일만한 가치가 있는 것인지를 냉정하게 따져보라, 자식이 하고 싶어 하는 공부인지 부모의 허기진 욕심을 채우려고 하는 건 아닌지 자신을 한번 깊이 있게 들여다보라. 바른 교육을 위해 페스탈로치 선생같이 평생을 걸어보라. 남이 만들어 놓은 길을 편하고 쉽게 무임승차만 고집하지 말고 내가 직접 길을 닦아 나가보라. 허드렛일을 해가며 과외비를 댄다. 몸과 마음은 피폐해질 대로 피폐해져 가는 이 현실을 자식 사랑으로 또 자식을 위한 희생으로 이름 붙여야 하는지 자문해 보기 바란다. 훗날 "자식을 위해 난 이렇게 했노라."고 외치고 싶은 것인가 아니면 다른 무슨 이유가 존재하는 것인가.

직장이 없다고 푸념만 하지 말고 정말 내가 어떤 직장을 원하기에 없다고 하는지 자신에게 물어보라. 사람이 부족하여 외국에서 계속적으로 인력이 들어오는 것은 무엇으로 설명할 것인가. 과잉사랑은 자식을 유약하게 만들며 자식을 바보로 만들 뿐이다. 어느 세대인들 살아오면서 그런 어려움이 없었던 적이 있는가. 왜 유별나게 이 시점에서 호들갑을 떠는가. 거두어들여야 한다.

유약한 모습에서 벗어나라. 소심하고 옹졸함에서 벗어나라. 대의를 품고 대의를 향하고 대의를 위해 물러서지 않기를 바란다. 눈을 크게 뜨고 지구를 바라보라. 안으로 향한 눈을 밖을 향하여 보라. 그래도 일거리가 과연 없을까. 배는 항구에 정박해 있으면 안전은 하지만 배가 만들어진 목적과는 맞지 않는다. 거친 파도를 헤치며 앞으로 나아갈 때 진정한 배의 모습을 우리는 볼 수 있다.

제4장

나의 미래를 만든다

생활에 미치면 빵은 저절로 해결된다

1

퇴직준비

퇴직준비의 제1원칙은 내가 무엇을 좋아하는가를 찾는 것이다. 그다음으로는 무엇을 잘하는가를 찾는 것이다. 이것을 찾는 데 모든 힘을 기울여야 한다. 시간이 얼마 걸리는가는 그리 중요하지 않다. 반드시 찾는 것이 가장 중요하다. 그것이 찾아지지 않은 상태에서 퇴직하면 지금까지의 삶과 닮은꼴이 될 수밖에 없다. 이 두 개가 찾아졌다면 퇴직준비의 90%는 끝난 것이다. 아니 거의 100%가 준비되었다고 해도 과언이 아니다. 좋아하는 것과 잘하는 것이 일치한다면 가장 바람직한 형태가 되겠지만 만약 다르다면 좋아하는 일에 매진해야 한다.

그래서 퇴직준비는 중요하다. 퇴직 후에도 생계를 위한 직업을 또 찾게 된다. 너무나 당연하며 모든 사람이 걷는 길이다. 그러나 이제는 생각을 바꿀 필요가 있다. 놀기에는 너무 젊다. 그러나 아무리 노력해도 일할 만한 곳은 쉽게 나타나지 않는다. 그렇게 되면 벼룩시장을 뒤지기 시작한다. 벼룩시장의 구인광고는 쓸 만한 곳이 거의 없다는 게 필자의 판단이다. 얻어먹는 사람이 찬밥 따뜻한 밥 가릴 처지는 물론 아니다.

어쩌다 알짜가 걸려들기도 한다. 필자도 벼룩시장을 통하여 우수건설 업체에 고용되어 7년을 생활한 경험을 갖고 있다. 그러나 그런 경우는 잔디밭에서 바늘 찾기만큼이나 어렵다. 거의 다단계로 보면 된다. 다단계는 100%가 양복과 넥타이를 맨다. 험한 일을 경험하지 않은 은퇴자들이 무엇이 약점인지 그들은 훤히 알고 있다. 그들을 낚기 위한 고도의 술책을 쓰고 있다. 순진한 은퇴자들이 유일하게 갖고 있는 것은 자존심이다. 그 자존심을 한방에 녹이는 술책을 그들은 알고 있다. 자칫 발을 잘못 담그게 되면 빤히 바라보면서 개펄의 고랑으로 빠져든다. 잘못된 길로 들어섰음을 알았을 땐 이미 때가 늦다. 발버둥치면 칠수록 점점 더 개펄로 빠져 들어가는 상황이 되고 만다.

은퇴 준비를 하는 사람들 중에는 자격증을 따고 자영업 계획도 세운다. 무대책이 대책인 사람보다는 한결 낫다. 은퇴 후의 30~40년의 기간은 엄청나게 긴 시간이다. 취직을 한다 하여도 단 몇 년에 지나지 않는다. 자영업을 한다는 사람의 90% 이상은 음식점이다. 물론 신고만으로도 손쉽게 사업을 시작할 수 있기 때문이다. 그 음식점의 90% 이상이 치킨집이다. 문을 닫는 사람도 똑같은 확률의 음식점과 치킨집이다. 은퇴 후의 삶은 근본적으로 달라져야 한다.

우선 은퇴 후의 삶이 엄청나게 긴 시간이라는 점을 인지해야 한다. 따라서 서두르면 독이 된다. 천천히 차근차근 치밀한 계획이 답이다. 돌다리도 두드리고 또 두드려야 한다. 돌처럼 보이는 돌 아닌 돌이 수두룩하다. 첫머리에서 강조한 자기가 진정으로 좋아하는 일을 찾는 데 많은 시간을 쏟아야 한다. 좋아하는 일이 찾아졌으면 머리 싸매고 연구하고 공부하고 노력해야 한다. 좋아하는 일이기에 싫증도 피로도 없을 것이다. 온 정성을 기울여 전력투구하면 된다. 가능하면 아내와 함께할 수 있는 일이라면 금상첨화다. 실적이 나지 않는다고 조바심내고 서두르면 기다리는 건 실패뿐이다. 느긋하게 콧노래 불러가며 40년을 컨설팅하면 된다.

조심해야 될 것은 당장 무슨 돈벌이라도 해야 된다며 서두르는 것이다. 여기에는 아내도 한몫한다. 삼식이 운운하며 평생 벌어들인 노고는 까맣게 잊은 채 당장의 벌이만을 위해 바가지를 긁어대는 단견과 옹색함은 함께 고생길로 추락하는 지름길이다. 지혜로움으로 함께 손을 맞잡고 높은 파도를 헤쳐 나가야지 협량과 어리석음으로 남편을 몰아세우면 안 된다는 점이다. 여유 있는 태도로 남편을 응원하고 용기를 주고 힘을 실어줘야 한다. 남자는 자존심을 먹고 산다. 존경한다는 말과 함께 자존심을 세워줘라. 남편은 뼈가 부러지는 것도 잊고 뛸 것이다.

2

최고의 직업

나라가 효자라는 말이 있다. 노인을 고용한 사업체는 국가라는 튼튼한 회사다. 국가라는 회사는 직원이 사망하기 전에는 해고하지 않는다. 임시 계약직은 없고 모두 정규직이다. 복지시설이 잘 되어 있다. 월급도 미루거나 늦게 주는 일이 없다. 복지 후생 시설이 잘되어 있다. 각종 편의시설을 제공한다. 아프면 거의 무상으로 치료해 준다. 미리미리 건강검진을 실시하여 대비할 수 있도록 한다. 주거지역에 공원을 만들고 각종 운동기구를 설치하여 건강한 삶, 질 높은 삶을 영위할 수 있도록 한다. 언제 어디서나 바깥나들이를 할 수 있도록 시니어 카드를 발급하여 준다.

노인은 인생의 후반부에 찾아온 가장 보람되고 즐거운 직업이다. 노인을 고용한 고용주는 일을 강제로 시키지 않는다. 전적으로 자율에 맡긴다. 무한자유를 만끽한다. 공부하고 싶은 사람은 자기 계발을 위해 공부하면 된다. 여행하고 싶은 사람은 여행하면 된다. 일하고 싶은 사람은 일하면 된다. 이보다 더 좋은 직장이 어디 있는가. 그러나 이 모두를 향유하려면 대전제는 건강이다. 자신의 건강은 자기가 지켜야 한다. 자신의 건강을 지키는 일까지 국가가 대신 해 줄 수는 없다. 대신 노인은 고용주를 위해 최소한의 의무를 다해야 한다. 말하자면 고용주에 누를 끼쳐서는 안 된다는 점이다. 일부러 저지르는 잘못은 더더욱 삼가야 한다. 고용주에 대해 감사한 마음을 갖는 것은 최소한 복무자의 기본 정신이다. 어느 일방의 시혜보다는 쌍방의 원활한 주고받음으로 이루어져야 한다.

노인이라는 직업은 죽기 전 마지막으로 하늘이 내리는 천부의 직업이며 최고의 직업이다. 노인은 고용주로부터 많은 은전을 받음으로 그에 걸맞는 몇 가지 역할을 수행해야 한다. 우선은 고용주에게 부담이 가는 행위는 삼가야 한다. 때문에 건강해야 한다. 건강하지 못함으로 노인의 의료비는 상상을 초월한다. 어쩔 수 없는 경우도 있지만 노력으로 얼마든지 줄일 수 있는 분야도 수두룩하다.

국민연금 기금고갈 문제도 잊어버릴 만하면 튀어나온다. 전체 인구의 13%에 달하는 노인이 의료보험료 지급액 40%를 쓴다. 국가에서 치료를 해준다며 과연 좋아만 할 수 있는 일인가. 아프지 않아 전혀 국가의 재정이 쓰이지 않으면 이보다 좋은 일이 어디 있는가. 국가에 대한 감사한 마음의 표시는 국가의 돈을 가능한 한 쓰지 않는 것이다. 그러면 개인은 건강하여 행복하고 국가는 기금이 축나지 않으니 좋아 쌍방이 윈윈 하는 행복한 삶이 되는 것이다. 자연면직 즉 정년면직이랄 수 있는 사망을 맞이하기 전에는 고용주는 강제 퇴출을 시키지는 않는다. 그러니 얼마나 고마운 직장인가. 고용주에 대한 감사한 마음으로 나라를 사랑하고 건강한 사회가 되도록 힘써야 함은 기본적 책무다.

잘못을 저지르면 어른으로서 채찍을 들어야 하고 잘한 일은 칭찬을 아끼지 말아야 하며 어른으로서의 도리를 다해야 한다. 지금 이 사회의 삐거덕거리는 소리도 어른들의 침묵이 한몫 한다. 이것은 묘지의 고요와 다를 바 없다. 방관자는 공범이다. 진정 용기 있는 자는 참을 수 없을 때 참지 말아야 한다.

엉뚱한데 나서서 헛소리나 지껄이는 옹졸한 노인이 되지 않기를 바란다. 특히 술 마시고 전철에서 큰소리치는 노인들은 정신 차려야 한다. 젊은이들이 빼곡한 전철 안에서 고래고래 소리를 지르고 남의 흉보기, 남의 결점 이야기하기, 남의 실패를 고소하게 여기며 게거품을 토하는 인간 망종(亡種)들, 오늘의 평온이 큰 능력에서나 온 듯 으스대는 무능력한 좀팽이들, 고시라도 통과해 노인이 된 것처럼 행세하는 웃기는 중생, 젊은이가 노약자석 빈자리에 앉았다고 눈에 쌍심지를 켜고 호통 치는 못돼먹은 노인들은 반성 또 반성해야 한다.

누구나 시간이 흐르면 저절로 노인이 된다. 창피한 줄 알아야 한다. 제 눈에 들보는 보지 못하고 남의 눈에 가시만 가지고 시비 거는 옹졸함과 편협함과 협량에서 벗어나 멋있고 존경받는 노인들을 많이 보고 싶다. 노인 천만 시대가 곧 온다. 가난, 질병, 외로움과 함께 매우 우려되는 부분 중의 하나다.

3

확실한 노후펀드

"그녀는 내게 가장 큰 축복이었다. 그녀는 일생동안 내가 듣지 않기를 바라는 말이라곤 단 한마디도 해본 적이 없다고 단언할 수 있다… 그녀는 내 인생의 현명한 조언자이자 안식처였다. 그녀가 아니었더라면 긴긴 인생의 불행을 어떻게 감내해야 했을까."

찰스 다윈의 자서전에 있는 내용이다. 이런 내용의 글을 쓸 수 있는 남자는 행복한 남자다. 아내와 좋은 관계는 가장 확실한 노후 펀드다. 이보다 더 확실한 노후 펀드는 없다.

투자의 귀재인 워렌 버핏도 아마 동의할 것으로 믿는다. 아무리 수익률이 좋아도 이 펀드를 따를 수는 없다. 어떤 펀드도 수익률에 기복이 있게 마련이고 상당한 리스크를 안고 있는 것 또한 사실이다. 그러나 아내 사랑펀드는 호황만 있고 불경기는 없다. 언제나 큰 수익률을 보장한다. 등락의 기복이 전혀 없어 안전하다. 특히 늘그막에 그 수익률은 가공할 만한 수준이다.

나이 든 여자에게 필요한 다섯 가지는 돈, 건강, 딸, 친구, 강아지인

반면 은퇴한 남자에게 필요한 다섯 가지는 여자, 와이프, 처, 마누라, 안사람이란 우스개도 있다. 자식들이 다 떠나고 난 빈 둥지에서 마누라나 졸졸 따라다니는 천덕꾸러기, 애물단지가 되지 않으려면 미리부터 단단히 준비해야 한다. 나이 들어 아내 사랑은 불가근불가원(不可近不可遠)의 원칙, 말하자면 적절한 거리 두기다. 너무 가까이도 너무 멀리 있어도 안 된다는 뜻이다. 『행복한 은퇴』를 쓴 미국의 심리학자 세라 요게브의 부부생활 10계명 중 "상대의 물리적, 정신적 공간을 허락하라."는 항목도 같은 의미다. 편안한 노후를 위해 서로 사생활을 존중하고 자유를 허하는 '따로 또 같이'의 지혜가 필요하다.

아내와 함께 죽기 전에 할 버킷 리스트를 만들어 하나씩 지워 나가는 것도 아내와의 관계를 좋게 하는 훌륭한 방법이 될 것이다. 필자가 아는 한 선배는 한국의 100대 명산 완주를, 또 다른 선배는 라틴어와 스페인어 정복을 리스트에 포함시키고 실행에 나선 사람도 있다. 중요한 건 나이가 아니라 어떻게 사느냐다. 어떻게 조절하느냐다. 어떻게 사고하느냐다.

우리보다 일찍 초 고령시대를 맞은 이웃 일본도 마찬가지다. 일본에서 '와시모족'은 정년퇴직 후 부인이 외출할 때마다 눈치 없이 "나도 갈래." 하고 따라다니는 남편을 일컫는 말이다. 남편이란 존재를 아내가 앓는 온갖 병의 근원으로 지목해 '부원병(夫源病)'이란 신조어도 있다. 우리나라 주부들은 은퇴 후 집에서 하루 세끼 챙겨 먹는 남편을 '삼식 놈', 두 끼는 '이식 군', 한 끼는 '일식 씨', 한 끼도 먹지 않는 사람은 '영식 님'이라 부르는 유머가 있지만 결코 가볍게 웃을 수만은 없는 퇴직 후 남편들의 우울한 자화상이다.

은퇴자 부부 91쌍을 추적 조사한 논문에 따르면, 은퇴 1년 뒤 건강이 나빠진 비율은 은퇴자 28.6%, 아내 40.7%였다. 아내의 건강을 해친 주된 원인이 '삼식이' 스트레스가 꼽혔다. 은퇴자 남편이 집에 머무르는 시간과 아내의 스트레스 지수가 비례한다는 얘기가 있다. "노후에 함께할 시간이 많아진 것에 대한 준비가 없었고 돈이 부족해서가 아니라 서로 쌓아놓은 마음이 없는 것이 문제였다."라는 어느 은퇴자 아내의 고백은 경제적 준비와 함께 부부의 심리적 준비가 노후 설계에 필수적임을 일깨운다. 은퇴 후 부부는 수면시간 빼고 하루 4시간 10분을 같이 보내고 주로 하는 일은 'TV시청'으로 나타났다. 미래에셋 은퇴연구소가 만 60~74세 은퇴자 600명을 대면 설문조사하여 분석한 결과다.

그런데 부부가 같이 지내는 시간과 관련해 "줄이고 싶다(34.9%)"는 응답이 "늘리고 싶다(5.9%)" 보다 6배 가까이 많은 점이 흥미롭다. 은퇴 후 부부가 30년 넘게 함께 살아야 하는 시대가 되었다. 은퇴 시점에 맞춰 부부간에도 새로운 룰이 요구된다. 장 폴 사르트르는 말했다. 삶은 탄생(Birth)과 선택(Choice)과 죽음(Death)이라고 말이다. 탄생 후 끊임없이 선택의 연속 속에서 살다 죽음을 맞는다. 은퇴 이후의 삶을 천국 혹은 지옥으로 만드는 것, 이것 또한 부부의 선택에 달렸다. 제2의 IMF가 오거나 동일본 쓰나미 같은 대재앙이 와도 노후 가장 확실한 펀드는 아내와 좋은 관계를 유지하는 것이라는 점에는 이견이 없다.

4

창의적 일

노인 천만 시대가 코앞에 닥쳤다. 걸어 다니는 다섯 사람 중의 한 사람은 노인인 세상이 곧 온다. 이 많은 노인들이 내 앞에 닥치는 3~40년을 무얼 하면서 먹고 살까. 개인이나 국가나 중요한 고민거리다. 특히 베이비붐 세대들은 거의가 고학력 소지자다. 그들의 경륜이나 학력을 그냥 사장시킨다는 건 개인이나 국가나 엄청난 손해다. 그렇다고 그 많은 사람들이 아파트 경비원이나 택시운전, 택배 같은 것을 할 수도 없는 노릇 아닌가. 더군다나 빈둥빈둥 무위도식하는 것은 더더욱 안 될 일이다.

무언가 창조적 일을 찾아야 한다. 그 나물에 그 밥을 찾다간 쪽박신세 되기 십상이다. 서울시나 각 지자체에서 실시하고 있는 인생 이모작 프로그램에 눈을 돌릴 필요가 있다. 한국방송통신대학에서 실시하는 프라임 평생학습 과정이 잘 되어 있기에 관심을 가져볼 필요가 있다. 남은 인생이 길기에 서두르거나 조급해하면 안 된다. 여유를 가지고 공부를 하는 것이다. 그러면 문이 열리고 기회도 포착하기 쉽다. 관심분야, 자신이 좋아하는 분야, 잘하는 분야를 면밀히 검토하고 공부해 대처한다면 남은 생은 행복으로 나아갈 것이다. 육체적 노동의 한계를 뛰어넘어 좋아하는 일에 한번 미쳐보는 거다. 몰입해야 살아남는다.

외부의 요구나 간섭 없이 오로지 자신에게서만 나오는 것이 스스로의 생각이다. 이것만이 창의적 결과를 보장한다. 자신의 생각도 사실은 의도적이기보다는 튀어나오는 것이라고 봐야 한다. 자신이 발동시킬 수 있는 것으로 대표적인 것이 바로 질문이다. 질문한다는 것은 자신의 궁금증과 호기심이 안에서 요동치다가 계속 머무르지 못하고 밖으로 튀어나오는 일이다. 궁금증과 호기심은 이 세상 누구와도 공유되지 않는 오직 자신만의 매우 사적이고 비밀스러우며 고유한 어떤 힘, 결국 궁금증과 호기심이 자기 자신이다.

남귤북지(南橘北枳)라는 말이 있다. 남쪽의 귤을 강 건너 북쪽에 심으면 탱자가 되어 버린다는 뜻이다. 주로 사람에게 삶의 환경이 얼마나 중요한가를 나타내려 할 때 사용하는 말이다. 심어진 터전에 따라 탱자도 되고 귤도 된다. 지식도 어떤 사람에게는 족쇄가 되고 어떤 사람에게는 그것이 인격이다. 독립적 터전의 인격은 결국 궁금증과 호기심이다. 창의력이 필요하면 독립성과 자유로운 기풍을 제공하는 것이 우선일 것이다.

여기에 최근 떠오르는 관심분야를 적어 본다. 작가(시인·수필가·소설가), 특화된 여행, 만화, 특화된 사진, 한지 공예, 점토, 그림, 음악, 악기, 만들기, 익스트림 스포츠, 강연, 강의, 주례, 연기, 노래, 서예, 조각, 공예, 나무 기르기, 목공예, 목수, 나무(흙)집 짓기, 특수작물 재배, 특수곡물

기르기, 전통주 담그기, 누룩 만들기, 한과 만들기, 역사 전통 관습과 관련된 놀이, 외국어 배우기(영어·일어·독어·스페인어·중국어·베트남어·러시아어 등), 자격증(공인중개사·한자·세무사·노무사·관세사·법무사·미용사·사회복지사·제과빵 기능사·바리스타 등), 각종 취미, 건강관련 사업, 스님 되기, 목사 되기, 자녀교육 상담, 재테크 상담, 다문화, 한국어 교육 강사, 가족건강, 경매 배우기, 주식 배우기, 인생 이모작 교육, 평생교육 수강, 인문학 강의 등 수두룩하다. 각 지자체와 마을 기업, 마을재생 사업, 인생 이모작 센터 등을 방문하여 자신의 삶 찾기를 시도해 볼 만하다. 얼마나 눈여겨보고 관심 있게 바라보느냐가 관건이다.

5

늘그막 최고의 수입

매일 걷는 것은 어떤 CEO보다 낫다. 엉뚱한 곳에서 헛것을 찾지 않기를 바란다. 걷는 것은 길에서 캐는 또 다른 금이다. 벌은 1kg의 꿀을 얻기 위해 560만 송이의 꽃을 방문한다. 하루 평균 4km의 거리를 날아다닌다. 그렇게 조금씩 모아 쌓아 놓은 꿀을 곰에게 들키면 흔적도 없이 사라진다. 나이가 들면 수입도 줄어들지만 지출 또한 줄어든다. 각종 경조비도 한때의 지출이다. 어느 한 시기가 지나가면 조용해진다. 적은 수입으로도 충분히 살아간다. 진합태산(塵合泰山), 티끌 모아 태산을 이루어도 병이 나면 하루아침에 빈털터리가 될 수도 있다. 애써 모은 꿀을 곰에게 빼앗기듯 말이다.

돈과 행복은 비례하지 않는다. 그 이치를 얼마나 빨리 알아채느냐가 관건이다. 삶의 가치를 골프 치고 해외여행에 둔다면 많은 돈을 필요로 할 수 있다. 이 세상에서 가장 미련한 사람은 돈을 벌기 위해 건강을 해치는 사람이라 했다. 때로는 돈의 탄생을 미워도 해봤다. 돈의 많고 적음으로 가치를 측정하는 이 사회를 원망도 해봤다. 사업이 망하고 버스 요금 2,800원이 없어 어머니가 입원한 송탄 병원으로 가지 못할 땐 죽고 싶었던 적도 있다. 그러나 그 후 돈이 절대적인 것이 아니라는 사실을 깨달은 후에는 마음이 평온해졌다. 세상이 아름다웠다. 돈으로도 어쩔 수 없는 상황은 무시로 다가온다. 재벌의 회장이 돈이 없어 암으로 사망하겠는가. 돈이 있다고 해야 고작 몇 개월 연명하는 정도지 근본적으로 어쩌지는 못한다. 물론 천수를 다한 경우엔 예외다.

나는 걷기 여행이나 운동을 갈 때는 아내에게 "돈 벌러 갔다 올게요." 한다. 물론 농담이다. 그러나 잘 따져 보면 틀린 이야기는 아니다. 앞에서 남고 뒤에서 밑진다는 얘기는 시장에 가면 흔히 들어볼 수 있는 이야기다. 수입과 지출은 정반대의 개념이지만 속뜻은 통한다. 번드르르한 직장에 분명 수입은 있는데 늘 골골대고 병원 지출이 많아 마이너스 살림이 되는 경우와 수입은 적은데 몸이 강건하여 지출이 거의 없어 늘 통장에 잔액이 있다면 후자가 훨씬 나은 경제 상황이다. 물론 아프고 싶어 아픈 사람은 한 사람도 없다. 그러나 아플 확률을 줄이는 방법은 분명 있다. 아프면 고통스럽다. 주위를 싸늘하게 한다. 돈은 돈대로 지출된다. 그래서 매일 걷는 것은 어떤 CEO보다도 수입이 좋다고 하는 얘기가 통할 수 있다. 필자의 경험으로 볼 때 걸으면 거의 모든 병으로부터 자유로워진다는 분명한 사실 하나만은 강조 또 강조하고 싶다. 어떤 것을 택하느냐는 전적으로 여러분 자신의 몫이다.

수입이 설령 많다 해도 병치레로 치료비가 많이 들어간다면 참으로 허무한 일이다. 본인의 고통은 물론 주변 사람들에게까지 폐를 끼치게 된다. 사후 치료도 중요하지만 아무리 강조해도 지나치지 않는 것이 바로 예방의학이다. 사후약방문은 치료비, 치료기간, 치료에 따른 고통 등 어느 것 하나 기분 나쁘지 않은 것이 없다. 설령 많은 치료비를 들여 고친다 치자. 그러나 그것은 아무리 짜깁기를 잘하여도 원단만 못함과 같으니 본전은커녕 밑져도 많이 밑지는 장사다. 허망하고 속상한 지출이며 고통이다. 평소 꾸준한 걷기로 이런 허망한 일에서 벗어나기 바란다. 꾸준한 걷기는 성인병의 상당 부분을 해결해 준다. 늘그막 최고의 수입은 병치레에 돈이 들어가지 않는 건강경제학이다.

6

명함과 인생

명함에 적을 것이 사라지면 인생도 사라진다. 은행에서 근무할 땐 직위와 이름만으로 되어 명함이 간단했다. 그러나 지금 내 명함은 나이가 들어가면서 점점 무거워진다. 명함을 대하면 꽉 찬 느낌이 든다. 시인, 수필가, 도보여행가, 시니어 마이스터, 인문학 강사 같은 제법 그럴싸한 타이틀이 이름 앞에 붙어 있다. 명함에 아무것도 적을 것이 없다고 상상해 보라. 어떤 생각이 들 것인가. 늦가을 텅 빈 들판에 허수 춘부장 같은 입장이 되리라. 빈 들, 빈 하늘, 빈 숲, 빈 마음, 빈 명함은 나를 우울하게 할 것이다. 그러나 다른 것들은 천지의 운행이라 나로서도 어쩔 수 없지만 빈 명함은 노력으로 얼마든지 채울 수 있다.

필자가 지자체나 관내 대학에서 시행한 인문학 강좌와 각종 교육과 훈련한 것들을 간략히 소개한다. 건국대학과 한양대학이 성동구청과 협약하여 시행한 인문학 아카데미 교육을 3년 동안 13회에 걸쳐 이수하였으며 노인 성(性) 인권교육, 마을 건강 리더 교육, 인문학 강의 강화 교육, 시니어 금융 전문가 교육, 시니어 마이스터 교육, 마을공동체 아카데미 교육, 강사역량 강화교육, 마을 넷 교육 등을 수료하였다. 한편 67세 때 시인과 수필가가 되었으며 방송통신대 국문학과 학생이 되었다. 한편 금년 봄엔 상공회의소 주최 한자시험에서 1급 자격증을 따는 등 뇌를 조금도 놀리지 않았다. 나는 뇌가 노는 꼴을 못 본다. 그때마다 뇌는 비명을 지르는 게 아니라 즐겁다며 노래한다. 뇌가 서릿발 기운으로 늘 서늘하다. 맨발로 초겨울의 논밭을 걸을 때 발바닥으로 전해지는 그 따끔함과 찬 느낌의 적절한 섞임이다. 자신이 마음껏 쓸 수 있는 8만 시간을 자기 멋대로, 세상을 맘껏 희롱하여 보자. 그러면 명함은 저절로 꽉 찰 것이다.

7

창조적 공간

마라토너에게 러너적 삶이 있듯 이왕 공부하려고 마음먹었다면 학생으로서의 삶을 살아 보는 것이다. 서점과 도서관은 어느 곳이나 시설이 좋다. 공부하기에도 휴식공간으로서도 넘버원이다. 추울 때는 따뜻하고 더울 때는 시원하다. 온통 책의 숲이다. 책의 숲에서 산소가 쏟아져 나온다고 상상하라. 깊은 산 속에 있는 것처럼 머리가 맑다. 숲에서 나오는 산소와 책에서 나오는 공기는 둘 다 달달하다. 머리가 맑고 상큼해지는 것 또한 같다. 기분 좋은 고요가 흐른다. 젊은이들이 머리 싸매고 공부하는 모습을 보는 것만으로도 기분 좋다. 너무 아름답다.

내가 자주 가는 곳은 뚝섬역에서 한강 쪽으로 200m쯤 떨어진 성수아트 홀이다. 주민의 문화 갈증을 풀어주는 용도로 4년 전 지어졌다. 그 건물 7층에 도서관이 마련되어 독서실과 열람실로 운영된다. 2, 3층은 공연 관련시설이 들어서 있고 4, 5, 6층은 각종 문화시설과 노인들을 위한 식당도 있다. 6층에는 노래교실이 있어 가끔 노랫가락이 창문틈을 통해 기어들어 와 책과 노래가 맞대결을 펼치기도 한다. 어쨌든 최근에 지어져 쾌적하다. 옥상은 야외 벤치와 각종 식물들이 자라고 있는 공간이다. 아슴아슴 한강도 보이고 바로 이웃하여 서울숲 36만 평이 앞마당처럼 펼쳐진다.

5년쯤 계획하고 이곳으로 이사를 왔는데 어느덧 15년을 넘겼다. 교통편의와 이런 시설들이 발목을 잡았다. 도서관의 장서는 그리 많은 편이 아니지만 책 읽기에는 전혀 지장이 없다. 주로 젊은이들로 채워져 늘 공기가 맑고 싱그럽다. 가끔 노인들이 나타나 도서관 분위기를 해치는 경우가 있다. 신문은 신문 거치대가 있는 별도 장소에서 보게 되어 있음에도 떡하니 한자리 꿰차고서 신문을 짜증나게 큰 소리를 내며 넘긴다. 40면 가까운 신문을 몇 종류씩 가져다 읽는다. 2~3시간은 신경이 곤두선다. 머리 싸매고 공부와 씨름하는 아들, 딸, 손자 같은 젊은이들의 공부 방해를 하고 있는 철면피의 노인은 여직원이 제지를 하고 주의를 주지만 소귀에 경 읽기다. 이런 소수의 노인이 맑은 개천을 더럽히는 한 마리 미꾸라지가 되는 것이다. 이런 노인이 전체 노인의 격을 떨어뜨린다. 매우 유감이다. 나타나지 않았으면 좋으련만 나타나고 또 나타난다.

3년 전까지 건대역 부근에는 건대글방이라는 서점이 지하에 있었다. 멀리 가지 않아도 되고 편리하게 이용하였는데 폐업을 했다. 그 자리엔 유흥 술집이 들어섰다. 이것이 오늘날 대학교 주변의 현실이다. 최근엔 잠실 교보문고를 애용한다. 잠실 교보로 갈 때는 집에서 출발하여 서울숲, 강변 자전거길, 뚝섬유원지, 잠실대교를 거쳐 걸어서 간다. 2시간 반쯤 걸린다. 두리번두리번 휘적휘적 쉬엄쉬엄 느릿느릿 터벅터벅

간다. 온갖 것 다 참견한다. 볼 것도 많고 참견거리도 많다. 고스톱 치는 노인네도 있고 내기 장기 두는 노인네도 있다. 훈수 두는 사람이 더 열을 올린다. 노인들이 막걸리 병을 갖다 놓고 술기운에 두는 장기라 티격태격하는 모습들이 재미있다.

서점에 들어서면 분위기가 싹 바뀐다. 책 고유의 냄새가 쓰나미처럼 콧속을 파고든다. 여기저기 쪼그리고 앉아 책도 보고 엉덩이를 바닥에 대고 읽는 사람들이 신선처럼 보인다. 몇 년 전만 해도 큰손자 녀석과는 자주 가서 바닥에 엉덩이를 붙이고 신나게 책을 보곤 하였는데 축구선수가 된 초등학교 4학년 이후에는 책과 거리가 멀어지는 게 눈에 보인다. 조금은 염려가 되지만 별 뾰족한 수가 없다. 두 가지를 다 채울 방책은 어디에도 없다. 양립이 존재할 수 없음과 같다. 인간은 누구에게나 각자의 길이 있다. 어느 길이 더 아름답고 덜 아름다우냐 하는 것은 전적으로 본인의 판단이다. 무엇보다 자신의 삶이 중요하다. 누구의 세계가 아닌 나의 세계를 구축하면 된다. 도서관을 가고 서점을 가는 것은 바로 나의 세계를 구축하기 위한 자료를 얻기 위함이다.

8

생활계획표

나이가 들면 생긴 모습도 하는 행동도 어린이가 되어 간다. 그러다 탄생 이전의 모습으로 돌아가는 것이 죽음 아니겠는가. 여기서는 습관만이라도 어린이처럼 돌아가 보자는 것이다. 초등학교 시절을 회상하며 방학숙제 하듯 하루 계획표를 만들고 주간 스케줄도 만들어 그대로 이행해 보자, 물론 젊은 시절과 달리 일거리가 없어 칸이 휑할 수도 있다. 칸이 비어 있다는 것은 무한 자유시간이 널려 있다는 또 다른 의미이기도 하다.

생활계획표는 자신의 시간과 활동을 통제한다. 그대로 놔두면 고삐 풀린 망아지다. 자신에 대한 통제가 적당히 필요하다. 성인이라 하더라도 자신에 대한 통제는 쉽지 않다. 극기가 어려운 것은 타율이나 남의 눈이 없기 때문이다. 퇴계 이황 선생은 '신독(愼獨)'을 평생의 신조로 삼았다. 생활계획표를 짤 때는 너무 세세하게 할 필요는 없다. 할 일이 많지도 않지만 굵고 크게 짜서 꼭 실행에 필요한 항목만을 계획표에 넣는다. 아래에 적은 행복으로 가는 7가지 습관을 바탕으로 계획표를 짜는 것도 괜찮을 성싶다.

미국인 컨설턴트 리차드 코치의 행복으로 가는 7가지 습관을 적는다.

1. 매일 매일 운동을 하라: 운동 중 또 운동 후 기분이 좋아지는 것은 활발한 엔도르핀 호르몬 분비 때문이다.
2. 정신적 자극을 하라: 독서를 하며 지적인 친구와 추상적인 주제로 토론을 즐겨라.
3. 예술적 자극을 하라: 연주회, 미술관, 극장을 찾으며 또 시를 읽거나 석양을 보며 정서적 고양과 감동을 느낀다.
4. 작은 선행을 반복하라: 이를테면 주차 도움, 길 안내, 엘리베이터 양보 등 작은 선행을 실천하며 자족감을 느낀다.
5. 좋은 친구와 휴식시간을 가져라: 함께 산책하며 커피 마시며 즐겁게 식사하며 대화한다.
6. 스스로를 격려하라: 자신을 즐겁게 할 수 있는 목록을 작성한 후 실천한다.
7. 하루를 마감할 때 스스로를 칭찬하라: 하루 중 잘한 일을 찾아내 칭찬한다. 진짜 행복은 일상생활 속 작은 것에서 얻어지고 또 스스로 만들고 느낄 때 얻을 수 있는 소중한 자산이다. 행복도 습관이다. 습관은 처음엔 어려움을 느끼지만 짧게는 보름 아무리 길어도 67일이면 습관으로 굳어진다는 게 심리학자들의 주장이다. 어떤 것도 쉽게 얻어지는 것은 없다는 걸 명심하고 참고 견디며 좋은 습관 만들기에 힘써야 한다.

9

메모라는 기억

메모보다 좋은 기억은 없다. 둔필승총(鈍筆勝聰), 둔필의 기록이 총명한 기억보다 낫다는 말이다. 기록은 기억을 지배한다. 적는 자만이 생존한다는 적자생존 같은 이야기를 모르는 사람은 없다. 나는 메모의 왕이다. 머리가 메모보다 더 좋을 수 없다는 걸 알기 때문이다. 나이가 들어갈수록 메모는 빛을 발한다. 그리고 모든 메모는 글쓰기의 자료가 된다. 메모장 관리만 잘하면 어렵게 느껴지는 글쓰기도 한 발짝 성큼 다가설 수 있다.

기억은 좌뇌에 있는 해마라는 곳에서 관장한다. 10㎝ 정도 크기의 바나나 모양으로 생긴 해마는 운동을 할 때, 걸을 때, 글을 쓸 때 가장 활발하게 움직인다는 것이 전문가의 한결같은 의견이다. 신체의 어떤 부분도 나이가 들어가면 노화가 따르기 마련이다. 그중에서도 뇌세포, 근육세포, 성 기능은 대표적으로 사용하지 않으면 노화가 빨리 진행되고 죽은 세포는 재생되지 않는다는 공통점을 갖고 있다.

나이가 들어가면서 가장 두려운 병은 각종 암과 심혈관 질환, 치매이다. 그중에서도 치매는 메모하는 습관을 갖고 글쓰기가 생활화되면 상당 부분 해결된다. 가능한 한 문명의 이기를 멀리하는 습관부터 들여야 한다. 편리에 취하면 뇌가 할 일이 없어진다. 단축다이얼 사용으로 자기 집 전화번호도 모른다. 웃을 일이 아니다. 누구나 그렇게 될 개연성이 있다는 사실이 웃음을 거두게 한다. 사용하지 않으면 퇴화의 길을 걸을 수밖에 없다. 메모노트를 준비하는 것은 기본이며 메모지를 주머니나 침실 머리맡과 화장실 등에도 항상 비치한다. 겨울철 외출 시에는 볼펜의 기능이 원활하지 않을 수 있어 연필을 사용하는 게 좋다. 메모는 기억의 왕이다. 나는 건망증과 기억력이 떨어지는 걸 조금이라도 늦추기 위해 아날로그를 고집한다. 나이가 들어가면서 노화나 건망증은 자연스러운 현상이다. 만약 그 기능이 떨어지지 않고 젊은 시절과 같다면 인간은 죽지 않을 것이다. 이런 자연스러움을 거부하고 역류한다면 오히려 그건 병이며 문제다. 다만 '천천히'를 바랄 뿐이다.

그 방법으로 우선은 자동차의 내비게이션을 사용하지 않는다. 다음으로는 스마트 폰의 단축다이얼을 사용하지 않는다. 가족, 친구 등 어떤 전화번호도 저장되어 있지 않다. 가끔 불편할 때도 있긴 하지만 아직은 견딜 만하다. 난 라마르크의 용불용설론을 철저히 믿는다. 사용하지 않는 기관은 퇴화할 수밖에 없다는 것을. 노래방 기기가 도입되기 전 300여 곡이나 부를 수 있었던 노래가사가 지금 십 분의 일로 줄었다는 것이 이를 뒷받침한다. 이제는 안 속는다며 주문을 건다. 매일 일기를 쓴다. 매일 블로그에 글을 올린다. 이런 노력이 있을 때 언제쯤 기억력이 쇠퇴할까 하는 것도 궁금하다. 어쨌든 앞으로도 계속 아날로그를 고집할 것이다. 이 시간 이후가 궁금하여서라도.

10

가난한 부자

나는 가난한 부자다. 돈이 별로 없다. 그렇다고 가난하다고 생각해본 적도 없다. 하고 싶은 여행은 한다. 보고 싶은 책은 사보며, 먹고 싶은 것은 먹는다. 물론 적은 비용으로 즐기는 법을 알아서일 것이다. 대신 몸이 힘들다. 그러나 몸이 불편하고 힘들어야 건강에 도움이 된다는 평범한 진리를 100% 믿기에 사소한 불편들을 마다하지 않는다. 편의성과 안락을 철저하리만큼 거부한다. 그런 결과물들이 빚어내는 내 노후의 건강을 체크하며 분석하고픈 것이다. 그 결과의 궁금증 때문에 말이다. 물론 건강하지 않으면 내 방법은 사람들로부터 환영받기 어렵다. 전철의 한두 정거장은 무조건 걸어 다니고, 5~10㎞ 정도는 주로 걸어서 이동한다. 버스나 기차도 완행만 이용한다. 내 고집이다. 빨리 이동하면 많은 볼 것들을 놓치기에 속도를 별로 좋아하지 않는다.

"지도리는 녹슬지 않는다", "구르는 돌에는 이끼가 끼지 않는다" 같은 격언이나 금언 뒤에 숨어 있는 진리들을 철저히 이행하고 싶은 마음에서다. 주위에서 보행의 어려움을 호소하는 많은 노인을 보노라면 하체에 대한 중요성은 아무리 강조하여도 지나침이 없다. 그러나 늘 구두선에 그치는 듯한 인상을 지울 수 없는 것 또한 사실이다. 친구들에게 아무리 강조해도 실천하지 않는다. 작심삼일이요. 소귀에 경 읽기다. 어쩌겠는가. 그래도 약 기운이 떨어지기 전에 끊임없이 약을 복용하게 잔소리를 늘어놓으면 조금은 달라지지 않겠는가 하는 간절한 마음에서 계속 되풀이한다.

노후의 생활비만 해도 그렇다. 매스컴에서 떠들어대는 노후 생계비를 보면 그야말로 '공포 마케팅'이라는 생각이 절로 든다. 어떤 삶을 기준으로 어떤 삶을 원하기에 그런 많은 돈이 필요한지를 이해할 수 없다. 골프치고 승마하며 크루즈 여행하고 요트 타며 호화 쇼핑과 산해진미를 먹고 마시며 살아간다 치자. 30~40년을 그러면서 돌아다닐 수는 없다. 그런 삶은 죽은 삶이다. 있는 걸 뽐내며 호의호식해 봐야 배에 기름이나 끼며 비만으로 발전하여 성인병만 부를 뿐이다. 우리는 영혼이 살찌는 삶을 추구해야 한다. 주머니에 돈 몇 푼 들어 있다고 누가 알아주지 않는다. 짐승 같은 삶을 살면서 주머니 속의 돈 몇 푼이 뭐 그리 대수인가. 돈 몇 푼 있다고 거들먹대기보다는 지식과 지혜를 주머니 속에 듬뿍 넣고 다니는 게 훨씬 좋다.

나이 들면 소비가 팍 줄어든다. 경조비도 거의 나가지 않는다. 먹는 양도 준다. 본인의 문화생활, 이를테면 친구와 식사나 술 한잔 즐기거나 영화감상 또는 책을 사보는 정도다. 공짜로 고품격 문화생활을 누릴 곳은 지천이다. 과천공원, 올림픽공원, 삼청공원, 서울숲, 서울둘레길, 용산박물관, 중앙선(용문~문산) 내의 도서관, 서울미술관, 과천미술관, 궁궐 방문하기. 성곽길 걷기. 북촌길 걷기, 역사유적지, 문화유적지, 재래시장 탐방, 수많은 5일장, 월드컵경기장, 잠실 주경기장, 거미줄처럼 얽힌 전철을 따라가노라면 즐길거리, 볼거리, 먹을거리가 널려 있다.

그런데도 어디에다 무슨 돈을 어떻게 쓰는지 이해할 수 없는 거액이 필요하다고 엄포를 놓는다. 나는 그런 엄포에 꿈적도 하지 않지만 그런 엉성한 논리에 동의하지 않는다는 점도 분명히 밝힌다.

나는 70평생을 살아오면서 노후 삶에 대한 수많은 경험을 하였다. 노인 관련서도 두 번째 펴내고 있다. 욕심만 버린다면 그리 많은 돈이 필요치 않다는 것을 말하고 싶다. 물론 아프지 않아야 한다는 대전제에서의 이야기다. 아프면 이 모든 이야기는 모순이 되고 만다. 그야말로 아프면 알뜰살뜰 안 먹고 안 쓰면서 모은 돈을 한입에 톡 털어 병원에 갖다 바친다. 병원하고 무슨 자매결연이라도 맺었는가. 그렇다고 기부하는 것도 아니고 구렁이 알 같은 돈을 허무하게 병원비로 날려버린다.

물론 아프고 싶어 아픈 사람은 단 한 명도 없다. 그러나 절제 있는 생활을 함으로써 아플 확률을 뚝 떨어뜨릴 수는 있다. 어쨌든 아프지 않아야 한다. 아프면 어떤 황금 이론도 맞지 않는다. 아프지 않으려면 역설적이게도 몸을 편하게 내버려 두지 않아야 한다. 몸이 편하면 병원하고 친해진다는 것을 알아야 한다. 몸이 불편하면 당신의 몸은 강건해진다. 그리고 많은 것을 볼 수 있는 시간과 생각 근육을 키울 수 있도록 해준다. 그야말로 다다익선이며 일석오조다.

그렇게 많은 돈 필요 없다. 공포 마케팅에 겁먹지 말자. 매스컴에서는 한 달 생활비 200만 원, 30년이면 7억6천만 원의 노후 자금이 필요하다고 얘기하지만 그런 금액에 겁먹지 말자. 기죽을 일 아니다. 기초연금 20만 원 받는 사람들, 1년이 지난 시점에서 행복하다며 이구동성으로 외친다. "돈 생기니 당당." 어르신 어깨 펴졌다는 2015년 7월 30일자 동아일보 신문 기사 제목이다. 기초연금 시행 1년을 맞았다. 총 441만 명이 매달 20만 원씩을 받아 왔다. 복지부가 금년 6월 기초연금을 받는 노인 2,000명을 대상으로 한 설문조사에서도 상당수가 "노인으로서 존중을 받는 것 같아 기쁘다."고 응답했다. 물론 소득 하위 70%에 지급된 기초연금이어서 전체적으로는 다소 다른 반응이 있을 수는 있다. 모은 돈으로 보철 치료를 받은 사람, 밀린 월세를 갚은 사람, 매달 2만 원으로 노래교실을 다니는 사람도 있다. "경제적으로나 정신적으로 삶에 여유가 생겼다." "타인을 대할 때 당당해졌다."고 답했다. 이렇듯 돈은 쓰는 사람에 따라 또 어떤 기준을 갖고 있는가에 따라 달라진다. 폐지를 주어 하루하루를 살아가는 노인이 162만 명이다. 이들의 하루 수입은 겨우 5천 원이다. 아예 한 푼도 벌이가 없을 때도 있다. 아래를 보면 남고 위를 보면 모자란다. 우리는 어떤 생각으로 살아가느냐가 그래서 중요하다.

나는 한 달 50만 원 정도로 살아간다. 그런데 여유롭다. 학생으로서 공부하고 교과서는 물론 참고도서도 사 본다. 괜찮다고 하는 영화는 다 본다. 서울은 물론 전국의 역사, 문화 유적지를 빼놓지 않고 둘러본다. 나만큼 많은 여행지를 다닌 사람도 흔치 않을 것이다. 나는 일 년의 삼 분의 일은 길 위에 있다. 어떤 해는 일 년의 반을 길 위에 있다. 산과 강과 들을 거의 모조리 누볐다. 역사, 문화, 경치, 도시, 농촌, 기업, 생태, 습지, 곤충, 나무, 둘레길, 올레길, 자동차길, 기찻길, 자전거길, 강길, 둑길, 뱃길, 섬 둘레길, 특이한 곳, 특수한 곳은 물론 유인도 400여 개 등 그 나름대로의 이름표가 붙은 곳은 가리지 않고 샅샅이 훑었다. 서울은 물론 수도권은 걸어서 또는 전철을 이용한다. 수도권을 벗어나면 버스나 느린 기차를 이용한다. 잠은 찜질방에서 잔다. 때문에 아주 저렴한 가격으로 여행을 즐긴다. 여행은 불편함으로부터 행복과 이야깃거리가 솟아난다.

물론 몇 백만 원씩 연금을 타고 수입이 많은 사람도 있다. 돈은 언제나 마를 동반한다. 주머니가 가벼우면 정신이 무거워지고 주머니가 무거우면 엉뚱한 생각으로 붕 뜨기 마련이다. 따라서 수입이 많은 사람이 행복하다고 결론지을 수는 없다. 절대다수가 적은 수입으로 살아간다. 그러나 어떤 생각과 눈높이로 어떤 삶을 추구하는가에 따라 행복의 질은 달라진다는 점이다.

프랑스의 사상가 피에르 쌍소는 "이 세상은 속도로 지나치기에는 너무 아름답다."고 했다. 물론 돈이 좀 많았으면 하고 생각할 때도 있다. 6대 강 자전거길을 걸을 때 든 생각이다. 6대 강 자전거길 1,640㎞의 폭넓은 활용사업, 이를테면 청소년들이 공부의 질곡에서 벗어나 젊은이다운 패기와 호연지기를 기를 수 있는 신 화랑도 정신 고취를 위한 체력과 정신 단련의 장으로 할 방법은 없을까 하고 고민하는 일을 해보고 싶다고 생각할 때가 그렇다. 6대 강 자전거길은 잘 닦여져 있다. 자전거 전용도로여서 안전하고 매우 아름답다. 자전거로 달리기에도 걷기에도 최고의 명소 중의 명소다.

6대 강 자전거길을 한 번만이라도 달려보라. 걸어보라. 이렇게 아름다운 길이 우리나라에 있다니. 감탄사가 절로 터져 나온다. 천상의 도로다. 너무 아름다워 눈물이 나는 길이다. 요즘은 주말이면 수도권을 비롯한 가까운 곳은 길이 사람들로 붐빈다. 그러나 심장부로 들어가면 아직은 이용자가 많지 않다. 많은 돈을 들여 만든 길이다. 우리의 문화 수준을 한 차원 높일 수 있는 아름다운 길이다. 이 길을 자전거 타는 소수의 사람만 즐기는 장소가 아니라 국민 전체의 문화 수준을 높일 수 있는 장소로서의 확대 방법을 고민해보고 싶은 것이다. 고향에 도서관을 짓고 싶다고 생각할 때 또한 그렇다. 그러나 내 마음은 언제나 풍요롭고 뿌듯하다. 깊은 바다 속처럼 고요하다.

11

몸일지와 일기

기록의 5원칙이 있다.

1. 기록은 습관이다. 운동도 공부도 기록도 꾸준함이 매우 중요하다.
2. 목표를 먼저 세워라. 필요는 발명의 어머니며 기록의 어머니이기도 하다.
3. 무엇을 기록할지 선택하라. 본인의 목표와 취향 범위 내에서 기록한다.
4. 쓰기 전 분류하고 쓴 다음 꼭 정리한다.
5. 기록은 역사다. 정직하게 써라. 미화하거나 거품을 만들면 의미가 없다.

자신의 '인생백서'는 시도해 볼 만한 충분한 가치가 있다. 일기는 자신의 기록이며 글쓰기 훈련이다. 훗날 자서전을 쓸 때도 훌륭한 자료 구실을 한다. 몸일지는 자신의 몸의 변화와 자신의 병에 대한 기록이므로 예방 차원에서도 또 치료에 있어서도 훌륭한 건강일지 역할을 한다. 자서전은 자신의 한평생을 어떻게 살아왔는지를 살펴볼 수 있는 훌륭한 백서가 된다. 어느 누구도 한 권의 책으로는 부족하리만큼 애환이 있을 것이다. 특별한 사람도 없지만 그런 사람만 쓰는 것이 아니라는 것을 아는 것이 중요하다. 사전의료의향서도 마찬가지다. 죽음을 두려워하거나 구차하게 목숨에 매달린다면 그것도 슬픈 일이다.

몸일지를 쓰기 시작한 지 17년이 됐다. 17년 전엔 젊을 때라 별 쓸 것도, 몸의 변화도 거의 없어 의미가 없다고 생각했다. 몸일지를 쓰게 된 계기는 사고로 병원에 입원하면서부터다. 청계산 정상 부근 바위에서 떨어졌을 때 핸드폰 덕을 톡톡히 봤다. 핸드폰이 없었더라면 119 연락도, 병원에서의 치료도 어려웠을 것이다. 지금 생각하면 아찔하다. 조금만 늦었어도, 전문의를 만나지 못했어도 내 오른쪽 다리는 잘려나갔을 것이다. 일요일이라 여건도 좋지 않았다. 내가 전문의를 만난 건 전적으로 나의 운이 좋았던 것이다. 약국 근처에도 가 보지 않은 나로선 모든 게 새롭고 특별하였다. 오른쪽 다리는 퉁퉁 부어 전봇대처럼 굵고 딴딴하였다. 전신마취 4회, 수술, 76바늘 꿰맨 자국들, 병원 내부의 모습, 환자들의 생활, 간호사의 주사, 회진, 어머니의 병간호, 병원 음식, 대소변 처리 때의 어려움, 같은 병실에서 생활하는 옆의 환자들, 드나드는 가족들 등 이런저런 병상일기를 쓰게 된 것이 몸일지로 발전하였다.

나이가 들어가면서 몸은 어떻게 변할까. 내 몸이 변하여 늙음을 맞고 죽음에 이른다는 것이 궁금하고 흥미롭고 재미있게 느껴졌다. 펄펄 끓던 젊음이 어떤 현상을 보이며 변하여 갈까. 그 증상은 어떻게 나타날까. 시간이 흐를수록 쓸 것은 점점 많이 생긴다. 부품이 하나둘 노후화되면서 별 이상야릇한 증상이 다 나타난다. 짜증 날 때도 있지만 꾹 참고 재미있게 써 간다. 그렇다면 대처방법은 없을까. 미지의 세계를 탐색하는 탐험가의 기분으로 쓴다. 예상대로 재미있고 흥미롭다.

난 일기를 44년째 쓴다. 200쪽짜리 노트가 35권이다. 처음엔 날씨도 적었다. 그리고 특별한 생활이야기들을 짧게 적는 수준이었다. 점점 일기책은 범위를 넓히기 시작하여 그날의 일은 물론 생각과 삶의 철학들이 담기기 시작하였고 아이디어나 시 같은 것들도 적는 장소로 되었다. 당연히 양이 늘어나 길게 쓸 때는 두세 쪽도 채운다. 가끔 뒤적여보면 새삼스럽고 재미있다. 훗날 자서전을 쓸 때 많은 도움이 될 것이다.

사전의료의향서는 이미 작성해 놓았다. 중요한 건 죽음을 좀 잘 맞고 싶은 마음이다. 가능하면 집에서 맞고 싶다. 나의 냄새가 밴 곳, 내가 호흡하던 그곳에서 웰다잉을 하고 싶은 것이다. 그리고 버킷 리스트에도 들어 있지만 죽음을 좌탈입망으로 맞고 싶다. 그리고 신체는 모두 기증하고 싶다. 좌탈입망으로 맞으려면 내가 생활하던 집이 좋은 장소다. 아름다운 마무리를 위하여서다. 연명을 위한 어떤 것도 싫다. 생명을 구걸하는 구차한 모습을 보이고 싶지 않다. 잘 살았으니 잘 죽고 싶은 것이다. 살 만큼 살았으니 잘 죽고 싶은 것이다.

심리적인 방법도 괜찮을 듯싶다. 예를 들어 우리가 테스토스테론 호르몬이 점점 줄어들면서 온몸에 분포되었던 섹스 존이 서서히 줄어들고 자연히 정욕에 대한 생각이 사라지듯 오랜 기간 동안 보아왔던 세월과 사계와 사물들과의 인연을 "이젠 질린다, 물린다, 싫증난다, 볼 만큼 봤다, 이젠 욕심을 끊을 때가 됐다."고 주문을 거는 거다. 나는 늘 이야기한다. 감기 안 걸렸고, 아프지 않았고, 잠 하루 6시간밖에 안 잤으며, 흡연기간 25년을 뺀 나머지 시간은 담배 피우지 않았으므로 실제로 알토란같이 사용한 시간을 따져보면 지금의 현재 나이로 계산해보아도 아프면서 90살을 산 사람과 동격이라고 반 농담, 반 진담으로 이야기한다.

12

노년의 친구, 이성친구

"노년에 외롭지 않으려면 이성친구와 우정의 동거 하라." 2015년 10월 5일자 동아일보 한 면 가득히 실린 김형석 전 연세대 명예교수와의 인터뷰 기사의 헤드라인 제목이다. 인터뷰 기사 중에서 몇 가지 골라 싣는다.

금년 96세인 김형석 교수, 1시간 반 인터뷰를 하는 동안 그는 전혀 지치는 기색이 없었다. 건강한 것이야 그렇다 치더라도 더욱 놀라운 것은 지적 작업을 계속하고 있다는 사실이다. 한 달 평균 40회의 강연과 매일 원고지 40장을 집필하고 있다. 최근의 글을 모은 책 『나는 아직도 누군가를 사랑하고 싶다』가 곧 출간된단다. 95세의 현역이다.

건강비결을 묻는 기자의 질문에 한마디로 '일'이라고 답한다. 인생에서 가장 좋은 때는 언제냐는 질문엔 "인생 아는 60~75세가 가장 좋은 때"라고 답한다. 경영학의 대가 피터 드러커 교수도 같은 질문에 60~90세까지의 30년이 가장 황금기라고 말했다. 우리는 지금 그 황금기 초입에 겨우 들어섰을 뿐이다. 어떤 생각과 어떤 자세로 삶에 임하겠는가.

운동을 하느냐는 질문에는 “50대 중반부터 수영을 시작해 지금도 이틀에 한 번 30분 정도 한다.”고 한다. 건강해도 글쓰기 같은 집중력이 필요한 작업은 힘들지 않느냐는 질문에는 “매일같이 긴 일기를 씁니다. 어렴풋이 생각했던 것도 글을 쓰면 또렷해집니다. 일기를 쓸 때 꼭 재작년과 작년의 오늘 날짜 일기를 읽어보고 나서 씁니다. 그래야 제 생각이 후퇴하고 있지 않는지 살펴볼 수 있기 때문입니다.” 낡은 글이 되지 않도록 노력한다는 얘기다.

가장 힘든 때는 언제였느냐는 질문에는 “김태길(전 서울대 교수, 89세로 사망) 선생이 세상을 떠났을 때 1년간 참 힘들었습니다. 그리고 2년 전 안병욱(전 숭실대 교수, 89세로 사망) 선생마저 떠났을 때 혼자만 남았다는 생각에 더 힘들었습니다.”라고 답했다.

그러고 보니 96세 무렵의 진짜 문제는 외로움이다. 어찌어찌 해서 96세의 나이까지 산다 해도 주변에 친구가 남아 있기를 기대하기 어렵다. 그는 아내와 10년 전 사별했다. 아내는 20년 동안 병상에 있었기에 사실 30년간 혼자였다. 공백을 달래주던 벗들마저 잇달아 세상을 떴다.

“아내와 사별했을 때 제 나이가 85세였습니다. 80대 중반을 넘어서면 애욕 같은 것은 없습니다. 남녀 관계에 애정을 넘어선 우정이 어렵다고 하지만 그 나이가 되면 가능합니다. 이번 주 나오는 신간에 ‘누나의 선택이 옳았다’는 제목의 글을 실었습니다. 누님은 나이가 많아 남편과 사별하고 다른 남자를 만났는데 그 선택이 옳았습니다. 무슨 애욕이 있어서가 아니라 외로움을 이기기 위해 같이 살아야 합니다. 새로 결혼하는 것이 재산 문제 때문에 어렵다면 동거 선언이라도 하고 살면 됩니다. 기독교인입니다만 교리를 떠나 저부터 먼저 여자 친구를 사귀는 모범을 보였어야 했는데 하는 진한 아쉬움이 있습니다."

김 명예교수는 스마트 폰이나 인터넷, 컴퓨터를 사용하지 않는다. 아니 사용해 본 적도 없단다. 지금도 종이신문만 읽고 원고지에 글을 쓴다. 그래도 그는 최신 뉴스를 잘 알고 많은 강연에 초청받을 만큼 노익장을 과시하고 있다. 저명한 인류학자 클로드 레비스트로스가 2008년 100세 생일을 맞았을 때 당시 니콜라 사르코지 프랑스 대통령은 직접 집으로 찾아가 축하해줬다. 우리도 그런 사회가 빨리 되었으면 좋겠다.

13

행복의 실체

행복은 재래시장에 있더라. 백화점은 밀폐된 공간이지만 재래시장은 울타리가 없다. 시골장터의 어수선하고 정리되지 않은 모습이 나의 마음을 풀어지게 하여 좋다. 나는 재래시장을 자주 찾는다. 수도권 일대의 장 서는 날을 모두 알고 있다. 특히 용문장(5일장으로 5, 10일 선다)엘 자주 간다. 오가는 중앙선 안에서의 3시간도 행복하다. 모두들 검은 비닐봉지에 산나물과 간식거리를 들고 탄다. 모두 막걸리를 한 잔씩 했다. 열차 안이 시끌벅적하다. 참사람 사는 세상 재미있다. 이 모두를 만 원 미만으로 즐긴다.

시골 장날이 으레 그렇듯 시끄럽고 요란하다. 사람이 많아 보행이 부자유스럽다. 부딪쳐도 누구 하나 시비 걸지 않는다. 시장 밖에서 그런 일이 벌어졌다면 가자미눈처럼 돌아갔을 것이다. 모두 얼굴이 불쾌하다. 모두 즐겁다. 이곳저곳에서 흥정하는 소리가 재미있다. 하나라도 더 팔기 위하여 호객행위 하는 것도 볼 만하다. 야한 음악과 몸짓으로 유혹하는 엿장수는 어느 장엘 가나 흔히 볼 수 있는 광경이다. 용문장은 산채나물, 농특산물이 많이 난다. 그리고 먹거리가 풍부하다. 나는 그곳에 특별히 물건을 사기 위해 가는 건 아니고 그냥 시끌벅적함에 빠져보고 싶어 간다. 아무 목적이 없다. 굳이 목적을 밝히면 메추리와 막걸리 마시러 간다. 그냥 사람들이 살아가는 걸 보는 것만으로도 즐겁다. 그날 하루는 나도 그 분위기에 흠뻑 젖는다. 가끔은 재미있는 광경을 카메라에 담아 오기도 한다. 그 사진은 블로그에도 올리고 네이버 포스트에도 올린다.

내가 단골로 가는 메추리구이 집은 뚱뚱한 체구의 아저씨 아주머니와 농담을 주고받을 만큼 친하다. 늘 손님으로 가득하다. 메추리 굽는 속도가 손님들의 주문하는 큰 목소리를 따르지 못한다. 옆자리 사람은 금세 친구가 된다. 늘 혼자인 나는 심심할 새가 없다. 내가 말을 걸지 않으면 상대가 말을 걸어온다. 앞자리, 옆자리, 건너자리 모두 이야기하느라 정신없다. 그 이야기를 듣고 있으면 재미있다. 한 마리 2천 원짜리 메추리는 야생이 아니어서 통통하고 쫄깃쫄깃하면서 맛도 좋고 안주로도 손색없다. 식으면 딱딱해지지만 식을 사이가 없다.

황토색을 띠는 막걸리, 찬 막걸리가 울대를 따라 위에 도착한다. 밤하늘을 화려하게 수놓는 불꽃처럼 위에서 장으로 또 온몸으로 불꽃을 튀기며 퍼져나간다. 튀겨나간 불꽃은 꼬마전구가 되어 온몸 구석구석에서 반짝반짝 생명을 틔운다. 생명을 틔울 때마다 숨결도 동일한 박자를 맞춘다. 그 박자는 말이 되기도 하고 노래가 되기도 한다. 어떤 것이 되든 그건 상관없다. 그 박자들은 돌아오는 전철에까지 이어진다. 온통 시장전철이다. 아니 전철시장이다. 시장과 비슷한 음량은 상봉역을 지나 청량리역까지도 살아있다. 가끔 큰소리도 나지만 그건 심각한 큰소리가 아니다. 단지 자존심과 관련된 큰소리일 뿐이다. 참 사람 사는 세상 재미있다. 아름다운 한 편의 드라마다. TV의 막장드라마보다 더 높은 곳에 존재한다.

14

우주여행

김용 현(現) IBRD 총재가 아시아인 최초로 미국의 아이비리그 중 하나인 다트머스대 총장에 취임하던 2009년 9월 22일, 그의 취임사는 나의 가슴에 잔잔한 파도를 일으켰다. "이제 한국의 부모들도 자녀들이 좋은 직업을 얻어 편하게 살도록 가르치기보다 넓게 보고 크게 생각하며 세상을 바꾸는 지도자의 꿈을 꾸도록 가르쳐야 한다." "한국 부모들은 어려운 시기에 매우 열심히 일했고, 자녀들이 자신들처럼 고생하지 않도록 의대나 법대에 가서 좋은 직업을 갖고 '잘 먹고 잘살도록' 가르쳐 왔다."며 "하지만 이제는 자녀들이 좀 더 큰 뜻을 품도록 가르쳐야 한다."고 강조했다.

"한국도 이제는 세계적으로 이름을 떨칠 위대한 지도자, 세상을 바꾸는 위대한 사상가를 배출할 시기가 됐다."며 "청소년들이 한국이라는 울타리를 벗어나 크게 꿈꾸고 생각하도록 가르치는 데에 나도 어떻게든 기여하고 싶다."고 덧붙였다. "다트머스대는 교양교육을 매우 중시하고 있다. 한국의 대학교육은 일단 전공을 정하면 다른 분야에 좀처럼 관심을 갖지 못하고 자기 분야에만 얽매이는 협소한 측면이 있는 것으로 알고 있다."며 "다트머스대는 과학자들이 그림을 배우고 풋볼 선수가 노래를 배우는 게 전혀 이상하지 않다."고 설명했다. 그는 "이런 교양교육이 학생들을 세계의 어려운 문제를 성공적으로 해결할 수 있는 지도자로 키우는 데 최선의 길이라고 굳게 믿고 있다."고 강조했다. 다트머스대 총장 취임식 날 축하 예술 공연에서 교직원 학생과 어우러져 함께 춤추는 모습은 충격 그 자체였다.

"한 인간에게는 단지 조그만 발짝에 불과하지만 전 인류에게는 위대한 도약이다." 1969년 7월 20일, 미국의 우주인 닐 암스트롱이 인류 최초로 달에 첫발을 내디디며 한 말이다. 이 역사적 순간을 TV로 지켜보는 세계인은 흥분했다. 나는 당시 오류동에 있는 모 부대 신병으로 있으면서 생중계를 볼 수 있었다. 그때의 감동은 아직도 눈에 선하다. 2005년 10월 어느 날 우주인을 뽑는다는 기사가 나왔다. 그 당시의 잔상이 떠올라 가슴이 쿵쾅거렸다. 내 나이 환갑이던 해다. 흥미 있는 도전이라 생각되었다. 총 신청자는 36,206명이다. 그 속에는 고산 씨나 이소연 씨도 물론 있었다. 환갑이 넘은 나이에 신청한 사람은 정재은 신세계 명예회장을 비롯해 706명이었다.

나는 어쭙잖게도 나이 때문에 탈락되지 않을까 염려하며 적잖은 돈을 들여 신체나이를 검사하여 결과표를 첨부시켜 신청했던 기억이 새롭다. 형편없는 영어회화 실력으로 보기 좋게 낙방하였지만 지금 생각하면 좋은 추억으로 남아 있다. 도전의 뿌리는 꿈이다. 도전은 밑바닥에서 꿈틀대는 의욕을 끄집어낸다. 도전은 삶을 역동적으로 만든다.

파도는 단 한 번도 같은 파도를 치지 않는다. 파도는 단 한 번의 쉼도 없다. 우리의 삶은 파도를 닮았다. 도전하는 자가 역사를 쓴다. 도전하는 삶은 매력적이다. 고인이 된 박영석 대장은 1%의 가능성만 있으면 도전한다고 했다.

닐 암스트롱을 상상하면서 나는 우주인에 도전하였다. 생각만으로도 가슴이 뛰었다. 신체나이를 검사하였다. 실제 나이보다 20년 가까이 젊게 나왔다. "됐다, 이만하면 나이는 문제가 되지 않겠구나."라는 생각이 들자 자신감이 붙었다. 그러나 서초고등학교에서 본 영어회화 문제는 나를 비참하게 만들었다. 미국인 부부가 10분 정도 대화를 나누고 그 대화를 중심으로 80문제가 출제되었는데 한 문제도 자신 있게 답을 쓸 수 없었다. 문제는 그 답을 몽땅 찍었다는 데 있다. 혹시나 하는 마음으로 욕심을 부린 것이 화근이다. 결과는 내 생애에서 가장 치욕적인 날이 되고 말았다. 답안지를 내고 나오는 뒤통수가 불덩이처럼 뜨거웠다. 물론 좋은 경험으로 자위를 하고 말았지만 말이다. 내가 시를 짓고 수필을 쓰고 금언을 만드는 것도 그때의 충격이 한몫 한다. 위대한 시인, 사상가의 문제를 떠나 내 남은 생의 시간들을 시를 짓고 책 쓰는 일에 열심을 다할 것이다.

15

나는 경험주의자

거미의 날개

나는 천성적으로 입으로만 쫑알대는 것을 별로 좋아하지 않는다. 나는 행동을 동반하지 않는 이론은 공허하다고 생각하는 사람이다. 언행일치를 중시하며 경험을 동반하지 않은 지식 나부랭이는 헛글이라고 생각하는 사람이다. 산지식이 되려면 경험을 동반해야 한다. 그렇기 때문에 몸이 바쁘다. 나는 1년의 3분의 1은 길 위에 있다. 그것이 곧 삶이요 생활이다. 글 자료도 길에서 모으고 공부도 길에서 한다.

나는 거미를 좋아한다. 거미를 사랑하기도 하지만 신기해서다. 거미는 곤충이 아니다. 거미는 곤충보다는 오히려 전갈이나 진드기와 가깝다. 육안으로 구분되는 거미와 곤충의 차이를 보자. 곤충의 몸통은 머리, 가슴, 배의 세 부분으로 나뉘며, 가슴에는 세 쌍의 다리와 두 쌍의 날개가 있다. 그러나 거미의 몸통은 두흉부와 복부 두 부분으로 나뉘며, 두흉부에 여덟 개의 다리가 달려 있다. 또 곤충은 한 쌍의 겹눈과

1~3개의 홑눈, 한 쌍의 더듬이가 있으나 거미는 여덟 개의 홑눈과 한 쌍의 더듬이 다리가 있다.

거미는 날개가 없다. 그런데 허공에 어떻게 집을 지을까. 집을 짓기 시작하여 맨 처음의 첫 번째 줄을 어떻게 맬까. 어떤 경우이든 첫 번째는 용기와 희생이 따른다. 바다사자가 어슬렁대는 바다에 첫 번째로 뛰어드는 펭귄, 악어가 우굴 대는 강에 첫 번째로 뛰어드는 누는 경험과 지혜가 풍부한 대장 또는 리더다. 거미가 첫 번째 줄을 맬 때도 예외가 아니다. 그것은 바로 바람을 이용하는 지혜라는 점이다. 튼튼한 줄을 똥구멍에서 뽑아 공중에 늘어뜨리고 바람이 불어 건너편 물체에 닿을 때까지 기다렸다가 줄이 닿으면 곧 집짓기를 시작한다.

그 녀석이 집을 짓는 걸 보면 대목장도 가우디도 울고 갈 것이다. 큰 거미는 큰 집을 짓고 작은 거미는 작은 집을 짓는다. 큰 거미는 집을 짓는 데 4시간쯤 걸린다. 고흥반도를 여행할 때다. 매일 여행을 한다 하더라도 거미집 짓는 것을 만나기는 쉽지 않다. 그것도 주춧돌을 놓고 기둥을 세우는 처음의 공정을 만난다는 건 큰 행운이다. 배낭에서 돋보기를 꺼냈다. 그놈의 행동을 하나라도 놓칠세라 꼿꼿이 4시간을 선 채로 관찰에 들어갔다.

똥구멍에서 뽑은 실을 입에다 물고 기예 단원처럼 날렵하게 공중을 날아다니듯 한다. 건축의 기둥 역할을 하는 제일 바깥 줄을 맨다. 그리고 점차로 안으로 좁혀간다. 이번에 다시 8개로 된 각을 따라 줄타기를 하며 돌아가며 맨다. 매듭은 입으로 한 번 힘을 더 주어서 이음새를 만든다. 줄 굵기는 안으로 들어갈수록 점점 가늘어진다. 물론 굵기가 다른 것처럼 색깔도 다르다. 바깥의 색깔은 노란빛을 띠고 안으로 들어갈수록 회색을 띤다.

늘 돋보기를 휴대하기에 가능한 관찰이다. 관찰요령은 '있는 그대로, 처음부터 끝까지, 자세하게'가 요령이다. 관찰이 고도의 경지에 이르면 통찰력을 갖게 된다. 통찰력을 갖게 되면 잎이 없는 겨울에도 잎을 볼 수 있고, 꽃도 볼 수 있다. 한겨울에도 무성한 잎을 만나며 동식물과 곤충도 만날 수 있다.

민물가마우지와 청둥오리

몸이 물 바깥에 드러나면 민물가마우지와 청둥오리는 구분이 쉽다. 그러나 몸이 물속에 잠기면 애매하다. 물론 덩치에서 민물가마우지가 훨씬 크며 온통 검은색이고 부리도 길다. 오리는 색깔 자체도 군청색을 띠며 뒤뚱뒤뚱 걸어다니지만 민물가마우지는 잘 걷지 않는다. 물 밖으로 나와 깃을 말릴 때도 민물가마우지는 곧추선 채로 큰 날개를 활짝 펴고 푸드득거리며 풍차 돌아가는 소리를 내며 요란하다. 그러나 오리는 제자리에서 조용히 말린다. 민물가마우지는 여객선을 기다리는 낙도 주민 모양 까치발을 하고 몸을 세우고 있다.

민물가마우지와 청둥오리의 구분이 애매할 때는 이 녀석들이 물속에 있을 때다. 민물가마우지는 목 부분만 잠망경처럼 내밀고 온몸이 물속으로 잠기지만 청둥오리는 발만 물속으로 들어가 열심히 움직이고 몸체는 수면 위로 드러난다는 점이 뚜렷한 차이점이다. 다산 유적지 주변엔 아름다운 수변공원이 조성되어 있고 팔당댐으로 조성된 너른 호수가 있다. 어느 날 호수에 한가롭게 떠 있는 오리와 민물가마우지를 향해 젊은 데이트족이 입씨름을 한다. 목만 내놓고 있는 민물가마우지가 어디가 잘못되어 허우적거리는 걸로 본 모양이다. 충분히 그렇게 볼 수 있는 상황이다. 내가 개입하여 간단히 해결해 줬더니 맑고 크게 웃는다.

이들의 식사를 위한 사냥법은 비슷하면서도 미묘한 차이를 드러낸다. 청계천 하류에서 이들의 식사준비와 만찬을 반 시간여 바라보면서 한 끼 식사가 간단치 않음을 알 수 있다. 청둥오리는 14번 잠수를 시도하여 6번 성공을 한다. 겨우 40% 남짓한 성공확률이다. 1회 잠수에 40초 정도 소요된다. 그곳이 그네들의 식당이다. 식사 후에는 어디론가 휴식을 위해 날아간다. 큰 덩치의 가마우지는 몸을 유선형으로 만들고 다리를 몸 뒤쪽으로 곧게 편 채 빠른 물고기를 쫓는 모습은 물속의 우사인 볼트다. 물속이 생활의 터전임에도 가마우지에 잡히는 물고기가 있다는 게 신기할 따름이다. 물고기 사냥에선 가마우지가 한 수 위인 듯싶다.

사마귀

당랑거철(螳螂拒轍), "사마귀가 두 발을 들어 수레를 막아선다는 뜻으로 자기 분수도 모르고 무모하게 덤비는 것"을 비유하는 말이다. 제(齊)나라 장공(莊公)이 사냥터로 가던 도중에 웬 벌레 한 마리가 앞발을 들고 수레바퀴를 칠 듯이 덤벼드는 것을 보고 수레를 모는 사람에게 물었다. "저건 무슨 벌레인가?" "사마귀라는 벌레입니다, 앞으로 나아갈 줄만 알지 물러설 줄 모르며 제 힘도 가늠하지 않고 적을 가볍게 보는 놈입니다." 장공이 말했다. "저 벌레가 인간이라면 틀림없이 천하의 용사가 되었을 것이다. 수레를 돌려 피해 가도록 하라."이 이야기는 회남자(淮南子)에 나오는 이야기다.

사마귀 포스는 대단하다. 1년에 삼 분의 일을 길 위에 있는 필자지만 길에서 곤충을 만난다는 게 그리 쉽지 않다. 그래서 만나면 반갑다. 홀로 외로이 걷는 길에 나타난 생명체, 어이 반갑지 않겠는가. 반갑다고 악수도 청하고 말도 건다. 그러나 사마귀란 놈은 호락호락하지도 않고 정을 주지도 않는다. 오히려 나를 노려본다. 얼굴 생김새부터 예사롭지 않다. 정확하게 역삼각형이다. 긴 더듬이가 두 눈 사이에 자리 잡고 있으며 눈은 퉁방울눈처럼 툭 튀어나와 역삼각형 이등변 모서리에 헤드라이트처럼 달라붙었다. 코 없이 가운데 '내 천(川)'자 모양의 세로줄이 그어져 있어 험상궂은 모습을 하고 있다. 아래 삼각형 꼭짓점에는 튼튼한 턱과 장승같이 성긴 이빨이 육식성으로 제격이다.

그 녀석의 강력 무기는 앞발이다. 앞발은 도끼처럼 생겼다. 그래서

'도끼 부(斧)'자를 써 당랑지부(螳螂之斧)라고도 한다. 아니 어찌 보면 뽀빠이 팔뚝처럼 생겼다. 한눈에 봐도 스케이트 선수처럼 잘 발달된 허벅지 근육의 앞발을 가졌다. 그리고 그 근육질 앞발 안쪽 면으로 톱니가 일렬로 나 있어 공포를 더한다. 앞발에 걸려들면 그 어떤 것도 살아남지 못한다. 탈출 자체가 불가능이다. 아마 이놈도 자기 앞발에 대한 지나친 자신감이 수레를 세우려는 오만함과 무모한 만용을 만들었을 것이다. 사마귀는 몸체 구조상 후퇴가 어렵다. 내가 지팡이로 장난을 걸었더니 노려보며 한 치의 흔들림 없이 요지부동으로 한판 붙자는 자세를 취한다. 내 자신이 오히려 전율을 느낄 정도이니 그 녀석의 포스가 얼마나 강했으면….

독사의 독

남한강 자전거길, 탄금대를 지나 충주댐으로 향하는 길이다. 가는 길에는 달천(達川)으로도 불리는 달래강이 있다. 속리산에서 발원하여 남한강으로 흘러들어 가는, 길이는 짧지만 참 아름다운 강이다. 주변의 풍광과 강의 생긴 모습이 우리나라에서는 가장 아름다운 강이 아닐까 싶다. 그러나 달래강은 슬픈 전설을 품고 있다.

충주의 한 산골에 부모를 여의고 의좋게 살아가는 오누이가 있었다. 하루는 오누이가 장에 다녀오는데 갑자기 하늘에 구멍이 난 듯이 비가 억수같이 퍼부었다. 늘 다니던 달래강의 물이 불어 건너기 어려웠다. 남동생이 누이를 등에 업고 달래강을 어렵게 건넜다. 물에 흠뻑 젖은 누이의 몸을 보고 동생이 이상한 생각이 들었다. 동생이 그 생각 때문에 괴로워하며 누이를 먼저 가라고 하였다. 동생이 따라오지 않자 누이가 되돌아가 동생을 찾았다. 동생은 바위 아래에서 돌로 자신의 음경을 내리쳐 자결하고 말았다는 슬픈 전설이다.

달래강을 지나고 충주댐을 얼마 남겨 놓지 않은 지점에 폐가의 터가 있다. 시멘트 바닥과 벽 일부가 남아 있다. 그곳에 잠시 주저앉아 쉬고 있는데 바로 옆에 독사가 똬리 틀고 일광욕을 하고 있는 게 아닌가. 독사에 대한 안 좋은 추억 때문에 늘 신경이 곤두선다. 50년도 훨씬 지난 얘기다. 어머니가 산도라지를 캐는 데 어린 나도 동행했다. 산 중턱에서 도라지를 캐시던 어머니가 갑자기 외마디 비명을 지르며 도라지 캐는 창으로 땅을 두드리고 흙을 주워 입에 넣는다. 독사에 물린 것이다. 독사보다 먼저 흙을 입에 넣어야 한다는 것이 독사에 물렸을 때 최고의 방책이란다. 그래야 독이 퍼져 나가지 않는단다. 믿거나 말거나 전해져 오는 비방인 셈이다. 그리고 어머니를 문 그 독사는 천형의 죄를 졌기에 능지처참의 벌을 받아 마땅하므로 가루로 만들었다.

필자는 그때 어려서 "물린 곳으로부터 심장과 가장 가까운 곳을 피가 통하지 않도록 끈으로 묶는다. 입으로 독을 빨아낸다." 같은 상식적인 정보를 알지 못하였다. 어쨌든 독사보다 흙을 빨리 입에 넣은 것이 주효했음인지 큰 사고에 비해 쉽게 독이 가라앉았다. 그 독사가 바로 눈앞에 있다. 풀숲에서 갑자기 만난 것도 아니고 시멘트 위인데다가 손에는 지팡이가 들려 있어 한결 여유가 있다. 지금은 사악함의 대명사처럼 되어 있는 뱀도 잘 죽이지 못하는 나이가 되었다. 지렁이 개미 한 마리도 밟지 못하고 돌아가는 나이가 되었다. 옛날 같으면 돌로 쳐서 가루로 만들었을 것이다. 뱀은 조금만 숨이 붙어 있어도 흙냄새를 맡으면 다시 살아난다는 얘기를 듣고 자랐다.

나는 여유가 생겼다. 유리한 홈그라운드의 이점이 있다. 모처럼 유리한 장소에서 독사를 만났기 때문이다. 토끼와 거북이의 경주에서 거북이가 유일하게 이길 수 있는 방법은 경주 장소를 바다로 옮기는 것뿐이라는 유머가 생각난다. 지팡이 끝으로 그놈의 머리 쪽을 툭 건들었다. 쏜살같이 징그러운 이빨을 드러내고 지팡이 트래커 부분을 문다. 연속적으로 잽을 날리듯 건드렸다. 학이 고기를 쪼듯 목을 쭉 뽑아 지팡이를 문다. 계속 내가 짓궂게 장난을 하자 불리한 상황임을 눈치 채고 숲으로 스르륵 사라진다. 지팡이 끝에 매달린 트래커는 그놈의 이빨에서 뿌려진 독물이 자석(n) 모양으로 선명하게 새겨졌다. 반들반들 에나멜처럼 빛났다. 시간이 꽤 흘렀는데도 사라지지 않는 특수한 성분이다. 6개월이 지나서야 보이지 않는다.

까마귀는 사디스트

까마귀는 두 가지 시각이 존재한다. 하나는 길조라는 시각이고 또 다른 하나는 흉조라는 시각이다. 그런데 일반적으로 우리나라에선 흉조 쪽에 더 무게가 실린다. 까마귀 입장에서는 억울할 만하다. 필자는 길조 쪽에 더 점수를 준다. 까마귀가 울면 나쁜 일이 생긴다 하고 까치가 울면 기쁜 소식이 있다 하여 우대한다. 좀 어처구니가 없지만 오랜 전통이다. 좀 더 세밀하게 따져 보면 재미있을 것 같다.

까마귀에 비해 까치는 별 이야깃거리가 없다. 반가운 소식을 가져다 준다는 근거 없는 소리만 존재한다. 그러나 까마귀를 한번 눈여겨볼 필요가 있다. 우리나라와 중국을 제외한 일본이나 유럽에서는 까마귀는 길조로 대접받는다. 조류 중에서는 IQ가 44로 머리도 괜찮다. 유럽에서는 애완동물로 키우면서 IQ 44가 잘 활용된다. 까마귀를 보든가 아니면 울음소리를 들으면 안 좋은 일이 있다고 하나 잘 따져 보면 그렇지 않다. 까마귀가 나쁜 일을 미리 알아 대비하라는 의미에서 경고의 목소리를 보낸다고 생각하면 기특하기 짝이 없는 녀석이다.

울음소리를 잘 들어보라, 까마귀도 "까~악 깍" 하고 까치도 "까~악, 깍" 하며 거의 비슷하게 운다. 우둔한 인간들이 그 울음소리를 구분하지 못하여 일어나는 착각일 수도 있다. 까마귀는 또한 효의 표본으로 추앙받는다. 까마귀의 부모에 대한 효성은 지극하다. 반포지효(反哺之孝)가 이를 대변한다. 이에 반해 까치는 지금까지 인간으로부터 분에 넘치는 대우를 받았다. 그러나 결과는 뭔가. 개체 수가 늘어나 농작물 특히 과수원의 피해는 엄청나다는 게 매년 되풀이되는 농장주의 호소다. 익조가 아닌 해조로서 존재할 뿐이다. 이에 반해 까마귀는 천덕꾸러기 신세가 되어 어딜 가나 홀대받는다. 까마귀 입장에서는 이민이라도 가고 싶을 것이다. 개체 수도 점점 줄어 중부 이북에서는 거의 볼 수도 없다. 남부지방이나 섬에 가야 눈에 띄는 정도다. 뭔가 잘못돼도 한참 잘못됐다.

까마귀는 성격이 온순하다. 까치는 성질이 까칠하다. 집단의식이 강하고 자기의 영역을 침범하면 공동 전략으로 덩치 큰 독수리나 너구리, 여우도 공격하여 몰아낸다. 까마귀는 검은색 정장으로 멋스럽다. 까치는 복식 자체가 방정맞다. 까마귀는 은근하고 정이 많다. 까마귀는 옛 선조로부터 사랑을 듬뿍 받았음도 드러난다. "까마귀 검다 하고 백로야 웃지 마라~"나 "까마귀 눈비 맞아 검은 듯 희노메라~" 같은 우리가 애송하는 시조에 등장하여 친근하다. 자신의 몸을 사심 없이 내놓아 진실을 비추는 거울로 기꺼이 사용토록 한다. 얼마나 큰 베풂인가 말이다.

이 녀석의 짝짓기는 유별나다. 전국 일주 시 통영에서 사천 방향으로 갈 때다. 머리 위에서 짜증 섞인 날카로운 "까악 깍깍 까각 까각" 하는 소리가 들린다. 전선줄 위에서 약을 올리는 암컷을 향한 수컷의 날 선 소리다. 암컷은 꼬리를 들었다 놓았다를 반복하며 수컷의 약을 올린다. 그러나 외줄 위에 앉은 암컷을 어찌할 도리가 없음에 괴성을 질러대는 것이다. 게다가 불청객으로 여기는 나까지 자기의 처절한 모습을 빤히 쳐다보고 있으니 화가 치밀었던 모양이다. 그 녀석의 음성에 노기가 띠어 있다. 폭력을 가할 태세로 암컷을 후린다. 암컷은 여러 차례 도망치듯 하였지만 수컷을 애타게 하는 작전으로 보였다. 몇 차례를 그렇게 하더니만 애자가 있는 쪽으로 몸을 옮겨 수컷이 쉽게 짝짓기할 수 있도록 자세를 잡는다. 그제야 시끄럽던 하늘은 조용해지고 뭉게구름만 유유히 흐른다. 잠시 후 짝짓기를 끝낸 수컷은 음악 같은 부드러운 음성으로 노래를 불러댄다. 똑같은 주둥이에서 어쩌면 조금 전과 저토록 다른 소리가 나올 수가 있을까. 그제야 내가 자기에게 아무 해할 마음이 없었음을 이해하는지 짜증 섞인 음성은 더 이상 보이지 않는다. 하하, 인간이나 새나 모든 동물은 똑같구나.

자벌레는 허공을 딛지 않는다

이굴위신(以屈爲伸), "굽힘으로 나아간다. 굽히지 않고는 펼 수 없다. 자신의 몸을 낮추면서 뜻을 펼쳐나간다."는 의미다. 비굴한 낮춤이 아니라 겸손한 낮춤이다. 자벌레는 가슴에 세 쌍의 다리와 배에 두 쌍의 다리가 있다. 배에 있는 두 쌍의 다리로 큰 몸을 지탱하며 사물을 잰다. 자벌레는 허공을 딛지 않는다. 자벌레 시 한 편을 소개한다.

"봄날도 환한 봄날 자벌레 한 마리가/호연정(浩然亭) 대청마루를 자질하며 건너간다/우주의 넓이가 문득,/궁금했던 모양이다/봄날도 환한 봄날 자벌레 한 마리가/호연정 대청마루를 자질하며 돌아온다/그런데, 왜 돌아오나/아마 다시 재나보다."('봄날도 환한 봄날' 이종문)

자벌레는 딱 고만큼만 말았다 편다. 딱 고만큼씩만 전진하는 모습은 구도자의 오체투지다. 한 치의 흐트러짐 없이 나아가는 수도자의 일생이다. 자벌레는 우리에게 많은 것을 암시한다. 자기의 큰 뜻을 펴기 위해서는 겸손해야 됨을 일러준다. 몸을 낮추어라 알려준다. "삭비지조는홀유라망지앙(數飛之鳥忽有羅網之殃)이요 경보지수는비무상전지화니라(輕步之獸非無傷箭之禍)"다. "자주 나는 새는 그물에 걸릴 수밖에 없고 경망스럽게 달아나는 짐승은 화살에 맞을 위협이 있음"을 일깨워 준다.

"헤엄 잘 치는 사람은 물에 빠져 죽고, 나무 잘 타는 사람은 전봇대에 떨어져 죽는다."는 속담은 설치지 말고 나대지 말라는 금언이다. 자벌레는 그것을 정확하게 우리에게 교훈으로 전달한다. 자벌레를 백지 위에 놓고 두 시간쯤 함께 놀았다. 자벌레는 허공을 딛지 않는다. 우매한 우리 인간들은 얼마나 허공에 헛발을 내딛는가. 허공을 디뎌야 하는 절체절명의 순간이 닥치면 비장의 카드를 꺼낸다. 똥구멍에서 운명의 밧줄을 내어 안착을 시도한다.

16

내 공부스타일

나는 대학생이다. 70을 바라보는 나이에 입학해 졸업을 앞두고 있다. 오랜만에 하는 공부라 과연 할 수 있을까 같은 우려가 없는 건 아니었다. 처음에는 방송통신대 공부가 낯설고 컴퓨터가 익숙지 않아 애를 먹었지만 곧 익숙해졌다. 젊은 시절 음주 가무와 잡기로 시간을 물같이 썼다. 건강도 돌보지 않았다. 산 날보다 살날이 더 적게 느껴지는 어느 날부터 몸도 돌보게 되고 녹이 슨 뇌에도 뭔가 신선한 걸 채워주고 싶었다. 그래서 시멘트처럼 굳은 뇌를 연질세포로 바꿔 주는 작업을 시작했다. 시간이 흐르면서 공부의 혼이 서서히 살아나면서 모천으로 돌아온 양양 남대천 연어처럼 팔딱팔딱 가슴이 뛰었다. 공부가 힘이 드는 게 아니라 재미가 붙었다.

그러나 학창시절부터 미련한 곰처럼 하던 나의 공부 습관은 반세기가 지난 후에도 여전하였다. 나는 요령을 부리는 공부를 싫어한다. 요령은 뚝심을 당하지 못한다는 걸 알아서다. 잔머리 굴리면서 시험을 위한 공부는 절대 하지 않는다. 그런 공부는 잠시 명멸하다 사라진다.

나의 성격은 독특하다. 아침에 해 뜨고 저녁에 해 지는 일상성을 싫어한다. 가끔은 일식 또는 개기월식 같은 것들로 심심하지 않게 변화를 추구한다. 그래서 자식들 결혼식의 알림도 감사편지도 직접 썼다. 인쇄소에 있는 틀에 박힌 인쇄물로는 몸이 스멀댄다. 결혼식 때 식순에도 없는 '아들에게 들려주고 싶은 이야기'를 낭독했다. 무려 A4 네 매 분량이다. 그 후 그 글은 호평을 받아 많은 사람에게 복사되어 퍼져 나갔다.

공부 또한 마찬가지다. 나의 공부 고집은 알 만한 사람은 다 안다. 시험을 잘 보기 위한 공부는 절대 하지 않는다. 난 요령 부리는 것을 꺼려 시험에 날 것 같은 중요한 것만 골라서 하지 않는다. 처음부터 끝까지 통째로 암기하는 식이다. 나는 모든 것이 중요하지 중요한 게 별도로 존재하지 않는다고 생각하는 사람이다. 물론 많은 시간이 필요하다. 그러나 이렇게 하는 공부는 잠깐 머리에 머물다 사라지는 벼락치기와는 근본적으로 다르다. 시험이 끝난 후에도 오래도록 남아 글 쓸 때도 훌륭하게 한몫 한다.

공부는 나의 영혼을 살찌우는 일이다. 영혼을 살찌우는 일에 인색하거나 편식을 한다면 아까운 수업료와 시간을 써가면서 공부해야 할 이유가 없지 않은가. 필자는 시험을 잘 보기 위한 공부보다는 궁금한 것을 알아간다는 만족감으로 공부한다. 마라톤 마니아가 기록보다는 그 과정에서 얻어지는 즐거움과 결승점을 통과할 때의 성취감에 목적을 둠과 같다. 공부 또한 모르는 것을 알아가는 즐거움이란 마라톤 골인 지점을 통과할 때 느끼는 그것과 흡사하다. 나이가 들어가면서 요즘은 한술 더 뜬다. 시간이 금쪽같아 이리저리 쪼갤 수 없기에 두 마리 토끼를 한꺼번에 잡는 방법을 택한다.

누구나 시험 때가 되면 시험공부를 해야 한다. 그렇다고 언제나 하는 운동을 생략할 수는 없다. 그래서 운동을 하면서 동시에 공부도 하는 것이다. 도서관을 택하기보다는 남한강 자전거길을 택한다. 왕십리에서 중앙선을 타고 팔당역을 향해 간다. 팔당역에서 운길산역까지 10㎞쯤 된다. 다산 유적지를 경유하면 3㎞ 늘어난다. 1만7천 보에서 2만4천 보쯤 걷는다. 시간으로는 3~5시간 소요된다. 중앙선 안에서 있는 시간도 1시간 반쯤 된다. 열차 안에서 공부하고 걸으면서 공부하는 것이다. 소위 두 마리 토끼를 잡는 것이다. 나만의 특별한 공부법이지만 암기도 잘 되고 효과적이다. 걸으면 뇌가 자극되어 집중력도 좋아지고 공부가 뇌에 쏙쏙 박힌다. 나는 몸이 오글거려 잔머리도 굴리지 못하고 요령도 부릴 줄 몰라 시험공부 때도 무지막지하게 한다. 뭉텅이로 미련하게 공부하는 스타일이다. 나는 걸으면서 하는 공부를 최고로 친다. 나는 움직이는 도서관을 사랑한다.

17

여행

여행을 나타내는 영어 단어엔 트립(trip), 저니(journey), 투어(tour), 트래블(travel) 등이 있다. 트립이 짧은 여행, 저니는 좀 긴 여행을 뜻하기는 하나 이보다 우리가 주로 사용하는 어휘는 투어 아니면 트래블을 주로 쓴다. 투어는 관광을 대표하는 어휘로 여행의 대명사처럼 사용되는 게 사실이다. 트래블은 투어와는 다르다. 투어가 주로 겉모습을 본다면 트래블은 속 뜰을 들여다보는 것이다. 때문에 투어가 일과성의 볼거리 행위라면 트래블은 많은 시간이 필요하며 내면을 본다.

필자도 40여 년 전 단체관광, 패키지 관광으로 시작했다. 목적지를 잘 몰라 리더가 필요하였고 관광의 의미를 나름대로 갖고 싶은 마음에서였다. 그러나 단체관광은 나의 생리와는 잘 맞지 않음을 금세 알았다. 획일화와 단조로움, 편리함과 자유의 구속을 느끼면서 이건 아니다 싶었다. 나는 편한 것보다는 불편함이 좋다. 또 무한자유를 갈망하는 나에겐 잘 맞지 않는다는 것도 알았다.

여행의 본질은 자유다. 이 자유가 부자유스러우면 여행의 참맛을 잃는다. 때문에 단체로 움직이는 관광은 나로부터 멀어지고 홀로 여행을 추구하기 시작하여 오늘에 이르렀다. 나의 블로그 이름은 '아이구야(我而求也, blog.naver.com/iguyha)'다. 길을 걷다 보면 외형적 즐거움보다는 고통의 순간이 훨씬 많다. "내가 왜 이 짓을 하고 있을까." 하는 물음은 그간 여행을 하면서 자신에게 수없이 던진 질문 중 하나이다. 특히 나의 여행은 날씨 불문, 계절 불문이기에 더운 날, 추운 날, 좋은 날, 나쁜 날이 따로 없다. 나는 나쁜 날을 은근히 기다린다. 좋은 날은 싱겁다. 그나마 나쁜 날이라야 특별한 여행에 일조한다고 생각한다. 입에서는 '아이구야'가 무시로 튀어나온다. 그래도 자청한 일이니 뭐라 얘기할 수 없다. 오죽하면 고통으로 튀어나온 '아이구야'를 블로그 이름으로 만들었을까. 그 이름에다가 '나를 찾아가는 길'이라는 철학적 의미를 불어넣어 '아이구야(我而求也)'라고 강제의 옷을 입혔다. 그게 벌써 7년 전 일이며 블로그 횟수는 5천 회를 넘겼다.

나의 여행경력은 70년대 초부터 시작되었으니 벌써 50년 가까이 되어간다. 처음 몇 년을 빼고는 동반자는 가족 아니면 홀로 하는 여행이다. 가끔 친구를 동반하지만 그건 가물에 콩 나듯 한다. 여행의 본질은 자유라고 이미 이야기했다. 그 본질이 흐트러지면 의미는 바래지기 마련이다. 다른 사람과 약속을 하면 많은 제약이 따른다. 우선은 약속이 잘 지켜지지 않아 아까운 시간을 날려버린다. 그 약속을 맞추느라 쓸데없는 에너지 낭비를 한다. 하나에서 열까지 모두가 구속이다, 친구 한 명과의 약속도 잘 지켜지지 않는다. 심지어 한지붕 아래서 함께 지내는 가족도 약속이 잘 지켜지지 않는다. 이런 건 여행이 아니다. 홀로 여행은 이럴 이유가 없다. 자신과의 약속만 잘 지키면 약속이 깨질 리도 짜증 날 이유도 없다. 그러니 출발부터 기분이 상큼하다. 야호 소리가 절로 난다.

처음에는 단체관광으로 시작하여 패키지 관광, 가족과의 여행, 가까운 친구 한두 명과의 여행으로 발전하다가 요즘엔 홀로 하는 여행으로 굳었다. 요즘은 삼무여행, 말하자면 무작정, 무계획, 무목적 여행을 내용으로 생고생 트레킹을 주로 한다. 일반여행은 심심함을 달래주지 못해서다. 산과 강과 둘레길, 올레길, 섬을 샅샅이 돌았기에 지금은 이름 없는 작은 도시나 마을 뜯어보기를 주로 한다.

각지에 있는 버스터미널과 선박터미널로 달려가서 아직 가보지 않은 곳을 향해 무작정 올라타고 출발하는 식이다. 그러니 무작정이다. 그러니 무계획이 될 수밖에 없다. 이런 삼무여행의 밑바탕에는 모든 곳이 여행지이며 볼 곳이라는 생각이 깔려 있다. 어디가 좋고 어디가 나쁘다는 등급이 내게는 존재하지 않는다. 모든 곳이 볼만하며 가치 있다.

작정하고 계획하면 어떤 틀 속으로 들어가게 된다. 그 틀을 만들지 않아야 여행다운 여행이 될 수 있다는 게 내 생각이다. 실수는 여행자만이 할 수 있는 특권이다. 불편함과 실수와 돌발사건이 많아야 여행은 흥미진진하다. 여행은 낯선 곳에서 낯섦과 만나는 행위다. 낯선 곳도 만나지만 낯선 마음과도 만난다. 계획이 서면 낯섦이 줄어든다. 럭비공처럼 어디로 튈지 전혀 모르는 상태가 여행의 역동을 만날 수 있는 가장 좋은 상황이다.

필자가 이야기하는 무작정, 무계획, 무목적은 사실 그 속에 모든 것이 생략되었다고 보는 게 맞다. 무작정 속에 작정이 있으며 무계획 속에 계획이 들어 있다. 무목적 속에 목적사항이 이미 다 들어 있는데 그걸 바깥으로 드러내지 않을 뿐이다. 까마귀나 까치, 꿩, 비둘기 같은 새는 우리 모두가 잘 안다. 사실 그들의 생김새는 알아도 그들의 대화를 이해하기란 깊은 관찰이 필요하다. 이런 익숙한 새를 제외하면 이름과 생김새와 새소리를 아는 경우는 드물다. 동고비, 찌르레기, 박새, 밀화부리, 직박구리, 붉은머리 오목눈이, 팔색조 같은 새들은 여러 사람이 우하고 몰려다니면서는 습성이나 모양을 알 도리가 없다. 그들의 대화를 알아듣는다는 것은 더더구나 어렵다.

온갖 식물이나 곤충, 꽃들도 마찬가지다. 그들과의 대화가 가능해지려면 1만 시간 정도는 투자해야 한다. 근육이 같은 행동을 계속적, 반복적으로 해야 만들어지듯 생각 근육도 마찬가지다. 생각 근육을 키우기에는 볼게 적고 지루한 길이 제격이다. 볼게 많거나 울퉁불퉁한 길에선 생각 근육을 키울 수 없다. 단조롭고 지루한 길이어야 생각이 훨훨 날갯짓을 한다.

혼자 여행을 다니면서 제일 많이 받는 질문은 외롭지 않느냐다. 질문을 받을 때마다 외롭지 않다고 힘주어 답한다. 외롭지 않음은 홀로 있을 때 생각의 깊이와 넓이가 커지기 때문이다. 따라서 여럿이 있을 때가 더 외롭고 생각의 폭이 좁아진다. 그래서 군중 속 고독이나 도시 속의 섬 같은 언어가 탄생하였다. 오히려 혼자 있으면 외로울 새가 없다.

그 녀석들이 밖으로 나올 땐 모처럼 날을 잡아 나들이를 나왔기에 나름대로 단장을 하고 나온다. 그러니 자기의 예쁜 모습이 사진에 찍히는 걸 은근히 바란다. 햇볕이 드는 날은 사진 찍히기를 바라지만 흐린 날과 바람 부는 날은 사진 찍히는 걸 좋아하지 않는다.

생각해 보라. 흐린 날은 얼굴이 어둡게 나올 것이고 바람 부는 날은 꽃 대궁이 흔들려 자세를 바로 취할 수 없는데 사진 찍히기를 원하겠는가. 그러니 그 녀석들 심사를 잘 가려 사진도 찍어 줘야 하고 대화도 하여야 한다. 위험한 곳으로 나오면 그들의 생활 터전으로 돌려보내야 하는 것도 나의 임무 중 하나다.

지구는 그냥 돌아가지 않는다. 세계에 펼쳐진 모든 생물들이 나름대로의 역할이 제대로 이루어질 때만이 가능하다. 지구도 심호흡을 하며 살아간다. 밀물은 들숨이며 썰물은 날숨이다. 지진은 뇌경색이며 화산 폭발은 뇌출혈이고 쓰나미는 심근경색이다. 우리 몸에 이상이 오듯 지구도 정상적으로 건강한 움직임을 갖지 못하면 경기를 일으킨다. 그것이 자연재해로 나타난다.

우리의 여행은 이런 지구의 이해에서 출발해야 한다. 지구 위에 놓인 건축물과 문화와 역사가 녹아 있는 것은 아주 단조로운 우주의 한 가닥 질서의 점일 뿐이다. 이 작은 것들도 분명 여행의 대상이 된다. 그리고 가치도 있다. 그러나 더 큰 여행은 지구의 사랑으로 시작하고 사랑으로 끝나야 한다.

지구는 거대한 기관이다. 인간은 그 기관의 작은 나사못이다. 나사못이 잘못 죄어지거나 헐거워지면 기관의 작동은 원활할 수 없다. 내가 버린 휴지 하나 비닐 하나가 기관의 오작동을 일으킬 수 있다. 지구는 나며 내가 곧 지구다.

18

'언젠가'는 결코 돌아오지 않는다

(Someday will never come!)

2014년 11월 1일자 동아일보 기사 제목이다. 기사 제목만으로도 가슴을 이토록 뛰게 하다니. 놀랍다. 우리에겐 '다음'이라는 시간도 '언제'라는 시간도 존재하지 않는다. 이용휴의 당일헌기(當日軒記)에서 '오늘'의 중요성을 이야기한다.

> "오늘은 어제의 내일이요 내일의 어제다. 어제는 이미 지나갔고 내일은 아직 오지 않았다. 하고자 하는 바가 있으면 오직 오늘이 있을 뿐이다. 네게 진시황이나 한무제보다도 열 배나 더한 권능과 위력을 넉넉하게 베풀었으므로 정녕코 한 시각도 미루는 일을 해서는 안 된다. 우리들이 쓸 수 있는 권한은 눈을 꿈적하고 숨을 들이쉬는 찰나의 순간에 불과한 것이다."

오늘 우리는 패배감, 절망감, 우울감, 무력감에 젖어 있다. 여기 김승진 선장의 도전 정신과 강인함, 대범함을 보면서 다시 한 번 운동화 끈을 졸라매고 도전 정신으로 무장하자. 요트로 단독 세계 일주에 나선 김승진 선장은 50대 초반의 중년 남자다. 약 6개월간의 단독 여정으로 무기항, 무원조, 무동력의 삼무여행이다. 길이 13.1m, 높이 17m의 무동력 아라파니 호를 타고 거친 바다와 싸우는 것이다. 아라파니는 바다 달팽이를 뜻한다. 김승진 선장은 유전자가 시키는 대로 살고 싶다고 했다. 그는 세월호 참사를 겪으면서 심한 우울감에 젖어 있는 국민을 위로하고 아무리 힘든 삶이라 하더라도 희망의 끈을 놓지 말라는 메시지를 전하고 싶다고 했다.

그는 일본 방송 영상원을 졸업하고 후지TV의 외국인 1호 정사원으로 있던 30대에는 비교적 안락한 삶을 살았다. 그런데 성에 차지 않았다. 30대 후반에 '사람은 유전자가 시키는 대로 살아야 되는구나'를 생각한다. 생각은 곧 행동으로 옮겨졌고 착수는 곧 성공이라는 듯 성큼성큼 발을 내디뎠다. 곧바로 뉴질랜드로 건너갔고, 이내 요트에 빠졌다. 그리고 프리랜서 다큐멘터리 PD이자 해양탐험가의 길을 걷기 시작한다. 그의 말대로 유전자가 시키는 삶이었다.

그는 스물네 살 때 한강 350㎞를 수영으로 종주하고, 딱 사흘 쉰 뒤 바로 일본에서 제일 길다는 시나노 강 380㎞를 헤엄칠 만큼 김 선장의 삶은 유별난 탐험으로 가득 차 있다. 그는 "모험으로 잔뼈가 굵어졌다."고 했다. 1990년에는 5,800㎞에 달하는 중국 양쯔 강을 탐사해 다큐물로 만들었다. 2010년 크로아티아에서 한국까지 2만㎞를 항해했고, 작년에는 카리브 해에서 출발해 태평양을 돌아오는 2만6,000㎞의 항해 경험도 쌓았다.

과거 범선(帆船)으로 큰 바다를 오가던 시절, 뱃사람들 사이에서는 '적도제(赤道祭, Neptune's Revel)'라는 의식이 있었다. 무사히 적도의 무풍지대를 통과할 수 있게 해달라고 해신(海神)에게 제사를 지내는 풍습이다. 적도 무풍지대란 남위 5도에서 북위 5도 사이에서 북동무역풍과 남동무역풍이 마주치면서 대기가 위로 상승해 바람이 불지 않는 지역을 말한다. 오직 바람에만 의존해 항해하던 시대에, 무풍은 곧 재난이다. 하루 이틀도 아니고 한 달 두 달씩 바람이 불지 않으면 바다는 곧 지옥이 된다. 마치 희생양을 바치듯, 선원을 로프에 묶어 바다에 던지는 이벤트를 할 때도 있다. 적도제의 풍습은 오늘날에도 이어져 내려오고 있다. 물론 상징적이다.

하지만 2014년 10월 19일, '희망항해'의 깃발을 걸고 무기항, 무동력, 무원조 요트 세계 일주에 나선 김승진 선장에겐 그냥 '상징'일 수만은 없다. 김 선장의 '아라파니' 호는 11월 27일 오후 8시 42분 첫 번째 관문인 적도를 통과했다. 경도 163도 32분, 남태평양 미크로네시아와 마셜 제도, 그리고 솔로몬 제도를 꼭짓점으로 하는 삼각형의 중간쯤 되는 곳이다. 이게 웬 떡인가, 무풍지대에서 시속 30노트의 바람을 만나다니. "쉽게 통과하였습니다. 축하해 주세요." 위성으로 통화하는 김 선장의 전화 목소리가 흥분상태다.

남미 대륙의 끝이자 칠레의 최남단인 푼타아레나스와 남극해 사이에 위치한 오르노스 섬 남단에 있는 혼 곶(남위 55도 58분, 칠레)은 강풍과 높은 파도 때문에 '바다의 에베레스트', '선원들의 무덤'이라고 불리는 곳. 김 선장은 항해 107일째인 2015년 2월 2일 오후 10시 40분 혼 곶을 통과했다. 당시 바다는 건물 2층 높이의 삼각파도와 순간 풍속이 50노트를 넘나드는 돌풍에 비바람까지 몰아치는 악천후였다. 배가 45도 가까이 기울어지는 전복의 위기를 두 차례나 겪었다. 죽음의 그림자가 눈앞에 서성거렸다. 오직 죽은 자의 넋만이 건널 수 있다는 그 바다. 그래서 잿빛 하늘을 나는 앨버트로스 새를 가리키며 '뱃사람들의 환생'이라고 불렀던, 그 바다를 지나야 한다. 영국령 사우스 조지아 섬을 지날 땐 뿌연 안개 속에서 집채만 한 유빙을 피하느라 뜬눈으로 밤을 새웠다. 김 선장은 가족과 도와준 사람들의 얼굴이 떠올라 이를 악물고 버텼다고 했다.

바람이 멈췄다. 무동력 요트라 앞으로 나아가기 힘들었다. 마침 칠흑같이 어두운 밤이었다. 김 선장은 돛을 내리고 잠이나 자자며 피곤한 몸을 뉘었다. 세계 일주를 시작한 지 174일째인 4월 11일 인도네시아 수마트라 섬과 자바 섬 사이 해역에 들어섰을 때다. 바람이 거의 불지 않는 적도 부근으로 해적들이 수시로 출몰하는 곳이다.

깜빡 잠이 들었을까, 알람이 요란하게 울리기 시작한다. 3마일(약 4.8㎞) 이내에 물체가 다가오고 있다는 레이더 경고였다. 잠에서 깬 김 선장은 황급히 갑판 위로 올라갔다. 눈에 보이는 건 없다. 하지만 레이더 속 물체는 빠르게 다가왔다. 불안했다. 일반적으로 해적들은 어둠 속에서 몰래 다가와 서치라이트를 켜고 약탈할 배를 확인한다. 이어 갈고리를 던져 배 위에 올라타 장비와 식료품을 약탈하고 선원들을 납치하기도 한다.

김 선장은 만약의 사태를 대비해 요트의 모든 불을 껐다. 갑자기 3척의 배에서 서치라이트가 켜졌다. 여러 개의 빛줄기가 바다 위를 샅샅이 훑기 시작했다. 숨을 죽인 김 선장은 돛을 이리저리 돌리며 그들의 눈을 피했다. 1시간쯤 흘러 다행히 해적선들은 멀어져 갔다. 그제야 안도의 숨을 내쉴 수 있었다.

우여곡절 끝에 세계에서 6번째로 요트 세계 일주에 성공한 김 선장은 2015년 5월 16일 오후 3시에 충남 당진시 왜목항에 입항했다. 단독, 무기항, 무원조, 무동력 세계 일주로 지난해 10월 19일 왜목항에서 출항한 지 210일 만이다. 항구에 발을 디딘 김 선장은 왈칵 눈물을 쏟았다. 김 선장은 요트 아라파니 호로 태평양~남극해~대서양~인도양을 모두 거쳐 약 4만1,900㎞의 항해를 마쳤다.

그가 도전한 여정은 바람에만 의지해 혼자 요트를 조종하되 항구나 육지에 기항하지 않는 항해다. 응급상황이 발생해도 외부 지원을 받아선 안 되며 항해 기간 내내 지구를 동서 중 한쪽 방향으로만 돌아야 한다. 1969년 영국의 로빈 녹스존스턴이 처음 도전해 성공한 이후 지금까지 호리에 겐이치(일본, 1974), 제시카 왓슨(호주 2010), 궈촨(중국, 2013), 아브힐라시 토미(인도, 2013) 등 다섯 명만 성공했다.

극한의 도전을 시작하는 사람에 대한 외경이나 미지의 대양에 대한 호기심과는 또 다른 그 무엇이 가슴을 덥힌다. "아무리 힘든 삶 속에서라도 희망의 끈을 놓지 말자."는 것이 김 선장이 우리에게 던지는 메시지다.

Someday will never come! '언젠가'는 결코 돌아오지 않는다. 'Right now!, 바로 지금!'이 있을 뿐.

19

끝나야 끝난다

가수 이애란 씨는 무명 20여 년을 보내고 '백세인생'을 히트시켜 '대세인생'을 만들었다. 지난해 11월 19일 19시 WBSC 프리미어 12경기, 도쿄 돔에서 벌어진 한일전 야구 경기에서도 '끝나야 끝난다'는 것을 여지없이 보여줬다. 최소한 역전승을 거두기 전까지는 어느 누구도 이길 것이라는 상상조차도 불허했던 시합 분위기였다. 0:3으로 시합 내내 끌려가다 9회 초 마지막 공격에서 4점을 뽑아 4:3으로 대역전승을 거두었다. 역전승은 언제나 스릴과 서스펜스를 동시에 안긴다. 역전승을 한 팀은 최고의 기쁨을, 역전패한 팀은 최악의 슬픔을 갖기 마련이다. 동물의 왕국에서도 강자가 약자를 포획하는 장면은 늘 가슴 아프고 서늘하다. 그러나 약육강식이 자연의 법칙임을 어쩌겠는가. 스포츠에서도 승패를 가려야 하는 냉혹함이 존재한다.

"끝나기 전까지는 끝난 게 아니다."는 1973년 뉴욕 메츠의 지도자로 활동할 때 요기 베라가 남긴 최고의 명언이다. 요기 베라는 누구인가. 그는 뉴욕 양키스 선수로 월드시리즈 10번 우승의 기록을 세웠던 사나이다. 그가 전세계적으로 유명해진 것은 '요기즘'으로 불리는 숱한 명언 덕분이다. "야구는 90%가 정신력이다." "어디로 가고 있는지 모른다면 당신은 결국 가고 싶지 않은 곳으로 가게 된다." 등이다. 그가 남긴 말은 허풍이 아니다.

"육십세에 저세상에서 날 데리러 오거든 아직은 젊어서 못 간다고 전해라/칠십세에 저세상에서 날 데리러 오거든 할 일이 아직 남아 못 간다고 전해라." 중독성 있는 '~전해라'를 반복하는 가요 '백세인생'이 선풍적 인기다. 이 노래 덕에 가수 이애란 씨는 20여 년의 고단한 무명생활에서 탈출해 52세의 나이에 '대세가수'로 떠올랐다. TV와 라디오에서 종횡무진 활약을 펼치고 광고에도 진출했다. 역시 끝날 때까지는 끝난 게 아니다.

살다 보면 우리가 원하는 것을 늘 얻을 수 없다는 것을 터득한다. 동시에 삶이 계속되는 한, 반전의 기회가 다시 온다는 것도 배우게 된다. 평균수명이 길어져 은퇴 후에도 3~40년을 더 사는 시대다. 무엇을 계획해도 해볼 만한 시간이다. 지금까지의 성적표는 접어두자. 앞으로의 성적만 생각하자.

온갖 불운과 역경에 맞서 맷집을 키운 우리의 노익장들은 세상을 향해 외칠 자격이 있다. "내 인생, 아직 끝난 게 아니다."고 말이다. 모든 것은 끝나야 끝난다. 관에 들어가기 전까지는 항상 기회가 있다.

20

내 나이가 좋다

나는 지금 이 순간의 나를 더없이 사랑한다. 잔머리 굴리며 아픈 척 하지 않고 늘 강건하게, 늘 머리를 시원하게, 명쾌하게, 맑게 해준 머리, 1년 365일 어느 곳 어떤 길을 데리고 가도 싫증 한 번 내지 않고 묵묵히 따라준 튼튼한 나의 두 다리, 죽도록 힘든 세월이 있었지만 내색 한 번 하지 않고 참아준 내 깊은 속정, 운동 좋아하고 술 잘 먹고 잘 놀고 노래하고 떠들게 하고 아무리 소리 질러도 쉬지 않는 굵은 목소리, 세계의 사물을 바라보며 아름다움을 느낄 수 있는 따뜻한 감성, 글 끼적이는 걸 좋아하는 나를 정말 사랑한다.

내 마음속에 아직은 추억을 즐길 여유가 있고, 아름다운 세상을 보면 시상이 떠오르게 하고, 수능걱정도 자식들의 취직, 결혼 걱정에서도 모두 벗어나 노인만이 가질 수 있는 한가한 여유가 좋다. 60대 중반에 시인으로, 수필가로, 70대에 대학생으로 살아갈 수 있는 뇌 건강, 신체건강을 가진 내가 진짜 좋다. 나는 만세다. 무일푼, 맨주먹으로 태어나 결혼하고 아이들 낳고 기르고, 귀여운 손자 손녀를 두었고, 마음껏 먹고 마시고 놀고 구경하고 집 갖고 차 갖고 좋은 직장에서 생활하고 우리나라 산과 강을 마음껏 돌아다녔고 책도 많이 읽고 썼으니 이만하면 됐다. 족하다. 차고 넘친다. 부러울 것도 아쉬움도 털끝만큼도 없다.

박경리 유고시집 『버리고 갈 것만 남아서 참 홀가분하다』에서 많은 시련과 고통도 시간이 흘러가면 아름다운 추억일 뿐이라고 노래했다. "모진 세월이 가고/아아 편안하다. 늙어서 이리 편한 것을/버리고 갈 것만 남아서 참 홀가분하다(옛날의 그 집)"

인생의 말년은 보기에 따라 삶의 완성일 수도 삶의 쇠락일 수도 있다. 빌리 그레이엄 목사의 30번째 저서 『홈을 앞두고』에서 그는 "노년의 외로움과 고통, 정신적 친구를 잃은 슬픔에 대해선 그 누구도 당신을 위해 준비해 주지 않는다."고 충고한다. 열정적 삶을 사는 것만이 '아름다운 말년'을 위해 중요하다고 설파하고 있다. 노년일수록 삶에 대한 강인한 태도와 세상을 향한 열린 마음가짐이 요구된다는 점을 인생의 대선배들은 한결같이 일깨운다.

필자는 인생 최고의 행복이란 무엇인가를 놓고 늘 명쾌한 답을 내린다. 물론 기준은 이 시점이다. 가장 작은 것에서 가장 큰 것을 얻는다는 진리다. 큰 것을 찾는 것은 어렵다. 큰 것을 갖기는 더 어렵다. 결과가 만족스러워도 역설적이게도 큰 것의 행복 수명은 짧다. 작은 것은 널려 있어 오히려 눈에 잘 띄지 않는다. 작은 것의 가치를 알아야 작은 것이 눈에 들어온다. 작은 것은 희한하게도 행복의 수명이 길고 은근하다.

필자가 꼽는 최고의 행복에는 몇 가지가 있다.

첫째, 추사의 '고회부처아녀손(高會夫妻兒女孫)'이다. 말하자면 "이 세상 최고의 모임은 부부와 아들딸 손자의 모임이다."라는 뜻이다. 일주일에 한 번 주일예배를 마치고 온식구가 모여 함께 떠들며 웃고 즐겁게 식사하는 것이다.

둘째, 축구를 좋아하는 나와 큰아들, 축구를 싫어하는 작은아들과 축구밖에 모르는 손자와 공차는 것, 언제나 운동장이 떠나간다. 웃음보가 터진다.

셋째, 축구선수인 큰손자 시합날 운동장에서 응원하며 뛰는 모습 보는 것, 골을 넣을 땐 어깨가 으쓱해지다가 넘어지면 안타깝다. 웃고 울고 통쾌하고 가슴 저미고 50분 내내 감정이 요동친다. 이보다 더 짜릿하고 감동을 안기는 드라마는 없다.

넷째, 손자 세 명 각자의 생일날에 각자가 좋아하는 음식-큰손자와 막내손자는 피자나 햄버거, 치킨을 좋아하고 손녀는 월남 쌀국수를 좋아한다.-을 사주며 함께 떠들고 밥 먹는 것, 아마도 이 모습을 몰래카메라로 찍는다면 가장 아름다운 작품이 아닐까 싶다.

다섯째, 손자들과 서울숲 놀이터에서 함께 노는 것이다.

여섯째, 새벽 4시쯤 일어나 서재에 앉아 글 쓰는 것, 나의 주된 일이자 제일 좋아하는 일이다. 하늘과 대화하는 시간이다. 자신과 소통하는 시간이다. 영혼의 우물에서 두레박으로 물 길어 올리는 시간이다. 솔잎으로 뇌세포를 찔러대는 그 시간이 참으로 귀하고 신바람 난다.

일곱째, 도서관에서 책 읽는 것, 장르 구별하지 않고 무심의 상태에서 글 읽는 재미 고소하고 달달하다.

여덟째, 세상의 잡다한 것 잊고 6대 강 자전거길과 전국의 둘레길을 홀로 걷는 것이다. 내가 제일 잘하는 것 중의 하나가 걷기다. 도보 여행가이기도 하지만 이젠 걷기에 이골이 났다. 걷기는 단순하지만 단순하지 않다. 그 단순함 속에 모든 사상과 철학이 숨어 있다. 그 사상과 철학을 눈치 채고 또 챌 때까지 걷고 또 걷는다.

아홉째, 친구와 맛집 찾아다니며 대화하며 밥 먹는 것, 지음지교라고나 할까. 백아와 종자기 사이다. 서로 백아가 되고 종자기가 된다. 두뇌가 빠르다. 엉뚱한 데가 있다. 평범함을 싫어한다. 화젯거리가 풍성하다. 닮은 구석이 많으니 심심할 겨를이 없다. 내가 그 친구의 별명을 '빈돌'이라 지어 줬다.

열째, 쾌적한 영화관에서 영화 보는 것.

열한째, 재래시장 나들이 가는 것. 특히 용문 장날에 메추리 안주와 막걸리 마시는 것, 가끔은 김삿갓이 되었다가 설잠(雪岑) 김시습이 되었다가 한다. 울타리가 없는 재래시장은 자유가 넘쳐 좋다. 정의가 살아 있어 좋다. 부정의나 권력이 없는 그곳이 좋다. 보통사람들 냄새가 켜켜이 쌓였다. 가식과 형식이 없다. 오만과 권위와 으스댐이 없는 그곳이 정말 좋다. 눈꼴사나운 일 보지 않으니 마음이 평화롭다. 오랜 세월 동안 인위적인 것을 배제한 울타리 없는 세상이 쭉 이어지길 바란다.

지금 시대, 정말 괜찮다. 꽤 오래 살게 돼 새로운 경험 많이 하고 많이 듣고 많이 볼 수 있으니 행복하다. 반세기 전보다 20년 이상을 더 살게 되었으니 죽을 때도 더 이상 욕심부리지 말자. 김종필 씨는 지난 김영삼 전 대통령의 장례식장에서 이런 말을 했다. "대통령 하면 뭐해,

인생 다 물거품인 것을." 삶과 죽음을 꿰뚫는 중요한 일갈이다.

살 때 죽음이 없듯 죽음 후에는 삶이 없다. 죽은 자는 말이 없다. 산 자들이 죽은 자를 팔아 자기의 무능에 자꾸 뭔가를 덧대려 든다. 명문도 능력도 자신이 만든다. 죽은 자를 들먹이는 건 자신의 무능을 공표하는 것이다. 난 이런 생각을 할 때가 있다. '다산은 76세를 살면서 500권의 책을 썼는데 고희를 넘긴 나이에 겨우 일곱 권인 나는?' 하고 내 자신에게 가끔 물음을 던진다. 이 물음은 죽기 직전까지도 계속될 것이다.

21

나의 나이 듦

나는 일관성을 좋아한다. 지속성과 객관성을 사랑한다. 직선보다는 곡선을 좋아한다. 나는 예의바름과 기초질서를 중하게 여긴다. 특히 시간약속은 목숨처럼 중히 여긴다. 세 번의 시간약속을 지키지 않으면 상대가 누구든 만나지 않는다. 그 이후는 보나마나기 때문이다. 잔머리보다는 우직함을 사랑한다. 요령은 뚝심을 당하지 못한다는 걸 그간의 수많은 경험을 통해 터득한 것이다. 잔머리와 간사함이 넘쳐나고 또 그런 족속들이 얼핏 출세하는 듯 보이지만 그건 불나방의 삶이며 아주 잠깐이다.

나는 차가운 산길보다는 따뜻한 들길을 좋아한다. 억센 남자보다 부드러운 여자가 좋다. 소녀는 예뻐도 예쁘고 안 예뻐도 예쁘다. 울어도 예쁘고 화내도 예쁘다. 천리향보다 만리향보다 향이 좋다. 탁한 눈을 가진 어른보다 검고 맑은 눈을 가진 어린이를 좋아한다. 어린이와 놀면 머리가 맑아진다. 날씨에 따라 성질이 변하는 볼펜보다 일관성이 있는 연필을 좋아한다. 특히 볼펜 똥은 귀찮고 성가시다. 연필은 깎는 재미가 좋으며 거기다가 나무향이 곱다. 화려한 장미꽃보다 수더분한 찔레꽃을 좋아한다. 라일락보다 아카시아가 좋다. 목련보다 과꽃이 좋다. 작약보다 제비꽃이 좋다. 작고 여린 이 녀석들과 오랫동안 함께 친구로 지내서 그럴 거다.

나는 안정감 있는 안쪽보다 경계에 있는 걸 좋아한다. 경계에 있으면 세포가 살아있어야 살지만 안쪽은 세포가 죽어 있어도 산다. 양어장에 있는 고기와 한강에 있는 고기는 그 야생성에서 비교가 되지 않는다. 튀어 오르는 높이도 다르고 육질 자체가 다르다. 한시도 한눈을 팔아서도 안 되고 눈동자 돌아가는 소리가 빠각빠각 나야 한다. 경계는 양쪽을 다 볼 수 있어 좋다. 경계는 늘 긴장해야 한다. 나태해지거나 해이해지면 끝이다. 자신을 늘 경계에서 다그치는 건 자기를 위한 발전의 모습이 된다.

나는 맹목적 욕심보다는 유목적적 야망을 좋아한다. 나는 물질의 굶주림보다는 지적 굶주림을 지향한다. 나는 공부의 늪에 빠져 있는 걸 좋아한다. 주로 서재와 도서관에서 시간을 보낸다. 그곳에 없으면 길 위에 있다. 길에서나 전철에서도 한자나 한시를 외며 책과 함께 지낸다. 갯골 같은 늪은 죽음과 맞닿아 있지만 배움의 늪은 즐거움과 맞닿아 있다. 나는 늙지 않는 법으로 첫째는 공부, 둘째는 여행, 셋째는 사랑을 꼽는다. 공부는 모든 갈증을 해결해 주고 여행은 갈증난 곳을 알려 주며 사랑은 공부와 여행을 할 수 있도록 에너지를 제공한다.

나는 우사인 볼트보다는 봉달이를 더 좋아한다. 치타의 심장보다는 리카온이나 하이에나의 심장이 좋다. 나는 불끈불끈한 쌀가마니 드는 힘보다는 은근과 끈기의 지구력을 좋아한다. 나는 일시적인 출세 지향적임을 저주한다. 나는 그런 것들을 찻잔 속의 태풍처럼 여겨왔다. 별거 아니라고 가볍게 여긴다. 삶의 진정한 의미와 목적과 거리가 멀다고 생각하기 때문이다.

직장 생활할 때도 보면 상위직급에 몇 달 먼저 오르려고 자존심을 헐값에 판다. 두꺼운 얼굴 하나 가지고 버티기에 성공하는 사람도 보아왔다. 아부 하나 가지고 상위직급에 먼저 오르는 사람도 봤다. 생글생글 웃음을 파는 사람도 봤다. 종이쪽지에 지나지 않는 소위 명문대 졸업장 하나 달랑 가지고 요직에 앉는 걸 그간 수없이 보아왔다. 침묵으로 무능을 감추려 하지만 보기 안쓰러웠다. 그런 자신을 부끄러워해야 한다. 얼굴에 철판을 깔았는지 부끄러워하기는커녕 오히려 고개 쳐들고 다닌다. 그러니 그런 짓을 할 수 있다.

그러나 그런 것들은 너무 하찮은 것들이다. 지붕 위에 풀이며 바람에 나는 겨자씨다. 그런 영혼 없는 삶은 하등동물의 바로 그것이다. 멋모르는 젊은 시절에 그랬다 치자, 이젠 그 치기 어린 어리석음에서 뛰쳐나와야 한다. 그것을 얼마나 빨리 깨닫느냐가 노인답게 나이 드는 길이다.

나는 본심에 어긋나는 일을 잘 하지 못한다. 본심은 몸과 마음이 함께 있음이다. 나는 우직하고 미련하다. 얼굴이 얇다. 닭살이 돋고 심장이 벌렁대기에 천만금이 생겨도 하지 못한다. 사이클형 인간이 똑똑한 인간으로 평가받는 현실이 더 웃긴다. 잘못돼도 뭔가 크게 잘못됐다. 나는 새로운 시작은 숙고하는 편이지만 일단 시작을 하면 꾸준함으로 밀어붙인다. 나는 나의 잔머리 굴리지 않음과 우직함을 좋아한다. 그

건 그렇게 하고 싶어서 되는 게 아니라 나의 정신을 꿰뚫고 흐르는 심지이며 줏대다. 또 나의 정신을 관통하고 있는 DNA며 중심사상이다. 그래서 늘 기분 좋으며 느긋하다.

그러나 우리도 언젠가는 국민의 의식 수준이 올라가고 민도가 높아지면 그런 하바리 인간은 사라질 것이라는 기대는 하고 있다. 그런 고품격의 사회가 되면 정직하고 열심히 사는 사람이 우대받는다. 그래야 착하고 우직한 삶을 사는 사람들의 어깨가 처지지 않는다. 인생은 100m를 달리는 단거리게임이 아니라 42.195㎞를 달리는 마라톤이다. 직장을 끝내고도 직장생활 한 것보다 더 긴 시간을 살아야 한다. 이제 겨우 하프코스를 지났을 뿐이다. 누구나 몸 상태가 예전과 판이하게 달라져 나머지 하프코스는 험난함을 예고한다. 그렇다면 어떻게 하면 나머지 하프코스를 멋지게 마무리할 것인가.

체력을 다지고 또 다지고 몸을 강건하게 하는 일에 심혈을 기울여야 한다. 나머지 모든 것은 이것의 뒤에 놓여 있다. 그다음엔 공부다. 책을 가까이하는 것이다. 학문적으로 깊이 있는 공부도 좋고 동서양 고전을 섭렵하는 것도 좋다. 술 중에 최고의 술은 예술이고 갈증 중에 최고의 갈증은 지적 갈증이다. 아는 데 용감해야 한다. 최고의 미치광이는 책에 미친 노인이다. 예술에 흠뻑 취하고 책에 맘껏 미쳐보라.

필자는 얼마 전 연세대학교 명예교수인 김형석의 『나는 아직도 누군가를 사랑하고 싶다』는 수필집을 읽었다. 이 책이 나의 눈길을 끈 것은 두 가지 측면이다. 하나는 출간 당시 저자의 나이가 96세라는 점이며 다른 하나는 고령임에도 문장력, 어휘, 내용은 충실하며 문맥은 앞뒤가 잘 연결되었는가 하는 궁금증 때문이다. 물론 99세에 등단한 일본의 시바타 도요 할머니의 시집 『약해지지 마』를 읽어 본 적은 있지만 이 수필집은 그 시집과는 다르다. 책 안에 이런 부분이 있다. "1985년, 31년 동안 봉직했던 연세대를 정년으로 떠났다. 그때 나는 '이제는 대학을 졸업했으니까 사회에서 일을 할 때가 되었다.'고 말했다. 듣는 이들이 웃었다. 그 후부터 사회교육에 몸담기 시작했다. 세월이 너무 빨랐던가, 다시 30년이 지났다. 90보다는 100에 가까운 나이가 되었다."

그는 97세인 지금도 강연과 원고 쓰기를 매일 하고 있다. 글을 읽어 내려가며 몇 번이고 무릎을 쳤다. 놀라운 기억력과 젊은이 못지않은 맑은 정신이 혀를 내두르게 했다. '아, 노력을 하면 필자도 가능하겠구나.'라는 생각이 들었다.

이 세상에 늦은 시간이란 존재하지 않는다. 다만 핑계와 게으름이 존재할 뿐이다. 언제 어디서 어떤 시간에 도전해도 늦지 않다. 자신을 돌아보며 자신이라는 인생의 신비를 느껴야 한다. 생각할수록 신기하고 놀랄 만큼 신비스러운 세상의 방대한 모든 것들이 나의 호기심을 무한히 자극한다. 그것들이 나를 잠에서 깨워 배움에 눈뜨게 한다. 시간은 자국을 남긴다. 시간은 인간을 통제하고 인간의 삶을 결정한다. 존재하는 모든 것은 시간에 복종해야만 한다.

걷고 쓰고 생각하고 말하고 놀고 앉았다 일어났다, 가다 서다를 마음대로 하며 장난치는 자신을 잘 관찰해 보면 인간은 온통 신비투성이임을 알 것이다. 도대체 어떻게 만들어졌기에 이런 신비가 존재할까. 이 신비의 몸을 갖고 운행하는 주인의 입장에서 생의 후반부에 맘껏 기계를 작동하며 희롱하며 몸의 각 기관과 놀아보라. 뇌와 오장육부와 근육과 피부와 뼈와 살과 대화를 나누어 보라. 상대방도 갑작스런 주인의 행동에 당황할 수도 있겠지만 곧 마음을 열고 가까운 사이가 될 것이다. 그리고 삶의 어떤 반응이 일어나는지를 살펴보며 그 신비 속으로 빠져들어 보라.

단소승자(端笑勝者), 마지막에 웃는 자가 최후의 승자다. 요즘 필자는 정말 바쁘게 살아간다. 금년 2월에 대학교를 졸업하고 지금 쓰고 있는 책의 출간을 위해 원고 쓰기에 매달리고 있다. 3월부터 6개월간 매주 수요일 왕초보 중국어 회화를 두 시간씩 배운다. 한 달 앞으로 다가온 상공회의소가 주관하는 한자 1급 시험을 앞두고 매주 토·일요일에 여섯 시간씩 공부한다. 매주 두 시간씩 학원에서 후배들을 위한 인문학 강의를 한다. 한 달에 두세 건씩 청탁받은 원고를 쓴다. 이미 5,000회를 넘긴 블로그와 일기 쓰기, 신문 스크랩도 하루의 중요한 일과다. 어떻게 시간을 내든 주 2회 이상은 여행을 떠난다. 하루 10,000보 이상 걷는 것과 근력운동도 빼놓을 수 없는 중요 일과다.

필자는 건강관리를 최우선에 둔다. 필자는 일찍 자고 일찍 일어난다. 전형적인 새벽형 인간이다. 밤 10시 전에 자고 새벽 4시쯤 일어난다. 일어나 명상과 기도로 하루를 연다. 근력운동과 걷고 달리기에 하루 두 시간쯤 투자한다. 할 일도 많고 하고 싶은 일이 많기 때문이다. 건강하지 못하면 내가 하고 싶은 그 어떤 것도 할 수 없다.

나는 부지런하다. 미스코리아에 출전하는 아가씨도 나의 부지런함과 몸 관리를 따를 수 없을 것이다. 짜여 진 계획대로 철저하게 이행한다.

책상머리엔 6개월마다 체크하는 몸 관리표가 있다. 몸무게와 가슴둘레, 허리, 허벅지, 장딴지를 재는 표다. 더 나아지기도 어렵지만 현상 유지가 더 어렵다. 나는 현재의 몸무게 62㎏을 51년째 유지하고 있다. 차이가 있어 봐야 1㎏ 범위 내이다. 신장도 운동 덕분인지 현재까지는 1㎝도 채 줄지 않았다. 엄청난 노력의 산물이다. 앞으로 이 몸무게의 유지는 점점 어려워질 것이다. 그러나 가능하면 향후 20년 이상 유지하고 싶은 욕심을 갖고 있다. 이와는 별도로 몸일지를 17년째 쓰고 있다. 내 몸을 실험대상으로 삼아 건강한 몸의 샘플을 만들고 싶은 것이다. 이곳엔 오장육부의 기능부터 성 기능, 체력, 청력, 시력, 치아, 심지어 하얗게 변하는 눈썹 수까지 적는다.

음식은 표준식단을 기본으로 하고 무엇이든 잘 먹는다. 건강식품, 기능식품, 보약 같은 것은 일체 섭취하지 않고 오직 자연의 상태에서만 관찰한다는 게 기본이다. 아직까지는 개소주 한 숟갈 먹어본 적이 없다. 그 흔하다는 비타민도 혈행 개선제도 먹어본 적이 없다. 간식은 걸을 때 행동식으로 하는 경우를 빼고는 거의 하지 않지만 과일과 견과류는 반드시 챙겨 먹는다.

나이가 들어가면서 신체의 각 기관에 대해 작은 변화도 놓치지 않고 기록한다. 기능이 전반적으로 하향곡선을 긋고 있지만 특히 소변기능이 떨어져 불편함을 느낀다. 빈뇨, 잔뇨, 절박뇨 현상은 물론이고 잠을 자다 평균 2회 이상 잠에서 깬다. 소변보는 시간도 소변기 앞에서 1분 30초에서 2분이 걸린다. 때문에 공중화장실에선 민망할 때도 있고 애를 먹는 경우가 많다.

이런 현상을 세세히 적는다. 이렇게 철저히 기록 관리했을 때 우리의 몸은 어떻게 늙어 가는지 그 변화를 일목요연하게 알 수 있을 것이다. 어느 시점에서 어떤 기관이 어떻게 낡아 못쓰게 되는지를 세세하게 기록해 훗날 건강한 몸의 표본으로 만들어 보고자 함이다. 그래서 모든 사람들이 건강하고 행복한 삶을 살아가는 데 참고자료로 쓰여 지도록 일조하고 싶은 것이다.

짧은 기간에 노인 수가 많이 늘어나는 것도 문제이긴 하지만 질병과 빈곤과 외로움으로 고통 받는 노인이 늘어난다는 게 더 문제다. 장수가 축복은커녕 큰 재앙으로 닥쳐온다는 점이다. 이미 OECD 국가 중에서 자살 1위, 빈곤율 1위의 오명을 쓰고 있다. 질병의 고통은 경제적 어려움을 동반한다. 나아가 국가 재정에까지 영향을 미친다. 이미 국민연금 건강보험료의 고갈 우려가 현실로 닥쳐오고 있다. 2060년에 기금 고갈이 국가 재정을 위협한다는 국민연금 전문연구원들의 보고가 잇따르고 있다. 노인 인구의 급증은 이와 같이 개인문제를 떠나 국가적 문제로 확대되어 가고 있다.

필자는 아무리 바빠도 시간을 쪼개어 연 1회 모교(강릉제일고)를 찾는다. 벌써 5년째 해 온 일이다. 동문 장학회와 모교의 부탁으로 후배들을 위한 조언을 하기 위함이다. 1시간 무료강의다. 그 강의를 위해 서울에서 한걸음에 달려간다. 기쁘고 보람된 일이 아닐 수 없다. 필자는 선배도 형도 없이 하늘이 세 평밖에 보이지 않는 두메산골에서 자랐다. 한마디 해줄 사람이 절실했지만 그런 사람은 눈을 씻고 찾아도 없었다. 답답하고 궁금한 것투성이지만 세상과의 소통은 암울 그 자체였다. 형과 선배의 부재가 뼈저리게 아쉬웠던 일들이 응어리 아닌 응어리로 남았다. 후배들이 나 같은 곤란을 겪어서는 안 된다는 단순한 이유가 늘 나를 날아서 모교로 달려가게 한다. 지금보다 나이가 훨씬 많이 든 후에도 모교의 부름을 받는다면 언제나 쾌히 응할 것이다. 이것은 다른 어떤 것보다 우선하는 가치이기 때문이다.

필자는 전문 강사는 아니지만 기회가 가끔 주어질 때가 있다. 젊은이를 대상으로 한 강의도 재미있지만 할머니 할아버지를 대상으로 하는 강의가 더 재미있다. 젊은이들은 반응이 빠르고 잘 웃는다. 할머니 할아버지는 그 반대다. 얼핏 재미가 없을 듯싶지만 강의 자체에 의미가 더 크다고 여겨 가슴이 뿌듯하다. 예상을 깨고 젊은 시절 추억의 파편들이 문득문득 튀어나와 미소를 짓게 한다. 함께 나이 들어가는 동변상련의 공통분모, 어쨌든 그와 비슷한 감정들이 개입한다. 얼굴엔 난해한 상형문자가 그려져 있고 저승꽃과 계피학발(鷄皮鶴髮)의 피부를 가지고 있다. 보행이 불편한 사람도 많다. 그들을 보노라면 애잔한 연민의 정이 안개처럼 피어난다. 필자는 건강관리를 열심히 하는 편이다. 건강에 대한 많은 자료도 갖고 있다. 건강한 삶을 위해서 어떻게 해야 하는지를 그들에게 들려주고 싶은 것이다.

보통 3개월 또는 6개월 코스가 끝나면 수료식을 한다. 그럴 땐 작은 선물을 준비하여 건넨다. 음료수, 사탕, 공책, 손수건 등 종류도 다양하다. 내 손을 꼭 잡으며 건네주는 음료수병엔 할머니의 온기가 그대로 남아 있다. 나는 그 선물을 받을 때마다 진한 감동을 받는다. 난 그 선물을 지상 최고의 선물이라 여긴다. 선물과 뇌물의 차이는 무엇일까.

잠이 잘 오면 선물이요, 잠이 잘 안 오면 뇌물이라 하지 않았던가. 꿀잠으로 행복한 밤을 보낸다. 고운 할머니의 얼굴이 오래도록 눈에 어리고 가슴속에서 잘 지워지지 않는다. 그러다 보니 노인복지관 건물을 바라만 보아도 애련하고 익숙한 공간으로 다가온다.

나는 나의 나이 듦을 비교적 재미있게 받아들이고 주어진 시간을 알토란처럼 쓰고자 노력하는 사람이다. 그중에서도 재미와 감동과 보람을 동시에 안겨주는 것이 있으니 그것은 바로 축구선수 손자의 성장을 보는 것이다. 그 녀석은 지금 중학교 1학년으로 축구선수로 활동하고 있다. 기숙사 생활을 하여 일주일에 한 번밖에 얼굴을 못 본다. 시합이 있는 날은 열일을 제치고 달려간다. 오늘은 어떻게 활동할까. 얼마나 나아졌을까 하며 두근거리는 가슴을 안고 간다. 포지션이 라이트 윙이라 오늘은 골을 넣을 수 있을까. 화려한 개인기로 몇 명을 제칠 수 있을까. 오늘은 스타팅 멤버로 나서는가. 오늘 컨디션은 좋은가 안색을 살핀다. 잘할 땐 목이 터져라 응원하고 실수하면 안타까움으로 마음을 졸인다. 넘어지기라도 하면 크게 다치지는 않았는지 애를 태운다. 그 녀석들은 성인들처럼 이기는 날엔 운동장을 돌며 환호하고 어깨동무를 하고 덩실덩실 춤을 춘다. 질 때는 고개를 땅에 박고 울음을 터뜨리기도 한다.

그 녀석의 일희일비는 나의 일희일비다. 그 녀석은 할아버지를 유독 좋아한다. 나는 그 녀석의 광팬이고 그 녀석은 나의 왕 팬이다. 나의 아들은 툭하면 밤을 새는 직업을 갖고 있어 쉬는 날에도 부족한 잠을 보충하기 바쁘다. 그러니 내가 아들이 못 하는 역할을 아들의 아들에게 해 주는 날이 잦았다. 놀아주는 일부터 공부, 놀이터, 공원, 학교, 책방, 목욕탕 같은 곳엘 자주 같이 가게 됐다. 놀 때는 주로 둘이서 축구를 하였다. 나도 좋아하지만 그 녀석도 좋아하였다.

다섯 살 때쯤으로 거슬러 올라간다. 덩치가 축구공만할 때부터 축구공만 가지고 놀았다. 그리고 할아버지를 졸라 축구만 하자고 하였다. 그러다 말겠지 하였는데 자라면서 축구에 대한 열정은 점점 심해지고 마침내 초등학교 3학년 때는 그 녀석의 진로를 놓고 심각한 가족회의를 수도 없이 할 정도가 되었다. 결론은 그 녀석이 좋아하는 축구를 시키자는 쪽으로 났고 오늘에 이르렀다. 그 녀석이 축구를 하게 된 계기에는 할아버지의 영향이 상당히 작용했다는 것은 의심의 여지가 없다. 이 녀석의 장래의 활동 여하에 따라 내가 가지는 심적 부담감도 함께 요동칠 것이다.

그 녀석은 날쌔다. 골 감각도 있다. 기술은 아직은 덜 여문 과일이지만 가능성은 무한하다. 그러나 아직은 동료 선수에 비해 키가 작다. 투지가 부족하다는 지적도 받는다. 그러나 아직은 성장과 기술이 요동치는 예측불허의 시기다. 이 녀석이 축구를 하면서 정의가 숨 쉬는 사회, 불공정이 발붙이지 못하는 사회가 되었으면 좋겠다는 이 사회에 대한 바람도 있다. 지금 중학교 3년의 기간은 축구인생 전체를 가늠해 볼 수 있는 중요한 시기다.

결과와 관계없이 나는 정말 즐겁다. 그 녀석의 게임이 있는 곳은 어디고 달려간다. 서울에서는 물론이고 경주 알천경기장에서 할 때도 달려가 며칠씩 묵으며 응원했다. 난 그 녀석의 장래가 무척 궁금하다. 어떤 모습으로 성장하고 어떤 일을 하며 인생을 살아갈까. 축구도 잘하지만 그 녀석은 그림에 소질을 보여주고 있다. 그리고 방대한 독서량과 풍부한 감성으로 글을 매우 잘 짓는다. 어쨌든 자기가 좋아하는 일을 맘껏 펼치면서 인생을 즐겁게 의미 있게 보람 있게 살았으면 하는 게 그 녀석을 사랑하는 할아버지로서의 솔직한 바람이다.

필자가 중국어 회화를 배우고 한자 1급에 도전하는 것은 나의 작은 꿈을 이루기 위함이다. 2017학년도 중문과에 입학해 중국문화를 공부하기 위한 사전 포석이며 더 나아가서는 230여 년 전 연암 박지원의 열하일기의 발자취를 따라가 보고 싶은 것이다. 당시 연암은 한양을 떠나 의주 북경을 거쳐 열하(현재 승덕)까지의 1,000㎞를 66일 동안 건륭황제 칠순잔치에 참석하는 연행단과 함께 가면서 보고 들은 이야기를 일기형식으로 적었는데, 그것이 열하일기다. 필자는 연암의 여정을 그대로 밟으면서 현대적 시각으로 재조명해 보고 싶다. 또 하나 욕심을 부려 보자면 1,300여 년 전의 신라 고승 혜초가 걸었던 왕오천축국전의 길을 따라서 가보고 싶다. 구체적 계획이 아직 세워진 것은 아니지만 연암의 발자취를 따라 열하(승덕)를 답사하는 것은 5년 내에 실행하리라 다짐한다. 바로 그날을 위해 중국어 공부를 조금이라도 해 두고 싶은 것이다.

필자는 거친 들판의 야생마 같은 성격을 가지고 있다. 그런가 하면 한편으로는 매우 섬세하고 소소하고 세세하며 조용하고 혼자 있는 걸 좋아하며 감성적이다. 뚜렷한 이중성이다. 그러나 정확히 말하면 나의 성격은 4:6, 더 나아가 3:7 정도의 비율로 후자에 가깝다. 그런데 지금까지 많은 세월이 흘렀지만 나를 아는 모든 이들은 100% 전자인 줄 알고 있다. 어머니의 대표적 유산인 눈물도 많다. 영화나 TV를 볼 때도 툭하면 눈물을 흘린다. 그래서 눈물 흘린다 하지 않고 눈 청소한다고 둘러댄다. 나는 술 마시기를 좋아하며 노래 부르기도 좋아한다. 지금은 양이 많이 줄었지만 술 마시는 것이 재미있다. 술 마시고 이야기하는 것은 더 재미있다. 노래도 300곡 이상 부를 수 있다. 스포츠도 좋아한다. 이름이 붙어 있는 운동은 거의 다 한다. 잘하고 못하고는 둘째 문제다.

나는 이야기하기를 좋아한다. 화젯거리가 무궁무진이다. 화젯거리가 없어 고장 난 유성기판처럼 한 얘기 또 하고 또 하는 걸 좋아하지 않는다. 적합한 상대만 있으면 5일 연속도 할 수 있다. 그러나 인내심을 갖고 5일씩이나 맞장구치며 할 수 있는 사람이 과연 있을까 싶다. 나는 학창시절에 공부밖에 몰랐던 시절이 있었다. 고교 3년 동안 잠 안 오는 약 카페나 400알을 먹으며 미련하게 공부와 싸웠다. 약 부작용으로 장이 꼬이고 탈 항 증세를 보여 한동안 고생하였다. 탈 항 증세는 마라톤할 때나 오래 걸을 때 요즘도 가끔 나타나 불편을 겪기도 한다. 나는 공부하는 스타일이 좀 다르다. 남이 볼 때엔 공부를 하지 않는다. 남이 보지 않아야 쌍심지를 켜고 덤벼든다. 나는 공부꾼 냄새 풍기는 걸 좋아하지 않는다. 나는 남들이 그런 걸 잘 알아채지 못하는 상황을 즐긴다. 그래서 일부러 어깃장을 놓는 경우도 허다하다.

나의 꼼꼼함을 엿볼 수 있는 여러 예가 있다. 나는 지금까지 44년간 11개 장르(사설, 지식창고, 문화, 여행, 건강, 우주과학, 실버, 기업경영, 오늘의 화제,

멋진 삶, 자동차)에 걸쳐 신문 스크랩을 해오고 있다. 표지에 분야와 연도와 날짜 표시를 하고 필요한 부분은 설명을 곁들여 일목요연하게 정리한다. 그 스크랩북은 80쪽짜리로 500여 권에 달한다.

또 필자는 43년째 일기를 써오고 있다. 200쪽짜리 노트가 35권이다. 볼펜을 많이 쓰는 편이어서 2009년부터 사용한 볼펜을 모았는데 지금까지 105자루가 모였다. 알록달록한 색깔들이 어우러져 귀엽다. 그 외에도 17년째 몸일지 쓰기, 6년째 건강관리표 작성하기, 2009년 11월부터는 매주 토요일을 제외하고는 거의 하루도 빠짐없이 블로그에 글을 올려 그 횟수가 5,000회를 넘어섰다.

나는 자칭 완벽한 방랑자다. 얼핏 보면 대립하는 개념이지만 체크 밸브를 완벽하게 상황에 맞게 개폐를 한다. 말하자면 꼼꼼한 업무를 처리할 때와 여행하고 글쓰기 할 때의 작동하는 뇌를 개폐장치를 이용하여 서로 달리하는 것이다.

이렇게 하는 것은 나의 삶을 재미있고 즐겁게 만들어 가는 나만의 방법이다. 즐거운 삶이란 누가 만들어주는 것이 아니라 자신이 만들어 가는 것이다. 나는 심심한 삶을 좋아하지 않는다. 아침에 해 뜨고 저녁에 해 지는 무미건조한 일상을 싫어한다. 그러니 끊임없이 새로운 일을 만들어 낸다. 그러기 위해 여행을 시도 때도 없이 떠난다. 나의 서재는 좁다. 책은 얼마 되지 않는데 방이 좁아서다. 책 700여 권에 80쪽짜리 스크랩북이 500권쯤 된다. 그러니 거의 밀림상태다. 공기가 얼마나 좋겠는가. 책의 밀림, 그 속에서 뿜어져 나오는 책 향기와 산소덩어리들을 무척 좋아한다. 내 영혼의 고향이며 어머니 자궁 같은 곳이다. 모든 글과 사상과 금언과 시들이 이곳에서 튀어나온다. 책장 위엔 아버지 어머니 사진이 놓여 있다. 이른 새벽 서재에 들어서면서 "아버지, 엄마 안녕." 하는 인사로 하루를 시작한다. 부모님께선 책상머리에 앉아 있는 나를 내려다보시며 빙그레 웃으신다. 그리고 한 말씀 하신다. "큰 아야, 이젠 공부 좀 그만해라." 학생 때 수도 없이 들어온 얘기다. 카페나를 먹고 잠을 하루 4시간밖에 자지 않는 미련한 나의 건강이 우려되기 때문이다. 돌이켜보면 그때의 그 무모한 공부가 오늘 나로 하여금 글을 쓰게 하는 밑천이 되었다는 생각이 든다.

나는 두 개의 꿈이 있다. 버킷 리스트와는 또 다른 것이다. 하나는 노인이 건강하고 행복해야 한다는 점이다. 둘째는 청소년들이 공부의 질곡에서 벗어나 호연지기를 기르고 야망을 갖고 꿈과 도전을 즐기는 젊은이로 자라게 하고 싶다는 꿈이다. 세월이 흐르면 누구나 노인이 된다. 우리는 손오공처럼 돌의 후예가 아니다. 누구나 조상이 있고 부모가 있다. 뿌리가 있다는 얘기다. 그런데 언제부턴가 노인이 찬밥신세가 되는가 하면 반인륜, 반도덕적 사회로 빠르게 바뀌어 가고 있다는 뼈아픈 사실이다. 원래의 위치로 돌아가야 한다.

노인 수가 빠르게 늘어난다. 현재 노인 인구는 630여만 명이며 10년 후엔 1,000만 명이 된다. 세계의 그 유례가 없는 노인 인구의 증가 속도는 개인도 국가도 어떤 준비의 시간도 가질 여유가 없었다. 그러다 보니 세계 1위의 노인 자살자와 최 빈곤국이라는 오명을 갖게 되었다. 가난, 질병, 외로움은 노후 생활을 결정적으로 불행하게 만든다. 곧 걸어 다니는 다섯 사람 중의 한 사람이 노인인 세상이 온다. 노인이 행복하지 않으면 어떤 복지 운운도 헛꿈이 된다.

필자는 이 문제를 20여 년 전부터 관심을 갖기 시작하며 각종 자료를 모으며 대책을 모색했다. 심각한 문제를 통감하고 작은 도움을 주기 위해 노인 관련서를 썼다. 2007년의 일이다. 이번의 책도 그 연장선에서 생각할 수 있는 '노인이 살아야 나라도 산다'는 절박하면서도 꼭 필요한 내용을 골라 담았다.

이번 책 2부에서는 국민과 국가의 골칫거리인 국민연금 고갈문제, 건강보험료의 과도한 지출과 월급쟁이들의 건강보험료 납부 부담 같은 국가재정을 흔드는 큰 문제들의 획기적인 해결책을 제시했다. 이 해결책이 정책으로 받아들여지면 우리들의 고민은 일거에 해결된다. 천만 노인이 건강해야만 우리 모두가 행복해진다는 것은 숨길 수 없는 대명제다.

두 번째 꿈인 청소년 문제다. "어린이들에게는 책에 실린 지식을 강요하는 것보다 건강한 정신을 갖게 하는 것이 더 중요하다. 어린이들은 고통을 통해서가 아니라 놀이나 자연과의 교류 등 기쁨을 통해서 배워야 한다." 20세기 최고의 식물 재배가, 캘리포니아의 루터 버뱅크의 말이다. 버뱅크는 "자신의 성공은 어린아이와 같은 태도로 주위의 모든 것에 대해 경이로움을 느낀 데서 비롯되었다."고 했다. 버뱅크는 또 전기 작가에게 이렇게 전했다. "나는 이제 77세에 가까운 나이지만 아직도 대문을 뛰어넘고 달리기 시합을 하고 샹들리에를 걷어차기도 한다오. 그것은 아직도 청춘인 내 마음과 마찬가지로 육체도 늙지 않았기 때문이오. 나는 지금껏 어른이 된 적이 한 번도 없고 앞으로도 영원히 그랬으면 싶소." 어린이 같은 마음으로 나이 들어가는 것은 중요하다.

그러나 자연과의 교감으로 자라는 어린이로 키우는 것은 더 중요하다.

청소년은 한 가정과 한 나라의 미래며 희망이다. 청소년이 바르게 그리고 젊은이다운 청소년으로 자라야 한다. 자녀 교육서 두 권을 쓴 이유도 그런 간절한 마음이 작용해서다. 지금의 공부만이 최고라는 잘못된 공부 감옥의 틀에서 해방시켜야 한다. 나는 우리나라 방방곡곡을 샅샅이 현미경으로 훑고 다녔다. 걸어서 해안을 따라 전국을 일주하였고 우리나라 유인도 400여 개를 훑었다. 6대 강 자전거길 1,640㎞를 도보로 답사했다. 35년간 우리의 산야를 헤매며 쏘다녔다. 결론은 우리나라가 얼마나 아름다운 나라인지를 두 눈으로 확인했다는 점이다.

자전거길을 만드는 데 23조 원이 투입되었다. 이토록 아름다운 길을 만들어 놓고 왜 이리 말이 많고 탈이 많은지 모르겠다. 현장을 보지 않은 자들이 입으로만 쫑알댄다. 서울구경을 하지 않은 자가 서울을 더 많이 알고 군대 가지 않은 사람이 군대 얘기를 더 많이 하는 식이다. 웃겨도 너무 웃긴다. 그걸 믿고 고개를 끄덕이는 사람은 또 뭔가, 넓고 긴 안목으로 바라보는 게 아니라 눈앞의 이익에만 사로잡혀 싸움질과 헐뜯는 일에만 열을 올리고 있으니 한심하다.

싸움에만 능한 자들과 한 치 앞밖에 보지 못하는 단견의 소유자들에게 단 한 번만이라도 현장을 가보라고 권하고 싶다. 어떤 생각이 그대 가슴에 방망이질 치는지 묻고 싶다. 필자는 이 자전거길이 온 국민과 국가를 위해 큰 쓰임새로 활용될 것을 간절히 바라는 사람이다. 옛날 경부고속도로가 그랬고 월남파병이 그러했으며 가까이는 청계천 맑은 물 되찾는 공사가 그러했다.

진영논리와 반대를 위한 반대에만 모두 혈안이 되어 큰 것을 보지 못한다. 나뭇가지에 난 작은 상처만 보고 싸움질이다. 느티나무는 보통 10만 장의 잎사귀를 달고 있다. 그 많은 잎사귀 중에는 병든 잎도 있기 마련이다. 그 병든 잎 하나만을 물고 늘어지며 나머지 99,999개의 푸른 잎도 문제가 있는 것처럼 날을 세우고 넙치 눈을 뜬다. 이런 모순과 괴변이 어디 있는가. 숲을 조망할 수 있는 큰 눈과 넓은 가슴을 가지고 사물을 바라보아야 한다. 말하자면 대관소찰(大觀小察)의 눈이 필요하다. 정치란 모름지기 국민을 안전하고 행복하게 그리고 삶의 질을 높이는 고도의 인간경영이다.

필자는 6대 강을 걸으며 두 눈으로 똑똑히 현장을 보아온 사람이다. 이 길은 시간이 지나면 지날수록 우리에게 큰 이익을 안길 것이다. 눈에 보이는 이익만 하더라도 16개 보의 담수능력은 6억6천만 톤이다. 매년 홍수로 인해 5천억 원을 넘었던 피해가 10분의 1로 줄었다. 지천 정리만 하면 어떤 가뭄에도 끄떡 않을 정도의 물을 담고 있다. 또 국민들에게는 걷기의 최적의 장소로 또 문화수준을 한 차원 높이는 명품 장소로 이용될 것이다.

한편 청소년에겐 이곳을 호연지기를 기르는 장소로 이용할 것을 강력히 주문한다. 이 길은 아름답기 그지없다. 학생들의 방학기간을 이용하여 체계적으로 체력단련장으로 활용하면 된다. 자전거 전용도로여서 안전하다. 각종 캠핑시설, 휴게시설, 운동시설, 공원 같은 조경시설이 완벽하게 갖추어져 있다. 이 장소를 왜 그런 용도로 활용하지 못하는지, 또 왜 그런 생각이 미치지 않는지 참으로 안타까울 따름이다.

그간 시니어 마이스터 교육목표로 또 여러 경로를 통해 수차례 자전거길 활용 방안 제안서를 냈지만 안타깝게도 필자의 마음을 헤아리는 곳은 없었다. 많은 노력을 기울여 보았지만 개인의 힘으로는 늘 역부족임을 느낀다. 언제나 헛수고만 되풀이한다. 꼬리로 돼지 몸통을 흔든다는 것은 불가능에 가깝다. 개인으로는 어떤 것도 할 수 없음에 애가 탄다. 무슨 뾰족한 묘수는 없을까.

애를 태우다가 이 책에 내 마음을 담는다. 국가에서 정책적으로 이용한다면 일석이조가 아니라 일석오조가 될 것이다. 더 이상의 추가예산 없이 행할 수 있는 완벽한 시설을 놔두고 썩히고 있는 이 무모한 일들이여. 앞으로 국민 모두의 정서함양과 고품격의 문화생활을 즐기는데 한몫 단단히 할 것이라 확신한다. 또 그렇게 되어야만 한다. 많은 예산을 들여 만들어 놓은 길이 자전거를 타는 소수의 전유물이 된다면 그것이야말로 비효율의 극치가 아니고 무엇인가. 엉뚱하게 정치를 해 보고 싶다는 생각이 굴뚝같을 때가 바로 이런 때다.

인간은 무엇으로 사는가. 엘빈 토플러는 말했다. "부는 소유하는 재화뿐 아니라 하고 싶은 일, 추구하는 삶의 방향 등을 포함한 모든 욕구다."라고 말이다. 재화만을 목표로 두면 불행하다. 부는 언제나 검은 그림자를 동반한다. 인간의 가치는 어디에 있을까. 자연의 품에 풍덩 안겼다가 빠져나오는 수정같이 맑고 밝은 삶을 추구해야 한다. 맨손으로 발가벗고 왔다가 그만큼 누렸으면 됐지 무슨 욕심을 또 그렇게 부리는가.

인간은 도대체 어디서 왔는가, 어디에 살고 있으며 어떻게 살고 있는가. 무엇 때문에 사는가. 그 존재의 의미는 무엇인가. 개미나 지렁이 같은 미물과 무엇이 어떻게 다른가. 미국의 천체물리학자 칼 세이건은 그의 저서 『코스모스』에서 다음과 같이 말한다.

> "이 우주에는 천억 개의 은하가 있으며 각 은하마다 천억 개의 별이 존재한다. 그 속에 작은 지구별은 '창백한 푸른 점(a pale blue dot)'에 지나지 않는다. 지구는 광막한 우주의 미아이며 무수히 많은 세계 중의 하나일 뿐이다. 인류라는 존재는 코스모스라는 찬란한 아침 하늘에 떠다니는 한 점 티끌에 불과하다. 코스모스는 우주의 질서를 뜻하는 그리스어이며 카오스(chaos, 혼돈)에 대응되는 개념이다. 우주와 같은 엄청난 주제를 다루기에 한 사람의 일생은 너무 짧고 부족하다. 단지 80년밖에 살지 못하는 생물에게 7,000만 년이 도대체 무슨 의미를 갖겠는가. 그것은 100만분의 1에 불과한 찰나일 뿐이다. 하루종일 날갯짓을 하다가는 나비가 하루를 영원으로 알듯이 우리 인간도 그런 식으로 살다 가는 것이다."

우리는 바람인가 먼지인가. 숨 쉬고 있는 이 찰나의 순간은 영원에서 영원으로 사라지는 바람이며 먼지다, 아니 더 정확히 말하면 먼지도 못 된다. 그 찰나의 순간에도 잘나고 못나고의 싸움질로 온통 채워져 있으니 이 얼마나 하찮고 우스꽝스러운가. 우리 인간의 탄생과 죽음 같은 원초적이며 본질적인 문제가 궁금해지는 이유이기도 하다. 물에 젖은 종이에 연필로 그어 놓은 것보다 못한 그 희미한 자국들이 죽음 전과 후와 또 기나긴 영원 속에서 주는 의미 또한 과연 있는 것인가.

설령 있다 하더라도 죽음 후에 나와 무슨 관련이 있는가. 인간의 진화는 지구라는 작은 별을 파멸에 이르게 하는 하나의 도구로 사용될 뿐이다.

문명은 인간의 본성을 억압해 온 하나의 퇴화 현상이다. 문명의 발달은 그 일을 완성시키기 위한 하나의 수단일 뿐이다. 경쟁적으로 편의라는 달콤한 언어로 무장한 채 얄팍한 광고와 상술로 지구파괴의 일을 자행하며 야금야금 파먹는 일에서 손을 떼야 한다. 이는 당장의 죽음이 보이지 않는다며 운동을 게을리 하고 고혈압과 비만을 방치하는 것과 같다.

필자의 버킷 리스트에는 책 30권의 출판도 들어 있다. 한편 블로그 30,000회의 목표도 있다. 책은 현재 출간된 책 6권과 탈고된 책이 7권이 있으니 17권 정도를 더 써야 하고 블로그는 현재 5,000회를 올렸으니 아직 25,000회가 남았다. 산술적으로 97세까지 활동해야 가능한 숫자다. 건강관리를 아무리 잘해도 죽음은 어찌해 볼 수 없는 불가항력의 부분이다. 그러나 진인사대천명의 자세로 나아가련다.

어쨌든 유대인 스피노자의 이야기대로 내일 지구가 멸망하더라도 오늘 나는 사과나무를 심을 것이다. 고고하면서도 도도한 자세로 당당하게 살 것이다. 나에게 주어진 시간을 금쪽처럼 알뜰살뜰 쓸 것이다. 헛짓하고 한눈 팔 시간이 없다. 젊은 시절 맘껏 헛짓을 해본 게 지금 맘껏 몰입을 할 수 있도록 해준다는 것은 신통방통한 아이러니다. 눈코 뜰 새 없이 바쁘지만 내가 좋아하는 일을 하니 하루하루가 그저 신바람 난다. 이것이 지구파멸을 막는 일에도 모래알갱이 같은 역할이 된다면 그저 감사할 뿐이다.

필자는 신통한 아이러니와 자주 접한다. 사업에 성공했다면 지금 나는 아마 이 세상 사람이 아닐 것이다. 홍청과 운청을 만들어 기생을 길러내고 장녹수를 찾아내고 주지육림에 빠져 살았던 말년의 연산군처럼 되었을 수도 있다. 사업이 망했기에 오늘 나는 홍하고 있다. 사업이 망해야 홍한다는 역설은 누구에게나 통용된다. 이 역설은 모든 이에게 공통으로 통하는 진리다. 혹 망한 사람이 이 글을 본다면 '망하면 홍한다'는 이 역설을 주문처럼 외며 실의에 빠지거나 비관하지 않기를 바란다. 필자는 망함으로써 몸이 살아났고 뇌가 살아났다. 망함이 어금니를 깨물게 했다. 망함이 금연을 가져왔고 망함이 강한 정신과 몸을 만들어 주었다.

망하면 어떤 불가능도 가능으로 만들어 준다. 지금도 하루 100리 걸을 수 있는 체력과 책을 쓸 수 있는 뇌를 준 것은 전적으로 망함이 안겨다 준 귀한 선물이다. 필자는 망함으로써 옛날의 나로 돌아올 수 있었다. 험난한 파도와 싸우며 태평양을 누비던 연어가 그 모든 어려움을 이겨내고 양양 남대천 모천으로 돌아왔다. 이제 대를 잇기 위한 부화를 끝내고 자기의 몸을 돌에 갈아 새끼를 길러낼 양식으로 제공하고 뼈만 남긴 채 자연으로 돌아가 한 생을 마감한다.

얼마나 멋진 마무리인가. 이 자연의 섭리는 소름 끼치도록 아름다우며 초침처럼 정밀하다. 그렇게 자기의 소임을 다하고 아름다운 마무리를 하듯 나 또한 편안하고 행복한 마음으로 내 마음의 모천에서 마음껏 알을 낳고 부화하며 임무를 완수할 것이다. 필자는 그래서 나이 듦이 초조하거나 두려움의 대상이 아니라 도전하고픈 또 재미있고 행복한 시간으로 대관령 양떼목장의 푸른 초원처럼 펼쳐진다.

제2부

나라가 산다

노인 천만이면 나라도 든다

고구려 때 고려장 풍습이 있었다. 박정승은 노모를 지게에 지고 산에 올라갔다. 깊은 산 속에 들어온 아들은 이제 어머니와 하직을 하려고 절을 올렸다. 어머니가 아들을 불러 "네가 길을 잃을까봐 나뭇가지를 꺾어 표시를 해두었다."고 알려준다. 이 말을 들은 박정승은 차마 어머니를 그곳에 놔두고 혼자 산을 내려올 수 없었다. 그래서 국법을 어기고 노모를 봉양하게 된다. 그 무렵 당나라 사신이 똑같이 생긴 말 두 마리를 끌고 와 어느 쪽이 어미이고 어느 쪽이 새끼인지 알아내라는 문제를 낸다. 못 맞히면 조공을 올려 받겠다는 조건이다. 이 문제로 식음을 전폐하고 고민하던 아들에게 노모는 말한다. "말을 굶긴 다음 여물을 주렴, 먼저 먹는 놈이 새끼란다."이 일화는 고려장을 폐지한 계기가 되었다.

노마지지(老馬之智)는 늙은 말의 지혜를 말한다. 아무리 하찮은 것일지라도 저마다 장기나 장점을 지니고 있음을 이르는 말이다. 춘추시대 제나라 환공 때의 일이다. 어느 해 봄, 환공은 명재상 관중과 대부 습붕을 대동하고 고죽국을 정벌하였다. 그런데 전쟁이 의외로 길어지는 바람에 그해 겨울에야 끝이 났다. 그래서 혹한 속에 지름길을 찾아 귀국하다가 길을 잃고 말았다. 전군이 진퇴양난에 빠져 떨고 있을 때 관중이 말하였다. “이런 때 늙은 말의 지혜가 필요하다.” 즉시 늙은 말 한 마리를 풀어놓았다. 그리고 전군이 그 뒤를 따라 행군한 지 얼마 안 돼 큰 길이 나타났다.

또 한 번은 산길을 행군하다가 식수가 떨어져 전군이 갈증에 시달렸다. 그러자 이번에는 습붕이 말하였다. “개미란 원래 여름엔 산 북쪽에 집을 짓지만 겨울엔 산 남쪽 양지바른 곳에 집을 짓고 산다. 흙이 한 치쯤 쌓인 개미집이 있으면 그 땅속 일곱 자쯤 되는 곳에 물이 있는 법이다.” 군사들이 산을 뒤져 개미집을 찾은 다음 그곳을 파 내려가자 과연 샘물이 솟아났다. 한비자엔 이렇게 쓰고 있다.

관중의 총명과 습붕의 지혜로도 모르는 것은 늙은 말과 개미를 스승으로 삼아 배웠다. 그러나 그것을 수치로 여기지 않았다. 그런데 오늘날 사람들은 자신이 어리석음에도 성현의 지혜를 스승으로 삼아 배우려 하지 않는다. 이것은 잘못된 일이 아닌가. 노마지지가 요즘에는 ‘경험을 쌓은 사람이 갖춘 지혜’란 뜻으로 사용된다.

“집안에 노인이 없거든 빌리라.”는 그리스 격언이 있다. 삶의 경륜이 얼마나 소중한지를 잘 보여준다. 가정과 마찬가지로 국가나 사회에도 지혜로운 노인이 필요하다. 물론 노인이 되면 기억력도 떨어지고 남의 이야기를 잘 듣지 않고 자신의 경험에 집착하는 경향도 있다. 그러나 나이는 기억력을 가져간 자리에 통찰력을 놓고 간다. 노인의 지혜와 경험을 활용하지 못하는 사회는 발전할 수 없다. 국가적 위기일수록, 국가 원로의 지혜와 통찰이 더욱 필요하다.

"노인 한 명 죽으면 도서관 하나가 불타는 것과 같다."는 아프리카 속담도 있다. 이 모두는 인생역정을 통해 터득한 경험과 지혜가 그만큼 소중하다는 비유들이다. 이런 노인이 10년 후면 천만 명이 된다. 세월은 우리 얼굴에 주름살을 남기지만 우리가 일에 대한 흥미를 잃을 때는 영혼이 주름지게 된다. 그 누구를 물을 것 없이 탐구하는 노력을 쉬게 되면 인생이 녹슨다. 이제 우리 사회는 노인을 빼고는 어떤 제도나 행복 운운도 공허하다. 노인의 경륜은 무한자원이다. 이 무한자원이 사장되거나 폐기처분된다면 국가적으로 엄청난 손해다.

"장수는 축복, 인생은 정년 없다. 목숨 붙어 있는 한 불가능이란 말은 관 속으로 들어갈 때까지 절대 하지 마라." '70대는 애기'라고 강조하는 류태영 박사, 인간의 평균 수명은 80세 이상으로 연장되고 앞으로 120세까지 살게 될 것이라고 예측하는 가운데 45세가 정년이라는 사오정, 56세에도 회사에 남아 있으면 도둑이라는 오륙도, 63세까지 회사에 다니면 강도라는 63강 운운하는 시대가 되었다.

류 박사는 이런 신조어의 표현에 다음과 같이 일갈했다.

> "나는 나이 70이 되니까 이제부터 정말 일할 준비가 된 것 같다. 이제 무슨 일을 하든 진짜 잘할 수 있다는 자신감과 의욕이 넘쳐난다. '내 나이 70, 이제부터 인생 시작이다!'고 항상 말해 왔다. 나는 40대를 보면 아직 애기라는 생각이 든다. 내가 만일 40대라면 무슨 일이든 못할

일이 없다고 생각한다. 그런데 사오정, 오륙도라니 말도 안 된다. 땅은 이모작, 삼모작밖에 할 수 없지만 인생은 사모작, 오모작도 할 수 있고 그 이상도 할 수 있다고 본다. 물론 누구나 앞이 깜깜하고 절망적일 때도 있고, 어떤 일을 크게 실패할 때도 있다. 하지만 그것으로 삶 전체가 끝난다고 생각하지 말라. 긴 안목으로 보면 아무리 컸던 사건도 하나의 점이 되는 것이 인생이다. 문제는 마음과 믿음에 달려 있다."

이 무한자원의 중요성은 아무리 강조하여도 지나침이 없다. 노인은 모두가 숙련공이다. 경륜이 풍부하다. 지혜가 있다. 체력은 떨어지지만 인지능력과 지혜는 점점 자란다. 건강한 노인의 사장(死藏)은 이 사회의 낡은 틀과 제도에 따른 희생이다. 새 술은 새 부대에 담아야 되는 법이다. 장수시대에 걸맞은 제도의 변화가 따라야 하는데 그만 놓치고 말았다. 노인의 무한자원에 대한 양질의 대책 없이는 언제 또 하나의 쓰레기 섬이 만들어질지 모른다. 미리미리 대비하여 또 다른 하늘공원, 노을공원을 만들어야 한다. 근본적인 노인대책 없이는 건전한 사회, 행복한 사회가 어렵다. 이들이 건강하고 가난에서 벗어나며 할 일이 있을 때 진정한 건강사회, 행복을 구가하는 복지사회가 된다.

댐의 물을 사용만 하고 채우지 않으면 댐은 곧 바닥을 드러낼 것이다. 댐의 물을 채우는데 하늘만 쳐다보면 안 되는 이유다. 그렇다고 양수기를 동원해 채우려 든다면 노력에 비해 결과는 미미할 수밖에 없다. 수요가 있으면 반드시 공급이 있어야 한다. 수요 공급의 원칙은 물 흐르듯 자연스러움이 요구된다. 이 수급의 불균형은 매우 서서히 다가오며 해결 또한 단시일 내에 되지 않는다. 따라서 큰 재앙이 닥쳐도 무대책이 될 수밖에 없다. 미리미리 대처해야 하는 이유다. 이제 나이도 들 만큼 들었으니 그만 쉬라는 이웃의 권고를 듣고 디오게네스는 이와 같이 말한다. "내가 경기장에서 달리기를 하고 있을 때, 결승점이 가까워졌다고 해서 그만 멈추어야 하겠는가?"

바로 그렇다. 디오게네스의 이야기가 정답이다. 노인이랍시고 뒷방에서 히키 코모리 같은 시간을 보낸다든가 의기소침하고 좌절의 날을 보낸다면 그야말로 큰일이다. 결승점이 저만큼 보이는데 포기라니, 중단이라니 말이 안 된다. 노인은 노인답게 늙는 것이 중요하다. 나이 먹는 것은 별도의 노력이 필요 없다. 세월만 흘러가면 나이는 절로 든다. 정부정책만 바라보고 무위도식하는 삶을 거두어야 한다. 자기를 향한 끊임없는 채찍질과 성찰이 따라야 한다. 나이를 의식하지 않은 절차탁마의 정신으로 노후를 맞아야 한다. 당당한 이 사회의 구성원임을 보여야 한다.

그렇게 함으로써만 떳떳한 구성원으로 존재할 수 있다. 우리 모두는 늙는다. 그리고 언젠가 자기 차례가 오면 죽는다. 그렇지만 우리가 두려워할 것은 늙음이나 죽음이 아니다. 녹슨 삶을 두려워해야 한다. 삶이 녹슬면 모든 것이 허물어진다. 과일에 씨앗이 들어 있듯이 우리는 태어나면서부터 하나의 씨앗을 지니고 나온다. 그 씨앗을 움트게 하고 꽃피우는 것이 삶의 의미이고 보람이다. 나이가 들어도 꽃처럼 거듭거듭 피어나는 삶을 살아야 한다. 늘 새롭게 피어날 수 있어야 한다. 즐겁게 살되 아무렇게나 살지 말아야 한다. 한 개인의 삶은 그 자신뿐만 아니라 모두에게 영향을 미치기 때문이다.

간디의 기도문을 소개한다.

"인도는 우리나라입니다. 모든 인도 사람들은 우리 형제이고 자매들입니다. 우리는 인도를 사랑하고 그 풍요롭고 다채로운 문화유산을 자랑스럽게 여기면서 항상 그 가치를 존중합니다. 우리는 부모와 선생님 그리고 모든 어른들을 존경하고 누구에게나 친절히 대합니다. 우리나라와 국민에게 헌신할 것을 맹세합니다. 그분들의 평안과 번영이 곧 내 행복입니다."

다음은 필자의 소망입니다.

"대한민국은 우리나라입니다. 나는 여러분에게 내가 태어나고 자란 내 나라 내 땅을 한 번만이라도 걸어서 밟아 볼 것을 주문합니다. 내가 지금 숨 쉬고 있는 나의 조국이 얼마나 아름답고 고귀한 땅인지 밟아 보지 않고는 말하면 안 됩니다. 나도 내 나라 내 땅을 샅샅이 밟기 전에는 이토록 아름다운 줄 몰랐습니다. 여러분이 학생이든 어른이든 남자든 여자든 젊었든 늙었든 상관없습니다. 내가 태어나고 자란 내 땅을 흡족하게 냄새 맡은 다음에 다른 나라를 살펴보아도 늦지 않습니다. 이것은 견문을 넓힌다며 무조건 외국으로 나가는 것과는 근본적으로 다른 개념입니다. 나를 모르고 남을 안다는 것은 구름을 잡는 것과 비슷합니다."

천만 노인의 시대가 곧 도래한다. 이렇게 노인의 숫자가 많다 보니 나이가 들어 어쩔 수 없이 아픈 노인도 많다. 그러나 개인의 철저한 몸 관리와 의료기술의 발달은 건강하고 젊은 노인을 많이 만든다. 그리고 개인차도 분명 존재한다. 그러나 성형 사출기에서 제품을 뽑듯 획일적 처리는 전형적인 행정편의주의의 산물이다. 그러다 보니 사회의 이상한 틀에 막혀 대다수 노인들이 뒷방 노인 신세로 전락하는 게 현실이다. 시대의 급격한 변화와 트렌드를 읽지 못하고 과거의 낡은 인습에 매어 풍부한 경륜을 갖고 있는 인적자원을 팽개친다면 국가적으로 엄청난 손해요 복지국가로 나가는 일에도 역행한다. 신축성과 탄력성 있는 정책으로 활력을 불어넣어야 한다.

최근 산이 무섭다고 하며 괴 소문도 돌아 산을 찾는 등산객이 부쩍 줄었다고 한다. 등산객을 노린 묻지마 범죄의 급증으로 사회적 불안감이 높아지고 있는 현실이다. 얼마 전 수락산에서 홀로 등산하던 여성이 일면식도 없는 60대 남성이 휘두른 흉기에 수차례 찔려 숨졌고 이어서 사패산 등산로에서 50대 여성이 숨진 채 발견된 바 있다. 또 그 이전에는 강남화장실 살인사건과 노인 폭행사건까지 있었다. 불안심리가 급증해 거리에 나서기가 불안하다고 말하는 현실이 되어 버렸다. 우리 사회가 점점 더 흉악·흉포화 되어 가고 있다. 그런데 이런 범죄현장에 예전에는 상상도 할 수 없는 '노인들'이 가해자로 등장하고 있다는 점이 가슴을 서늘하게 한다.

노인 범죄가 전체 범죄의 9%를 차지하고 있다는 지난해 대검찰청 범죄분석 결과가 이를 뒷받침한다. 이는 5년 전에 비해 3배 가까이 늘어난 숫자며 빠르게 증가하고 있다는 특징을 갖고 있다. 원인으로는 경제적 빈곤, 심리적 불안과 위축, 사회적인 고립이 꼽혔다. 우리는 불행하게도 OECD 국가 중에서 자살 1위, 빈곤 율 1위라는 불명예를 안고 있다. 현재 일본인 후지타 다카노리의 『2020 하류노인이 온다』라는 책에서 노인이 전체 인구의 26%(약 3천4백만 명)인 초 고령국가 일본에서 범죄의 늪에 빠진 노인들의 참상을 그대로 적고 있다. "노인천국 일본에서 범죄율과 재범률이 급증하는 이유가 교도소에 들어가면 기본적인 생활이 보장되기 때문에 노인들은 전과자가 되든 말든 교도소행을 택한다."는 충격적 내용이다.

문제는 노인 빈곤 율 49.6%로 OECD 국가 중 1위인 우리의 경우는 더욱 심각할 수밖에 없다는 데 있다. 얼마 전 5호선 전철 안에서 필자가 직접 들은 얘기다. 천호역에서 탄 70대 중반의 노인은 영등포가 집이라며 아침 일찍 집을 나서 종교시설에서 끼니를 해결하고 돈도 천 원을 받았다고 한다. 그렇게 몇 군데 들르면 2~3천원 손에 쥘 수 있고 매주 일요일 그렇게 모은 돈으로 전기세와 수도세를 해결한다고 한다. 술을 마셨음인지 얼굴이 불콰한 그는 전철을 타고 다닐 수 있는 건강만 되면 이렇게도 살아가는 방법이 있다며 귀한 정보인양 내게 들려준다. 문제는 안락한 노후는 극히 일부에게만 해당될 것이며 대부분의 사람은 하류인생으로 전락할 것이라는 점이다. 그 누구도 예외일 것이라고 장담할 수 없는 세상이 되어 간다.

천만 노인이 살아나야 국가가 살아난다는 인식의 변화가 강력하게 요구되는 현실이다. 한편 앞으로 닥쳐올 국민연금기금 고갈 우려 문제와 65세 이상 노인에 대한 의료보험료 지급이 40%로 수직상승하고 있어 이는 곧 젊은이들의 건강보험료의 과중한 부담으로 이어져 자칫 사회문제로 비화할 수 있는 개연성을 갖고 있다. 따라서 당면한 현재의 문제와 앞으로 닥칠 심각성을 고려해 현재 시행 중에 있는 기초연금을 '국민건강수당'의 이름으로 신설(또는 대체)을 왜 해야만 하는지에 대하여 자세히 살펴본 후 이에 대한 해결책을 제시하고자 한다.

제1장

국민연금이 살아야

기금 고갈 해법

필자는 이곳에서 획기적인 국민연금 운영방안을 제시한다. 기금 고갈 우려는 대상자 모두에게는 꿈을 깨는 일이며 동시에 노후에 대한 불안감을 조장한다. 한편 젊은이에겐 적지 않은 불입금 부담과 노후에 대한 불안하고 불편한 심기를 불러일으키기에 충분하다. 노후의 삶의 질을 떨어트리는 첫 번째가 경제적 어려움이다. 빈곤과 질병과 외로움은 노인 자살의 절대적 이유가 되고 있다. 누구나 늙는다. 다만 시차만 존재한다.

통계청 추계에 따르면 10년 후인 2026년엔 노인 인구 1,000만 명(20.8%)의 시대를 맞는다. 2060년엔 1,750만 명(35%)으로 최절정에 이른다. 이제 노인문제는 누구의 문제가 아니라 우리 모두의 문제로 다가왔다. 노후불안으로 전전긍긍하고만 있을 수 없다. 필자가 이곳에서 제시하는 방법은 '한국경제연구원', '건강보험정책연구원'의 우려스러운 연구결과와 각 언론사에서 지적한 문제들을 어떻게 하면 풀 수 있을까 하는 깊은 고민 속에서 탄생한 방법이다. 연구결과가 지적한 문제점을 해결하는 방법은 오직 이 방법밖에는 없다고 단언한다.

지난 4월 13일 제20대 국회의원 선거를 치렀다. 각 당에서 화려한 정책을 내 걸고 표심잡기에 골몰하는 모습을 보고 참으로 안타까운 심정이었음을 밝힌다. 여당 야당을 막론하고 맹목적인 포퓰리즘 정책만 쏟아낸다. 늘 공약(公約)은 공약(空約)이 되고 만다. 한 야당에서는 기초연금을 현행 20만 원에서 30만 원으로 올린다고 공약했다. 추가로 들어가는 자금만 6조4천억이 필요하다. 그 재원은 어디에서 가져오느냐에 대해선 언급이 없다. 모두들 이런 식이다. 이제 이런 뜬구름 잡는 공약을 근본적으로 차단하고 속는 일이 없어야 한다.

이제부터 전문연구원들의 연구결과와 언론사의 관련기사들을 싣고, 왜 이렇게 하지 않으면 안 되는지 그 이유와 실시방법, 이 제도를 실시했을 때 얻어지는 효과를 중점적으로 다루기로 한다. 새로운 해법을 놓고 자신 또는 자신이 속한 기관의 이해득실을 떠나 진정 국가를 사랑하는 순수한 마음과 큰 틀에서 긍정적인 생각으로 대상자, 관련부처는 물론 전 국민이 모두 머리를 맞대고 심도 있는 논의를 하였으면 좋겠다.

현재의 '기초연금'을 '국민 건강수당(가칭)'으로 대체 신설한다

기금 고갈 우려가 심심찮게 매스컴에 오르내린다. 건강보험료 얘기도 마찬가지다. 기초연금의 수혜자는 지금 441만 명(기초연금 지급 첫해인

2014년 기준)이 넘는다. "가난 구제는 나라도 못한다."는 속담이 있다. 기왕에 하는 지출인 바에야 생산적인 지출을 하자는 것이다. 포퓰리즘의 단맛에 길들여지면 찐득찐득한 꿀물에 빠져 헤어나지 못한다. 개인도 살고 국가도 살 수 있는 발상의 대전환을 해 보자는 것이다. 구멍 뚫린 시루에 물붓기식의 소비적 지출만으로는 문제가 있다. 우려는 우려를 낳고 그 우려는 재앙을 불러올 것이다.

필자는 이곳에서 과감하게 '기초연금'을 '국민건강수당'이라는 이름으로 대체 신설하자고 주장한다. 대상자들의 건강을 매년 검진하여 검진결과에 따라 등급을 매기고 각 등급별로 차등 건강수당을 지급하자는 것이다. 그렇게 하면 해당 노인은 물론 앞으로 노인이 될 젊은이도 미리미리 건강을 챙기게 된다. 노후의 수익구조와도 연결되어 노력에 노력을 기울일 것이다. 그렇게 되면 개인의 건강 상태는 자연히 좋아지고 의료비의 지출은 줄어들 것이다.

국가로부터 상위 등급의 판정을 받으면 '국민건강수당'을 많이 받게 되니 노후의 경제적 고민은 상당 부분 덜어진다. 그렇게 되면 의료비 지출은 대폭 줄고 개인의 행복지수는 높아질 것이며 자연스럽게 선순환으로 이루어져 건강한 기금으로 거듭날 것이다. 따라서 모든 사람들의 우려를 불식시키는 일석이조의 탄탄대로가 열리게 된다. 왜 이 방법으로 하지 않으면 안 되는지, 왜 이 방법만이 개인과 국가가 유일하게 살 길인지를 최근 언론을 통해 소개된 내용을 중심으로 알아본다.

65세 이상 노인 의료비 2060년에는 올해 국가예산과 맞먹어
- 국민연금 빚 3,410조원, 미래세대 부채 4천433조원

2060년 국민연금이 고갈될 경우 가입자에게 지급해야 할 돈이 현재 가치로 3,410조원에 달할 것으로 전망된다. 경향신문은 2016년 4월 27일자 기사에서 나라살림연구소의 분석 자료를 들어, 미래세대가 부담해야 할 '미래세대 부채'가 4,433조원(국민연금 충당부채 3,410조원, 장기충당부채 700조원, 유동부채 133조원, 금융성 채무를 제외한 장기차입부채 159조원, 기타 비유동부채 31조원)에 달한다고 밝혔다. 이렇게 될 경우 미래세대가 실질적으로 부담해야 하는 부채는 국내총생산(GDP)대비 300%에 달할 것이라는 전망이다.

또한 국민연금 재정추정위원회가 발표한 자료 역시, 2060년 국민연금은 기금이 전액 고갈하게 되며. 국민연금 수입과 지출을 계산해 보면 2070년 148조원, 2083년까지 모두 3,410조원이 모자랄 전망이라고 밝혔다.

2016년 2월 13일자 평화신문에서도 우리나라 65세 노인 의료비가 2060년에는 최대 337조 1천억 원으로, 올해 국가예산 규모에 육박할 것이라는 연구 결과를 발표했다. 건강보험정책연구원의 '2014년 65세 이상 노인 진료비 지출 중장기 추계 연구보고서'에 따르면, "노인 건강 상태가 개선되지 않은 상황에서 노인 진료비가 늘면 건강보험 재정에 큰 위험요인이 된다."며 국가차원에서 노인 건강증진 사업을 적극적으로 추진해야 한다고 강조했다.

자료에 따르면, 2014년 65세 이상 노인 인구가 지출한 건강보험 진료비는 19조 9천억 원으로 전체 진료비의 36%를 차지하는 것으로 나타났다. 65세 이상 노인 1인당 진료비는 332만 5천원으로 65세 미만 연령층보다 4.2배가 많다고 밝혔다.

아주경제신문은 2016년 2월 25일자 기사에서 한국 노인의 경제적 빈곤이 심각하다며, 지난해 한국 노인이 쓴 건강보험 진료비가 사상 처음으로 20조 원을 넘어섰다고 보도했다. 우리나라는 경제협력개발기구(OECD) 회원국 중 소득을 기준으로 한 노인빈곤율 통계에서 수년째 1위를 차지하고 있다고 밝혔다.

2월 24일 발표한 건강보험심사평가원의 '2015년 건강보험 진료비' 자료에 따르면 지난해 우리 국민이 쓴 총 진료비는 58조 170억 원으로 전년보다 6.40% 증가한 것으로 조사됐다. 진료비 상승을 이끈 것은 단연 65세 이상 노인이다. 지난해 노인 인구는 총 622만 명으로 건보 적용 대상자의 12.3% 수준이지만 진료비는 21조 3,615억 원으로 전체의 36.8%에 달했다. 연구자료에 따르면 노인 진료비가 20조 원을 넘은 것은 이번이 처음이다. 노인 비중은 2010년(10.2%)과 비교해 2.1%포인트 증가한 반면 진료비는 5.2%포인트나 뛴 것으로 나타났다.

특히 70세 이상 노인의 진료비는 총 16조 2,326억 원으로 전체의 27.98%를 차지했다. 1인당 진료비는 392만 원으로 전체 평균(115만 원)보다 3.4배 많은 것으로 조사되었다. 문제는 노인 진료비가 앞으로도 급증할 것이라는 점이다. 노인 인구가 늘고 있는데다 노인의 1인당 의료비가 다른 연령대의 3~4배에 달하기 때문이다.

정부 발표에 따르면 2020년 노인 의료비가 전체 건보 진료비의 45.6%에 이를 것으로 추산된다. 한편 건강보험 재정 지출과 개인이 지출한 의료비를 합친 국민의료비는 2013년 100조 원을 돌파한데 이어 2018년 203조 원, 2020년에는 256조 원에 달할 전망이다.

최근에는 실버 푸어(Silver Poor)라는 용어까지 언론매체에 등장해 노인 빈곤층이 급증하고 있음을 보도하고 있다. 2015년 11월 4일자 에듀에지 콘텐츠팀은 "나이 들어 빈곤상태에 있는 노인층을 지칭하는 실버 푸어가 고령시대를 맞아 그 문제의 심각성이 더해갈 것으로" 전망했다.

노년층이 빈곤함에 빠지는 이유는 젊은 시절에 미리 대비를 하지 못한 탓도 크다. 보험연구원이 발표한 2014년 보험소비자 설문조사에 따르면, 설문조사 대상자 중 거의 절반(49.1%)에 달하는 사람들이 자신의 노후준비에 대해 부정적인 것으로 나타났다. 고령화가 진행되면서 노후준비에 대한 필요성은 예전보다 더욱 강조되고 있지만, 노후준비에 대한 부정적인 평가비율은 오히려 전년대비 3.9%포인트 상승한 것으로 조사되었다.

노후의료비 지출 증가

노후준비를 잘하지 못하고 있는 이유는 무엇일까. 역시 자녀에 대한 교육비와 양육비 부담이 가장 큰 이유인 것으로 응답자의 41.3%가 답했다. 자녀에 대한 지출 외에 노후 의료비 지출 부담은 노후의 빈곤을 부르는 또 다른 큰 요인으로 지적할 수 있다.

2015년 상반기 중 65세 이상 노인들이 사용한 진료비는 전년대비 무려 11%나 늘어난 것으로 건강보험심사평가원의 자료에서 밝혀졌다. 노인 진료비의 전체 진료비 대비 비중은 36.3%까지 높아졌다. 지난 1년간 65세 노인 인구는 4.8% 늘어났는데 진료비 증가폭은 이보다 두 배 이상 늘어난 것이다.

고령층의 진료비 비중은 나이가 많아질수록 더욱 높아지는 추세를 보이고 있어서 자녀에 대한 지출 못지않게 대비가 필요한 항목으로 강조되고 있다. 불안한 노년을 빈곤으로 보내지 않기 위해서는 결국 자녀에 대한 지출을 줄이고 건강관리를 철저히 하여 의료비가 지출되는 요인을 원천적으로 막음과 동시에 그래도 어쩔 수 없는 경우에는 노후 의료비보장을 충실하게 해 놓음으로써 대처하는 것이 최선의 방법이 된다. 왜 그래야 하는지에 대한 고민은 필요치 않아 보인다. 이러한 액션의 당위성은 이미 고민의 단계를 지난 것으로 보인다. 다른 대안이 없는 한 이는 언제 시작하느냐의 문제일 뿐이다.

현재 노인 인구는 630만 명 12.6%는 2018년 15%, 2026년엔 20.8%, 40년 후엔 1,765만 명(35%)으로 노인의 세상이 된다. 근본적인 노인대책 없이는 건전한 복지사회가 어렵다. 이들이 건강하고 가난에서 벗어나며 할 일이 있을 때 건강한 사회, 행복한 사회, 튼튼한 국가가 된다.

재정건전성 제고를 위한 국민연금 및 건강보험개선방안: 개인선택권 확대를 중심으로

국민연금은 2007년 국민연금법을 개정했음에도 불구하고 장기 재정건전성에 문제가 있어 제도의 지속가능성을 의심받고 있다.

국민연금은 수차례 법 개정을 통해 저 부담-고 급여 문제를 개선해 왔지만 재정안정성 문제가 완전히 해결되지 못하고 있다.

지난 수년간 빠르게 진행되고 있는 저 출산-고령화와 경제성장 둔화로 인해 국민연금의 장기 재정안정성이 심각하게 위협받고 있는 상황이다.

국민건강보험은 매년 건강보험 보험료가 인상되면서 가입자의 보험료 부담이 지속적으로 증가하고 있다.

근로소득에 부과하는 건강보험료 인상 외에도 부족한 재원마련을 위해 보험료 부과기준을 확대하기 때문에 건강보험 가입자의 보험료 부담은 증가하고 있는 상황이다.

현행과 같은 건강보험 체계 하에서는 건강보험 재정문제는 더욱 악화될 가능성이 높다.

따라서 본 연구는 국민연금과 건강보험의 재정안정성을 구조적으로 점검하고 두 제도의 정치적 목적으로 인해 발생하는 사회보험 지출 증가에 대해 분석하고 대안을 제시하고자 한다.

국민연금과 건강보험의 장기지속성 관점에서 각 제도의 보험료 수준과 부과체계, 그리고 급여지출의 문제점을 지적한다.

국민연금과 건강보험의 보험료와 급여지출의 구조개선은 단지 기금적자문제를 연장하는 미봉책일 뿐이고 국민연금과 건강보험에도 재정준칙을 도입해서 재정건전성을 확보할 수 있어야 한다.

또한 국민연금과 건강보험의 개인선택권 확대를 통해 두 제도의 재정안정성 문제의 근본적 해결을 꾀할 수 있다.

국민연금 및 건강보험의 부분시장화제도로 전환하여 포퓰리즘적 복지지출 확대를 견제한다.

국민연금 재정현황

국민연금 수급자는 2001년 약 95만 명에서 2013년 1월 현재 약 335만 명으로 급속하게 증가하고 있다. 특히 가장 많은 비중을 차지하고 있는 노령연금 수급자는 같은 기간 60만 명에서 278만 명으로 더욱 빠르게 증가하였다.

국민연금 급여지출금액은 2001년 1조 5,693억 원에서 2013년 1월 현재 약 11조5,508억 원으로 크게 증가하였다.

같은 기간 노령연금 급여지출액은 9,736억 원에서 9조 3,271억 원으로 약 10배가량 증가하였다. 국민연금 급여지출 총액에서 노령연금 급여지출액이 차지하는 비중은 약 80.7%이다.

제2장

건강보험이 살아야

재정건전성 해법

건강보험 재정 안정성

· 우리나라 건강보험 지출은 2002년 14.7조 원에서 2011년 37.4조 원으로 약 10년 만에 2.5배 증가하였다.

· 의료인력 인건비 증가, 첨단의료장비 및 신약의 확대보급 등 의료공급측면의 비용이 상승하였다.

· 노인 인구의 비중이 높아짐에 따른 의료서비스 수요가 증가하였다.

· 정부의 의료수가 및 약가통제로 인해 비 급여 진료가 증가하고, 리베이트나 로비 등에 따른 사회적 비용이 발생한다.

· 매년 건강보험료를 인상함에도 불구하고 건강보험료 지출이 건강보험수입을 초과하는 당기수지 적자가 지난 10년 동안 빈번하게 발생한 것으로 볼 때 건강보험재정은 불안정적이다.

· 연평균 적용인구 1인당 보험료와 보험급여비는 둘 다 지속적으로 증가하는데 1인당 보험급여비의 증가가 상대적으로 빠르게 진행되

어 건강보험재정 건전성을 위협하고 있다.

국민연금 및 건강보험 장기재정 추계의 시사점

- 2013년도 국민연금 3차 재정추계결과를 살펴보면, 현 제도 유지 시 2043년까지 적립금이 약 2,561조 원 증가하다가 이후 수지적자가 발생하여 2060년 이후에는 기금고갈이 나타날 것으로 전망된다.
- 인구구조가 저 출산-고령화되어감에 따라 건강보험 재정수지는 지속적으로 악화될 것으로 전망된다.
- 직장가입자의 피부양률이 과거 피부양률 추이를 따라 감소하고 건강 고령화가 진행되는 낙관적인 상황을 가정하더라도 건강보험 재정 적자는 2030년 약 21조 원, 2060년 84조 원이 발생할 것으로 추정된다.
- 직장가입자의 피부양률이 2030년을 기준으로 증가하고 순수 고령화가 진행되는 비관적인 상황을 가정하면 건강보험 재정 적자는 2030년 약 33조 원, 2060년 146조 원이 발생할 것으로 추정된다.

국민연금 및 건강보험의 재정환상(fiscal illusion) 및 지출관리

- 2012년 말 기준 약 392조 원의 국민연금기금은 이후에도 지속적으로 축적되나 2043년 이후에는 급여지출이 보험료 수입을 초과하는 수지 적자가 발생할 것으로 예상된다.
- 국민연금 수지 적자가 발생하면 부족한 연금급여 지출을 충당하기 위해 보유채권이나 주식을 대량 매각해야 할 가능성이 높다.
- 국민연금 부정수급이 지속적으로 증가하는 것으로 볼 때 국민연금 기금이 허술하게 관리되는 부분이 있다.
- 국민연금제도가 성숙해질수록 부정수급 건당 평균 부정수급액도 점차 증가하기 때문에 부정수급에 대한 유인을 제한하고 철저한 관리가 필요하다.
- 건강보험 지출이 증가하면 정부는 건강보험료를 인상해서 수지를 맞추는 손쉬운 방법을 선택할 수 있기 때문에 과다 또는 비효율적인 지출이 고착화될 수 있다.
- 최근 지속적인 건강보험료 인상은 국민부담률을 지속적으로 상승시키기 때문에 일정수준에 달하면 국민들의 저항을 받을 수 있다.
- 건강보험 급여비 및 관리운영비의 효율적 지출 측면에서도 건강보험 재정 안정화 방안을 모색할 필요성이 있다.
- 건강보험금 부당청구와 건강보험 자격의 불법 대여·도용으로 인한 건강보험재정의 누수는 지속적으로 증가하고 있다.
- 국민연금의 과도한 소득보장으로 국민연금 재정고갈은 불가피한 측

면이 있다.

· 국민연금의 급여산식을 살펴보면 어떤 소득계층이라 하더라도 낸 보험료보다 많이 받을 수 있는 구조로 설계되어 있어 재정파탄이 예견된다.

· 국민연금기금 고갈문제에 대해 다른 해결방안이 없다고 한다면 현행 국민연금보험료(9%)는 지속적으로 상승할 가능성이 높다.

국민연금과 건강보험의 상보적 관계

· 국민연금과 건강보험의 정치적 상보관계로 인해 일반적 재정추계보다 급여지출이 증가할 수 있음을 분석한다.

· 국민연금의 주요 수급자는 노년층이고 건강보험 급여지출도 상당 부분이 노년층에 집중되어 있으므로 고령화가 지속되는 인구구조 상황에서 국민연금과 건강보험의 지출은 정치적으로 더욱 확대될 수밖에 없다.

· 정치인들은 장래의 복지재정 건전성을 염려하기보다는 단기적으로 선거에서 승리하는 것이 더 중요하기 때문에 공공 복지지출의 수준과 규모를 늘리려는 유인이 강하다.

· 의료기술이 발전함에 따라 기대수명은 더욱 늘어나 건강보험에 대한 지출은 증가하고, 이로 인해 기대수명이 추가적으로 증가함에

따라 국민연금 급여지출도 더욱 증가할 것이다.

· 중위투표자 모형을 이용한 실증분석결과는 건강보험 지출증가가 국민연금지출증가와의 관련성이 있음을 보여주고 있다.

장기재정 건전성을 확보하기 위한 사회보험 개혁

1) 사회보험 재정건전성 제고를 위한 외국의 개혁 사례

· 오랫동안 공적연금제도를 유지하는 국가들은 공통적으로 연금재정 위기를 경험한바 다양한 방식의 공적연금개혁을 추진해 왔다.

· 이 가운데 세계은행은 민영화를 바탕으로 한 완전적립 확정기여형을 포함한 다층체계의 연금개혁방향을 제시하고 있다.

· 법정 소득비례 연금이 기여에 비해 급부가 지나치게 관대하게 설계되어 공적연금 재정위기를 경험하였던 스웨덴이나 칠레의 성공적인 연금개혁사례를 부분적으로 벤치마킹할 필요성이 있다.

· 칠레의 경우 부분적립방식 확정급여형 공적연금제도를 시행하였으나 기금고갈로 인해 부과방식으로 전환했다가 결국 적립방식의 확정기여형 연금제도를 도입하였다.

· 칠레의 연금제도는 가입자가 소득재분배나 세대 간 소득이전 효과가 발생하지 않는 개인투자계정에 연금 보험료를 적립하도록 강제하고 있다.

· 연금 가입자의 선택을 받기 위한 민간연금기금관리회사 간 경쟁은 공적연금서비스를 강화시킨다.

· 칠레 연금개혁의 성과는 연금기금의 고갈 가능성이 사라져서 공적연금재정안정화를 통한 지속가능성을 담보할 수 있다는 것이다.

2) 확정기여 방식을 통한 국민연금 부분시장화 방안

· 국민연금의 재정 안정화를 도모하고 연금제도의 지속가능성을 제고하기 위해 시장기능의 관점에서 국민연금제도의 근본적인 개혁을 검토해 볼 필요가 있다.

· 우리나라는 국민연금의 소득비례 부분이 확정급여형이고 노인인구비의 급격한 증가로 연금재정 부담이 가중될 우려가 있다.

· 칠레나 스웨덴의 공적연금처럼 장기재정 건전성을 확보하고 국가 재정부담을 최소화하기 위해서는 국민연금의 소득재분배기능을 축소하고 개인계정의 활성화를 통해 노동 및 저축 유인을 강화시키는 방향이 바람직하다.

3) 건강보험 선택권 확대를 통한 재정안정화

· 향후 국민건강보험의 재정건전성을 확보하기 위한 개혁방향은 건강보험 선택권 확대를 보험 가입자에게 비용절감 유인을 제공하고 위험 분산이라는 보험의 기능을 제고할 수 있어야 한다.

· 현재의 건강보험을 의료저축 계좌와 의료보험 계좌로 이원화하는 건강보험 개혁을 검토할 필요성이 있다.

· 개별 의료저축 계좌를 도입하여 개인의 일상적인 치료비에 대하여 사용하게 한다.
· 공동 의료보험 계좌는 다른 건강보험 가입자와의 공동기금을 조성하여 비용부담이 큰 상해나 질병에 대비할 수 있도록 한다.
· 의료저축 계좌는 개인에게 무분별한 의료서비스 이용에 대한 비용절감의 유인을 제공하고 의료보험 계좌는 치명적 질병에 대해 순수한 보험기능을 함으로써 도덕적 해이와 위험의 분산기능을 수행한다.
· 의료저축 계좌의 도입과 동시에 현재 정부의 독점적 건강보험자로써의 역할을 다수 민간의료보험회사로 분산시킬 필요가 있다.
· 소비자들의 선택을 받기 위해 민간의료보험회사들은 경쟁을 통해 보다 나은 서비스를 제공하고 비용을 절약할 유인이 있다.
· 이러한 개혁방향은 개인의 합리적 선택을 보장할 뿐만 아니라 건강보험 보험료의 지속적 인상 및 재정건전성 문제를 완화할 수 있을 것이다.

결론 및 시사점

· 사회보험 간 정치적 상보성은 사회보험의 장기재정 건전성을 더욱 취약하게 할 가능성이 높다.

· 저소득 젊은 층과 노년층은 복지제도의 확대를 선호하는 경향이 있고 이를 정치권에서는 이용할 유인이 존재하기 때문에 사회보험 지출 증가는 구조적으로 나타날 수밖에 없다.

· 특히 의료기술이 발전하는 가운데 건강보험 급여지출의 증가로 기대수명이 높아지게 되고, 이는 국민연금 급여 수급기간을 늘리게 됨으로써 건강보험 지출의 추가적 증가로 이어져 결국 국민연금과 건강보험의 재정부담이 될 수 있다.

· 따라서 국민연금과 건강보험의 정치적 이용 가능성을 축소시키고 베이비붐 세대의 은퇴가 본격화되기 전에 국민연금과 건강보험의 개혁에 대한 논의가 필요하다.

· 국민연금과 건강보험의 개혁방향은 보험 가입자의 책임과 선택권을 강화하고 국민연금과 건강보험의 장기재정 건전성을 확보할 수 있어야 한다.

· 현재 소득재분배 기능이 있는 확정급여형의 국민연금 급여산식에서 소득 재분배기능을 단계적으로 축소하고 소득비례 부분을 확정기여 방식으로 전환한다면 기여한 보험료에 비해 과도한 연금급여를 받는 구조가 개선됨으로써 재정안정성을 꾀할 수 있다.

· 의료저축 계좌 도입 등 기존 건강보험체계를 다원화하여 의료소비자의 선택권을 강화하고 민간의료보험사 간 경쟁을 통해 다양한 의료상품과 서비스가 제공될 수 있게 규제완화를 함으로써 시장기능을 작동하게 하면 건강보험료 및 재정건전성 안정을 도모할 수 있을 것이다.

통계청 장래인구 추계 중 인구가 가장 많이 증가하는 '고위인구' 상황에서 건강상태 개선 없이 평균 수명만 연장되고 의료비 증가에 대한 소득증가 비율은 0.8인 경우로 가정하면 우리나라 65세 이상 노인 의료비가 2060년에는 최대 337조1,000억 원으로 올해 국가예산 규모에 달할 것으로 추정됐다. 2016년 2월 13일 건강보험공단에 따르면 건강보험정책연구원 연구진(이수연. 이동헌. 조정완)은 이런 내용을 담은 65세 이상 노인 진료비 지출 중장기 추계 연구' 보고서를 내놓았다. 연구진은 출산율과 사망률, 국제이주 등 인구변동요인을 고려해 중위수준의 미래 인구구조를 가정하고 2015~2060년 65세 이상 노인 진료비를 추계했다.

이 과정에서 연구진은 개인별 의료이용 자료 등을 근거로 장기적으로 노인의 건강상태가 나아지지 않고 그대로 있는 경우와 나아진 경우로 대분류하고 8개 시나리오별로 세분해 분석했다. 그 결과, 전체 8개 시나리오를 통틀어 2060년 기준 65세 이상 노인 진료비는 최소 229조4,618억 원에서 최대 337조1,131억 원으로 나타났다. 최대치를 기준으로 할 때 올해 나라살림 규모인 386조4,000억 원에 육박하는 것이다. 국내총생산(GDP) 대비로는 최소 3.86%에서 최대 6.57%에 이를 것으로 추산됐다.

연구진은 "노인 건강상태가 개선되지 않은 상황에서 노인 진료비가 늘면 건강보험 재정에 큰 위험요인이 된다"면서 "금연, 절주, 신체활동 등 개인단위 건강생활 실천과 함께 국가 차원에서 노인 건강증진 사업을 적극적으로 추진해야 한다"고 강조했다. 65세 이상 노인 인구의 진료비 증가속도는 가파르다. 2014년 65세 이상 노인 인구가 지출한 건강보험 진료비는 19조9,000억 원으로 전체 진료비의 36.3%를 차지했다. 2014년 65세 이상 노인 1인당 진료비는 332만5,000원으로 65세 미만 연령층보다 4.2배 많았다.

입원과 외래, 약국 등 진료형태별 진료비 증가속도도 65세 이상 연령층이 65세 미만 연령층보다 약 2배 빠른 것으로 나타났다. 우리나라는 2000년에 전체 인구에서 65세 이상 노인 인구가 차지하는 비율이 7.2%로 고령화 사회가 됐다. 2017년에는 14.0%로 고령사회에, 2026년에는 20.8%로 초 고령사회에 진입할 것으로 전망된다. 특히 2060년에는 노인 인구 비율이 40% 선까지 증가할 것으로 통계청은 내다보고 있다.

노후준비를 가로막는 자녀교육 및 결혼비용

그렇다면 노후준비의 필요성에 대해서는 예전보다 더 많이 느끼면서도 정작 노후준비를 잘하지 못하고 있는 이유는 무엇일까. 역시 자녀에 대한 교육비와 양육비 부담이 가장 큰 이유인 것으로 응답자의 41.3%가 답했다. 이 중 주목해야 할 것은 과도한 사교육비와 자녀 결혼비용 등이다. 우리나라 부모의 자녀교육에 대한 열정은 전 세계에서 둘째가라면 서러운 수준이라는 것은 잘 알려진 사실이다. 자녀교육에 대한 열정이 문제가 되는 것은 아니다. 문제는 이 열정이 과도한 사교육비의 지출과 직결된다는 점이다.

통계청 자료에 따르면 실제 우리나라 40대 가구의 가처분소득 대비 교육비 지출 비중은 2003년부터 2013년까지의 평균이 14%를 기록, 미국의 2.1%에 비해 약 7배나 높은 것으로 나타난다. 자녀 결혼비용 역시 노후준비에 크게 영향을 미치는 항목이다. 한국소비자원의 2013년 조사에 따르면 우리나라 결혼가구 한 쌍 당 결혼비용은 1억396만 원인데 여기에는 주택비용이 포함되어 있지 않다. 주택비용은 별도로 2억 7200만 원, 전세는 가구당 평균 1억 5,400만 원이었다. 지난해부터 이어지고 있는 전세난과 주택가격 상승을 감안한다면 현시점에서의 주택비용은 이보다 크게 높아졌을 것임을 짐작해 볼 수 있다.

노후의료비 지출 증가

자녀에 대한 지출 외에 노후 의료비 지출 부담은 노후의 빈곤을 부르는 또 다른 큰 요인으로 지적할 수 있다. 2015년 상반기 중 65세 이상 노인들이 사용한 진료비는 전년대비 무려 11%나 늘어난 것으로 건강보험심사평가원의 자료에서 밝혀졌다. 노인 진료비의 전체 진료비 대비 비중은 36.3%까지 높아졌다. 지난 1년간 65세 노인 인구는 4.8% 늘어났는데 진료비 증가폭은 이보다 두 배 이상 늘어난 것이다.

고령층의 진료비 비중은 나이가 많아질수록 더욱 높아지는 추세를 보이고 있어서 자녀에 대한 지출 못지않게 대비가 필요한 항목으로 강조되고 있다. 불안한 노년을 빈곤으로 보내지 않기 위해서는 결국 자녀에 대한 지출을 줄이고 건강관리를 철저히 하여 의료비가 지출되는 요인을 원천적으로 막음과 동시에 그래도 어쩔 수 없는 경우에는 노후 의료비보장을 충실하게 해 놓음으로써 대처하는 것이 최선의 방법이 된다. 왜 그래야 하는지에 대한 고민은 필요치 않아 보인다. 이러한 액션의 당위성은 이미 고민의 단계를 지난 것으로 보인다. 다른 대안이 없는 한 이는 언제 시작하느냐의 문제일 뿐이다.

현재 노인 인구는 630만 명 12.6%는 2018년 15%, 2026년엔 20.8%, 40년 후엔 1,765만 명(35%)으로 노인의 세상이 된다. 근본적인 노인대책 없이는 건전한 복지사회가 어렵다. 이들이 건강하고 가난에서 벗어나며 할 일이 있을 때 건강한 사회, 행복한 사회, 튼튼한 국가가 된다.

단견과 전시행정, 실적 위주와 편의주의 벗어나야

통계청 발표에 따르면 2060년 노인 추계인구는 17,650천 명(35%)이다. 지금과 같은 노인의 빈곤, 질병, 외로움이 계속된다고 상상하면 아찔하다. 지금도 OECD 국가 중에서 자살률 1위, 빈곤 율 1위의 불명예를 안고 있다. 이 불명예를 그대로 안고 간다면 큰 사회문제를 일으킬 수 있다. 미리미리 대처하지 않을 경우 심각한 사회문제에 대한 염려는 이미 건강보험정책연구원 보고서에서 밝혀진 바와 같다.

직장에서 쫓겨나고, 가정에서 홀대받고, 사회에서 냉대 받고, 국가로부터 소외받으면 노인은 갈 곳이 없어진다. 자살률 1위의 오명에서도 벗어날 수 없다. 특히 정책 입안자들은 실적 위주의 근시안적 사고에서 벗어나야 한다. 큰 틀 속에서 항구적, 지속적, 생산적 활동에 초점을 맞춰야 한다.

제3장

노인이 살아야

건강한 몸으로 어떤 일도 할 수 있다는 자신감을 심어주며 건강수당 상위등급을 목표로 몸을 만드는 동기를 부여한다. 건강과 상위등급 수당을 동시에 해결함으로써 빈곤에서 탈출할 수 있도록 돕는다. 경제적 문제는 곧 외로움을 해결할 수 있는 일로도 이어져 노인의 고질적 문제인 질병, 빈곤, 외로움에서 벗어나는 선순환의 구조 고리를 만들고 노인문제를 일거에 해결한다.

1

노인은 건강해야 산다

건강하면 '국민건강수당'을 많이 받을 수 있고 일할 수 있는 기쁨을 누린다. 조직적, 구체적, 계획적인 몸 관리를 유도한다. 그렇게 함으로써만 오직 목표를 향해 나아갈 수 있다. 걸으면 건강해진다. 따라서 경제활동의 힘과 의욕이 솟아난다. 건강하면 의료비가 들어가지 않고 삶의 질이 높아진다.

걸을 때에는 암세포가 살 수 없다는 게 전문가들의 공통된 의견이다. 걸으면 뇌 단백질인 BDNF가 활성화되어 단기기억이 좋아져 치매 걱정에서 멀어진다. 10년 후엔 걸어 다니는 사람 다섯 명 중 한 명이 노인이며 2060년엔 다섯 명 중 2명 가까이 노인인 세상이 된다. 노인이 살아나야만 가정, 사회, 국가가 건강해지고 부유해진다. 노인을 살려야 한다. 노인이 살아나지 않는 한 복지니 행복 운운하는 것은 공허한 메아리다.

2

노인은 공부해야 산다

앞으로는 노인이 주축을 이루는 세대다. 소위 베이비붐 1, 2차세대 1,321만 명은 과거 노인세대와는 달리 고학력 소지자들로 인적·물적 자산 가치가 높다. 이들이 은퇴 후 아파트경비나 택시운전을 한다면 국가적으로나 개인적으로 매우 불행한 일이다. 문화 창의의 시대다. 다양한 일거리가 존재한다. 끊임없는 공부로 자기를 갈고 닦아 대비하면 일거리는 분명 존재한다.

3

노인은 일해야 산다

일하면 경제력이 살아나고 건강해진다. 탄탄하게 만들어진 몸으로 젊은이 못지않은 열정으로 일할 수 있다. 그래야 빈곤에서 탈출할 수 있다.

4

외로움에서 벗어나야 산다

우리는 이미 '님아, 그 강을 건너지 마오', '죽어도 좋아' 같은 영화를 보아 잘 안다. 경제력 생기고 건강하면 성생활을 할 수 있다. 노인이 성생활을 하게 되면 삶의 가치, 보람, 존재 이유, 자신감, 자존감이 생긴다. 성생활은 화룡점정이다. 모든 것이 이루어진 듯해도 성생활이 빠지면 정신은 황폐화된다. 무기력감에 빠지며 자신감을 잃는다. 노인의 성(性)은 밀가루 반죽에서 물과 같은 존재다.

인간은 빵만으로는 살 수 없다. 식욕, 성욕은 가장 원초적인 인간의 욕망이다. 체력은 떨어져도 성 욕구는 살아 있다. 원초적 욕망이 해결되지 않으면 짜증, 불평, 불만, 폭력 등 성격이 강퍅해진다. 사회가 밝고 건전할 수 없다. 사고의 개연성은 항상 존재한다. 시한폭탄을 늘 지니고 있다. 모두 늙는다. 다만 시간 차이만 존재한다. 역지사지가 필요하다. 5년, 10년 후의 자신의 일이라 생각하고 대책을 강구해야 한다. 강 건너 불이 아니라 발등의 불이라는 인식이 필요하다. 종묘 박카스 아줌마가 현실이다. 노혼 프로그램 같은 제도적 뒷받침으로 노인의 성을 바라보는 태도의 변화가 필요하다.

1) 노인이 살아야

현황

현재 시행 중인 '기초연금'을 '국민건강수당'으로 대체 또는 신설하여 항구적 노인대책으로 삼는다. 노인을 거추장스러운 골칫덩어리가 아닌 경륜과 지혜를 갖춘 금쪽같은 노인이 되도록 하자.

현재 각 지자체에서 기초의학검사를 할 수 있는 문화체육관광부 산하 '국민체력 100' 평생건강 누림센터(체력인증센터)를 활용(현재 인증서와 함께 금, 은, 동메달 수여)하여 등급판정에 알맞도록 제도화시키면 된다. 또 기존의 2년마다 실시하고 있는 건강검진과의 연계방법을 심도 있게 연구하여 판정결과(A, B, C, D, E 5등급)에 따라 '국민건강수당'을 지급한다.

2015년 현재 기초연금 수령자는 441만 명이다. 441만 명이 현재의 월 20만 원을 지급 받을 경우 한 달에 8,820억 원의 자금이 소요되며 1년이면 10조 5천7백20억 원이 된다.

노인 인구 750만 명이 되는 2018년이면 기초연금 수령자는 500만 명으로 늘어날 것이며 이럴 경우 한 달이면 1조 원, 1년간 소요되는 금액은 12조 원이 된다. 이 금액은 생산성과는 전혀 무관한 그냥 기초생활

비로만 쓰여 질 뿐이다. 이 금액은 시간이 흐르면서 노인 인구 증가와 포퓰리즘과 맞물려 더욱 커질 개연성을 가지고 있으며 시간이 흐르면서 기금은 고갈되고 더 나아가 재정의 큰 부담요인으로 작용하게 된다는 것은 전문가의 연구에서 이미 밝혀졌다. 시한폭탄 같은 현재의 위험한 상황과 제도가 계속되면 상상하기조차 싫은 결과를 초래할 수도 있다는 정책보험연구원의 분석결과가 단순한 경고로 들리지 않는 것은 바로 이와 같은 여러 자료들이 뒷받침하기 때문이다.

기초연금은 어차피 지급되는 금액이다. 이 금액을 생산성 있는 쪽으로 방향을 바꾸자는 것이다. 국민건강을 증진시킴은 물론 노인 소득과도 직접 관련이 있어 두 마리 토끼를 동시에 잡을 수 있다. 따라서 이 제도 시행은 매우 효과적이며 나라가 사는 길이다. 대상자는 물론 젊은이도 건강하기 위해 좋은 생활습관을 갖게 되며 이는 당연히 건전문화와 좋은 건강으로 연결된다. 이에 따라 의료비 지급은 감소하며 부담스러운 의료보험료에도 긍정적 영향을 미친다. 국민건강수당을 신설(또는 대체) 시행하게 되면 건강에 대한 관심이 높아져 국가 전체가 건강해지고 활력이 넘치게 된다. 젊은 시절부터 철저한 건강관리는 노후 준비, 노후설계와 맞닿아 있다는 점에서 삶의 안정감을 줄 것이다.

예를 들어 자세히 살펴본다.

‘국민건강수당’을 아래와 같이 신설한다(현행 ‘기초연금’을 명칭변경 시행)

A급: 35만 원

B급: 30만 원

C급: 25만 원

D급: 20만 원

E급: 15만 원

(※ 금액은 탄력적으로 조정 가능, 금액이 크면 클수록 강한 동기부여로 적극적 건강 관리 유인책이 될 수 있음)

국민건강수당 운용방법

· 기존의 기초연금을 받는 사람 수령액에는 큰 변화가 없도록 조정한다.

· 매년 대상자의 의료비 지출 횟수와 금액을 산출하여 국민건강수당 등급 조정에 반영한다.(횟수와 금액의 기준 표를 만든다.)

· 체력 향상을 위한 노력을 한다면 상향등급을 받게 되지만 관리에 소홀하면 등급이 하향될 수도 있다는 인식을 심어준다.

· 검진횟수: 65세~70세는 2년마다, 70세~75세는 1년 6개월, 75세 이상자는 매년 실시한다.

· 편리성과 경제성을 고려하여 검진기간 및 횟수는 신축성 있게 적용한다.

· 검사결과에 따라 적극적 건강관리자와 그렇지 않은 자의 등급은 매회 달라질 수 있다.
· 적극적 건강 관리자는 상위등급을, 그렇지 않은 자는 하위등급을 받아 '국민건강수당' 수령액의 격차가 생긴다. 소극적 건강관리자는 분발을, 적극적 관리자는 더 큰 자신감을 가질 수 있도록 제도를 운영한다.
· 검사 실시 결과에 따라 매회 등급을 신규 적용한다. (75세까지는 A, B, C, D, E 5등급으로 하고, 만 75세가 넘으면 체력 저하에 따른 등급을 A, B, C, D 4등급으로 하향조정한다. 80세가 넘으면 체력의 감소에 따라 등급을 A, B, C 3등급으로 하향 조정한다.)
· 건강등급과 국민건강수당은 여러 요인을 감안 시행초기에는 신축성 있게 적용한다.(너무 경직된 운영으로 난색을 표할 이유는 없다고 사료됨.) 예를 들면 기존의 기초연금 대상자들이 받아 온 월 20만 원을 가능하면 받을 수 있도록 등급의 구간 조정을 한다.
· 그러나 실시 이듬해부터는 건강에 대한 자기 노력의 결과가 건강수당 수령액수와 직접 관련이 있다는 확실한 인식을 심어주는 것이 필요하다. 건강관리만 잘하면 노후대책에 대한 상당부분의 우려가 해소될 수 있다는 희망을 가질 수 있게 된다. 꿩 먹고 알 먹는 식의 일거양득이다.
· 재정부담이 따를 경우 시행초기에는 '국민건강수당'의 금액을 탄력적으로 적용할 수 있다.
· 대신 수당 금액이 커지면 대상자는 물론 젊은이들까지도 적극적

건강관리의 강한 유인책으로 작용될 수 있다는 점을 염두에 두고 시행한다.

· 건강보험료 납입부담도 획기적인 변화를 줄 필요가 있다. 이를테면 건강한 사람 입장에서는 보험금을 전혀 쓰지 않는데 내는 보험료는 너무 많다고 생각할 수 있다. 이럴 경우 양호한 건강상태에 대한 보상으로 보험료율을 낮게 적용하여 당사자의 사기를 진작시킬 필요가 있다. 얼핏 생각하기에는 납입보험료가 줄어들 것 같지만 그런 것은 일시적 현상이며 시간이 흐르면 훨씬 이익이 클 것이다. 결과적으로 젊은이들의 건강은 덩달아 좋아질 것이며 이는 곧 노후 건강과 소득으로 연결되는 순기능으로 작용한다는 점이다.

· 국민건강수당을 받는 노인 중에서 특히 건강상태가 좋은 사람에게는 인센티브제를 적용하여 다음 등급 조정 시까지 특별건강수당을 지급한다. 한편 노인 일자리 마련에도 유리하게 연계시킴으로써 건강 증진을 위한 강한 유인책이 되도록 운용한다.

2) 나라가 산다(2016년 기준)

가난 구제는 나라도 못한다는 이야기는 단순한 속담을 뛰어넘는다. 포퓰리즘에 입각한 과도한 선심정책은 큰 위기를 맞을 수 있다. 그리스를 비롯한 남미 여러 나라에서 우리는 이미 보아왔다. 단 게 곶감이라고 단맛에 길들여지면 개인도 국가도 내치기가 매우 어려워진다. 더 이상의 어려운 국면으로 빠져들기 전에 대책을 강구하지 않으면 사후약방문 같은 후회막급이 따를 수밖에 없다. 냉정하게 현실을 직시하고 적절한 대책을 실시하는 것만이 더 큰 화를 막는 방책이 될 것이다. 유비무환과 예방의학은 그래서 강조된다.

지금부터 현재 기초연금을 받고 있는 441만 명을 대상으로 하여 '국민건강수당(가칭)'을 적용하여 이해득실을 따져보고 유·불리를 적어본다.

A: 현행 기초연금 월간 지급액=441만 명×20만 원=8,820억 원(월)

B: 현행 기초연금 연간 지급액=8,820억(월지급액)×12(월)=105,840억 원(연)

A': 국민건강수당(가칭) 월간 지급액=9,465억 원

B': 국민건강수당(가칭) 연간 지급액=113,580억 원(9,465억 원(월)×12)

· 월간 증가액: A'-A=645억

· 연간 증가액: B'-B=7,740억

* 국민건강수당: 9,465억(월 지급액)-8,820억=645억(월 증가분)×12(월)=7,740억 원(연간 증가액)

〈예〉

A등급: 20만 명×35만 원(월)=700억 원

B등급: 30만 명×30만 원(월)=900억 원

C등급: 50만 명×25만 원(월)=1,250억 원

D등급: 300만 명×20만 원(월)=6,000억 원

E등급: 41만 명×15만 원(월)=615억

441만 명　　9,465억 원(월)

(※ 대상자 수를 현행 기초연금 수령자 수로 하였음. 부유층 상위 30%는 일부 또는 전부를 제외 또는 포함할 수 있음.)

1. 기존의 기초연금 받는 사람의 수령액에는 큰 변화가 없도록 조정한다.
2. 개인별로 매년 의료비 지출금액을 검진 결과표에 반영한다.(등급이 하향될 수도 있음.)
3. 검진횟수는 매년 또는 1년 6개월, 2년에 한 번 실시(편의성과 경제성 측면 고려하여 신축성 있게 적용)
4. 매년 검사실시하여 신규적용 등급에 따라 건강수당 지급,(65~75세까지는 ABCDE 5등급으로 하고, 만 76~85세까지는 체력의 감소에 따라 ABCD 4등급으로 하향 조정한다. 86세 이상은 체력의 감소에 따라 ABC 3등급으로 하향 조정한다.
5. 건강노인을 만들어 건강수당을 많이 받게 함으로써 근본적으로 의료비 지출을 줄인다. 줄어든 만큼의 의료보험 재원은 건강수당 재원으로 충당된다. 따라서 건강한 노인은 활력이 넘치고 사회가

건강해진다. 또 건강해진 몸으로 일을 할 수 있다.

6. 각 등급의 구성은 전체적인 모양이 항아리 모양이 되도록 한다. 20만 원~30만 원짜리가 제일 많도록 분포한다. 물론 시간이 흐르면서 그 모양은 달라질 수 있다.
7. 처음에 재정부담이 따르면 수당금액을 조정하면 된다.
8. 국민건강수당 신설 유인책으로 수당 금액을 현실화하여도 큰 문제는 되지 않는다. 수당금액이 크면 대상자들은 물론 젊은이까지 건강관리에 대한 필요성이 커진다.
9. 기존의 기초연금 재산관련 등급조정은 점차 완화한다. 보유재산 상위 30% 정도를 제외한 모든 노인이 혜택을 받을 수 있도록 국민건강수당을 현실화한다.
10. 국민건강수당을 신설했을 경우, 월 645억 원의 추가자금 부담요인이 발생하며, 연간 7,740억 원의 추가부담 요인이 되나 효과에 비하면 미미한 숫자에 불과하다.(11항 참조)
11. 그러나 의료비 지급에 있어서 건강이 호전될 경우를 상정하면(국민건강보험 정책연구원 보고서) 나쁜 건강상태를 그대로 놔두었을 때보다 107조6,513억 원(337조1,131억 원-229조4,618원)의 감소 요인이 발생하여 45년으로 세분하면 연간 2조3,922억 원의 감소가 실현된다. 이는 국민건강수당 지급에 따른 추가자금 부담액이 연간 7,740억 원이므로 오히려 1조6,182억 원의 잔여 차액을 낳는 결과를 가져온다.(2조3,922억-7,740억=1조6,182억)
12. 전국 지방자치단체에 분포된 '국민체력 100'을 체계적이며 조직적

으로 원활하게 운영하고 국민건강수당의 금액과 실시방법 등 운용의 묘를 살리면 엄청난 효과를 얻을 수 있을 것으로 생각된다.

13. 65세~75세까지는 2년마다 건강검진을 실시하며 그 검사결과로 건강등급을 매긴다. 기존의 건강검진 시설을 이용하여 추가검진 비용을 절감할 수 있다.
14. 허위로 등급을 매길 경우 관련자는 엄하게 다스린다. 자격정지 또는 건강수당 수혜에서 제외한다.
15. 76세~85세까지는 1년 6개월마다 건강검진을 실시한다.
16. 86세 이상은 매 1년마다 건강검진을 실시한다.
17. 건강검진은 객관화할 수 있는 항목의 수치로 한다. 자의적인 결과가 개입될 수 있는 여지를 없앤다. 등급판정 결과에 부정이 개입하면 엄하게 다스린다.
18. 엄격하면서 공정한 검진이 이루어지도록 객관성과 투명성이 확보된 자료로 이루어져야 한다. 그래야 노인 건강에 실질적으로 기여할 수 있다.

국민건강보험 정책연구원 보고서에 의하면, 2060년엔 노인 의료비가 최소 337조 원으로 1년 나라살림 규모에 달할 전망이다. 현재보다 최대 20배 늘어나 GDP 대비 1.34%에서 6.57%로 늘어나게 되는 수치이다.

65세 이상 노인의 진료비 지출예상(단위: 억 원)

2014년: 19조8,604억 원(1.34%)

2015년: 21조7,342억 원(1.42%)

2020년: 36조3,079억 원(1.88%)

2025년: 59조9,615억 원(2.50%)

2030년: 91조9,021억 원(3.21%)

2035년: 130조9,406억 원(3.95%)

2040년: 177조1,185억 원(4.68%)

2050년: 281조3,625억 원(5.84%)

2060년: 390조7,949억 원(6.57%)

· 통계청 장래인구 추계 중 인구가 가장 많이 증가하는 '고위인구' 상황에서 건강상태 개선 없이 평균수명만 연장되고 의료비 증가에 대한 소득증가 비율은 0.8인 경우로 가정한다.

· 노인 기준을 65세에서 70세로 올리는 문제도 긍정적으로 검토한다. 그런 연후에 65세~70세는 건강하면 국민건강수당을 지급할 수 있도록 경과조치를 둔다.

부수적으로 요구되는 조건

1. 국민연금 급여산식을 살펴보면 어떤 소득계층이라 하더라도 낸 보험료보다 많이 받을 수 있는 구조로 설계되어 있고 재정파탄이 예견된다. 이 구조를 근본적으로 개선해야 한다.
2. 국민연금 부정수급이 지속적으로 증가하는 것으로 볼 때 국민연금기금이 허술하게 관리되는 부분이 있다. 강력한 제재로 차단해야 한다.
3. 국민연금제도가 성숙해질수록 부정수급 건당 평균 부정수급액도 점차 증가하기 때문에 부정 수급에 대한 유인을 제한하고 철저한 관리가 필요하다.
4. 최근 지속적인 건강보험료 인상은 국민부담률을 지속적으로 상승시키기 때문에 일정수준에 달하면 국민들의 저항을 받을 수 있다.
5. 건강보험 급여비 및 관리운영비의 효율적 지출 측면에서도 건강보험 재정 안정화 방안을 모색할 필요성이 있다.
6. 건강보험금 부당청구와 건강보험 자격의 불법 대여·도용으로 인한 건강보험재정의 누수는 지속적으로 증가하고 있다.
7. 정부의 의료수가 및 약가통제로 인해 비 급여 진료가 증가하고, 리베이트나 로비 등에 따른 사회적 비용이 발생한다.
8. 다양한 의료상품서비스가 제공될 수 있게 규제 완화를 시도하며 시장 기능을 작동하게 한다. 의료보험의 저렴한 혜택이라는 인식 때문에 사소한 감기에도 병원을 내 집 드나들 듯 하는 것에서 벗

어나도록 유도한다.

9. 무분별한 의료서비스 이용은 결과적으로 국민건강보험 등급판정에 영향을 주어 수령액에서 큰 차이를 보인다는 인식을 심어줄 필요가 있다.
10. 베이비붐 세대의 은퇴가 본격화되기 전에 국민연금과 건강보험 개혁이 하루빨리 논의되어야 한다.
11. 의료저축 계좌를 만들어 개인의 일상적 치료비를, 의료보험 계좌를 만들어 치명적 질병에 대해 순수한 보험기능을 할 수 있도록 건강보험 선택권 확대를 통한 재정안정화를 시도한다.
12. 소득재분배기능을 단계적으로 축소하고 소득비례 부문을 확정기여 방식으로 전환한다면 기여한 보험료에 비해 과도한 연금기여를 받는 구조가 개선됨으로써 재정안정성을 꾀할 수 있다.

상기 1항은 시간이 다소 걸리더라도 구조를 근본적으로 개선함으로써 해결해야 한다. 나머지 2항에서 12항은 기생충, 좀벌레 같은 무리들을 발본색원함으로써 기금의 누수를 막아야 한다. 아무리 좋은 제도가 도입되어도 이런 허술한 관리가 존재하는 한 그 효과는 떨어질 수밖에 없다.

제4장

이 제도 실시로 예상되는 효과

1

전 국민에 미치는 효과

1. 현재 또는 미래 수급대상자 모두에게 국민연금기금 고갈에 대한 불안감을 불식시킨다.
2. 점차적으로 늘어나게 되어 있는 건강보험료의 과중한 부담을 덜어준다.
3. 건강보험료를 많이 내고 전혀 쓰지 않는 건강한 건강보험료 납부자에겐 양호한 건강상태에 대한 보상으로 인센티브를 적용하여 보험료를 깎아 주어 사기를 진작시킨다.(1~3%)
4. 모든 국민이 건강해진다.
5. 과도하게 전개되는 포퓰리즘에 입각한 정쟁의 고리를 끊게 된다.
6. 금연 및 절주 자가 늘어난다. 음주와 흡연은 여러 질병과 직간접적으로 관련되어 있다. 따라서 금연과 절주는 관련 질병으로부터 멀어지게 한다.
7. 의료비 감소로 인한 금전적 비용은 국민건강수당 재원으로 사용된다.

8. 지난해 65세 이상자의 1인당 의료비는 395만 원이지만 걷기와 마라톤을 하는 사람들의 의료비는 100만 원 미만(92만 원)이다.(4월 27일 KBS 생로병사 자료)
9. 보험료 인상에만 매달리던 건강보험 재정에 긍정적 영향을 미친다.
10. 매년 음주와 흡연으로 인한 천문학적인 사회적 비용의 절감효과를 가져 온다.
11. 노인을 비롯한 건강한 국민-건강보험 지급 급여비 감소-개인의 건강보험료 부담 감소-튼튼한 국민연금기금의 선순환으로 이어지는 순기능을 기대하게 된다.
12. 개인의 삶은 건전하고 행복해진다.
13. 가족 모두가 건강하고 행복해진다.
14. 사회 전체가 건강하고 활력이 넘친다.
15. 국가는 연기금의 고갈 우려에서 해방되며 재정이 튼튼해진다.
16. 수준 높은 건전 문화가 조성된다.
17. 음주로 인한 각종 범죄와 사고가 줄어든다.(살인, 강간, 음주운전, 폭행, 교통사고, 가정폭력, 각종 방화사건 등)
18. 국가 전체가 밝고 건강한 사회로 만들어진다.
19. 노인 간의 빈부격차를 줄이는 게 목적이 아니라 행복한 삶의 질에 관한 문제로 인식이 전환된다.
20. 엄청난 사회적 비용을 줄일 수 있다.
21. 모두가 건강해지므로 나라 전체가 활력이 넘치고 국가 전체적으로 생산성이 증가한다.

22. 세계 모든 나라의 복지모델이 될 것이다.

23. 노인 빈곤과 자영업자의 소득부진이 한국 경제의 발목을 잡고 있는 것으로 분석했다. 고령사회, 초 고령사회로 진입하면서 고령층의 소득수준 하락과 소비심리 둔화가 내수경기 침체를 가속화할 수 있다는 우려를 없애준다.('60세 이상 가구 18%가 새 빈곤층으로 추락' -2016.3.1. 동아일보)

24. 초 고령사회(2026년)로 진입하면 그 심각성은 더욱 클 것이다. 이런 상황일수록 '국민건강수당' 대체(또는 신설)의 실시는 그 필요성에서 절대적이다.

25. 소득(국민건강수당)과 일하는 건강 노인의 증가로 이는 곧 소비와 직결되어 경기 활성화에도 긍정적 영향을 미칠 것이다.

26. 건강보험정책연구원들은 "금연, 절주, 신체활동 등 개인단위 건강생활 실천과 함께 국가차원에서 노인 건강증진 사업을 적극적으로 추진해야 한다.(2016.2.13. 평화신문)"고 진단하였다. 진단 결과가 말해주듯 위험요인이 불을 보듯 빤하다. 두 마리 토끼를 잡는 최고의 방책은 오직 '국민건강수당'의 실행뿐이다.

27. '국민건강수당' 신설 제도가 자리 잡기까지는 국가 차원에서 적극적으로 홍보가 뒤따라야 소기의 목적을 앞당길 수 있다.(건강한 신체를 위한 운동장려, 홍보)

28. 터진 둑은 앞에서 막으면 뗏장 하나로 되지만 뒤에서 막으면 굴삭기 100대가 달려들어도 안 된다. 소 잃고 외양간 고치는 우매함에서 빨리 벗어나야 고비용·저효율이 사라진다.

29. 금연·절주의 위해를 강조하여 얻는 심리적 효과보다 실질적인 현금 지급(국민건강수당)이 이루어지는 실질적 효과는 더 클 수밖에 없다.
30. 건강하게 천수를 다하면 사망에 이르는 질병의 기간이 짧다. 따라서 의료비는 적게 들어갈 수밖에 없다.
31. 이 제도는 일시적인 미봉책이 아니고 영구적이다.

2

젊은이에게 미치는 효과

32. 젊은이가 부담하는 건강보험료에 대한 불만을 해소시킨다.
33. 젊은이의 노후에 대한 막연한 불안이 사라지며 꿈과 희망을 갖게 한다.
34. 젊은 시절부터 건강관리를 하게 된다.
35. 따라서 젊은이는 물론 노인 진료비가 획기적으로 감소한다.
36. 이 효과는 젊은이까지 파급되어 미래에 대한 불안감을 불식시킨다.
37. 젊은이들은 절주와 금연을 실행하고 각종 스포츠는 물론 문화생활 등 가족 중심의 생활을 하게 된다. 따라서 건전문화의 기틀이 마련된다.
38. 젊은이들은 미래에 대한 꿈과 비전으로 건강 목표를 세워 체계적으로 운동하게 된다.
39. 젊은이들에게 건강관리를 잘하면 노후를 잘 보낼 수 있다는 꿈과 희망을 심어준다.
40. 젊은이들에게 건강관리를 잘하면 의료비 지출이 줄어들고 또 줄어드는 그 이상의 생활여유가 생기며 재미있고 신나는 하루하루가 된다.

3

노인에게 미치는 효과

41. 국토(약 10만㎢)의 64%가 산지다. 개발 여지와 건강노인을 위한 일자리는 무한하다.
42. 국가는 건강등급에 따라 건강노인에게 맞춤형 고용정책을 펼친다.
43. 건강노인을 대상으로 생산적 국토조성사업을 벌인다.
44. 육박나무 같은 경제성이 좋은 묘목, 조림, 육림사업에 건강한 노인을 투입하여 두 마리 토끼를 잡는다.
45. 젊은 노인은 조림사업에, 중노인은 묘목과 육림사업에 투입한다.
46. 44항의 사업을 정기적 또는 수시로 실시하여 노인의 건강과 경제력을 동시에 해결한다.
47. 국토의 64%가 산지다. 우리 산에는 약 80억 그루의 나무가 심어져 있다. 참나무 27%, 소나무 23%다. 나무 총량은 800백만㎥다. 울창한 정도는 1헥타르 당 125.6㎥다. 독일의 320㎥, 일본의 170.9㎥에 비하면 아직 낮은 수준이다. 경제수종으로 더 울창한 삼림을 만들어야 한다. 노인의 일자리로 제격이다.

48. 노인의 일자리는 일회성, 단기성이 아닌 영구적이고 지속적인 사업이어야 한다. 큰 틀에서 노인 일자리가 다루어져야 한다. 건강한 노인 노동력을 산지개발에 활용하자. 독일과 이웃 일본은 계획된 조림사업으로 온 산이 메타세쿼이아나 측백나무 같은 상록수가 울울창창하다. 우리도 경제림으로 심자. 개발 가능한 산지는 많다. 얼핏 보면 푸르게 보이는 우리나라 산은 속을 들여다보면 화목, 잡목에 불과한 오리나무, 아카시아만 무성하다. 하루라도 빨리 경제수종으로 바꿔야 한다. 경제적 가치가 큰 육박나무의 묘목과 조림과 육림사업에 노인을 투입시킨다. 건강한 노인은 90세 이상이 되어도 경제활동을 할 수 있도록 해야 한다. 같은 연령대라 할지라도 개인차가 많이 난다. 행정편의주의를 앞세워 주민등록증 나이로 두부 자르듯 제한하지 말라. 건강한 사람은 주민등록 나이와 관계없이 일할 기회를 주어야 한다. 건강하기만 하면 나이가 들어도 일할 수 있다는 믿음을 심어 주는 게 중요하다. 매년 실시하는 건강검진 결과등급에 따라 고용여부를 정하면 된다. 그러면 자연적으로 건강을 위한 경쟁구도가 만들어진다. 소득과 건강 두 마리 토끼를 잡을 수 있도록 유도해야 한다. 그렇게 되면 노인의 빈곤과 질병, 외로움을 일거에 해결한다. 이 제도의 실시는 세계에서 가장 살기 좋은 복지국가의 모델이 될 것이며 노인 천국으로 탄생할 것이다.
49. 기존의 기초연금은 그냥 소비성의 죽은 돈이지만 '국민건강수당'은 생산성 있는 살아 있는 돈이다.

50. 가난 구제는 나라도 못하는 법이다. 정치인들의 포퓰리즘에 의한 현행제도는 세월이 흐름에 따라 잘못된 설계구조, 수급의 불균형은 기금고갈 문제, 재정건전성 문제 등 큰 문제를 일으킬 수 있다. 국가 부채의 증가와 재정건전성의 취약문제가 불거지게 되며 국가에 대한 불신이 팽배하며 국가 부도 위기의 단초를 제공할 수도 있는 이 모두를 일거에 해결한다.
51. 일과성의 소모적인 돈 기초연금은 죽은 돈으로 구멍 난 시루에 물 붓기지만, '국민건강수당'은 살아 있는 돈으로 콩나물시루에 물주는 것과 같다.
52. 노인 누구나 건강을 위하여 많은 노력을 할 것이다. 건강해진 몸으로 더 많은 금액의 국민건강수당을 챙길 수 있고 수입도 늘어나기 때문이다.
53. 이러한 노력의 결과로 시간이 흐르면 흐를수록 건강한 노인이 많아질 것이다.
54. 이런 결과로 건강노인은 곧 좋은 일자리로 투입되어 생산성과 연결된다.
55. 활력이 넘치는 노인 천국이 만들어진다.
56. 건강과 경제력이 뒷받침되어 노인의 빈곤, 질병, 외로움을 일거에 해결한다.
57. 따라서 자살공화국의 오명에서 벗어남은 물론 빛나는 노인 천국으로 태어날 것이다.
58. 정치적 포퓰리즘의 원천적 고리를 끊는다.

59. 연금기금의 건전상태를 고려하여 고액의 연금수령자(일정기준 설정)와 일정기준 이상의 재산 소유자는 국민건강수당의 수혜 대상자에서 제외한다.(두 조건 중 하나만 해당되어도)
60. 진료횟수가 잦은 사람 또는 진료비 지출이 큰 사람은 국민건강수당 등급 조정 시 반영하는 등 지급조건을 제한한다.
61. 일정수준 이상의 고소득자(연금수령자)에 대한 차등지급을 한다.
62. 일정기준 이상의 재산 소유자에 대하여는 차등지급을 한다.
63. 건강보험금의 기여도(기준을 설정하여 병원이용횟수가 아예 없거나 아주 적은 사람은 가산점 적용 등)에 따른 차등지급 또는 인센티브제를 실시한다.
64. 슈퍼 건강 노인에 대한 인센티브제를 실시하게 되면 강한 건강관리 유인책이 될 것이다.

대상자 모두를 건강노인으로 만들어 '국민건강수당'을 많이 받게 하고 의료비 지출을 줄인다는 게 이 제도의 핵심이다. 줄인 재원으로는 국민건강수당 지급자금에 충당하는 효과를 얻을 수 있다. 그럼으로써 개인의 삶의 질은 높아지고 행복한 국가로 나아갈 것이다. 이 제도가 자리를 잡게 되면 세계에서 가장 뛰어난 복지국가의 모델이 될 것이며 나라사랑도 자연스럽게 이루어질 것이다.

노인은 천덕꾸러기가 아니다. 유용한 도구로서의 노인이 되도록 한다. 노인사회, 늙은 사회가 아니라 활력이 넘치는 노인국가로 세계의 모든 나라에 본보기가 될 것이다. 시행 초기에는 다소의 부담으로 작용하는 듯 보일 수도 있지만 곧 손익분기점을 통과할 것이며 일정기간이 경과하면 역전현상이 벌어진다. 생산성은 몰라보게 올라가고 개인은 행복한 삶을 구가할 것이며 사회는 밝고 건강해질 것이다. 시행초기에 자금부담이 생긴다면 국민건강수당 금액을 적절히 조정하면 된다. 그러나 강한 유인책을 위해서는 '국민건강수당 액'이 클수록 좋다. 어느 쪽이든 저울질하여 조정하면 된다. 국민건강수당의 처음 시행은 재정부담이 크지 않는 금액으로 시행하고 시간이 흐르면서 차차 삶의 질이 나아지도록 현실화한다.

주변을 둘러보면 건강관리를 잘한 노인을 많이 만날 수 있다. 건강한 노인들은 의료비가 거의 들어가지 않는다고 한결같이 이야기한다. 필자도 현재 71세지만 2년에 한 번씩 하는 정기검진 외에는 병원이나 약국을 가는 경우가 거의 없다. 물론 40년이 넘도록 꾸준히 운동을 하고 건강관리를 해온 덕분이라 생각한다. 나쁜 생활습관이 건강하지 못한 노인을 만들어 낸다. 이 제도를 시행하게 되면 노후 소득과 직접 관련이 있어 적극적으로 건강관리를 하게 될 것이며 이는 곧 병원에 가는 일을 막아준다. 병원비 지출이 없으니 개인이나 국가나 경제적으로 여유롭다. 아프지 않으니 삶의 활기가 넘치고 행복한 삶을 즐길 수 있다.

이 제도가 실시되면 시간이 흐름에 따라 그 효과는 엄청날 것이다. 노인이 건강하니 수입은 늘어나며 또 일을 할 수 있으니 일거양득이다. 국가는 국가대로 연기금의 고갈에 대한 우려를 할 필요가 없게 되며 건강노인의 노동력을 국가사업에 투입할 수 있으니 누이 좋고 매부 좋은 격이다. 젊은이들은 노후의 꿈과 희망이 있으니 행복해 할 것이다.

모두가 건강하니 사회는 활기가 넘치고 건전문화, 오락, 스포츠를 즐기는 수준 높은 문화국민이 될 것이며 가정은 화목하고 건강하며 국가 전체의 생산성은 높아질 것이다. 이토록 희망적인 제안을 코앞에 닥친 일이 아니라며 준비하지 않는다면 이미 앞에서 제시한 각종 자료에서 보았듯이 국가재정의 압박요인으로 작용해 자칫 큰 혼란을 초래할 수도 있다는 점을 간과해서는 안 된다. 이 제도가 자리를 잡게 되면 세계가 부러워하는 복지국가, 행복한 국가가 될 것임을 확신한다.

|에필로그|

나는 맛좋은 부침개를 만들기 위해 강판(薑板) 위에 놓인 감자다. 아낌없이 갈리고 깎이고 살라지고 저며지고 부서지고 까이고 데이고 굴려지고 하면서도 맛좋은 부침개를 탄생시키고 싶었다. 그래서 날선 칼 앞에서도 뜨거운 불 앞에서도 당당할 수 있었다.

마지막 펜을 놓는 순간 나는 나의 버킷 리스트의 마지막 항목인 좌탈입망(坐脫入亡)을 생각했다. 인간의 죽음 후가 궁금하듯 이 책의 탄생 후가 궁금하다. 시종일관 좌탈입망의 마음가짐으로 써 내려갔고 마무리를 지었다. 이 책을 읽는 모든 이들의 멋진 현재가 쭉 이어지기를 바랄 뿐이다. 삶이란 죽음 바로 앞에 놓인 잠깐의 유희다. 그 유희가 지속적인 유희가 되도록 바라는 마음 간절하다. 이 책이 천만 노인의 작은 지혜가 되었으면 좋겠다.

- 한여름밤에

|부 록|

필자의 아포리즘(aphorism) 목록

· 가장 본때있는 미치광이는 책에 미친 사람이다.

· 걷는 것은 길에서 캐는 또 다른 금이다.

· 게으름은 모든 것의 적이다. 게으름은 쇠에서 나는 녹과 같다.

· 결혼은 강간을 합리화하는 일종의 계약이다.

· 공부란 친구와는 멀어지게 하지만 자신의 내면과는 가깝게 만든다.

· 광고란 소비자의 뇌를 속여 주머니 속의 돈을 빼내는 기술이다.

· 그림자는 평생의 반려자다.

· 길은 모든 배움의 근원이며 가장 많은 장서를 갖고 있는 도서관이다.

· 길을 잃는 것은 여행자만이 가질 수 있는 특권이다.

· 깊은 산 속에서는 '삼림욕(森林浴)'을, 대학가에서는 '청춘욕(靑春浴)'을 하라.

· 꽃은 신의 손가락에서 빠진 반지다.

· 꿈씨(Dream Seed)는 우리 모두가 가져야 하는 아름다운 씨다.

· 꿈이란 자아가 무엇인지를 알기 위하여 정신을 엮어가는 한 현상이며 과정이다.

· 나는 왜 걷는가? 바로 그 물음에 대한 답을 찾기 위함이다.

· 나와 가장 오래 사는 사람이 진짜 짝이다. 그 짝은 바로 자신이다.

· 날씬한 다리는 20년이 행복하고 굵은 다리는 60년이 행복하다.

· 남자의 눈물은 세상을 좀 더 잘 보기 위하여 창을 닦는 행위다.

· 내 마음속 마음을 마음대로 읽을 수 있어야 내 마음을 내 마음대로 다스릴 수 있다.

· 노인의 몸은 겨울 엿이고 젊은이 몸은 여름 엿이다.

· 누군가 누군가를 통제하면 관계는 깨진다.

· 누에는 거친 뽕잎으로 비단실을 뽑지만, 거미는 부드러운 줄로 현혹하여 한 평생을 살생으로 살아간다.

· 눈물은 내 영혼의 잠깐의 바깥나들이다.

· 늙음은 구겨진 종이다.

· 덜 익은 열매는 숨어서 큰다. 그것은 본능이다.

· 덧니는 권력에 의해 쫓겨난 유민이다.

· 도서관과 전철 막차엔 미인이 없다.

· 돈으로 명문가를 살 순 없지만 명문가를 만들 수는 있다.

· 말의 유혹에 흔들리지 않도록 혀에 닻을 달아라.

· 매일 걷는 것은 매일 출근하는 것보다 더 큰 수입을 보장한다.

· 매일 걷는 것은 어떤 CEO보다도 고액 연봉을 안겨 준다.

· 명함에 적을 것이 사라지면 인생도 사라진다.

· 문명은 인간의 본성을 억압해 온 하나의 퇴화 현상이다. 따라서 머지않아(빠르면 반세기, 늦어도 1세기 내) 인간은 자연으로 돌아간다. 원시 자연으로 회귀할

것이다. 문명의 이기인 자동차, TV, 핸드폰, 내비게이션, 각종 전자제품 등의 발달은 한계에 직면하고, 기계의 하수인 노릇에서 벗어나고픈 인간본능이 살아나 문명의 이기와 등지는 삶을 염원하게 된다. 문명이기의 지배에 따른 부작용, 폐해, 피로감이 몰려와 동물의 본능적 욕구에 따르는 삶을 추구할 수밖에 없게 된다.

· 미움은 오기를 낳는다. 맹목적 오기는 퇴보지만 생산적 오기는 세계를 지배하는 힘을 지닌다.

· 바람의 손은 위대한 창조자다.

· 부드럽고 달콤한 홍시도 한때는 딱딱하고 떫은 감이었다.

· 부지런한 사람이 가장 많은 시간을 소유한다.

· 비는 구름의 눈물이다

· 4계절은 400m 남녀계주다. 이상기온은 실수로 바통을 땅에 떨어트리는 것이다.

· 사랑할 땐 곰보도 보조개로 보인다.

· 삶이란 죽음 바로 앞에 놓인 잠깐의 유희다.

· 새싹은 세계를 향한 존재의 현상이다.

· 새싹은 무심한 공간을 심심찮게 채우는 아름다운 보석이다.

· 성공이란 자기가 추구하는 가치를 실현하는 것이다.

· 성장기엔 성장호르몬(테스토스테론, 에스트로겐)이 지나치게 넘친다. 반면에 나이가 들면 갑자기 줄어든다. 평균수명이 60이 채 안 될 때의 생체설계다. 그것은 평균수명이 80세를 넘어선 현재에는 맞지 않는다. 생체설계가 장수에 맞도록 재설계하는 노력을 해야 한다. 그래야 맹목적인 장수에서 벗어날 수 있다.

· 세상에서 가장 맛있는 겨울 꽃은 곶감이다.

· 세계는 오대양에 갇힌 섬이다. 다만 큰 섬 작은 섬이 있을 뿐이다.

· 세상의 모든 사람은 위대한 개인이다.

· 손자는 움직이는 꽃이다. 할아버지는 날개 잃은 호랑나비다.

· 손자는 찬란히 빛나는 천연의 행복물질이다.

· 손자는 약효가 사라지지 않는 만년 보약이다.

· 시간에 방부제를 뿌려라.

· 시간을 살찌워라.

· 시간의 부피를 늘려라

· 시간의 점유권을 행사하라.

· 시냇가 나무는 뿌리가 약하다.

· 시련은 아이디어의 보고이며 안락은 창의의 무덤이다.

· 신문은 아무런 노동 없이 캐는 하얀 금이다.

· 아내 사랑은 가장 확실한 노후 펀드다.

· 아버지 정신이 사라졌다. 아버지 정신이 살아나지 않는 한 미래는 없다.

· 어둠은 창조를 위한 가장 위대한 빛이다.

· 어린이는 꽃으로 때려서도 안 되고 청소년은 꽃의 매를 들어야 하며 성인은 도덕의 회초리로 다스려야 한다.

· 어린이의 눈은 진실을 비추는 거울이다.

· 여성의 힙은 우주다. 생존이며 투쟁이고 철학이며 사상이다. 생로병사와 희로애락이 담겨있다.

· 여성의 성(性)은 무기로서가 아니고 도구로 사용돼야 한다.

· 여성의 허리에서 엉덩이로 이어지는 아름다운 곡선은 제주 오름이며 경주 왕릉이다.

· 여성의 매력은 스스로 당기는 게 아니라 자체 발산에 있다.

· 여자의 눈물은 가슴속에 마음의 방을 하나 더 짓는 것이다.

· 여행은 새로운 곳을 만나는 게 아니라 새로운 마음을 만나는 행위다.

· 여행의 참맛은 불규칙의 규칙에 있다.

· 여행은 무목적의 목적, 무계획의 계획, 무작정을 작정하는 무모함의 행동이다. 그 속에서 벌어지는 무한성이 모든 생성의 씨앗이다.

· 여행은 다리의 싸움으로 시작하여 머리와 가슴의 싸움으로 끝난다.

· 여행이란 다리의 노동을 통하여 지혜라는 알곡을 거두는 곳간이다.

· 연장은 불에 달구어져 만들어지고 높은 이상은 깊은 고뇌로 만들어진다.

· 영혼이 가난하면 몸이 아프다.

· 우박은 응고된 비의 혼이다.

· 이슬은 풀잎의 땀이다

· 인간관계란 서로의 먹이를 찾기 위한 관심의 얽힘이다.

· 인생 후반부 행복의 요체는 걷기와 공부다.

· 인생 후반부의 모든 꿈은 하체가 완성한다.

· 일출(日出), 일몰(日沒)은 없다. 지잠(地潛)과 지몰(地沒)이 있을 뿐이다.

· 자동차를 버리면 지구는 내 것이다.

· 자식을 사육 꿩처럼 키우면 안 된다. 사육 꿩은 옆은 볼 수 없고 오직 앞만 볼 수 있도록 장치를 해 놓았다.

· 자신의 창조적 파괴만이 이 사회의 파괴를 막는다.

· 자연은 자연의 걸작품이기보다는 활화산의 작품이다.

· 자연은 그 자체가 오페라며 음악회며 연극장소다.

· 자연은 그 자연을 사랑하는 사람이 가장 많이 소유한다.

· 자유와 고독 사이가 가장 너른 공간이다.

- 자존심이란 약점을 감추려는 자기 울분의 마지막 보루다.
- 자존심은 용기 없는 사람의 허울이다
- 작은 일에 낑낑대며 매달릴 여유가 없다. 지구를 돌리는 일에 힘써야 한다.
- 젊은이는 어깨 받침을 넣은 양복이며 노인은 어깨 받침이 없는 점퍼다.
- 좋은 나무꾼은 선녀를 만난다.
- 죽음은 지구와 이혼하는 것이다.
- 죽음은 탄생 후 어떤 것으로도 대체할 수 없는 최고 최대의 피날레다.
- 지구는 거대한 기관이다. 인간은 단지 작은 나사못일 뿐이다.
- 지금 세계는 자본주의 끄트머리에 와 있다. 소위 극자본주의 시대다. 부익부 빈익빈의 극심한 양극화가 더 이상 나아가기 불가능한 팽창시점이 온다면 그 대안을 찾아 '수정극자본주의(修正極資本主義)'현상이 나타날 개연성이 매우 크다.
- 지금의 시대는 '극자본주의(極資本主義)'시대다. 극자본주의 시대의 모순을 '수정극자본주의(修正極資本主義)'시대로 변형시켜야 한다. 아니면 멸망이냐 멈춤이냐다.
- 지금 이후는 모두 새날이며 첫 경험이다.
- 지루한 길을 가장 고독하게 걸을 때에만 당신의 무딘 생각은 새파랗게 벼려져 튀어나온다.
- 침묵은 무지의 은닉을 돕는다. 따라서 겸손의 명분을 찾으려는 이중의 망나니다.
- 칭찬은 만년설도 녹인다.
- 큰 거미는 큰 집을 짓고 작은 거미는 작은 집을 짓는다.
- 큰 소리는 약점을 들키지 않으려는 자가 연막이다.
- 큰 인물을 키우려면 남쪽 지방이 좋다. 큰 산과 넓은 들을 끼고 있거나 강이

나 바다가 보이는 곳이면 더 좋다. 좋은 인물은 O형에 가까운 A형 남성과 A형에 가까운 O형 여성과의 결합에서 나올 가능성이 높다. 큰 인물의 조건은 첫째 두꺼운 얼굴과 두둑한 배짱이다. 다음으로 인성, 품성, 정직, 도덕성, 폭넓은 지식이 요구된다.

· 탄생은 우주와 맺은 일방적 계약이다. 죽음은 그 일방의 계약을 파기하는 것이다.

· TV, 스마트폰, 내비게이션, 전자사전, 단축다이얼 등의 사용으로 인간의 뇌는 일세기 내 쥐대가리가 된다. 원시로 돌아가지 않으면 큰 재앙을 불러온다.

· 한반도는 웅크린 호랑이 새끼다. 대륙을 향한 액셀 페달이다. 무한질주가 기다린다. 그러나 일본은 홋카이도를 손잡이로 한 긴 칼이다. 칼 끝 오키나와는 휘고 무뎌졌다. 그들의 군국주의가 가면을 벗고 막을 내릴 날이 그리 멀지 않았다.